Percy Jackson

波西傑克森

終極天神

Percy Jackson

波西傑克森

終極天神

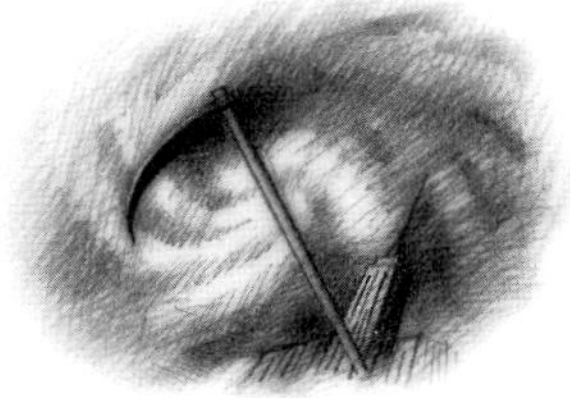

雷克・萊爾頓 Rick Riordan◎著

沈曉鈺◎譯

遠流

給台灣讀者的一封信

給台灣的年輕讀者們：

小心！你手裡握的是一個充滿祕密、魔法和驚喜的故事。打開這本書，你將被帶往未知的冒險旅程。

老實說，我完全不知道我的書〈波西傑克森〉會將我帶到哪裡去。當我第一次把波西這個發現自己父親是希臘天神的男孩故事告訴我兒子時，我也沒料到它竟然會變成小說，還出版到全世界去。之後，波西的故事有了自己的生命。誰料想得到希臘眾神在二十一世紀一樣具有影響力，而神話裡的怪物仍然在我們四周，追殺著年輕的「混血人」呢？

在此還要提醒各位一下，爲了避免造成全球恐慌，我必須將波西的故事寫成「虛構小說」，所以你沒有必要相信你（對！我說的就是「你」）可能是希臘天神的兒子或女兒。但是，如果你讀這本書時，感覺到體內的奧林帕斯血液沸騰起來的話，趕快保護自己！我們會在「混血營」爲你保留名額，以防萬一。

此時，我們正在努力詮釋著波西其他的冒險，好讓你跟上他的故事。如果你不怕的話，繼續讀下去吧，年輕的混血人！

來自奧林帕斯的祝福　雷克・萊爾頓

【導讀】一起來趟精彩的英雄之旅

《閱讀理解》學習誌總編輯　**黃國珍**

美國知名作家雷克・萊爾頓（Rick Riordan），最著名作品為風靡全球的〈波西傑克森〉系列。這套書自二〇〇五年推出第一冊開始到二〇〇九年第五冊出版，獲得來自各界的好評與肯定，包括《紐約時報》二〇〇九年度最佳童書，榮獲美國總統歐巴馬選書，連獲兩年「馬克吐溫獎」最佳圖書系列，《紐約時報》、《出版者週刊》暢銷排行榜第一名，翻譯成全球三十餘國語言版本，並拍攝成電影，贏得全球青少年喜愛。另一個驚人的數字，是美國初版上市首刷達一百二十萬冊。所有的數據都證明了這套書的可讀性與價值。

既然〈波西傑克森〉系列這套書如此成功，為什麼要再寫文章介紹？快快將它搬回家就好啊！這的確是個好決定，不過多一分理解，更能在這精彩的系列故事中，深一層看見它在當前學習中的閱讀價值。

台灣當前的教育發展已經與國際教育趨勢接軌，將「發現問題、解決問題與終身學習」作為學習表現的指標，這表示學習不再是熟記學科知識，更要求面對真實生活的能力。在這前提下，課本不再是學習的唯一內容，反而需要更為廣泛多元、貼近生活的材料，幫助處於青少年階段的孩子銜接生活經驗，並在其中思考與解決問題。

青少年是人生之中一個獨特的時期，充滿著成長的驚喜與困擾。生理方面有顯著的改變，接近成人般的成熟，也開始在家庭、學校生活與初期參與社會的互動中，學會更加複雜的社會關係，並思索定位自己的角色與前進的目標。因此，青少年普遍在生活中有幾個切身的問題發生，例如：對未來的不安心理、依附關係的改變、身心不平衡帶來的困惑、缺乏自我認同及生涯定位、人際關係的互動相處。

孩子雖然需要面對這些問題，但如果有一個人可以分享他的故事，接受自己不同於別人的出身，在巨大的壓力與尚未成熟的心智之間，找到成長的平衡點，在與人的相處中超越挫折，那就像是找到可以相互支持的夥伴一起冒險，踏上共同的與個人的英雄之旅。而波西．傑克森正是這個人，他精彩奇幻的冒險故事，也是一個青少年成長蛻變的紀錄。

波西．傑克森是一位擁有海神波塞頓血脈的混血少年，困惑於自己的身世與能力，在學校受同儕歧視與霸凌，但他也是一位勇敢而忠誠的英雄。他對家人的愛，無論是血緣還是親情，使他成爲一個眞誠而可愛的人物。

他是那種願意迎接自己的故事並勇敢走下去的英雄；他帶著讀者一起沉浸在這個奇幻的世界裡，很快就愛上了他夢幻般的新生活和隨之而來的人物角色。讀者如我，在不自覺中也成爲與他同行的夥伴，同理他內心的掙扎，在挫折中給予支持鼓勵，在光明和黑暗之間與他並肩戰鬥，共同跨越一次又一次的危機。最後，原本的尋找，轉變爲創造，夥伴成爲如同家人的存在，友情凝聚成爲一個家的根基，見證了波西的蛻變與成長。

在所有的戰鬥、魔法和謎語之間，這是一部眞正溫暖人心的故事，一位自遙遠希臘神話蛻變的現代少年英雄，在故事中與讀者的心中誕生。

如果我在青少年時有機會讀這套書，相信在閱讀過程中與波西一起冒險的體驗，從這群夥伴身上學到的事，一定能給當年青澀、困惑、挫折的自己帶來啓發與力量。因爲波西的英雄之旅，我和他一起走過，他的成長就是我的成長。而且這群可愛的夥伴還會在故事結束後，在心中陪伴我很長時間，當我有需要時就召喚他們出現。

關於〈波西傑克森〉這書，最後還有一個隱藏的主題較少被介紹。故事中不論是波西或是混血營中的夥伴，實際上都暗示著一群在人類世界中被視爲「不正常」的孩子，他們被安置在看不見的邊緣地帶，視而不見就是一種偏見與歧視。而這個故事溫暖的告訴我，他們仍然是英雄，能夠殺死怪物並保護他們的朋友，這是一個重要的訊息。面對當前這個多樣性、多元化的社會，欣賞差異、開放包容成爲必要，〈波西傑克森〉的故事讓我們看見一群所謂不正常的孩子，也和我們一樣具有人性、智慧與愛。

事實上，作者開始創作這個故事系列，是爲了幫助他有閱讀障礙的兒子，讓他覺得他也可以成爲英雄；而他的孩子隨著故事情節發展，表現上也更加進步和包容，逐步成爲能在故事中看到自己可能性的孩子。

〈波西傑克森〉是一部精彩的青少年奇幻小說，有大量的神話、偉大的友誼、追求、背叛、戰鬥、包容，以一種充滿劇情張力的閱讀，讓青少年讀者學習認識這個多樣的世界，甚至用希臘神話的背景設定提醒青少年讀者，在世界表象背後，在自身被視爲命運的經歷背後，往往有更爲深層的結構，才是影響每一個人的隱藏原因。

這套書我讀得很開心，如果你或孩子喜歡神話和一大群朋友，想在故事中學習眞實世界的多樣包容，嘗試解決自身或夥伴的困難，我相信波西傑克森這位英雄，能帶領讀者經歷一場精彩的英雄之旅。

【親子推薦一】

被女兒推坑進入神話世界

華語首席故事教練　**許榮哲**

關於希臘神話，我是被女兒川川推坑的。

女兒小三的時候，迷上希臘神話，並且大力向我推薦，看著、看著，我也上癮了。

關於〈波西傑克森〉，我也是被女兒推坑的。

媽媽把這件事寫在網路，沒想到意外引來出版社的注意，他們希望找我女兒推薦小說〈波西傑克森〉，因爲小說的背景就設在希臘神話之上。主人翁波西．傑克森是天神與凡人的私生子。託女兒的福，我才有機會讀到這套紅透半邊天的小說。

閱讀這部小說，跟我平時的閱讀經驗完全不同，因爲背景設在希臘神話之上，因此閱讀過程中，神影幢幢，熟悉的神話人物不斷「亂入」。雖說是亂入，但作者就是能提出一套自圓其說的道理，讓你先是覺得作者在唬……扯，隨後會心一笑，好吧，是滿有道理的。

舉個例子：

「波西，你爸爸沒有死，他是奥林帕斯眾神之一。」（我聽你在唬……）

「這……太瘋狂了。」

「很瘋狂嗎？想想神話裡的天神最常做的事情是什麼？他們跑到凡間和人類墜入愛河，然後生下孩子。你以為他們最近幾千年會改變這個習慣嗎？」（好吧，我被說服了。）

再舉個例子：

「文明的光輝最耀眼的地方，就是天神所在，比如他們在英國就待了幾個世紀。波西，是的，他們現在當然是在你的美國。」（我聽你在唬……）

「你看看美國的象徵是宙斯的老鷹，看看洛克斐勒中心的普羅米修斯雕像，還有你們華盛頓政府建築的希臘式門面……」（好吧，確實有那麼一點道理。）

我非常享受這種被小說設定虐待，並且等著慢慢被說服的過程。

喔，對了，希臘神話有個傳統，父親會被兒子推翻。第一次是宙斯的祖父，第二次是宙斯的父親，第三次就是宙斯本人，他被凡人兒子海克力士推翻。

那麼波西．傑克森是來推翻他的天神爸爸的嗎？

我享受被女兒推坑的過程，是她帶著我，從希臘神話到〈波西傑克森〉，一個又一個更遼闊的世界。至於她會不會像希臘神話一樣，長大後也推翻自己的爸爸？

我非常期待那一天的到來。

——完

【親子推薦一】

帶著幻想與波西一起冒險

許川川

〈波西傑克森〉眞的是一套很有創意的小說，這個世界上居然有那麼多人是神的小孩。看著、看著，我也忍不住幻想起來，說不定我的爸爸媽媽也是神。如果他們眞的是神，我希望他們是阿瑞斯和雅典娜，不過我們家男生長得不帥，女生成績也不怎麼樣，所以他們一定不是我們的父母。

比較有可能的是阿芙蘿黛蒂和宙斯。嘿嘿，我那麼漂亮，很有可能是阿芙蘿黛蒂的女兒呢。至於我弟弟只要一生氣就很恐怖，跟宙斯一樣。

如果不考慮我自己的喜好，那我媽媽和爸爸應該是狄蜜特和戴歐尼修斯。因爲狄蜜特就像我媽媽一樣溫柔，至於爸爸就像戴歐尼修斯，每天都很歡樂，甚至有一點搞笑，但偶爾也會一不小心就抓狂。

雖然以上都不可能發生，但可以帶著這樣的幻想，跟著波西傑克森一起去冒險，彷彿我們是一同並肩作戰的夥伴，眞是一場愉快的閱讀經驗。

——完

【親子推薦二】

讓孩子廢寢忘食的故事！

基隆市東光國小校長　顏安秀

〈波西傑克森〉套書，是我給孩子水果姐的十一歲生日禮物，期待透過廣闊的奇幻世界，更豐富孩子的想像力。孩子也如所預期的，很快被故事鉤上，甚至到了廢寢忘食的地步。我想是因爲故事情節驚悚刺激，讓青春期的孩子無法自拔吧！

作者雷克·萊爾頓運用了任何讀者都會有的強烈好奇心，急迫想知道劇情走向的念頭，牢牢抓住了大小讀者的目光。閱讀期間，孩子因著要更掌握情節發展，開始廣泛涉獵希臘羅馬神話相關知識。從故事本身延伸到其他議題的學習，甚至主動瞭解歐洲文化起源和崛起，而「自主學習」，正是除了閱讀樂趣之外，我希望帶給孩子的額外收穫。

【親子推薦二】

與波西一起闖蕩神話世界

水果姐

〈波西傑克森〉，讓我有段奇幻文學旅程，我也一遍又一遍重複地看。因爲迷人的故事結構，以及充滿華麗的想像力，讓「閱讀」本身就是最棒的饗宴。刺激緊張的故事，包括到冥王地府拯救母親、到帝國大廈找奧林帕斯諸神等等，讓我透過作者雷克．萊爾頓的巧妙敘述，身歷其境，彷彿跟著波西一起拯救朋友，或跟著安娜貝斯一起出生入死。

〈波西傑克森〉總共五集，每看完一集，我就對希臘神話有新的見解，也促使我更想廣泛地瞭解歐洲文明。我鼓勵所有和我一樣的青少年，跟著波西穿越歐美各地、穿梭於各式神話，透過文字闖蕩壯麗的冒險世界吧！

【推薦文】穿閱超時空——來一趟你的英雄之旅吧！

丹鳳高中圖書館主任、作家 宋怡慧

神話是眾人的夢，夢是私人的神話。——神話學大師坎伯（Joseph Campbell）

美國奇幻小說家雷克．萊爾頓造就的〈波西傑克森〉，憑藉超現代的天神人設，以希臘神話的元素融入故事，創新奇幻的題材，也改寫英雄的奇想，傳遞人生的眞理與信念，帶領讀者翱翔在懸疑冒險與尋夢追夢的閱讀世界。

每個讀者心中都藏有一個不平凡的夢，當我們遇到是非的辯證、恐懼與勇氣的拔河、理性與感性的平衡，礙於現實生活，我們常會徬徨無助，而失去勇敢歷險的機會。雷克．萊爾頓帶著他筆下的混血英雄波西．傑克森，穿越在虛幻與現實之間，看似平凡的魯蛇，在「混血營」的試煉與考驗下，堅持理想，化身爲青少年夢想先行者，堅強地走在自我探索的旅程，憑藉毅力克服困難的任務，不只保有內在單純與天眞，重新連結親情、友情、人際的多重關係，也讓看似崩壞的世界，消弭歧見、重歸眞實的美好。

當讀者與我一起「穿閱」在〈波西傑克森〉系列，從陌生到熟悉的場景，相互交錯，你會發現：每個祕密的背後，都是一段神祕力量的召喚。你可能會遇見聰明智者的啓迪、高超幫手的助益，通過重重困難，克服險阻，就能帶回英雄旅程要送給主角和讀者的人生彩蛋。它是勇氣、智慧、更好的自己。

讀者在曲折驚險的情節中，開展了封閉的心，從反派人物的出場與設險，察覺到內在的不安，或許眞正震懾自己的不是邪惡勢力，而是自我設限的內在恐懼。如果，你也和我一樣，跟著雷克．萊爾頓從希臘到羅馬，再從埃及到北歐，我們會被神話傳說的豐富想像驚豔，會被作者嶄新的書寫手法吸引，從宗教、家庭、集體意識、內心探索等議題歷險，克服面對的孤獨。在閱讀的過程，彷若進行神聖的成長儀式，相信世界的善意、神隊友的正義，還有，人定勝天是生命的累積，而非空談的奇蹟。

嗨！年輕的混血人，你還在等什麼？小說家的混血營正爲你保留唯一的名額，等你來闖一趟專屬的英雄之旅。

【推薦文】

提升閱讀力、想像力與品格力的奇幻經典！

惠文高中圖書館主任、作家　蔡淇華

你知道全球知名的經典青少年奇幻小說〈波西傑克森〉，其主角的原型是有著閱讀障礙與過動症的十二歲少年嗎？電影版將波西傑克森從十二歲被改為十六歲，其實讓原作者雷克．萊爾頓非常不滿。他認為電影少了許多慘綠少年突破天生困境、追尋自我認同的細節。

其實電影只拍到〈波西傑克森〉系列的第二集，但要盡情享受雷克．萊爾頓融合希臘神話、羅馬神話，甚至古埃及神靈等文化所打造出的奇幻經典系列，其實還是要捧起原著細讀。

我在國中看完金庸的五大冊〈鹿鼎記〉後，閱讀興味被完全開啓，開始不怕閱讀長篇，整個閱讀速度得到提升。如果現代害怕閱讀的青少年也能暢快淋漓讀完五大冊〈波西傑克森〉，一定可以奠定一生的閱讀能力。因為讀得多才能讀得快，讀得快就不怕任何的升學長篇題幹。

除了可以提升閱讀能力外，〈波西傑克森〉還能開發讀者的想像力、認識西方神話，甚至在伴隨著主角的冒險旅程中，內化勇敢、信任、正直仁厚等英雄人格特質。〈波西傑克森〉不啻是在茫茫書海中提升青少年閱讀力、想像力與品格力的奇幻經典！趕快為你關心的青少年提供這部節奏明快、高潮迭起，而且得過「馬克吐溫獎」最佳圖書的超刺激小說吧！

【推薦文】混血人的平凡，代表你我最眞實的原力

親職溝通作家　羅怡君

以希臘羅馬神話爲基底的〈波西傑克森〉，創造了一個新族群——由眾天神與一般人結合而產生的後代，稱之爲「混血人」。而這些散居各地、各自承接天神特質與超能力的混血下一代，以男孩波西爲首，展開驚險刺激的冒險任務。在作者筆下，這些任務巧妙結合現實生活中難以解釋的災難與人爲事故，不禁讓我聯想深思當中有什麼特殊涵意？

的確如此，我像是解開密碼般的興奮不已！例如：

- 想想令眾神們爲之傾倒、甚至打破戒律的特質是什麼呢？波西的媽媽、安娜貝斯的爸爸，他們與其他父母又有什麼不同？
- 混血人有其弱點，但也有混血人才能做到的事，甚至是擊敗天神的重要關鍵，原來天神也絕非萬能與完美。關於弱點，我們有什麼不同詮釋呢？
- 每項任務都是截然不同的團隊組合，曾互相競爭、討厭的對手，可能是下一次必須結伴同行的夥伴，過程中的信任與背叛，眞的如我們所預料的嗎？

也許我們就是作者筆下的混血人，特別是下一代的未來充滿嚴峻挑戰，看似脆弱無能爲力的我們，是否也能像混血人一樣，透過獨特角度找出平凡中的不平凡？既然人類物種存在這個地球，就讓我們向波西傑克森學習，共同找出終其一生奮鬥的價值吧！

【初版推薦文】

跟著〈波西傑克森〉進入西方文明的源頭

作家　李偉文

現今的西洋文學、藝術，乃至於一般民間生活習慣與典故，幾乎都與希臘羅馬的神話有關，因此，若要欣賞西方的藝術與文化，最好能對這些錯綜複雜的眾神關係有些概念。

基於這樣的「認知與學習」觀點，在孩子上國中之前，我就嘗試找一些有關希臘神話的書給她們看，可是她們大部分都看不下去，有的書即便勉強看完，也無法理解希臘眾神間複雜的恩怨情仇。一直到〈波西傑克森〉這套精彩刺激的奇幻小說出現，才真正讓孩子看到這些希臘神話裡的人物，彷彿幾千年的時空距離完全消失，這些天神與凡人所生的混血人，真的就在身邊。

主角是個凡人眼中的注意力不足過動症患者，同時也有閱讀障礙，跟著媽媽辛苦的生活著。與「哈利波特」一樣，他發現了自己的詭奇身世，也成為怪物的獵殺對象，同時他也是預言中的神界救星。

這些看似高潮迭起、引人入勝的歷險過程，正是隱喻了少年孩子在成長階段中最關鍵的自我認同的追尋。因為作者全以第一人稱敘述，全書充滿了青少年素有的叛逆與幽默搞笑。這個成績不好、不討人喜歡的孩子，雖然衝動，但是很勇敢又坦率；雖然總是很倒楣卻懂得苦中作樂。這些情節很能引起孩子們的共鳴，因此書中包含的家庭關係、朋友之間的信任、對未來的夢想等學校所謂「生命教育」的重要課程，在不知不覺中就傳遞給孩子了。

家長或老師在幫孩子選書時，往往會挑「有價值」的書，這些書或者是知識含量高，或者是主題正確，教忠教孝不怪力亂神。遺憾的是，有時這些選擇，除了無法讓孩子享受到閱讀的樂趣，更恐怕會破壞他們養成喜歡閱讀的習慣。

要讓孩子感受到書中天地的寬廣，唯有從能夠吸引孩子廢寢忘食的書開始。若是家長只著眼於「開卷有益」，專挑表面上有意義而且充滿知識的書給孩子看，那就太可惜了。我覺得書籍可以帶給孩子最深遠的影響是「掩卷」的時候，當孩子看一本書還沒有看完，就興奮地坐立難安想跟你分享，這才是最動人的時刻。

〈波西傑克森〉是一套這樣的書，而且更令家長放心的是，當孩子看完這個故事，也等於上了令人難忘的西洋文化史。

【初版推薦文】所有人類的好朋友

作家．青蛙巫婆　張東君

「天將降大任於斯人也，必先苦其心志，勞其筋骨，餓其體膚，空乏其身，行拂亂其所爲，所以動心忍性，增益其所不能……」這雖然是出自孟子，但是我每次閱讀〈波西傑克森〉系列時，這段話都會一直掠過我的腦海。因爲波西與他混血營的朋友們，雖然只是青少年，卻從小就不停地在體驗、實踐孟子這幾句話中所代表的涵義。

〈波西傑克森〉系列故事的骨幹，是流傳久遠的希臘神話。由於希臘神話可說是西洋文學的立基點，不論有沒有看過或聽過希臘神話的人，都多多少少知道幾位希臘神祇的名字。到處拈花惹草、惹得老婆大人希拉震怒的天神宙斯，以及海神波塞頓、太陽神阿波羅、智慧女神雅典娜、愛與美的女神維納斯等等，不只是許多文學藝術作品的創作泉源，天上的星座也都跟祂們有很大的關連。

我們所知道的希臘神話及天神故事，只是他們流傳在外的功績或小過，在以千年爲單位流逝的時光中，不過是其中極小的一部分。但是我們卻能輕鬆地從本系列奇幻故事中，一邊閱讀一邊想像這些隨心所欲、想做什麼就做什麼的天神們的行爲，可能會造成何種後果來讓後人承擔。

波西就是這種狀況下的「產物」，他是海神波塞頓和凡人女子之間所生下來的「混血人」。

天神和人類之間的混血兒，通常會有閱讀障礙，會是過動兒，所以在被發現或是自己發覺事實眞相之前，上學對他們來說是種災難。可是當他們被帶去「混血營」和同伴宿營，瞭解自己背負著的命運時，更會變得非常無奈。因爲只要是混血人，就會像塊強力磁鐵一樣，吸引許多的妖魔鬼怪來挑戰、來行刺，想要用混血人的血與肉換取某種利益……何況波西又很有可能是預言中所說的那個「在十六歲時，會對奧林帕斯帶來重大影響」的人！

於是，波西的日常生活幾乎沒有一刻寧靜，在學期中必需努力克服自己的學業問題；在暑假回混血營受訓時，通常也待不了幾天就得受命去完成某件重大任務。從前我們是在神話中讀到其他「成年」天神們完成的各種任務，現在我們則陪伴著青少年神人混血去超齡挑戰種種「不是你死就是我亡」的重責大任。

我在還是小學生時就看過希臘神話、羅馬神話等各種西洋神話，也發現這些閱讀對觀察星象、認識星座很有幫助。等我讀到《獅子、女巫、魔衣櫥》，走入「納尼亞」的世界中，更是興奮地發現許多原本只在星座、神話中「認識」的角色都是「活生生」、「有血有肉」的。

不過，如果從結合希臘神話與現實社會的寓教於樂，以及融合娛樂、文學與教育爲一體的角度來看的話，〈波西傑克森〉更上一層樓。他讓天神們走進凡人的世界中；讓奧林帕斯飄在紐約上空；讓尋找牧神潘的任務與自然保育的議題結合；讓青少年知道只要有心，世界上沒有不能克服的困難。

波西不但是飛馬的好主人、獨眼巨人的好兄弟、羊男的好搭檔，更是我們所有人的好朋友。

各方榮耀肯定

★《時代》雜誌評選史上最佳百本青少年書
★《紐約時報》暢銷排行榜第一名
★《紐約時報》最佳圖書獎
★《出版者週刊》暢銷排行榜第一名
★美國圖書館協會最佳圖書獎
★《學校圖書館期刊》最佳圖書獎
★全國英文教師協會最佳童書獎
★美國NBC電視台「The Today Show」讀書俱樂部好書精選
★《兒童雜誌》最佳圖書獎
★VOYA最佳小說獎
★YALSA最佳青少年圖書獎
★CCBC最佳選書獎
★英國紅屋圖書獎

★英國阿斯庫斯圖書館組織火炬獎
★英國沃里克郡最佳圖書獎
★芝加哥圖書館最佳圖書獎
★猶他州兒童文學協會蜂巢獎
★維吉尼亞州讀者選書
★馬克吐溫讀者選書獎
★緬因州學生圖書獎
★新澤西州青少年圖書獎
★麻州最佳圖書獎
★亞利桑那州學生最佳圖書獎
★路易斯安那州青年讀者選書獎
★南卡羅萊納州青年讀者選書獎
★北卡羅萊納州童書獎入圍
★德州圖書館協會藍帽獎入圍
★懷俄明州翔鷹獎入圍

波西傑克森⑤ 終極天神

目錄

主要人物簡介

◆波西・傑克森（Percy Jackson）

將滿十六歲，個性衝動急躁，但勇敢正直，重情重義。有閱讀障礙及注意力不足過動症，小學到中學換過八間學校，目前就讀古迪高中。因爲身爲海神之子，總是會吸引怪物前來襲擊，從小到大遭遇許多異常怪事與危險。在暑假期間接獲摧毀安朵美達公主號的任務，面對愈來愈強大的克羅諾斯，他必須爲即將展開的大戰做最後準備。

◆安娜貝斯・雀斯（Annabeth Chase）

波西的混血營夥伴，是智慧女神雅典娜與軍事歷史教授所生的混血女兒，也是混血營六號小屋的領隊。她聰明且功課好，喜愛閱讀歷史與地理相關資訊，和雅典娜一樣善於計畫與運用智慧。她的願望是未來要成爲一位偉大的建築師。在與泰坦巨神克羅諾斯的最後對戰中，成爲影響勝負的關鍵之一。

◆格羅佛・安德伍德（Grover Underwood）

波西六年級時的同班同學，也是他的好朋友，實際身分是希臘神話中的羊男。平常個性看似膽小懦弱，但常在意外時刻挺身而出。他與波西等人在地底迷宮找到失蹤的天神潘，瀕死的潘賦予他守護野地的重責大任，但他將消息傳回羊男長老會後，反而遭到放逐，隨後不知去向。

◆**瑞秋・伊莉莎白・戴爾**（Rachel Elizabeth Dare）

一個凡人女孩，曾經兩次在危機中解救波西。她聰明又勇敢，能夠看穿迷霧，看到別人看不出來的怪物。憑著這項特殊能力，她曾破例參與混血人的任務，幫助波西和安娜貝斯等人闖越迷宮。但不斷湧現腦中的預知畫面，讓她感到萬分困擾，期望藉由波西的幫助得到解答。

◆**泰麗雅**（Thalia）

天神宙斯的混血女兒，喜歡龐克裝扮與搖滾樂。個性衝動暴躁，但很重視朋友。與安娜貝斯及路克結伴投靠混血營途中，遭到怪物圍攻。她當時犧牲生命解救朋友，七年後在金羊毛的魔力下復活，並且成爲阿蒂蜜絲獵女隊的隊長，巡遊各地尋找新的獵女隊員。

◆**路克・凱司特倫**（Luke Castellan）

商旅與使者之神荷米斯的混血人兒子，原本是波西在混血營中的指導員及混血營十一號小屋的領隊，後來投靠泰坦王克羅諾斯，多次計劃置波西於死，且幫忙號召怪物大軍對抗天神。爲了幫助克羅諾斯復活，路克獻出身體讓克羅諾斯附身。

◆**尼克・帝亞傑羅**（Nico di Angelo）

十三歲，是冥王黑帝斯的混血人兒子。本來與姊姊碧安卡相依爲命，喜歡玩神話魔法遊戲，但在姊姊過世之後，他回到冥界，幫忙波西尋求戰勝克羅諾斯的方法，並積極尋回自己失落的記憶，以及與母親相關的秘密。

◆克蕾莎（Clarisse）

戰神阿瑞斯的混血女兒，也是混血營五號小屋的領隊。她個性粗暴，但和父親戰神一樣驍勇善戰，精通各種戰術與武器。曾與波西結下樑子，卻在獨眼巨人島被波西解救。此次爲了身爲戰神女兒的尊嚴，不願參與守護奧林帕斯山的大戰。

◆泰森（Tyson）

原本是波西七年級時在梅利威瑟中學唯一的朋友，身高一百九十公分，卻是超級愛哭的膽小鬼，但其實是個獨眼巨人，也是海神波塞頓的兒子。他在工藝與製造武器方面極具天賦，波塞頓派他到海底兵工廠幫天神打造兵器，爲了與泰坦巨神的大戰做好萬全準備。

◆克羅諾斯（Kronos）

十二位泰坦巨神的首領。他是大地之母蓋婭與天空之父烏拉諾斯所生，也是天神宙斯、波塞頓與黑帝斯的父親。他曾用鐮刀將父親烏拉諾斯切成碎片，後來卻被自己的孩子宙斯打敗，被關進地獄深淵塔耳塔洛斯。在藉由路克的身體復活之後，他率領著怪物大軍向奧林帕斯山進攻。

◆奇戎（Chiron）

混血營的營區活動主任，也是波西六年級時的拉丁文老師，很受波西尊敬與信任。他其實是希臘神話中半人馬族的一員，但和一般半人馬狂放粗野的性格大不相同。他個性溫和、愛好和平、充滿智慧，還擅於醫術，曾擔任過許多混血英雄的老師。

◆荷米斯（Hermes）

商業、旅行、偷竊與使者之神。他是宙斯的兒子，路克的父親，也是奧林帕斯天神的使者，駕著有翅膀的飛鞋替眾神奔波傳遞消息與物件。他的象徵物是有著一對翅膀的雙蛇杖。

◆宙斯（Zeus）

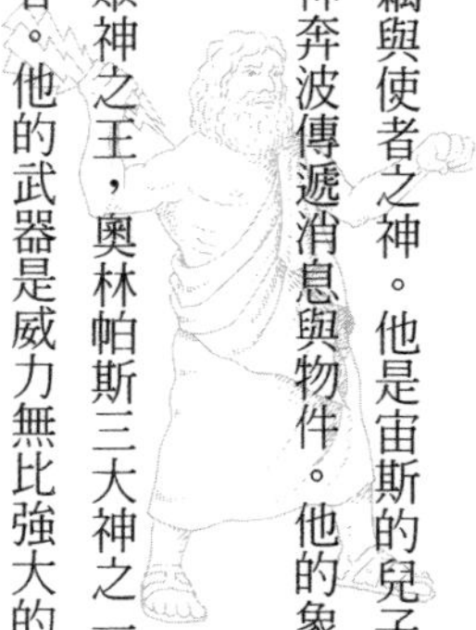

天空之王，也是眾神之王，奧林帕斯三大神之一。他主宰整個天空，包括雷電風雨等氣象，也是天界和人界的統治者。他的武器是威力無比強大的「閃電火」。

◆波塞頓（Poseidon）

海神，奧林帕斯三大神之一，與宙斯和黑帝斯是兄弟，掌管整個海域，也是波西的父親。他的個性像大海一樣，時而深沉平靜，時而狂暴易怒。他的力量象徵物是「三叉戟」。

◆黑帝斯（Hades）

冥界之王，奧林帕斯三大神之一，與宙斯和波塞頓是兄弟，因爲掌管整個冥界與地底寶藏，故有「財富之神」的綽號。個性陰沉冷酷，力量象徵物是「黑暗之舵」。

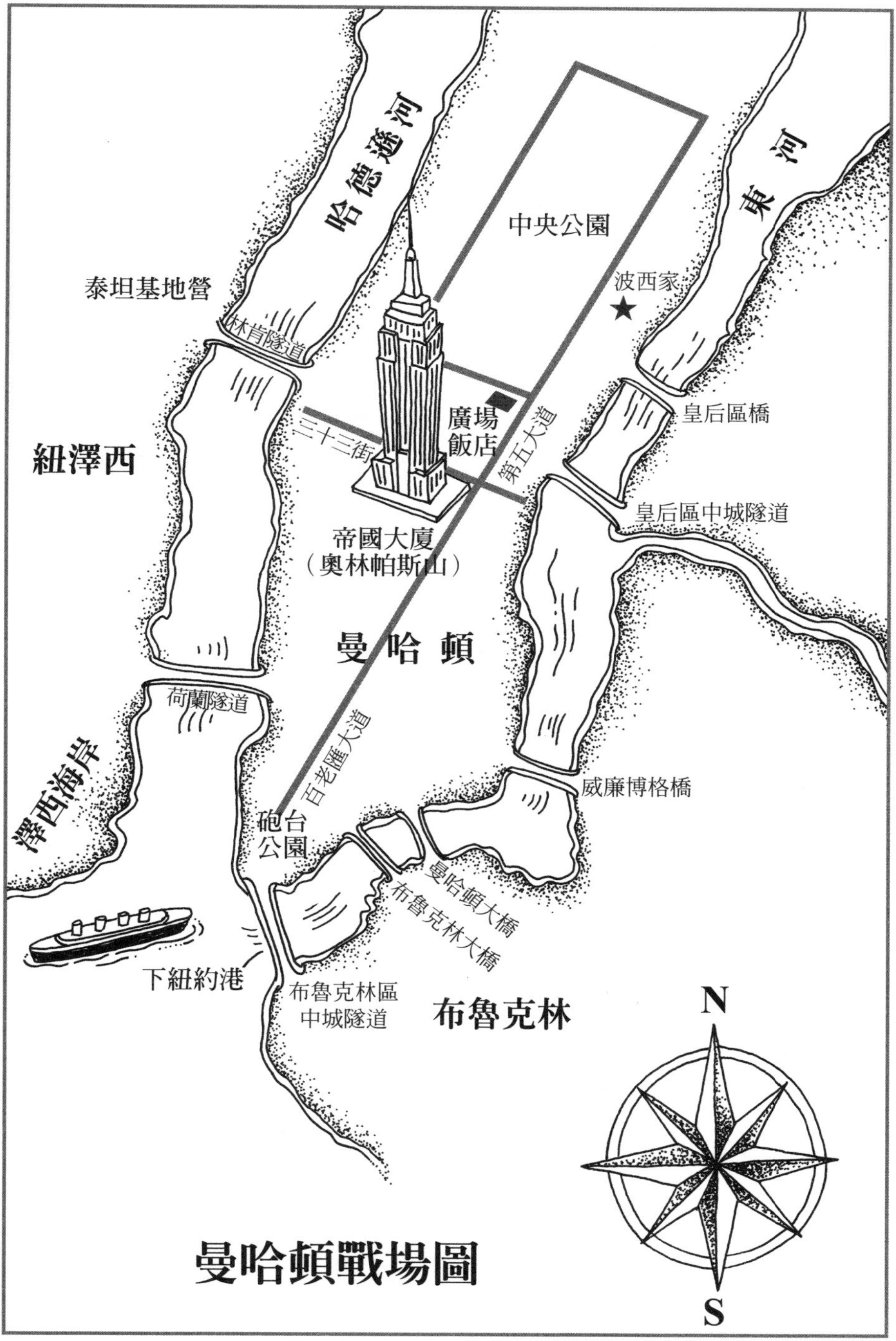
哈德遜河
東河
中央公園
波西家
泰坦基地營
林肯隧道
廣場
飯店
三十三街
第五大道
皇后區橋
紐澤西
皇后區中城隧道
帝國大廈
（奧林帕斯山）
曼哈頓
荷蘭隧道
百老匯大道
紐澤西海岸
威廉博格橋
砲台
公園
曼哈頓大橋
布魯克林大橋
下紐約港
布魯克林區
中城隧道
布魯克林
N
S

曼哈頓戰場圖

1 與炸彈同船

世界末日就從一匹飛馬降落在我車子的引擎蓋上開始。

在那之前，我有一個超愉快的下午。就技術上來說，我不應該開車，因爲我還要再過一星期才滿十六歲，但我媽和繼父保羅帶著我跟我朋友瑞秋一起，來到這個長島南岸的私人海灘。保羅把他的車 Prius 借給我們開去繞一繞。

啊，我知道你一定會這樣想：「哇，你繼父也太不負責任了吧……」但是保羅很了解我，他看過我把怪物切成兩半，還有從爆炸的學校大樓裡跳出來，所以他大概覺得開個幾百公尺遠的車，不是我所做過最危險的事。

反正，瑞秋和我正在開車兜風。那是一個炎熱的八月天，瑞秋把一頭紅髮梳在腦後綁成馬尾，身上穿著泳衣，外面罩了一件白襯衫。因爲之前我只看過她穿破爛T恤、噴灑了顏料的牛仔褲，所以現在的她，看起來就像一百萬枚古希臘金幣般閃閃發亮。

「噢，在這裡停車！」她對我說。

我們停在可以眺望大西洋的山坡上。海洋一直是我最喜歡的地方之一，但今天的海特別美，綠得發亮、平滑如鏡，彷彿這是我爸特別爲了我們而讓海洋保持平靜。

順便說一下，我爸是波塞頓❶。這種事他做得到。

「那麼，」瑞秋對我微笑，「關於邀請的事……」

「喔……對。」我試著用很興奮的口氣說。我是說，她邀我去她家在聖湯瑪斯的度假屋玩三天。通常沒什麼人會邀請我，而豪華假期在我家的定義，就只是在長島的一間破舊小屋度個週末、吃吃冷凍披薩、租些影片來看。沒想到瑞秋的家人竟然願意讓我跟著他們一起去加勒比海玩。

不過，我真的非常需要放假。今年夏天是我這輩子最辛苦的日子，就算只是幻想放個幾天假都很誘人。

況且現在隨時都會有大事發生。我正在「待命」一項任務。更糟的是，下週就是我的生日。有預言說我滿十六歲的時候，會有不好的事發生。

「波西，」瑞秋說：「我知道現在時機不對，但你永遠都沒有好時機可言吧？」

她說的有道理。

「我真的很想去，」我向她保證，「只是……」

「戰爭。」

我點點頭。我不喜歡談這件事，但瑞秋曉得那是什麼。和大多數的凡人不同，她能看透迷霧——那是一種扭曲凡人視覺的魔法屏障。她看過怪物，也遇過一些對抗泰坦巨神的混血人和他們的盟友。去年夏天，她甚至目睹被碎屍萬段的克羅諾斯❷以可怕的新身體從棺材中復活，而她竟然用藍色的塑膠梳子直戳他的眼睛。光因爲這一點，我就會永遠敬佩她。

她把手放在我手臂上。「考慮看看好嗎？我們兩天後才走。我爸……」她的聲音在顫抖。

「他讓你不好過？」我問。

瑞秋厭惡地搖搖頭。「他試著對我好，但結果似乎更糟。我爸要我今年秋天去讀克萊倫女子學校。」

「那是你媽以前念的學校？」

「那是遠在新罕布夏州專門給名媛念的蠢學校。你能想像我去念那種菁英學校嗎？」

我承認這主意蠢斃了。瑞秋喜歡都市藝術計畫，她會提供食物給流浪漢，參加像是關於「拯救瀕臨絕種的黃腹啄木鳥」抗議集會那一類的事。我從來沒看過她穿洋裝，實在很難想像她要學著當上流人士。

她嘆口氣。「他想說如果能對我好一些，我就會有罪惡感，然後向他投降。」

「所以他才同意讓我跟你們去度假？」

「沒錯……可是波西，你去就是幫了我一個大忙。如果你能跟我們一起去就太好了。而且我想跟你談件事……」她突然不說話了。

❶波塞頓（Poseidon），海神，掌管整個海域，也是馬的製造者及守護神，力量象徵物是三叉戟。

❷克羅諾斯（Kronos），泰坦巨神的首領。參《神火之賊》三十五頁，註❶。

「你有事想跟我談？」我問。「你是說……那件事嚴重到我們得去聖湯瑪斯談？」

她抿一抿嘴。「聽著，你現在先忘了這件事。我們假裝自己是兩個平凡的人。我們出來開車兜風看看海，而且在一起很舒服。」

我感覺得出來有事情讓她心煩不已，但她擺出笑臉振奮精神，陽光讓她的頭髮看起來像一把火般閃耀著。

我們今年夏天常常混在一起。這完全不在我的計畫之內，但隨著混血營裡的事愈來愈嚴重，我就發現自己愈需要打電話給瑞秋，然後離開那裡。我只是需要一些喘息的空間，需要提醒自己還有一個凡人的世界存在，離那些把我當作沙包使用的怪物遠遠的。

「好吧，」我說：「就只是一個平凡的下午和兩個平凡的人。」

她點點頭。「所以……假設這兩個人互相喜歡對方，應該要怎麼樣才能讓這個傻男孩親吻那個女孩呢？」

「噢……」我覺得自己像阿波羅❸的神牛一樣，遲緩、愚笨、全身通紅。「呃……」

我不能假裝自己沒有想過瑞秋的事。她這個人好相處多了，比起……另一個我認識的女生。我不用非常小心到底該說什麼話才對，或是搔破腦袋試著了解她在想什麼。瑞秋隱瞞的不多，她讓你知道她的感受。

我不確定下一步會怎麼做……我一時分心，沒注意到巨大的黑色形體從天空飛下，四個馬蹄落在車上，發出砰砰砰巨響！

「嘿，主人，這車不賴！」我腦袋裡的聲音說。

飛馬黑傑克是我的老朋友，所以我很努力地耐住性子，不要為了牠在引擎蓋上弄出的凹洞生氣，而且我也不覺得我繼父會因此氣得七竅生煙。

「黑傑克，」我嘆口氣說：「你來做什麼……？」

等我看到是誰坐在牠背上時，我知道這一天不會就這麼簡單結束。

「喲，波西。」

查爾斯．貝肯朵夫是赫菲斯托斯❹小屋的資深指導員，他能讓大多數的怪物哭著找媽媽。他塊頭高大，身上的肌肉是每年夏天在打鐵鋪工作練就出來的成果。他比我大兩歲，是混血營裡最會修理盔甲的工匠。他做過一些了不起的機器裝置。一個月前，他在一輛載滿怪物、準備橫越美國的巴士廁所裡裝了一枚希臘火藥炸彈。就在一隻鳥身女妖沖馬桶的時候，炸彈爆炸了，把一整車克羅諾斯的邪惡爪牙都炸個精光。

貝肯朵夫一身戰鬥打扮。他身穿青銅護胸鎧甲、黑色迷彩褲，戴了一頂頭盔，腰間還繫著一把劍，裝著爆裂物的袋子則掛在肩上。

「時候到了？」我問。

---

❸ 阿波羅（Apollo），希臘神話中的太陽神。參《神火之賊》一〇一頁，註⑭。

❹ 赫菲斯托斯（Hephaestus），火神與工藝之神。參《神火之賊》一四五頁，註㉚。

他嚴肅地點點頭。

有個東西哽在我喉嚨裡。我知道會有這麼一天。我們已經計畫了好幾個星期，但我有一點點希望這一天永遠都不要到來。

瑞秋抬頭看著貝肯朵夫。「嗨！」

「喔，嗨！我是貝肯朵夫。你一定就是瑞秋了？波西有跟我說過……嗯，我是說，他有提到過你。」

瑞秋挑起一邊的眉毛。「眞的？很好。」她看了一眼黑傑克，而牠正在車子的引擎蓋上敲著馬蹄。「我猜你們現在大概要去拯救世界了。」

「算是啦。」貝肯朵夫也同意。

我無助地看著瑞秋。「你可不可以跟我媽說……」

「我會跟她說。我相信她一定習慣了。我也會跟保羅解釋引擎蓋的事。」

我點個頭致謝。我想這大概是保羅最後一次借車給我了。

「祝你好運。」就在我還來不及反應時，瑞秋親了我一下。「去吧，混血人，要替我多殺幾隻怪物喔。」

我看著她最後的身影。她坐在駕駛座旁的座位，雙手交叉在胸前，看著黑傑克載著我跟貝肯朵夫迴旋升空，愈飛愈高。不知道瑞秋到底想跟我說什麼，而我也不知道自己是不是還能活到那個時候。

「那麼，」貝肯朵夫說：「我猜你不希望我把剛剛那段小故事告訴安娜貝斯吧？」

「喔，天神啊，」我喃喃說著：「你想都別想。」

貝肯朵夫笑了，我們一起在大西洋上直衝雲霄。

我們發現目標時，天色幾乎已經暗了。安朵美達公主號在水面閃閃發亮。這艘巨大的郵輪亮起黃白交錯的燈光，遠遠看去，你會以爲只是一艘上頭開著派對的船，而不是泰坦王的總部。你愈靠近，愈能注意到那個船首巨大的人頭像。那是一個穿著希臘長袍的黑髮女子雕像，正被鎖鍊綑綁著，一臉驚恐，彷彿她能聞到自己被迫搭載的那群怪物身上的臭味。

再次看到這艘船讓我緊張到爆。我有兩次差點死在安朵美達公主號上，現在這艘船正往紐約直駛而去。

「你知道要怎麼做吧？」貝肯朵夫在風聲中吼著問我。

我點點頭。我們曾在紐澤西的一處修船廠裡，把報廢的船隻當作目標演練了很多次。我知道我們時間不多，但我也知道，想要趁克羅諾斯還沒開始進攻前就終結他們的行動，這是最好的機會。

「黑傑克，」我說：「把我們放在最下層的船尾甲板上。」

「遵命，主人，」牠說：「媽呀，我討厭看到那艘船。」

三年前，黑傑克曾經在安朵美達公主號上被奴役使喚，當時是靠我跟我朋友幫了牠一把才逃出來。我猜牠寧可讓自己像彩虹小馬❺一樣把鬃毛編成辮子，也不願再回到那裡。

「不用等我們。」我告訴牠。

「但是，主人……」

「相信我，」我說：「我們自己會逃出來。」

黑傑克收起翅膀，像顆黑色流星般向船隻俯衝而去，風聲在我耳邊呼嘯。我看到有怪物在上層甲板巡邏，是龍女、地獄犬和被稱爲鐵勒金❻的人形海豹怪。我們快速閃過，他們沒有一個響起警報。我們朝船尾直衝而下，黑傑克展開翅膀，輕輕降落在最下層的甲板上。我從牠身上爬下來，湧起一陣噁心感。

「主人，祝你好運，」黑傑克說：「別讓他們把你變成馬肉吃了！」

說完，我的老友向夜空飛去。我從口袋中拿出筆，打開筆蓋。我那支約一公尺長、用天界青銅製成的波濤劍伸展完成，在黑暗中發著光。

貝肯朵夫從口袋裡掏出一張紙，我以爲是地圖之類的東西，結果是一張照片。他在微弱的燈光下注視著照片，上面滿臉笑容的人是阿芙蘿黛蒂❼的女兒瑟琳娜．畢瑞嘉。「唉唷，你們都喜歡對方嘛！」這句話我們其他人已經說了好多年，而他們去年夏天終於開始約會。即使貝肯朵夫肩負這麼多危險的任務，但這個夏天是我看過他最開心的時候。

「我們絕對會回到混血營。」我向他保證。

有一瞬間，我看到他眼裡的憂慮，但他很快就換上原來信心滿滿的笑臉。

「那當然，」他說：「我們來把克羅諾斯炸個粉碎。」

貝肯朵夫在前頭帶路。我們沿著狹窄的走廊來到逃生梯，就像事先演練的那樣，但頭上傳來的聲響讓我們呆掉了。

「我不管你的鼻子說了什麼！」一種半人半狗的聲音吼著，那是一隻鐵勒金。「上次你說你聞到混血人的味道，結果是肉塊三明治！」

「肉塊三明治是很好吃！」第二個聲音狂吼：「但我發誓，這次絕對是混血人的味道。他們就在船上！」

「拜託，你的腦袋不在船上！」

他們繼續吵個沒完。貝肯朵夫手指著樓下。我們盡可能悄悄步下階梯。走過兩層樓後，鐵勒金的聲音逐漸遠去。

最後，我們來到一扇金屬門前。貝肯朵夫用嘴型說著：「引擎室。」

---

❺彩虹小馬（My Little Pony），美國八〇年代暢銷玩具，是幾隻造型可愛的各色小馬，後來還發展出電視卡通，極受歡迎。

❻鐵勒金（telkhines），魔法工匠，是鑄造武器的高手。他們有著狗頭和魚鰭手。泰坦王克羅諾斯的鐮刀與海神波塞頓的三叉戟，即是他們的傑作。後來他們用黑魔法對付宙斯，因而被關進地獄深淵塔耳塔洛斯。

❼阿芙蘿黛蒂（Aphrodite），掌管愛情及美貌的女神，參《神火之賊》一〇三頁，註⓱。

門鎖著，但貝肯朵夫從袋子裡拿出剪鎖的工具，門栓像奶油般被輕鬆剪開。

引擎室裡，一排像穀倉那麼大的黃色渦輪機正在嗡嗡運轉。壓力計和電腦終端機在對面的牆上排成一列。一隻鐵勒金彎著身子趴在控制台上，但他全神貫注在自己的事情上，所以沒有注意到我們。他身高大概一百五十公分，有著黑色光滑的海豹毛皮、粗短的小腳和像杜賓狗的頭；雖然手上有爪子，但幾乎就跟人類的手一樣。他在鍵盤上一邊打字，一邊咆哮又喃喃自語，大概是在發送訊息給醜臉網站上的朋友。

我走向前，他全身緊繃起來，大概是聞到了不對勁的氣味。他往旁邊跳開，要去按大大的紅色警鈴，但我擋住他的路。他發出嘶嘶叫聲向我撲來，我的波濤劍一揮，他立刻爆炸，化為一陣灰燼。

「死了一個，」貝肯朵夫說：「大概還有五千個要殺。」他丟給我一罐濃稠的綠色液體，這就是希臘火藥，世界上最危險的魔法物品之一。接著他又丟給我另一樣混血英雄的基本配備物——膠帶。

「把那個貼在控制台上。」他說：「我去處理渦輪機。」

我們開始工作。引擎室又熱又溼，我們很快就滿身大汗。

這艘船一直嘎嘎作響。身為波塞頓的兒子，我在海上擁有絕佳的方向感。別問我是怎麼做到的，但我就是知道現在位置是北緯四十點一九度、西經七十一點九度，並以十八節❽的航速前進，這表示到天亮我們就會抵達紐約港。現在是阻止這艘船前進的唯一機會。

我才剛把第二罐希臘火藥貼在控制台上，就聽到踩在金屬階梯上的重重腳步聲。往樓梯跑來的怪物數目之多，即使旁邊有引擎轟隆作響，都還聽得出來。這不是好現象。

我和貝肯朵夫對望。「還要多久？」

「很久。」他敲敲手錶，那是我們的遙控引爆器。「我還得綁上訊號器，再裝好啓動裝置。至少還要十分鐘。」

從腳步聲判斷，我們大概只剩十秒鐘的時間。

「我來引開他們。」我說：「跟你在會合地點碰頭。」

「波西……」

「祝我好運。」

他一臉想爭辯的樣子。我們原本預計從這艘船進出都不被發現，但是現在卻必須臨場做出反應。

「祝你好運。」他說。

我衝出門外。

有六隻鐵勒金踩著重重的步伐下樓。在他們開口喊叫之前，我已經用波濤劍快速從他們

❽船速以「節」為單位，一節等於一小時行駛一海里，一海里等於一點八五公里。

之中殺出重圍。我繼續往上爬，經過另一隻鐵勒金旁邊，他嚇得把印有小魔鬼卡通圖案的午餐盒掉在地上。我饒了他一命，有部分是因爲他的午餐盒很酷，另外我也希望他能去按一下警鈴，好讓他的同伴來追我，而不是往引擎室去。

我穿過一扇門，上到第六層甲板，繼續跑著。我相信鋪著地毯的大廳以前一定非常奢華壯觀，但是被怪物佔據了三年之後，壁紙、地毯和客艙的門滿是抓痕和黏液，就跟在龍的喉嚨裡感覺一樣（沒錯，不幸的是，我這句話是來自親身經歷）。

回想起我第一次來到安朵美達公主號時，我的死對頭路克留了一些被蠱惑的觀光客在船上做做樣子。他們因爲被迷霧所包圍，所以沒發現自己處在全是怪物的船上。我現在沒看到任何觀光客，也不願去想像他們的遭遇，但我懷疑他們是否有帶著摸彩的獎品回家。

我走到散步甲板上，那裡有一個大型購物商場，就位在船身中央。我整個人僵住了，廣場中央有個噴水池，一隻巨大的螃蟹蜷伏在池子裡。

我說的「巨大」，可不是那種七塊九毛九美元吃到飽的阿拉斯加帝王蟹那種「大」。我說的「巨大」，是比噴水池還要大。那隻怪物從水裡起身，身長接近四公尺，蟹殼夾雜藍綠花紋，螯比我的身體還長。

如果你看過螃蟹那滿是泡沫、碎屑和茂密鬍鬚的嘴巴，你就能想像眼前這一隻，絕不會比餐廳看板上的帝王蟹放大版好看到哪裡去。牠圓滾滾的黑眼珠瞪著我，看得出眼神中的聰明和……憎恨。我雖然身爲海神之子，在螃蟹先生的眼裡卻沒有加分。

「嘶……」牠發出聲音，海水泡沫從嘴裡流出。牠發出的味道，像塞滿臭魚的垃圾桶。警鈴大作。很快就會有許多怪物同伴過來陪我，我必須繼續前進才行。

「喂，小螃蟹。」我慢慢往廣場邊移動。「我只是要從你旁邊通過……」

螃蟹移動的速度驚人。牠急急爬出噴水池，直接朝我爬過來，兩隻大螯喀嚓喀嚓響。我鑽進禮品店，在一排T恤中費力前進。螃蟹的一隻大螯把玻璃牆打個粉碎，掃向整個房間。我往外衝出，呼吸急促，但螃蟹先生轉身向我追來。

「在那裡！」有個聲音從我頭頂的陽台上傳來。「有人入侵！」

要是我想製造混亂來分散注意力，那我已經成功了，但我不想在這裡開打。如果我在船中央被擊倒，就成了螃蟹的食物。

這隻邪惡的螃蟹向我撲來。我用波濤劍砍牠，掀掉牠一小塊爪子。牠發出嘶嘶聲響，吐著泡泡，但看起來似乎傷得不重。

我努力回想任何可以幫我解決這玩意兒的老故事。安娜貝斯曾經跟我說過蟹怪的故事，好像是海克力斯用腳把牠踩爛之類的情節。但這招在這裡行不通，因爲這隻螃蟹比我的銳跑球鞋還大了些。

然後我冒出個怪怪的念頭。去年聖誕節，我媽和我帶保羅．布魯菲斯去我們以前常去的蒙淘克海灘小屋過節。當時保羅跟我去抓螃蟹。他抓了滿滿一袋後，指著螃蟹的殼給我看，告訴我哪裡有縫隙，就在牠們醜陋的肚子中間。

問題是，要怎麼樣才能攻擊牠的肚子？

我看了看噴水池和大理石地板，那裡因爲被螃蟹爬過而黏黏滑滑的。我伸出手，把注意力集中在水上。噴水池爆裂開來，水噴得到處都是，有三層樓高，把陽台、電梯和商店窗戶淋得溼透。螃蟹不在乎，牠喜歡水。牠從側面攻擊我，兩隻螯喀嚓喀嚓響，嘴裡還發出嘶嘶聲。我筆直跑向牠，並大叫著：「啊——」

就在我們互撞前，我像滑壘那樣碰觸地面，再從溼答答的大理石地板上直接滑到這怪物下方。我就像滑到七公噸重的戰車底下一樣，這螃蟹只要一坐下就可以把我壓扁。在牠還來不及了解發生什麼事前，我把波濤劍刺進牠外殼的縫隙，然後放開劍柄，滑到螃蟹後方。

怪物抖動著並發出嘶嘶聲，眼神逐漸黯淡。當牠的身體內部蒸發時，蟹殼也跟著變得鮮紅，螃蟹的空殼喀啦喀啦掉落一地。

我沒時間欣賞我的傑作。當其他怪物和混血人正在大喊各種指令並配戴武器上身時，我跑向最近的樓梯。我兩手空空，雖然波濤劍遲早會自動回到我手上，但現在卻還插在螃蟹的殘骸裡，而我沒空去拿回來。

在八號甲板的電梯口，兩個龍女往我的方向滑動。她們腰部以上的皮膚有著綠色鱗片，雙眼是黃色的，舌頭分叉；腰部以下沒有腳而是兩條蛇的軀體。她們帶著長槍、背著網子，根據我以前的經驗，我知道她們會用這兩樣武器。

「這是……嘶……什麼……嘶？」一個龍女問。「獻給克羅諾斯的獎品……嘶！」

我沒有心情玩打蛇遊戲，但我面前有這艘船的模型，上面標示著「現在位置」。我把模型從底座拆下來，向第一個龍女丟去，打中她的臉，她跟那個模型一起倒在地上。我跳過她，抓起她同伴的長槍，並且把她甩了出去。她撞上電梯，我繼續往船頭跑去。

「抓住他！」第二個龍女尖叫。

地獄犬狂吠，一支箭從我的臉旁咻咻飛過，射中樓梯旁鑲嵌著桃花心木板的牆壁。

我不在乎，只要能讓怪物遠離引擎室，替貝肯朵夫多爭取一點時間就好。

我跑上樓梯，一個小孩向我衝下來。他看起來像是午覺剛睡醒，盔甲還沒穿好。他拔出劍來大喊：「克羅諾斯！」但聲音聽起來與其說是生氣，倒不如說是害怕。他應該只有十二歲，跟我剛到混血營時的年紀差不多。

想到這裡就讓我難過。這個小鬼被洗腦了，他因為生來是半神半人而被訓練得憎恨天神、謾罵天神。克羅諾斯在利用他，而這小鬼還把我當作敵人。

我不能傷害他，我也不必用武器對付他。我走進他的攻擊範圍，抓起他的手腕往牆上撞去，他的劍匡啷一聲從手裡掉下來。

接著我做了一件不在計畫內的事。這事大概蠢斃了，而且絕對會影響我們的任務，但我就是忍不住這麼做。

「你如果想活命的話，」我告訴他：「現在立刻下船，把這話也告訴其他混血人。」我一把將他推下樓梯，讓他滾到下一層去。

我繼續往上爬。

穿過咖啡廳的走道時，一段不好的回憶湧上心頭。我和安娜貝斯、同父異母的弟弟泰森三人，三年前第一次到這艘船上時，曾經溜到這裡來。

我衝到外面的主甲板上。左邊船頭外的天空由紫轉黑，暗了下來，夾在兩座玻璃塔之間的游泳池閃閃發亮，而玻璃塔有著更多的陽台和餐廳層。整艘船的上半部像是被遺棄般的詭異。我必須跑到船的另一邊，才能從樓梯下到直昇機停機坪，那裡是我們的緊急會合處。運氣好的話，貝肯朵夫會在那裡跟我碰頭，我們會跳入大海。我在水中的力量會保護我們兩個人，然後我們就可以在十五公里外引爆炸彈。

就在我跑到甲板的一半時，有個聲音讓我僵住了。「波西，你遲到了。」

路克站在我頭頂的陽台上，帶著疤痕的臉上掛著微笑。他穿著牛仔褲、白T恤和拖鞋，一副普通大學生的樣子，但他的眼睛洩漏了眞相——他的雙眼是純金的。

「我們等你好幾天了。」起初他的聲音聽起來很正常，就像路克的聲音，但是他的臉接著開始扭曲，身體還一陣抽動，像是剛喝了什麼令人作嘔的東西一樣。他的聲音變得更低沉、蒼老、有力——那是泰坦王克羅諾斯的聲音。他說的話就像刀鋒一樣刮擦著我的背脊。「來，向我跪下。」

「你慢慢等吧。」我低聲說。

勒斯岡巨人⑨像是聽到暗號一樣，從游泳池兩旁魚貫而入。他們每一個都有兩百五十公分高，身穿皮製盔甲，手裡拿著狼牙棒，手臂上有刺青。混血人弓箭手則出現在路克頭上的屋頂，兩隻地獄犬從另一邊的陽台跳下對我狂吠。才不過幾秒鐘，我已經被團團包圍。我一定是掉入陷阱，除非他們知道我要來，否則不可能這麼快就準備好要戰鬥。

我抬頭看著路克，心裡的怒火熊熊燃燒。不知道路克的意識在那個身體裡是不是還活著。可能他只有聲音被改變……也可能是克羅諾斯已經在適應他的新身體。我告訴自己這都無所謂，路克早在被克羅諾斯附身之前，就已經既變態又邪惡了。

我腦海裡的聲音說：「既然我最後還是得跟他一決勝負，何不就趁現在？」

根據那個大預言，我十六歲的時候會做出一個可能拯救或摧毀世界的決定。只剩下七天的時間，何不現在就做？如果我真的有力量，早做晚做又有什麼差別？現在打敗克羅諾斯，我就可以終結一切威脅，反正我以前跟怪物和天神都交手過。

「過來啊，」他說：「如果你敢的話。」

怪物群往旁邊散開。我走上樓梯，心怦怦跳個不停。我想一定有人會從我身後刺上一刀，但他們都讓開給我通過。我摸摸口袋，發現筆在裡面。我拿掉筆蓋，它變成波濤劍。

克羅諾斯的武器也出現在手上，那是把近兩公尺長的鐮刀，用一半天界青銅和一半凡界地鋼製成，光用看的就讓我膝蓋發軟，變得像果凍一樣。在我改變心意前，我出手攻擊。

❾勒斯岡巨人（Laistrygonians）是體型巨大的食人怪物。參《妖魔之海》五十七頁，註❹。

時間慢了下來。我說的是時間眞的慢了下來，因爲克羅諾斯有讓時間變慢的能力。我覺得自己像在糖漿裡走路一樣，手臂好沉重，劍幾乎拿不起來。克羅諾斯笑一笑，用正常的速度揮舞著鐮刀，等我一步步爬向死亡。

我努力抵抗他的魔法，把注意力集中在四周的海，這是我力量的來源。這幾年來我愈來愈能召喚、使用海水，但現在似乎什麼事都沒發生。

我又緩緩向前走了一步。巨人在嘲笑我，龍女發出斷斷笑聲。

「嘿，海洋啊，」我請求著：「現在隨時來都好啊。」

突然我覺得胸中一陣絞痛，整艘船向一邊傾斜，怪物們失去平衡。一萬多公升的海水從游泳池中湧出，把我、克羅諾斯和甲板上所有人都淋成落湯雞。水給了我打破時間魔咒的力量，我向前衝過去。

我向克羅諾斯出手，但還是太慢了。我不該看他的臉——路克的臉，那傢伙曾經是我的朋友。儘管我恨他恨得不得了，卻很難下手殺他。

克羅諾斯不像我有所遲疑。他舉起鐮刀往下砍，我向後跳開，邪惡的刀鋒只差幾公分就擊中我，然後在我雙腳間的地板上劃出一道縫隙。

我踢中克羅諾斯的胸膛。他踉蹌倒退，但他比路克原本的體重還重，感覺就像是踢一台冰箱一樣。

克羅諾斯又揮了一次鐮刀。我用波濤劍擋住，但他的攻擊力量很大，我的劍只能將鐮刀撥開。刀鋒削去了我的袖子，擦傷我的手臂。傷口應該不深，但我全身痛得不得了。我記得有個海怪這樣說過克羅諾斯的鐮刀：「小心點，愚蠢的人。輕輕一碰，鐮刀會從你的身體取走靈魂。」我現在明白他的意思了。我失去的不只是血，我可以感覺到自己的力量、意志和名字正一點一滴消逝。

我踉蹌後退，換左手拿劍，焦急絕望地向前攻擊。我的劍應該要穿過他的身體，卻從他的腹部彈開，彷彿我擊中的是堅硬的大理石。他不可能被那樣擊中還活著！

克羅諾斯大笑。「波西．傑克森，你表現得眞差勁。路克告訴我，你在劍術上從來就不是他的對手。」

我的視線開始模糊，我知道我的時間不多。「路克有大頭症，」我說：「但那至少是他自己的頭。」

「在最後的計畫揭曉前，」克羅諾斯若有所思地說：「現在殺了你太可惜。我很想看看當你知道我要怎麼摧毀奧林帕斯山時，你眼中流露出的恐懼。」

「你這艘船永遠都到不了曼哈頓。」我的手抽痛不已，兩眼開始冒金星。

「爲什麼到不了？」克羅諾斯眼睛發亮。他的臉——路克的臉——像張面具一樣，既不自然，而且還有某種邪惡力量從他身體後面發出光來。「你大概是仗著那帶炸彈的朋友吧？」

他往下看著游泳池說：「中村伊森！」

一個全身穿著希臘盔甲的青少年推開人群走來。他的左眼戴著黑色眼罩。我當然知道他是誰——涅梅西絲⑩之子中村伊森。我去年夏天在迷宮裡救過他一命，結果這小子報答我的方式，竟然是幫助克羅諾斯重生。

「成功了，主人，」伊森大聲說：「就和我們得到的消息一樣，我們找到他了。」

他拍拍手，兩個巨人拖著查爾斯．貝肯朵夫，緩緩地走到前面。我的心跳快停了。貝肯朵夫一隻眼睛被打腫，臉上、手上都是傷。他的盔甲已經不見了，衣服也幾乎被扯爛。

「不！」我大喊。

貝肯朵夫和我眼神交會。他看看他的手，彷彿要告訴我什麼。他的手錶！還沒被他們拿走，而那正是引爆器。炸彈有沒有可能還裝著？怪物當然不可能立刻就拆掉炸彈。

「我們在船中央發現了他。」其中一名巨人說：「他想偷溜進引擎室。我們現在可不可以把他吃掉？」

「很快就可以。」克羅諾斯對伊森咆哮：「你確定他沒有裝炸彈？」

「他才正要進引擎室，主人。」

「你怎麼知道？」

「呃……」伊森不安地動了動身體。「他正往那個方向去，而且他也跟我們這麼說。袋子裡都還是滿滿一袋炸彈。」

慢慢的，我開始懂了。貝肯朵夫騙過了他們。當他知道自己快被抓到，就立刻裝出要往另一個方向去，並且讓他們相信他還沒進入引擎室。希臘火藥可能還裝在那裡！但除非我們能下船引爆炸彈，否則也是徒然。

克羅諾斯猶豫了一下。

「千萬要相信啊。」我暗自祈禱。手臂痛得讓我幾乎站不住了。

「打開他的袋子。」克羅諾斯下令。

一名巨人從貝肯朵夫肩上扯下裝著炸彈的袋子。他往裡面瞧，嘴裡嘟噥著，還把袋子倒過來。怪物們驚恐地往後退。如果那袋子真的裝滿希臘火藥，我們全都會被炸得粉碎。但袋子裡掉出來的是一打水蜜桃罐頭。

我可以聽見克羅諾斯的呼吸聲，他努力壓抑住怒氣。

「你是不是……」他說：「在靠近廚房的地方抓到這個混血人？」

伊森臉色慘白地說：「嗯……」

「你是不是有派人真的去檢查過引擎室？」

伊森一臉惶恐地往後退，然後轉身拔腿就跑。

我暗自咒罵著。在炸彈被拆之前，我們只剩幾分鐘的時間。我又看了看貝肯朵夫，默默地向他發出疑問，希望他能了解我問的是：「有多久的時間？」

他用手指比了個圓圈。零。計時器上根本沒有延遲時間的裝置。如果他按下引爆器的開

---

⑩涅梅西絲（Nemesis），希臘神話中的報應女神。參《神火之賊》一五三頁，註㉞。

關，整艘船立刻就會爆炸。在按下引爆器之前，我們絕對沒辦法跑到安全範圍。怪物會先殺了我們，或是拆了炸彈，或者兩件事都做得成。

克羅諾斯轉向我，不自然地笑著。「波西．傑克森，你得原諒我這沒用的助手。但不要緊，我們幾週前就知道你們會來。」

他伸出手，晃著一條有鐮刀墜飾的銀手鍊。鐮刀是泰坦王的象徵。

我手上的傷口快把我的思考能力吸光了，但我低聲說：「聯絡工具……混血營裡有間諜。」

克羅諾斯笑了。「你不能依靠朋友，他們常會讓你失望。路克用慘痛的代價學到這個教訓。現在，放下你的劍向我投降，否則你的朋友只有死路一條。」

我吞了吞口水。一名巨人的手掐在貝肯朵夫的脖子上。我現在這樣根本救不了他，就算我試圖要救他，在這之前他就已經斷氣了。我們兩個都會死。

貝肯朵夫用嘴型向我示意：「快走。」

我搖搖頭。我不能拋下他。

第二個巨人還在水蜜桃罐頭堆裡東翻西找，這表示貝肯朵夫的左手可以自由移動。他緩緩舉起手，悄悄放在他右手腕的手錶上。

我想要大叫：「不！」

游泳池旁一名龍女發出嘶嘶聲說：「他在做嘶……什麼？他嘶……手腕的東西嘶……是什麼？」

貝肯朵夫緊閉雙眼，把手放在手錶上。

我別無選擇。我把劍當標槍一樣往克羅諾斯身上丟。劍從他的胸膛跳開，他毫髮無傷，但是嚇了一跳。我推開怪物群，從船邊跳下……直達水裡大約三十公尺深的地方。

我聽見船上傳來轟隆巨響。怪物在上面對我大叫，一支長槍從我耳邊飛過，一支箭刺中我的大腿，但我幾乎沒時間感覺疼痛。我潛入大海，用念力命令海流將我遠遠帶開……一百公尺、兩百公尺。

即使在遠處都能感受到炸藥撼動世界的威力。爆炸的熱度足以讓我後面的頭髮燒焦。安朵美達公主號從兩旁炸開，巨大的綠色火球滾進黑暗的天空，吞噬了一切。

貝肯朵夫，我想著他。

然後我眼前一片黑暗，像船錨一樣沉入海底。

2 海底宮殿

混血人做的夢爛透了。

因爲根本就不只是做夢，那是預知的景象與惡兆，還有其他任何讓我頭痛的神祕事物。

我夢見自己在一座山上的某個黑暗宮殿裡。非常不幸的，我知道這個地方是哪裡。這是泰坦巨神們在奧特里斯山[11]頂上的宮殿，這座山比較爲人熟知的名字是塔瑪爾巴斯山[12]，就位於加州。主涼亭向夜色敞開，四周圍繞著黑色的希臘圓柱和泰坦巨神雕像，火炬在黑色大理石地板的映襯下分外明亮。在宮殿中央，一個身穿盔甲的巨人在一團滾動的漏斗雲重壓下掙扎著，他是頂著天空的阿特拉斯[13]。

另外兩個巨人站在一旁，看著青銅的火盆，仔細端詳火焰裡的景象。

「相當大的爆炸。」其中一個巨人說。他穿著黑色的盔甲，上面點綴著銀色圓點，有如繁星滿天，兩邊有捲曲公羊角的戰盔遮住了他的臉。

「沒關係。」另一個說。這位泰坦巨神穿著金色袍子，有一對和克羅諾斯一樣的金色眼睛。他整個身體都在發光，讓我想起太陽神阿波羅，只不過這位泰坦巨神的光芒更加炙烈，表情也更猙獰殘酷。「天神們已經回應了我們的挑戰。他們很快就會被消滅。」

我很難看出火焰裡的景象，好像是有暴風雨、建築物倒塌、人類驚慌失措地尖叫著。

「我會去東邊指揮軍隊。」金色泰坦巨神說：「克里奧斯⑭，你來留守奧特里斯山。」

有公羊角的傢伙抱怨著：「我每次做的工作都最愚蠢。什麼南方之神、星辰之神。我現在還得照顧阿特拉斯，你卻可以去享受玩樂。」

阿特拉斯在漏斗雲下痛苦大喊：「讓我出去，我詛咒你們！我是你們當中最厲害的戰士。卸下我的重擔，讓我去戰鬥！」

「安靜！」金色的泰坦巨神吼著：「阿特拉斯，你有過機會，是你自己搞砸了。克羅諾斯希望你在這裡就好。至於你，克里奧斯，做你該做的事。」

「如果你需要更多的戰士怎麼辦？」克里奧斯問：「說到打仗，我們那個穿燕尾服的狡猾姪子可幫不了你。」

金色的泰坦巨神笑了。「別擔心他。況且，光我們第一個小小的挑戰就已經讓天神招架不住了，他們不知道我們手上還有多少招數呢。記住我的話，只要幾天的功夫，奧林帕斯山就

---

⑪奧特里斯山（Mount Othrys），是泰坦巨神的大本營。參《迷宮戰場》一六三頁，註51。

⑫塔瑪爾巴斯山（Mount Tamalpais），位於美國加州，區內大部分已劃入國家公園。參《迷宮戰場》五十三頁，註⑫。

⑬阿特拉斯（Atlas），希臘神話中的擎天神。參《泰坦魔咒》三二五頁，註68。

⑭克里奧斯（Krios），泰坦巨神之一，克羅諾斯的兄弟，掌管星辰和南方。參《迷宮戰場》一二五頁，註41。

會成爲廢墟，我們會在這裡重逢，慶祝第六時期[15]的開始！」

金色的泰坦巨神化作火焰消失。

「噢，當然啦，」克里奥斯抱怨說：「他可以化成火焰，我卻得戴著這些愚蠢的公羊角。」

場景換了。我現在站在涼亭外，藏在一根希臘圓柱的陰影裡。有個男孩站在我旁邊，偷聽泰坦巨神說話。他有著一頭烏黑如絲的頭髮，膚色蒼白，穿著深色衣服，他是我的朋友尼克．帝亞傑羅，黑帝斯[16]之子。

他一臉嚴肅地直視著我。「波西，你看到了吧？」他小聲對我說：「你的時間不多了。你眞的認爲不用我的計畫就可以打敗他們嗎？」

他的話像海水一樣冰冷地打在我身上，我的夢境一片黑暗。

「波西？」一個低沉的聲音說。

我的頭像是包著錫箔紙放在微波爐裡加熱過一樣。我睜開眼睛，看見一個巨大的人影在我身上晃動。

「是貝肯朵夫嗎？」我抱著希望問問看。

「不是的，哥哥。」

我的眼睛重新對焦，看到的是一個獨眼巨人[17]，有著一張畸形的臉、灰棕色頭髮，還有一隻充滿擔憂眼神的大棕色眼睛。「你是泰森？」

我的弟弟露出牙齒微笑著。「耶！你的腦袋管用了！」

這我可不確定。我全身輕飄飄又冷冰冰的，聲音聽起來不對勁。我聽得見泰森說話，但卻覺得聽到的像是腦袋裡的震動，而不是聲音。

我坐起身，一條薄被滑了下去。我坐在一張用光滑海草編成的床上，房裡的牆上鑲著鮑魚殼做裝飾。如籃球般大小的珍珠閃閃發光，在天花板上來回飄動，提供光線。我在水裡。

身為波塞頓的兒子，我可以適應這一切。我能在水裡呼吸，除非我想讓衣服溼透，否則我不會溼。可是當有隻槌頭鯊從臥室窗戶游進來，上上下下打量我，然後安靜地從房間另一頭游出去，我還是有點被嚇到。

「我在哪裡……？」

「爸爸的宮殿。」泰森說。

如果在別的情況下，我會因此而興奮得不得了。我從沒來過波塞頓的宮殿，我想看看這裡已經想了好幾年，但現在我的頭很痛，襯衫還有著爆炸造成的焦痕。我手腳上的傷已經痊

⓯第六時期（Sixth Age），根據希臘神話，人類的演進共有五大時期，分別是：黃金、銀、青銅、英雄和鐵。其中的黃金時期就是由克羅諾斯統治的泰坦巨神時代。

⓰黑帝斯（Hades），冥界之王，掌管整個地底世界，是宙斯與海神波塞頓的兄弟。

⓱獨眼巨人（Cyclops），善於煉製天神武器的巨人族。參《妖魔之海》八十九頁，註⓱。

癒了，只要有足夠的時間，光是待在海裡就能讓我復元，不過我仍然覺得像是被一支穿著釘鞋的勒斯岡巨人足球隊踩過一樣。

「我在這裡多久……？」

「我們昨天晚上發現你的，」泰森說：「你沉入海裡。」

「安朵美達公主號呢？」

「轟隆一聲爆掉了。」泰森證實了結果。

「貝肯朵夫也在船上。你有沒有找到……」

泰森有點黯然。「沒有他的蹤跡。對不起，哥哥。」

我望向窗外深藍的大海。貝肯朵夫今年秋天應該要上大學。他有女朋友，也有一大群朋友，大好前程正等待他開創，他不能就這樣走了。也許他像我一樣都從船上逃出來；也許他是從另一邊跳下……，然後呢？他不可能像我一樣跳進三十公尺深的海裡還能存活。他在船爆炸時不可能來得及逃開。

我知道他死了，他用自己的生命摧毀了安朵美達公主號，而我拋棄了他。

我想到剛剛做的夢。泰坦巨神毫不在乎地討論著爆炸的事，尼克．帝亞傑羅警告我如果不照他的計畫就打不贏克羅諾斯，而我逃避這個危險的想法已經超過一年了。

遠處的爆炸使房間晃動。綠色火焰在外面燃燒，把整片海洋照得像白晝一樣。

「那是怎麼回事？」我問。

泰森一臉擔憂的樣子。「爸爸會跟你解釋。來吧，他正在炸掉怪物。」

這座宮殿要不是因爲剛遭到破壞，否則一定是我看過最令人驚奇的地方。我們游到長廊盡頭，再從噴泉往上游。游到屋頂時，我停下來喘口氣……嗯，如果你能在水裡喘氣的話。

這座宮殿跟奧林帕斯山上那座城一樣大，有著寬廣的庭院、花園和圓柱涼亭。花園是用珊瑚和海裡的發光植物雕飾而成。有二、三十棟用鮑魚殼做成的建築物，雖然底色是白色，卻閃著彩虹的七彩亮光。魚群和章魚從窗戶游進游出，道路用發光的珍珠排列裝飾，如同聖誕節燈飾一樣。

主庭院裡滿是戰士。雄人魚腰部以下是魚的尾巴，腰部以上是人的身體，不過他們的皮膚是藍色的，這點我以前從來不知道。有些人魚在照料傷患，有些在磨利長槍和劍。卡通《小美人魚》裡可沒演這些。

庭院外豎立著防禦工事，有高塔、城牆、反制圍攻的武器，但大多數都已經損毀，有些則冒著奇怪的綠色火焰，我很清楚那是什麼東西——那是即使在水裡都能燃燒的希臘火藥。

除了這些之外，海底是一片漆黑昏暗。我可以看到戰事激烈進行著，帶著能量的閃光、爆炸、軍隊交鋒。凡人大概會覺得太暗了，什麼都看不到，更慘的是，他們恐怕早就被水壓給壓扁或凍死了。就算我的眼睛對熱很敏感，也看不出到底發生了什麼事。

在宮殿的邊緣，一座有著紅珊瑚屋頂的神廟爆炸了，火苗和碎片以慢動作射往更遠的花園。頭頂上一片黑暗中，出現了一個巨大形體，是一隻比任何摩天大樓還大的烏賊，正被一團發光的塵雲包圍著。起初我以為那是灰塵，後來才看出是一大群人魚正在攻擊這隻烏賊。烏賊爬到宮殿上，猛力拍打牠的觸角，擊倒了一排戰士。然後一道很強的藍色弧形光芒從那棟最高建築的屋頂射出，擊中了大烏賊怪，牠便像食用色素一樣融化在水裡。

「爸爸。」泰森說著，指著發出光芒的地方。

「那是他做的？」我突然覺得有希望多了。我爸有不可思議的力量，他是海神，他可以應付這種攻擊吧？也許他會讓我幫忙。

「你有沒有去打仗？」我用讚歎的語氣問著泰森：「有沒有用你驚人的獨眼巨人力量把敵人的頭打碎？」

泰森嘟起嘴，我馬上知道自己問錯了。「我都在……修理武器。」他低聲說：「來吧！我們去找爸爸。」

我知道這話聽在許多有正常父母的人耳裡很奇怪，但我這輩子確實只見過我爸四、五次，因為希臘天神並不會去參加他們孩子的籃球賽。但我想這次應該可以見到波塞頓。

我錯了。

神廟的屋頂上搭起一片巨大的開放式平台當作指揮中心。地板上的馬賽克磁磚顯示出宮殿和鄰近海域的地圖。這些磁磚會移動，彩色的磁磚代表著不同的軍隊和海怪，它們隨著力量轉換而改變位置，那些實際上倒塌的建築物在地圖裡也會倒下。

一群奇怪的戰士站在馬賽克磁磚旁，嚴肅地研究著戰爭，但是他們沒有一個看起來像我爸。我在找那個一身古銅色肌膚、留著黑鬍子、穿著百慕達短褲和夏威夷衫的高大男子，那裡沒有一個人長那樣。

其中有個男子是有著兩條魚尾巴的人魚，他全身都是綠色，盔甲上點綴著珍珠，一頭黑髮綁成馬尾，看起來很年輕。非人類的年紀不太好猜，他們可能都有幾千歲了。站在他旁邊的是個有著白鬍子和灰頭髮的老人，他的戰袍和盔甲快把他壓垮了。他的眼珠子是綠色的，四周有笑紋，但現在臉上沒有笑容。他靠在一支粗大的金屬權杖上，研究著地圖。他的右邊站著一位穿綠色盔甲的美麗女子，黑髮飄逸，頭上有個像螃蟹螯的小小怪角。另外還有一隻一般的海豚，也很認眞看著地圖。

「達分，」老人說：「叫帕勒蒙⑱和他的鯊魚團去前線西邊。我們得要求那些海怪採取中立的態度。」

海豚用吱吱聲回答，但我腦中可以聽得懂他說的是：「遵命，殿下！」然後就游走了。

我訝異地看看泰森，再看看老人。

這似乎是不可能的事，但是……「爸！」我叫他。

---

⑱帕勒蒙（Palaemon），年輕的海神，在希臘羅馬神話中常被描繪成騎著海豚的男孩。

老人抬起頭來。我認得他眼裡的光芒，但是他的臉……他看起來像老了四十歲一樣。

「嗨，波西。」

「你……發生什麼事了？」

泰森推推我。他頭搖得好用力，真擔心他的頭會掉下來，但波塞頓看起來沒有被冒犯。

「泰森，沒關係。」他說：「波西，抱歉，我看起來很憔悴。這場戰爭讓我很不好過。」

「但你是不死之身，」我沉著地說：「你有辦法讓自己……看起來要怎麼樣就怎麼樣。」

「我的面容反映出我領土的狀態，」他說：「而現在的狀態是一片愁雲慘霧。波西，我應該向你介紹……可惜你剛錯過了我的達分中尉，他是海豚之神。這位是我的，嗯，妻子，安菲屈蒂[19]。親愛的……」

身穿綠盔甲的女士冷冷地瞪著我，隨即將手交叉著說：「殿下，請容我先告退。戰場上需要我。」

她游走了。

我覺得好尷尬，但不能怪她。我從來沒想這麼多，但我爸的確有一位非人類的妻子。他所有和凡人的羅曼史，包含跟我媽的戀情在內……嗯，安菲屈蒂大概很討厭這些事吧。

波塞頓清了清喉嚨。「是的……這位是我的兒子崔萊頓[20]。嗯，是我另一個兒子。」

「是你的兒子，也是繼承人。」這個綠傢伙糾正波塞頓，他的兩條魚尾來回擺動著。他對我微笑，但眼裡沒有任何友善的表示。「哈囉，柏修斯．傑克森。終於來幫忙啦？」

他用一副我是遲到還是偷懶的表情看我。如果在水裡會臉紅的話，我想我的臉現在大概紅得不得了。

「告訴我該做些什麼。」我說。

崔萊頓笑得像是我說了什麼可愛的建議似的，好像我只是隻好玩的狗，正對他汪汪叫討東西吃。他轉向波塞頓說：「父親大人，我會去負責前線。別擔心，我不會失敗的。」

他禮貌性地向泰森點點頭，讓我不懂爲何沒得到那樣的尊敬？然後他衝進了水域中。

波塞頓嘆口氣。他舉起權杖，這權杖已變成他平常使用的武器——一支巨大的三叉戟，尖端閃耀著藍色光芒，四周的水因爲它的能量而沸騰著。

「我對剛才的事感到抱歉。」他對我說。

一條巨大的海蛇出現在我們上頭，盤旋而下往屋頂游去。牠全身是閃亮的橘色，滿口尖牙的大嘴，大到能夠吞下一整座體育館。

波塞頓幾乎看都不用看，把三叉戟往那怪物一比，就用藍光擊中了牠。碰的一聲，怪物爆裂成百萬條小魚，然後全部驚恐地游走了。

⓳ 安菲屈蒂（Amphitrite），海精靈，也是海神波塞頓的妻子，曾經為了拒絕波塞頓的追求而躲藏起來。後來波塞頓在海豚達分（Delphin）的幫助下，終於贏得芳心。

⓴ 崔萊頓（Triton），相貌為半人半魚，是波塞頓和安菲屈蒂所生的兒子，也是海神王位繼承人。

「我的族人很焦急。」波塞頓彷彿什麼事都沒發生過一樣繼續說著：「對抗歐開諾斯[21]的戰爭不樂觀。」

他指著馬賽克地磚邊緣，用三叉戟底部敲了敲一隻比較大的人魚圖案。那隻人魚頭上長著牛角，看起來像是駕了一輛用小龍蝦拉的戰車，手上拿的武器並不是劍，而是一條活生生的海蛇。

「歐開諾斯，」我說，努力回想他到底是誰，「他是泰坦海神嗎？」

波塞頓點點頭。「他在天神與泰坦巨神的第一次戰爭裡保持中立，但克羅諾斯這次說服他來打仗。這……不是個好兆頭。歐開諾斯要不是已經確定誰是勝利的一方，是不會參戰的。」

「他看起來呆呆的。」我試著說些振奮人心的話。「誰會用蛇當武器啊？」

「爸爸會把蛇扭起來打結。」泰森肯定地說。

波塞頓笑了，但他看起來很疲倦。「謝謝你們對我這麼有信心。這場戰爭我們已經打了快一年，我的力量損耗掉不少。但他們居然還能找到新的力量來攻擊我，就是這隻我早就遺忘了的古老海怪。」

我聽見遠處傳來爆炸聲，大約半公里外的一座珊瑚山被兩個巨大生物壓得粉碎。我依稀看出那兩個生物的形體，一個是龍蝦，另一個卻像是被一群手包圍的獨眼巨人。我本來以爲他身上戴了一堆大章魚，後來才發現那些都是他自己的手，一百隻不斷揮動、戰鬥的手。

「布萊爾斯！」我說。

我很高興看到他，但他看起來像在爲了自己的性命決一死戰。他是百腕巨人㉒這一族唯一剩下的一位，百腕巨人是獨眼巨人的表親。我們去年夏天把布萊爾斯從克羅諾斯的牢裡救出來，我知道他一定會來幫助波塞頓，雖然從那之後就一直沒有他的消息了。

「他很會打仗，」波塞頓說：「眞希望我們有一整支像他那麼強的百腕巨人軍隊，可惜他是唯一的一個。」

我看到布萊爾斯發出怒吼，抓起那隻受到重創、兩隻螯還在劇烈舞動的龍蝦。他把龍蝦丟下珊瑚山，讓牠消失在黑暗裡。布萊爾斯跟在牠後面游去，他的一百隻手轉動得像電動船的旋轉葉片一樣。

「波西，我們時間不多了，」我爸說：「把你的任務告訴我。你有沒有看到克羅諾斯？」

我一五一十地告訴他，不過說到貝肯朵夫時，我哽咽得說不出話來。我低頭看著下面的庭院，看見數百名受傷的人魚躺在擔架上。我看見好幾排珊瑚堆，大概是倉促堆起來的墳墓。我知道貝肯朵夫不是唯一的死者，他只是數百個或數千個死者之一。我從來沒覺得這麼憤怒又無力。

波塞頓摸摸鬍鬚。「波西，貝肯朵夫選擇了英雄式的死法，你不需要爲此自責。克羅諾斯

㉑歐開諾斯（Oceanus），是泰坦時代的海神。參《泰坦魔咒》一一三頁，註㉜。

㉒百腕巨人（a Hundred-Handed One），擁有一百隻手臂的巨人族，又稱赫卡冬克羅（Hekatonkheires）。參《迷宮戰場》一五七頁，註㊿。

的軍隊將被擊敗，他們許多人會被摧毀。」

「可是我們並沒有殺死他吧?有嗎?」

話一出口，我就知道我太天眞了。我們可能炸掉他的船，擊潰他的怪物，但泰坦王卻沒這麼容易就被殺死。

「的確沒有。」波塞頓承認。「但是你替我們爭取到一些時間。」

「船上也有混血人。」我想起在樓梯上遇見的男孩。我努力讓自己專心對付怪物和克羅諾斯。我說服自己摧毀那艘船沒關係，因爲船上都是邪惡的怪物，他們開船去攻擊我的城市，況且他們不可能眞的被殺，因爲怪物只會蒸發，最終還是會恢復原形，但混血人就……

波塞頓把手放在我肩上。「波西，船上只有幾名混血人戰士，他們選擇要替克羅諾斯作戰。或許當中有人注意到你的警告而逃走。如果他們沒有……是他們選擇了自己要走的路。」

「他們被洗腦了!」我說：「現在他們死了，但是克羅諾斯仍然活著。那樣並不會讓我比較好過。」

我憤怒地望著馬賽克地磚——有一小塊磁磚爆炸，摧毀了磚塊怪物。這在地圖中看起來多麼輕而易舉!

泰森摟著我。如果有任何人想這麼做，我會把他推開，但是泰森又高大又固執，不管我要不要，他都緊緊抱著我。

「哥哥，不是你的錯。我們這次沒炸好。下次我們再用大棍子打他。」

「波西，」我爸說：「貝肯朵夫的犧牲沒有白費。你們已經瓦解他們進攻的力量，紐約暫時安全了。這讓其他奧林帕斯天神能夠專心應付更大的威脅。」

「更大的威脅？」我想到金色泰坦巨神在我夢裡說的話：「天神已經回應了我們的挑戰。他們很快就會被消滅。」

父親臉上閃過一抹陰影。「你一整天經歷的傷痛已經夠多了。問問奇戎❷❸你什麼時候可以回混血營吧！」

「回混血營？但是你這裡也有麻煩。我想幫忙！」

「不行，波西。你的工作是在別的地方。」

我不相信我所聽到的。我看著泰森，要他支持我。

泰森咬咬嘴唇說：「爸爸……波西可以用劍打仗，他很厲害。」

「我知道。」波塞頓溫柔地說。

「爸，我可以幫忙，」我說：「我知道我辦得到。你在這裡不可能撐太久的。」

一團火球從敵方射入天空。我以為波塞頓會讓它轉向或什麼的，但火球卻掉在庭院外面的角落爆炸，讓人魚們在水裡晃動不已。波塞頓皺著眉頭，彷彿被刺中了一般。

---

❷❸奇戎（Chiron）是半人馬族的一員。半人馬族是半人半馬怪，個性粗野暴力，其中只有奇戎個性溫和，充滿智慧，是希臘神話中許多混血英雄的老師。

「回混血營去，」他很堅持，「告訴奇戎時候到了。」

「什麼時候到了？」

「你一定要去聽預言，完整的預言。」

我不需要問他是什麼預言。我聽了好幾年關於「大預言」的事，但從沒人告訴過我完整的內容，只知道我會做出一個攸關全世界命運的決定，一個不是被迫做出的決定。

「如果現在要做的就是那個『決定』呢？」我說：「留在這裡打仗或是離開？萬一我離開而你……」

我說不出「死」這個字。天神理當不會死，但我看過這種事發生。就算沒死，天神也會被縮小到幾乎什麼都不剩，或是被流放，像克羅諾斯以前那樣被關在塔耳塔洛斯㉔。

「波西，你必須離開，」波塞頓很堅持：「我不知道你最後的決定會是什麼，但你的戰鬥是在上面的世界。就算不為別的，你也必須回去警告混血營裡的朋友。克羅諾斯知道你們的計畫，你們當中有間諜。我們會在這裡苦撐下去。我們別無選擇。」

泰森難過地緊緊抓著我的手說：「哥哥，我會想念你的！」

爸爸看著我們兩個，似乎又老了十歲。「泰森，我的兒子，你也有工作要做。兵工廠需要你的幫忙。」

泰森又噘起嘴。

「我會去的。」他抽噎著說。泰森緊緊抱著我，幾乎要弄斷我的肋骨了。「波西，你要小心！不要讓怪物殺了你！」

我努力裝出很有信心的樣子點點頭，但這對大個兒來說太難以承受。他哭著往兵工廠的方向游去，他的表親在那裡修理長槍和劍。

「你應該讓他參戰。」我告訴爸爸。「他痛恨被困在兵工廠裡，你難道看不出來嗎？」

波塞頓搖搖頭。「我把你往危險的地方送已經夠糟了。泰森還小，我必須保護他。」

「你應該信任他，而不是企圖保護他。」我說。

波塞頓的眼裡閃著怒火。我以爲我說得太過頭，但是他低頭看著馬賽克地磚，肩膀垂了下來。地磚上，駕著小龍蝦戰車的美人魚愈來愈接近宮殿了。

「歐開諾斯接近了，」爸爸說：「我必須親自和他交戰。」

我從沒替天神擔心過，但我看不出爸爸要怎麼對付這個泰坦巨神，而且還得打贏他。

「我會撐住，」波塞頓向我保證，「我不會放棄我的領土。波西，告訴我，你是不是還留著我去年夏天送你的生日禮物？」

我點點頭，掏出我的混血營項鍊，項鍊上每一顆珠子代表我在混血營度過的每個夏天。但從去年夏天開始，我也在繩子上綁著一枚沙幣，那是我爸送給我的十五歲生日禮物。他告訴我，我會知道何時該「花掉這筆錢」，不過到目前爲止，我還沒弄懂他的意思。我只知道這

㉔塔耳塔洛斯（Tartarus），希臘神話中的冥界最深處，是永無止盡的黑暗之地。

枚錢幣塞不進學校餐廳的自動販賣機。

「時候到了。」他保證。「運氣好的話，下星期你生日的時候，我還會見到你，到時我們就能好好替你慶生了。」

他笑一笑，有那麼一刻，我看見他眼裡有著從前的那種光芒。

整片海洋在我們面前暗下來，像是有漆黑的風暴往這裡推進。雷聲劈哩啪啦響著，這種事在水裡應該不會發生才對。一大片冰體逐漸接近，我感覺到一股恐懼穿過底下的士兵們。

「我必須現出真正的天神原形。」波塞頓說：「快走……祝你好運，我的孩子。」

我想要鼓勵他或是去抱他一下，但我知道最好不要繼續待在這裡。當天神現出真正的原形時，那股力量大到會讓任何看著他的凡人粉身碎骨。

「父親，再見。」我勉強說出口。

接著我轉過身。我用念力控制海流，讓它幫助我。海水在我身旁旋轉，我高速衝出海面，快得會讓凡人像氣球一樣爆炸。

等我回頭去看，只見藍綠色的光影交錯閃動。我父親正在和泰坦巨神戰鬥，海洋已被兩支不同的軍隊一分為二。

3 完整預言

你如果想在混血營成為人氣王，就不要出完任務帶著壞消息回去。我從海裡一走出來，我回來的消息就立刻傳開。

我們混血營的海灘位於長島北岸，因為施了魔法，所以大部分的人都看不到。一般人不會就這麼出現在海灘上，除非他們是混血人或真的只是迷路的披薩外送員（以前真的發生過，但那是另一個故事了）。

總之，那天下午負責巡邏的是荷米斯[25]小屋的柯納．史托爾。他一看到我就興奮得從樹上摔下來。接著他吹起海螺，向混血營發出信號，然後跑過來歡迎我。

柯納刁鑽的笑容，很符合他鬼靈精的幽默氣質。他人真的很好，不過他在你身邊時，你也要一手放在自己的皮夾上，而且不管在任何情況下，都不可以讓他接近你的刮鬍膏，除非你希望看到自己的睡袋沾滿刮鬍膏。他有著一頭棕色捲髮，比他的兄弟崔維斯矮一點，這也是我唯一可以分辨出他們兩人的方法。他們兩個一點都不像我的宿敵路克，所以很難讓人相

---

[25] 荷米斯（Hermes），商業、旅行、偷竊及醫藥之神。參《神火之賊》一一九頁，註[21]。

信他們都是荷米斯的兒子。

「波西！」他大叫。「發生什麼事？貝肯朵夫呢？」

他看到我的表情，笑容沒了。「噢，不，可憐的瑟琳娜。偉大的宙斯啊，如果讓她知道這件事的話……」

我們一起爬上沙丘。一百公尺外，已經有一波波人群向我們跑來。他們開心大笑又激動不已，心裡大概想著：「波西回來了！他又化解了一次危機！說不定還帶了紀念品！」

我走到涼亭餐廳，停下來等他們，沒必要急著衝下去告訴他們我有多麼失敗。我凝視整片山谷，努力回想我第一次看見混血營的樣子。那好像是幾百萬年前的事了。

站在涼亭餐廳，整個混血營幾乎可以一覽無遺。山丘環繞著山谷，最高點是混血之丘，上面有泰麗雅的松樹，樹枝上掛著金羊毛，用魔法保護混血營免於敵人的攻擊。看守的小火龍皮琉斯長得好大，我現在可以從這裡看到牠正蜷曲在樹幹旁，打呼時還會冒煙。

我右邊是綿延的森林，左邊是閃閃發亮的獨木舟湖，還有攀岩的石牆因為有岩漿流下而閃閃發光。一共有十二間小屋呈U形環繞在廣場四周，每一間代表一位奧林帕斯天神。往南方更遠一點的是草莓園、兵工廠，還有漆著藍色、掛著銅鷹風向標的四層樓高主屋。

就某方面來說，混血營一點都沒變。但光看建築物或田園，看不出有沒有發生戰事，你只能從那些向山丘跑過來的混血人、羊男和水精靈的臉上看出戰爭的痕跡。

混血營現在的人數沒有四年前夏天那麼多了。有些人離開後不再回來；有些人戰死了；

有些……我們儘量避免談到他們——那些已經投靠敵營的人。

還留在這裡的人不但飽受戰爭折磨，也非常疲累。混血營裡現在很少聽到笑聲，即使是荷米斯小屋的學員也不常惡作劇了。因爲當你的生命感覺就像是個大玩笑，實在很難再去欣賞什麼笑話。

奇戎首先踏著馬蹄答答進了涼亭，在他來說這輕而易舉，因爲他腰部以下是白馬的身體。經過一個夏天，他的鬍子已經又長又亂。他身上穿著一件T恤，上面寫著：「我另一部車是半人馬」，背上背著一把弓。

「波西！」他說：「感謝天神。但……」

安娜貝斯跟在他後面跑進來。我承認看到她的時候，心裡像跑接力賽一樣緊張。我不是說她把自己打扮得很漂亮。我跟她一起進行過這麼多戰鬥任務，她幾乎都沒有梳過她的金色捲髮，也不在乎穿什麼衣服。她通常都是同一套舊橘色混血營T恤和牛仔褲，偶爾穿上青銅盔甲。她的眼睛是暗灰色的，大多數時候，我們都是處在一種不把對方勒死就無法好好談話的狀態。不過光看到她，就讓我腦袋一片空白。去年夏天，就在路克變成克羅諾斯、一切都變得令人絕望的時候，有幾次我以爲我們大概……嗯，已經過了想把對方勒斃的階段。

「發生了什麼事？」她抓住我的手。「路克他……」

「整艘船炸掉了。」我說：「他沒死。我不知道他在……」

瑟琳娜．畢瑞嘉推開人群。她的頭髮沒梳，甚至沒化妝，這完全不像她的風格。

「查理在哪兒？」她環顧四周，彷彿貝肯朵夫躲在哪裡似的。

我無助地看了奇戎一眼。

年邁的半人馬清一清喉嚨。「親愛的瑟琳娜，我們到主屋談談……」

「不！」她喃喃說著：「不，不！」

她開始哭泣，我們其他人站在四周，震驚得說不出話來。這個夏天我們已經失去很多人，但現在最慘。貝肯朵夫走了，感覺像是有人把整個混血營的錨偷走一樣。

最後阿瑞斯㉖小屋的克蕾莎走向前，摟著瑟琳娜。戰神的女兒和愛神的女兒做朋友，她們的友誼顯得非常奇特。自從去年夏天，瑟琳娜給了克蕾莎關於她第一個男朋友的建議，克蕾莎就決定當起瑟琳娜的私人保鏢。

克蕾莎穿著血紅色的盔甲，棕髮用頭巾綁起來。她的塊頭像橄欖球員一樣高大結實，臉上始終一副氣呼呼的表情。但此刻她正溫柔地跟瑟琳娜說話。

「來吧，女孩，」她說：「我們一起到主屋去。我替你弄杯熱巧克力。」

大家轉身三三兩兩離開，回到各自的小屋。現在沒有人高興看到我，沒有人想聽那艘船被炸掉的事。

只有安娜貝斯和奇戎留下來。

安娜貝斯擦掉臉上的淚水。「海藻腦袋，很高興你沒死。」

「謝了，」我說：「我也很高興我沒死。」

奇戎把手放在我肩上。「我相信你盡了一切努力，波西。能不能告訴我們事情經過？」

我不想再說一次，但還是把整件事都告訴他們，包括夢到泰坦巨神的事。至於尼克的部分我沒說，尼克要我發誓在下定決心之前，絕對不可以把他的計畫告訴別人，而這項計畫太可怕，我不介意守住這個祕密。

奇戎往下凝視著山谷。「我們必須立刻召開戰事會議，討論間諜和其他議題。」

「我爸波塞頓提到另一項威脅，」我說：「某種比安朵美達公主號更大的威脅。我認為那就是泰坦巨神在我夢裡說的。」

奇戎和安娜貝斯交換了一下眼神，彷彿他們知道我所不知道的事。我很討厭他們這樣。

「我們也會在會議上討論這一點。」奇戎保證。

「還有一件事。」我深吸一口氣。「我跟我父親談話時，他要我告訴你時候到了，我需要知道完整的預言內容。」

奇戎的肩一沉，但看起來毫不驚訝。「我一直害怕這天到來。很好。安娜貝斯，我們會告訴波西實情，和盤托出。走，我們到閣樓去。」

我以前去過主屋的閣樓三次，其實我根本一點都不想去。主屋裡有道梯子通往閣樓。眞

㉖阿瑞斯（Ares），希臘神話中的戰神。參《神火之賊》一二五頁，註㉕。

不知道奇戎要怎麼上去，因爲他是個半人馬。不過，他根本連試都不用試。

「你知道放在哪裡，」他直接交代安娜貝斯，「請你將它拿下來。」

安娜貝斯點點頭。「來吧，波西。」

屋外太陽漸漸西沉，閣樓比平常更陰森可怕。昔日英雄的戰利品堆得到處都是，有凹凸不平的盾牌、浸泡各種怪物頭顱的玻璃罐、一面銅牌上有一對模糊的骰子，上面寫著「荷米斯之子葛斯於一九八八年偷自克呂薩奧爾[27]的喜美轎車。」

我拿起一把彎曲的青銅劍。這把劍實在彎得太厲害，看起來像字母M，上面還看得出綠色痕跡，那是用來保護這把劍的魔法毒藥。標籤上的日期是去年夏天，上面寫著：「坎佩[28]，毀於迷宮之戰。」

「你記不記得布萊爾斯丟擲巨石的事？」我問。

安娜貝斯勉強擠出笑容。「還有格羅佛引發的大恐慌[29]。」

我們互相凝視。我想起去年夏天，有一次在聖海倫斯山[30]下，安娜貝斯以爲我要死了，然後吻了我。

她清一清喉嚨，把視線移開，然後說：「預言。」

「對。」我把彎刀放下。「預言。」

我們走到窗戶旁。神諭之靈坐在一張木頭三腳凳上。她是一具身穿紮染衣的乾枯女木乃伊，一束束黑髮黏在頭上。她乾癟的臉上，一雙玻璃般的眼睛向外凝視。光是看著她，就讓我全身起滿雞皮疙瘩。

以前，如果你想在夏季期間離開混血營，就必須上閣樓來請求指派任務。今年夏天，這項規定被晾在一旁，學員都是爲了戰鬥任務而離開。如果想戰勝克羅諾斯，我們只得這樣。

不過，我仍然清楚記得那陣奇怪的綠色煙霧，而神諭之靈就活在木乃伊體內。她現在看起來像沒有生命的樣子，但只要開口說出預言，她就會動。有時從她嘴裡冒出的煙霧還會變成奇怪的形狀。有一次，她甚至離開閣樓到森林裡傳送訊息，好像殭屍去散步一樣。我不知道她會爲「大預言」做些什麼。我有點期待她會先來段踢踏舞之類的表演。

但是她就像死了一樣坐在那裡不動，而她也的確是個死人。

「我一直都搞不懂。」我小聲說。

「你說什麼？」安娜貝斯問。

「爲什麼神諭之靈是一具木乃伊？」

㉗克呂薩奧爾（Chrysaor），海神波塞頓和梅杜莎之子，是飛馬沛加索斯（Pegasu）的兄弟，也是三個身體的怪物格律翁（Geryon）的父親。據說他是個巨人，但有時在故事裡也被描寫成有翅膀的野豬。

㉘坎佩（Kampe），腰部以下是龍尾的女妖。參《迷宮戰場》一五七頁，註㊾。

㉙參《迷宮戰場》第十八章〈恐懼之吼〉。

㉚聖海倫斯山（Mount St. Helens），是位在美國華盛頓州西雅圖南方的一座活火山。參《迷宮戰場》二四一頁，註㊿。

「波西，她以前並不是木乃伊。神諭之靈幾千年來都待在美麗的少女體內，一代代傳承下來。奇戎告訴我說，她現在的模樣就跟五十年前一樣。」安娜貝斯指著木乃伊說：「但是神諭之靈只傳到她這一代。」

「發生了什麼事？」

安娜貝斯開口想說什麼，但顯然改變了主意。「我們只要把該做的事做好，就趕快離開這裡吧。」

我不安地看著神諭枯槁的臉。「那現在要怎麼做？」

安娜貝斯向木乃伊靠近，然後伸出雙手。「噢，神諭，時候到了。我來向您請求大預言。」

我已做好準備，但木乃伊一動也不動。於是安娜貝斯走過去，解開木乃伊的一條項鍊。我以前不太注意木乃伊身上戴的珠寶，我以為那不過是嬉皮戴的愛之珠[31]那類的東西。但是當安娜貝斯轉身面向我時，她手裡拿著一個小皮袋，看起來像美國原住民用細繩編織、有羽毛的藥袋。她打開袋子，拿出一卷不比她小指頭大的羊皮紙。

「不可能！」我說：「你是說，這些年我在問的這個蠢預言，一直掛在她脖子上？」

「以前時機不對，」安娜貝斯說：「相信我，波西。我十歲的時候就看過這個預言，到現在都還會做惡夢。」

「好極了，」我說：「那我現在能看了嗎？」

「到樓下的戰事會議上再看，」安娜貝斯說：「不能在她面前……你知道的。」

我看著神諭木乃伊的那雙玻璃眼，決定不再爭辯。於是我們下樓加入會議。我當時不知道，其實這是我最後一次上閣樓了。

資深指導員們圍坐在乒乓球桌旁。不要問我原因，但康樂室已經成爲混血營非正式的戰事會議總部。當安娜貝斯、奇戎和我走進房裡，裡面的人看起來像在吵架。

克蕾莎仍穿著全套戰鬥裝備。她的帶電長槍掛在背上（這其實是她的第二支帶電長槍，因爲第一支被我弄壞了。她把這支長槍稱作「殘害者」，但大家在她背後都叫這把長槍「遜咖」。）她手上抱著一頂野豬形狀的頭盔，腰上插了一把刀。

她正對著阿波羅小屋的新任指導員尤邁可大吼，場面看起來有點好笑，因爲克蕾莎比邁可高了三十公分。自從去年夏天李．佛雷秋戰死之後，邁可就接任阿波羅小屋的指導員。邁可站起來約有一百四十公分高，但高傲的姿態可以讓他看起來再加六十公分。他那尖尖的鼻子和五官擠在一起的特徵，讓我想到貂這種動物，有可能是他常常緊繃著臉，也可能是因爲他花太多時間低頭看箭尖。

「那是我們的戰利品！」他大吼著，踮起腳尖以便和克蕾莎面對面。「你如果不喜歡，就去吻我的箭筒吧！」

㉛愛之珠（love bead），六〇年代嬉皮們戴在脖子上、象徵愛與和平的彩色串珠。

坐在旁邊的人有史托爾兄弟、戴歐尼修斯[32]小屋的波琉克斯、狄蜜特[33]小屋的凱蒂．葛登，大家都忍住笑意，就連才剛被匆促指派為赫菲斯托斯小屋新任指導員的傑克．梅森都露出笑容。只有瑟琳娜．畢瑞嘉對這一切漠不關心。她坐在克蕾莎旁邊，眼神空洞地望著乒乓球桌上的網子。她雙眼又紅又腫，面前放的一杯熱巧克力一口也沒喝。現在還叫她出席會議似乎不太公平。我不敢相信克蕾莎和邁可竟為了一項愚蠢的戰利品，站在她旁邊吵得不可開交，她才剛失去貝肯朵夫呢。

「別吵了！」我大叫。「你們在做什麼？」

克蕾莎狠狠地看著我。「你告訴邁可，叫他不要當個自私鬼。」

「噢，從你嘴裡說出這話還眞好聽。」邁可說。

「我在這裡的唯一目的就是要力挺瑟琳娜！」克蕾莎大吼。「否則我就回我的小屋去了。」

「你們在談什麼？」我問。

波琉克斯清了清喉嚨。「克蕾莎拒絕跟我們說話，直到她的……嗯，問題解決為止。她已經三天沒說話了。」

「眞是太好了。」崔維斯．史托爾苦著臉說。

「什麼問題？」我問。

克蕾莎轉向奇戎。「這裡由你負責，對吧？我的小屋到底能不能得到我們要的東西？」

奇戎動一動他的馬蹄。「親愛的，就像我解釋過的一樣，邁可是對的。阿波羅小屋有最正當的理由，而且我們現在還有更重要的事……」

「當然，」克蕾莎怒聲插話：「反正什麼事都比阿瑞斯的需求更重要。我們只應該在你們需要我們的時候才現身加入戰鬥，而且不能抱怨！」

「那很好。」柯納．史托爾低聲說。

克蕾莎緊握她的刀。「也許我該去問戴先生……」

奇戎打斷她的話，他的聲音聽起來有點生氣。「我們的營主任戴歐尼修斯現在正忙著打仗，不要爲了這種事情去煩他。」

「我懂了。」克蕾莎說：「其他資深指導員呢？有誰要站在我這邊？」

現在沒有人笑了，也沒有人看克蕾莎的眼睛。

「很好。」克蕾莎轉向瑟琳娜。「抱歉。我不是有意要把局面搞成這樣，在你剛失去……反正我只向你道歉，我不跟其他人道歉。」

瑟琳娜似乎沒聽進她的話。

克蕾莎把刀子往乒乓球桌上一丟。「你們大家可以不靠阿瑞斯打這場仗。在我覺得滿意之前，你們要我小屋裡的人動根指頭幫忙都別想。祝大家死得愉快。」

㉜戴歐尼修斯（Dionysus），酒神，發明了釀酒法，在希臘神話中常因喝醉而喪失理性，惹出禍端。

㉝狄蜜特（Demeter），希臘神話中的農業之神，是宙斯的姊姊，也是冥王之妻泊瑟芬的母親。

克蕾莎怒氣沖沖走出房間，所有指導員都嚇得說不出話。

最後尤邁可說：「走了更好。」

「你在開玩笑嗎？」凱蒂．葛登抗議：「這是一場災難！」

「她不是認眞的吧？」崔維斯說：「是眞的嗎？」

奇戎嘆口氣。「她的自尊心受了傷，但最後會冷靜下來的。」不過，聽奇戎的口氣，似乎也不太相信自己說的話。

我想要問大家到底是什麼事讓克蕾莎抓狂，但我看到安娜貝斯用嘴型表示：「我待會兒跟你說。」

「現在，」奇戎繼續說：「各位指導員，可以的話，波西帶來一些我認爲你們都該聽一聽的事。波西，把那張大預言拿來。」

安娜貝斯把羊皮紙卷遞給我，那摸起來乾乾舊舊的。我笨拙地解開繩子，打開紙卷，將它攤平，試著不要撕破，開始唸出預言：

「古老狗兒的混血人……」

「嗯，波西，」安娜貝斯打斷我，「是眾神，不是狗兒。」

「喔，你說的對。」我說。閱讀障礙是混血人的特徵之一，有時我眞討厭這個特徵。我愈緊張，閱讀能力愈糟。「古老眾神的混血人之子……將會克服一切困難活到十六歲……」

我猶豫了一下，盯著下一行看。我的手開始感覺冰冷，彷彿這張紙結冰了一樣。

「看見世界無止盡的沉睡，受詛利刃將會擷取英雄的靈魂。」

突然間，我口袋裡的波濤劍似乎變得沉重。受詛利刃？奇戎曾經告訴我，波濤劍帶給許多人悲傷。有沒有可能是我的劍害我送命？世界要怎樣才會陷入無止盡的沉睡？莫非，這意味著死亡？

「波西，」奇戎催促我，「把它唸完。」

我的嘴巴像是塞滿沙子一樣，但仍唸出了最後兩行。

「一項決定將會……將會結束他的日子。奧林帕斯將會在留……」

「存留，」安娜貝斯溫柔地說：「意思是被拯救。」

「奧林帕斯將會存留或被夷平。」

整個房間鴉雀無聲。然後柯納．史托爾說話了：「移到平地很好，不是嗎？」

「不是移到平地。」瑟琳娜說。她的聲音很空洞，但光聽到她開口就嚇了我一跳。「夷平表示毀滅。」

安娜貝斯說：「消滅、殲滅、化爲灰燼。」

「懂了。」我的心像鉛塊一樣重。「謝了。」

大家看著我，臉上淨是擔憂、同情，或許還有點恐懼。

奇戎閉上眼睛，像是在禱告。他現在是呈現半人馬的形體，頭幾乎快把康樂室的光線都擋住了。「波西，我們之前爲什麼不把完整的預言內容告訴你，現在你了解了吧？在你肩上的擔子已經夠沉重了……」

「而我卻不知道自己就快死了。」我說。「是啊，我現在懂了。」

奇戎悲傷地看著我。他有三千歲了，曾經看過數百位英雄死去。他可能不喜歡這樣，但也習慣了。他大概知道試圖安慰我是一點用也沒有。

「波西，」安娜貝斯說：「你知道預言總是有雙重意涵。光看字面上的意思，可能不是說你會死。」

「是啊，」我說：「『一項決定將會結束他的日子。』那可能有一卡車的意思，對吧？」

「也許，我們可以不讓預言應驗，」傑克．梅森說：「『受詛利刃將會擷取英雄的靈魂。』或許我們能找到這把受詛利刃，然後把它銷毀。聽起來像是克羅諾斯的鐮刀，對不對？」

我倒是沒想過這一點，不管這把受詛咒的利刃是波濤劍還是克羅諾斯的鐮刀，都無所謂，反正就是有把利刃會擷取我的靈魂。總之，我不希望自己的靈魂被擷取。

「或許我們該讓波西想一想這幾句話，」奇戎說：「他需要時間……」

「不用了。」我把預言摺起來塞進口袋。我想抗辯又覺得生氣，雖然我不知道自己是在對誰發脾氣。「我不需要時間。死了就是死了。我死了就沒什麼好擔心了吧？」

安娜貝斯的手抖了一下。她不願看我的眼睛。

「繼續進行下一項討論。」我說：「我們還有其他問題。我們當中有間諜。」

尤邁可皺著眉說：「間諜？」

我告訴他們發生在安朵美達公主號上的事。克羅諾斯知道我們要去的計畫，他給我看他用來跟混血營裡某人聯絡的鐮刀墜飾銀手鍊。

瑟琳娜開始哭泣，安娜貝斯伸手摟著她的肩。

「好吧，」柯納．史托爾不安地說：「我們懷疑有間諜已經好幾年了吧！有人不斷傳遞消息給路克，像是兩年前告訴他金羊毛的位置。這個間諜一定是跟他很熟的人。」

或許出於下意識，他看了安娜貝斯一眼。她當然比任何人都熟悉路克，但是柯納很快就往別的地方看去。「嗯，我是說，任何一個人都有可能。」

「沒錯。」凱蒂．葛登對史托爾兄弟皺起眉頭。打從他們拿巧克力做成的復活節兔子裝飾狄蜜特小屋的草皮屋頂後，她就對他們兩個很感冒。「例如路克的兄弟姊妹。」

崔維斯和柯納開始和她吵起來。

「別吵了！」瑟琳娜用力拍桌子，她的熱巧克力灑了出來。「查理死了……你們還在這裡像小孩子一樣吵架！」她抱著頭開始哭泣。

熱巧克力從乒乓球桌上往下滴。每個人臉上都很羞愧。

「她說的對，」波琉克斯終於開口了：「互相指責無濟於事，我們需要睜大雙眼尋找那條有鐮刀墜飾的銀手鍊。如果克羅諾斯有一條，間諜大概也有一條。」

尤邁可抱怨說：「我們需要在下一次行動前找出這名間諜。炸掉安朵美達公主號阻止不了克羅諾斯。」

「是阻止不了，」奇戎說：「事實上，他的下一步攻擊已經開始了。」

我大叫：「你是說波塞頓所說的『更大的威脅』？」

「波西，」奇戎說：「我們在你回到混血營之前不想告訴你。你需要休息，跟你的……凡人朋友在一起。」

安娜貝斯臉紅了。我這才了解她知道我一直都和瑞秋在一起。我覺得有罪惡感，但我又為自己的罪惡感而生氣。我可以結交混血營以外的朋友吧？又不是……

「告訴我發生了什麼事。」我說。

奇戎從零食桌上拿起一個青銅酒杯。他把熱水倒進我們用來融化乳酪沾醬的熱鐵盤，蒸氣冒出，在日光燈下形成一道彩虹。奇戎又從他的袋子裡找出一枚古希臘金幣，丟進煙霧中，然後低聲唸著：「喔，彩虹女神伊麗絲[34]，請讓我們看看有什麼威脅。」

煙霧發出閃光。我看到一座熟悉的火山正悶燒著，那是聖海倫斯山。我正在觀看的時候，山的一邊爆炸了，火焰、火山灰、岩漿滾滾而出。一個新聞記者正在報導著：「……比去年的爆發更猛烈，地質學家警告說，目前可能沒有任何可以抵擋防範的措施。」

我非常清楚去年的爆炸是怎麼一回事，那是我引起的。但這次的爆炸更慘。整座山爆開後往內坍塌，一個巨大形體從煙霧和岩漿中竄出升起，像從人孔裡爬出來一樣。希望迷霧能讓人類看不清這怪物的模樣，因為我所看到的畫面會讓整個美國陷入恐慌和暴動。

這個巨人比我遇過的所有巨人還大。雖然我這混血人的眼睛無法看清他在煙霧和火焰中的確切形體，但他似乎有個人形，而且大到足以把克萊斯勒大樓當作棒球帽戴。整座山晃動時伴隨著強大的轟隆聲，彷彿這怪物正在狂笑。

「是他，」我說：「是泰風[35]。」

我很希望奇戎會說些好消息，像是「不，那是我們的大朋友，怪物勒洛伊！他要來助我們一臂之力！」之類的話，但不幸的是，奇戎只有點點頭而已。「這是最可怕的怪物，是天神唯一面對過的最大威脅。但這個景象已經是兩天前的事了。這才是今天發生的景象。」

奇戎揮揮手，景象改變。我看到一排暴風雲在中西部平原上空滾動，雷光閃閃，龍捲風所到之處，每樣東西都被摧毀。房屋和拖車被吹起，汽車像火柴盒玩具車般被到處亂拋。

新聞播報員說：「這是空前的大水災。詭異的暴風雨席捲東部，繼續前進破壞，有五個州已經宣布為災區。」鏡頭拉近放大，暴風正重創某個中西部城市，但看不出來是哪裡。我看見了暴風中心的巨人，但只看到一點點他眞正的形體。他的手臂冒出煙霧，還有一整個街區那麼大的黝黑手掌。他憤怒的吼聲劃過平原，有如核爆一般。有些較小的形體急衝過雲層，包圍著這個巨大怪物。我看見一閃一閃的亮光，這才發現這個巨人想要打倒他們。我瞇起眼

[34] 伊麗絲（Iris），彩虹女神，也是使者神，她沿著彩虹降臨人間，幫眾神向人類傳遞消息。

[35] 泰風（Typhon），希臘神話中有一百個龍頭且威力強大的怪物，曾被宙斯擊敗而囚禁在塔耳塔洛斯。泰風的形象是風的擬人化，而 Typhon 這個字，也是「颱風」的語源。

睛仔細看，好像看到一輛金色戰車飛入黑暗中。某種巨大的鳥類，像是一隻超大的貓頭鷹，也鑽入黑暗中攻擊巨人。

「那些是……天神嗎？」

「是的，波西，」奇戎說：「他們已經和泰風交戰好幾天，想要讓他的速度慢下來。但是泰風還是繼續往前移動，現在正往紐約及奧林帕斯山而來。」

我慢慢思索其中的意義。「他還有多久會到這裡？」

「如果天神阻止不了他，或許五天。大部分的天神都在那裡作戰，除了你父親以外。而他也有自己的仗要打。」

「現在誰來守護奧林帕斯山？」

柯納．史托爾搖搖頭。「如果泰風到了紐約，是誰守衛奧林帕斯山都沒差了。」

我想起克羅諾斯在船上說過的話：「我很想看看當你知道我要怎麼摧毀奧林帕斯山時，你眼中流露的恐懼。」

難道他指的就是泰風的攻擊嗎？這樣當然很可怕，不過克羅諾斯老是在要我們、誤導我們。用這場暴風雨來攻擊，對他來說似乎太過直接，況且在我的夢裡，金色的泰坦巨神說過，還會有更多的挑戰，泰風似乎只是第一項而已。

「這是詭計。」我說：「我們必須警告天神，還會有別的事發生。」

奇戎憂慮地看著我。「比泰風更可怕的事？我可不希望發生。」

「我們必須捍衛奧林帕斯山。」我堅持。「克羅諾斯有另一項攻擊計畫。」

「他是計畫過，」崔維斯．史托爾提醒我：「但你已經弄沉了他的船。」

大家看著我。他們想要聽到好消息，他們相信我至少會給他們一點希望。

我看了安娜貝斯一眼。看得出來我們兩個想的是同一件事：萬一安朵美達公主號只是個幌子？萬一克羅諾斯是故意讓我們把船炸掉，好讓我們降低警戒？

我不想在瑟琳娜面前說這些，她的男朋友已經爲這項任務犧牲了。

「也許你說的對。」我說，雖然我一點都不相信。

我試著想像事情會演變到多糟的地步。天神在中西部對抗一個以前差點把他們全部打倒的怪物；波塞頓在海裡被圍攻，快要輸給泰坦海神歐開諾斯；克羅諾斯現在還在某個地方；奧林帕斯可以說是無人看守；混血營就靠我們這些混血人自立自強，但我們之中還有間諜。

噢，根據那則古老的預言，等我滿十六歲就會死，再五天就會發生，而那正是泰風可能攻擊紐約的時候，我都差點忘了。

「好吧，」奇戎說：「今天晚上談的已經夠多了。」

他揮揮手，煙霧漸漸散去。泰風和天神的暴風戰爭也跟著消失。

「說得可眞輕鬆啊！」我低聲說。

戰事會議於是休會。

4 金屬壽衣

我夢見瑞秋．伊莉莎白．戴爾對著我的照片射飛鏢。

她站在自己的房間裡……好吧，先倒帶回去。我解釋一下，瑞秋不是在自己的房間。她家在布魯克林區，是一棟有著褐色石磚的舊屋翻新豪宅，最上面一層全歸她住。她的「房間」是一整層寬闊的樓層，大概是我媽媽住的公寓兩倍大，裡面還有工業照明設備和落地窗。

她那台沾滿顏料的高級音響傳出震耳欲聾的另類搖滾樂。據我所知，瑞秋對於音樂的唯一要求，就是 iPod 上不能有兩首聽起來一樣的歌，而且必須是很特別的歌才行。

她穿著和服，頭髮糾結，看起來像她還在睡覺一樣。她的床上亂七八糟，床單掛在一堆畫架上，髒衣服和能量棒的包裝紙丟滿地。不過你有一間這麼大的房間時，其實看起來也不會很亂，往窗外看出去，還可以看得到整個曼哈頓的夜景。

她正在射擊的那張畫，是兩個月前畫的。她畫的是我站在巨人安提爾斯㊱身上。我在畫裡一副逞兇鬥狠的樣子，看起來甚至有點讓人不安，所以從畫裡很難看出我是好人還是壞人。但瑞秋說我打完那一仗之後，臉看起來就是那樣。

「混血人，」瑞秋一邊喃喃自語，一邊又往畫布射出另一支飛鏢，「和他們愚蠢的任務。」

大部分的飛鏢都彈出去，但有幾支射中了。其中一支射中我的下巴，讓我看起來像留了山羊鬍。

有人重重敲她的房門。

「瑞秋！」一個男人大喊。「你到底在做什麼？把那關掉……」

瑞秋翻出她的遙控器，關掉音樂。「請進！」

她爸爸走進來，一邊咒罵，一邊讓眼睛適應燈光。他鐵鏽色的頭髮比瑞秋的髮色還深，還被壓扁倒向一邊，那髮型就像剛剛跟枕頭打架打輸了一樣。他身上那件藍色絲質睡衣的口袋，繡著「WD」的名字縮寫。說眞的，現在有誰還會在睡衣上繡名字啊？

「到底是怎麼回事？」他嚴厲地問著。「現在是清晨三點。」

「睡不著。」瑞秋說。

一支飛鏢從我的畫像上掉下來。瑞秋把其他的飛鏢藏到身後，但戴爾先生注意到了。

「嗯……我想你的朋友不跟我們一起去聖湯瑪斯了吧？」戴爾先生就是這麼叫我，他從來都不叫我的名字「波西」，都只是說「你的朋友」。如果跟我說話時，他就叫我「年輕人」。不過他也很少跟我說話。

瑞秋皺眉。「我不知道。」

㊱ 安提爾斯（Antaeus），希臘神話中的利比亞巨人。參《迷宮之戰》三〇九頁，註㊻。

「我們早上出發，」她爸說：「如果他還沒決定好……」

「他大概不會來了。」瑞秋難過地說：「這樣你高興了吧？」

戴爾先生把手放在背後，一臉嚴肅地在房裡踱步。我可以想像他在自己的土地開發公司會議室裡來回踱步的模樣，那會讓他的員工緊張不已。

「你還在做惡夢嗎？」他問：「還會不會頭痛？」

瑞秋把飛鏢丟到地上。「早知道我就不該告訴你這些事。」

「我是你爸爸，」他說：「我很擔心你。」

「你是在擔心家族聲譽。」瑞秋低聲說。

她爸沒有反應……或許是他以前就聽過這種話，也或許瑞秋說對了。

「我們可以打電話給雅克萊特醫生。」他提議：「以前你的倉鼠死掉的時候，他曾經幫助你度過悲傷。」

「我那時才六歲。」她說：「不，爸，我不需要治療師。我只是……」她無助地搖搖頭。

她爸爸站在窗戶前，凝視著紐約的地平線，彷彿這整座城市都屬於他。當然不是這樣，他只擁有其中一部分。

「暫時遠離這裡，對你有幫助。」他做出決定。「你受到一些不健康的影響。」

「我不去克萊倫女子學校。」瑞秋說：「我朋友的事不用你管。」

戴爾先生笑了笑，但不是充滿溫暖的笑容，那比較像是意味著「將來你就會知道自己現在說的是什麼傻話」。

「試著睡一下。」他催促她。「我們明天晚上就會抵達海灘，到時候會很好玩。」

「好玩，」瑞秋重複說著：「很好玩。」

她爸離開房間，走的時候讓門開著。

瑞秋注視著我的畫像，然後走到用床單蓋著的畫架旁。

「希望這一切都只是夢。」她說。

她把床單從畫架上掀開。畫布上是用炭筆畫的速寫。瑞秋是很棒的藝術家，畫中的人絕對是小時候的路克。他看起來大約九歲，正咧嘴大笑，臉上沒有傷疤。我不知道瑞秋怎麼知道他小時候的樣子，但這張畫畫得很好，讓我覺得她不是隨便亂猜的。從我對路克的了解來看（其實不多），畫裡的他那時還不知道自己是混血人，也還沒離家出走。

瑞秋看著那張畫，然後掀開旁邊另一張。這張畫更讓人不安。畫裡是帝國大廈，四周十分明亮。遠處有風暴正在成形，從雲裡伸出一隻大手。大樓底下聚集了一群人，那些可不是普通的觀光客或是行人。我看到了長槍、標槍和旗幟，都是軍隊用的東西。

「波西，」瑞秋喃喃說著，像是知道我在聽她說話一樣，「到底怎麼回事？」

夢境漸漸消失，我記得的最後一件事，是我希望自己也能回答她的問題。

隔天早上，我想打電話給她，但是混血營裡沒有電話。戴歐尼修斯和奇戎不用一般市內電話。他們需要打電話時，只要請求伊麗絲女神傳送訊息給奧林帕斯就夠了，而且混血人用手機打電話時，發出的訊號會讓方圓百里內的怪物們蠢蠢欲動。那就像是在對怪物發出訊號說：「我在這裡！請來幫我重新換張臉！」就算是處在混血營的安全範圍內，這也絕對不是我們想要打的廣告。

大部分的混血人（除了安娜貝斯和其他幾個人以外）都沒有手機。我當然不可能跟安娜貝斯說：「嘿，手機借我，讓我打給瑞秋！」要打這通電話，我必須離開混血營，走好幾公里路才能到最近的便利商店。就算奇戎讓我去，等我走到那裡，瑞秋早就坐上飛往聖湯瑪斯的飛機了。

我獨自坐在波塞頓桌沮喪地吃早餐。我一直低頭看著大理石地板上那道裂縫，兩年前尼克曾經把一批嗜血的骷髏從那裡趕回冥界。這段回憶並沒能增進我的食慾。

吃完早餐，安娜貝斯和我去檢查小屋。其實今天是輪到安娜貝斯檢查小屋，而我早上的工作是替奇戎把報告整理分類。但因爲安娜貝斯和我都討厭這兩樣工作，所以我們決定一起做，才不會覺得很煩。

我們先從波塞頓小屋開始，那裡基本上只有我一個人住。我早上有整理床鋪（嗯，算是有啦），也把掛在牆上的彌諾陶[37]牛角擺正，所以我給了自己四顆星。

安娜貝斯對我做個鬼臉。「你太慷慨了吧。」她用鉛筆頭挑起一條舊的運動短褲。

我把短褲搶過來。「喂，饒了我吧。今年夏天又沒有泰森可以幫我收拾。」

「三顆星。」安娜貝斯說。我知道最好不要跟她吵，所以我們繼續往下檢查。

我一邊走，一邊試著瀏覽奇戎那一大疊報告。那都是來自全國各地的混血人、自然界的精靈和羊男所回傳的最新怪物動態。那些消息都讓人難過，而我這個有閱讀障礙的腦袋，不想專注在讓人難過的事情上。

到處都有小規模戰爭開打。混血營招募新人的數量是零，因為怪物在全國各地肆虐，羊男很難找到新的混血人，將他們帶回混血之丘。我們已經有好幾個月沒有聽到我們的好朋友——阿蒂蜜絲㊳獵女隊長泰麗雅的消息。就算阿蒂蜜絲知道她們發生了什麼事，她也沒有告訴我們。

我們檢查了阿芙蘿黛蒂小屋，他們當然得到滿分五顆星。他們床鋪整理得無懈可擊，每個人放在矮櫃裡的衣服按顏色分類，窗台上綻放著新鮮的花朵。因為整棟小屋散發出一股設計師香水的味道，所以我想扣他們一分，但安娜貝斯不甩我。

「瑟琳娜，你們還是一樣表現優異。」安娜貝斯說。

瑟琳娜無精打采地點點頭。她床頭的那面牆上貼滿貝肯朵夫的照片。她坐在床上，腿上放了一盒巧克力，我想起她爸爸在格林威治村開了一間巧克力店，這也是當初他引起阿芙蘿

㊲ 彌諾陶（Minotaur），希臘神話中牛頭人身的怪物，性格殘忍兇暴，後來被希臘英雄鐵修斯所殺。

㊳ 阿蒂蜜絲（Artemis），狩獵女神，也是月亮女神、童真女神。參《神火之賊》一四九頁，註㉛。

黛蒂注意的原因。

「要不要吃顆夾心巧克力？」瑟琳娜問。「這是我爸寄來的。他想，巧克力或許能讓我開心一點。」

「巧克力好吃嗎？」我問。

她搖搖頭。「吃起來像紙板一樣。」

我對紙板沒意見，所以試了一顆。安娜貝斯沒吃。我們向瑟琳娜保證，晚一點會再過來看她，接著繼續檢查下一間小屋。

我們穿過廣場時，阿瑞斯小屋和阿波羅小屋起了衝突。幾個阿波羅小屋的學員帶著燃燒彈，駕駛一輛由兩匹飛馬拉著的戰車從阿瑞斯小屋上頭飛過。我以前從來沒看過飛天戰車，但看起來這輛戰車飛得很順。阿瑞斯小屋的屋頂很快就著了火，水精靈從獨木舟湖跑出來，忙著澆水滅火。

接著，阿瑞斯小屋的學員開始大聲對他們下咒，阿波羅孩子的箭通通變成橡膠箭。雖然如此，阿波羅的孩子仍不斷向阿瑞斯的孩子射箭，但箭通通彈開了。

阿瑞斯小屋有人氣呼呼地追著兩個跑掉的弓箭手，嘴裡還大聲唸著詩句：「對我下詛咒，要付出代價！我不想整天，押著韻說話！」

安娜貝斯嘆口氣。「別又來了。上次阿波羅詛咒某間小屋，結果花了一整個星期，才讓押韻句的詛咒失效。」

想到這點我就全身發抖。阿波羅是詩歌之神，也是射箭之神，我聽過他親自朗誦，那讓我寧可被一箭射中。

「他們到底在吵什麼？」我問。

安娜貝斯沒有理我，繼續寫著檢查單，她給兩間小屋各一分。

我發現自己盯著她看。其實這很蠢，因爲我已經看過她幾百萬次了。今年夏天我們兩個的身高已經差不多，這讓我鬆了一口氣。她似乎更成熟了，這有點嚇人。我是說，對啦，她一直都很可愛沒錯，但她眞的開始變漂亮了。

她終於開口說：「就是那輛飛天戰車。」

「什麼？」

「你不是問我他們在吵什麼？」

「噢，對呀！」

「他們上週在費城的那場突襲行動中獲得那輛戰車。路克那邊的混血人當時駕著戰車，被阿波羅小屋的人在戰鬥中搶過來。但突襲行動是由阿瑞斯小屋領軍的，所以這輛戰車到底該歸誰，他們就開始吵個沒完沒了。」

當尤邁可駕著戰車俯衝轟炸一名阿瑞斯學員時，我們連忙低頭閃躲。阿瑞斯學員想要用刀刺他，還用押韻句詛咒他。他押韻押得滿有創意的。

「我們在爲自己的性命奮戰，」我說：「而他們還在爲一輛愚蠢的戰車吵架。」

「他們會清醒的，」安娜貝斯說：「克蕾莎會恢復理智。」

我可不敢確定。恢復理智並不像是我認識的克蕾莎。

我又看了一些報告，也檢查了其他幾間小屋。狄蜜特小屋得到四分，赫菲斯托斯小屋得到三分。他們的分數其實還會更低，但因爲貝肯朵夫過世，我們出於同情而多給了分。荷米斯小屋得到兩分，一點也不讓人意外。所有不知道自己父母是哪位天神的學員，都會先被送到荷米斯小屋，因爲天神們有點健忘，所以這間小屋永遠人滿爲患。

最後我們來到雅典娜[39]小屋，這裡跟平常一樣整潔。書都整齊放在架上，盔甲也擦拭得非常光亮，牆上貼著戰爭地圖和建築藍圖。只有安娜貝斯的床亂七八糟，上面擺滿了紙張，她那台銀色的筆記型電腦還開著。

「Vlacas。」安娜貝斯低聲說。她是在用希臘語罵自己白痴。

她們小屋的副指揮麥爾坎憋著笑說：「嗯……我們每個地方都整理過了。因爲不知道動你的筆記資料安不安全。」

那可能是聰明的決定。安娜貝斯有把青銅短刀，那是她用來殺怪物和亂動她東西的人。麥爾坎對我露齒一笑。「我們會去外面等你們檢查完。」雅典娜小屋的學員通通跑出去，留下安娜貝斯清理她的床鋪。

我不安地動了動身體，假裝繼續閱讀報告。技術上來說，就算是在檢查的時候，只有兩名學員……嗯……「單獨」留在小屋內，是違反混血營規定的。在瑟琳娜和貝肯朵夫開始約會時，這條規定就常常被提到。我知道你們一定有人在想：「混血人的天神父母都有親戚關係，這樣談戀愛不是很噁心嗎？」不過事實上就基因來說，父母是天神其實沒關係，因為天神沒有DNA。混血人當然不會跟同一位天神父母的混血孩子談戀愛，譬如兩個同是雅典娜小屋的學員就不會在一起。但如果是阿芙蘿黛蒂的女兒和赫菲斯托斯的兒子呢？他們沒有親戚關係，所以更沒問題。

反正我看著安娜貝斯整理的時候，不知道怎麼搞的就想到這件事。她關掉電腦，那是發明家代達羅斯㊵去年夏天送她的禮物。

我清了清喉嚨。「嗯……那玩意兒有沒有什麼資料？」

「太豐富了。」她說。「代達羅斯有好多點子，光是試著看懂這些，我大概就可以花上五十年的時間。」

「對，」我低聲說：「那應該很有趣。」

她翻著那堆紙張，大部分是建築繪圖和一堆手寫的筆記。我知道她將來想當建築師，但我曾學到痛苦的教訓，那就是不要問她現在手邊進行的工作。因為她會開始談起角度、承重接縫，一直講到我眼神呆滯為止。

㊴雅典娜（Athena），智慧與戰技的女神。參《神火之賊》一三一頁，註㉖。

㊵代達羅斯（Daedalus）是希臘神話中著名的發明家和建築師。參《迷宮戰場》八十七頁，註㉜。

「你知道……」她把頭髮撥到耳後，她緊張的時候都會做這個動作。「貝肯朵夫和瑟琳娜的事。他們會讓你去思考……重要的事情。關於失去重要的人。」

我點點頭。我的腦袋開始想起一些不相關的細節，像是她還戴著那對銀色貓頭鷹耳環，那是她在舊金山當軍事歷史教授的聰明老爸送給她的禮物。

「嗯，是啊，」我結結巴巴地說：「就像……你家人都還好吧？」

好吧，這問題眞的很蠢，但我可是緊張得要命。

安娜貝斯一臉失望，但她點點頭。

「我爸今年夏天想帶我去希臘，」她很期待地說著：「我一直想去看看……」

「帕德嫩神殿。」我想起來接著說。

她勉強擠出微笑。「是啊。」

「沒關係。還有其他的夏天不是嗎？」

我一說完就知道這句話很蠢。我現在面對的是「我生命的終點」，一週之內，奧林帕斯可能就會滅亡。如果天神時代眞的結束，我們所認知的世界就會陷入一團混亂，混血人會被獵殺到一個都不剩，我們再也沒有夏天好過。

安娜貝斯看著她的檢查單。「三顆星。」她低聲說：「因爲總指導員太邋遢。來吧，我們一起整理報告，然後去向奇戎稟報。」

走往主屋的路上，我們讀了最後一份報告，那是一名在加拿大的羊男寫在一片楓葉上寄回來的。他的報告讓我的心情更加惡劣。

「親愛的格羅佛，」我大聲唸出來：「多倫多外的森林被邪惡的巨獾攻擊。我們試過照你的建議去召喚潘㊶的力量來對抗，但沒有用。森林裡許多樹木都被摧毀，我們撤退到渥太華。請給我們一些建議。你在哪裡？守護者葛利生．黑傑親筆。」

安娜貝斯苦著一張臉。「你都沒有他的消息嗎？你們的共感連結呢？」

我沮喪地搖搖頭。

自從去年夏天，天神潘過世之後，我們的朋友格羅佛遊蕩得愈來愈遠。羊男長老會把他當流放人士看待，但格羅佛還是沿著東岸到處旅行，散布潘的遺言，並且說服自然界的精靈捍衛自己小小的野地。他只回來過混血營幾次，回來看他的女朋友朱妮珀。

我上一次聽到他的消息，是他在中央公園召集樹精靈，在那之後已經有兩個月沒有人看到他或聽到他的消息了。我們試著傳送伊麗絲訊息給他，但都沒有接通。我和格羅佛之間有共感連結，所以如果他發生什麼意外，我希望我會知道。格羅佛曾經告訴我，如果他死了，共感連結也可能會殺了我。我不確定這到底是真是假。

不知道他是不是還在曼哈頓。我想到夢中瑞秋的畫……烏雲接近城市，有一支軍隊集結在帝國大廈前。

㊶潘（Pan），希臘神話中的野地之神。參《神火之賊》二二七頁，註㊽。

「安娜貝斯！」我在繩球[42]場叫她停下腳步。我知道這麼做是自找麻煩，但我不知道還有誰可以信任，況且我總是很依賴安娜貝斯的建議。「聽我說，我做了一個夢，有關瑞秋……」

我把整件事告訴她，甚至連看見路克小時候的畫像都說了。

她有好一會兒沒開口說話，然後把檢查單用力撕破。「你要我說什麼？」

「我不知道。你是我認識最厲害的軍師。如果你是計畫這場戰爭的克羅諾斯，接下來你會怎麼做？」

「我會把泰風當作調虎離山之計，然後趁天神在西方作戰時，直接攻擊奧林帕斯山。」

「就像瑞秋的畫一樣？」

「波西，」她說，聲音聽起來怪怪的，「瑞秋只是個凡人。」

「可是如果她的夢是眞的，該怎麼辦？其他的泰坦巨神說，奧林帕斯幾天內就會被消滅，他們也說會帶來很多挑戰，還有那張路克小時候的畫像……」

「我們只需要做好一切準備就行了。」

「怎麼準備？」我說：「看看我們的混血營。我們連學員打架都阻止不了，而且我還必須讓自己愚蠢的靈魂被擷取。」

她把檢查單往下一扔。「我就知道不該讓你看那張預言。」她聽起來既生氣又受傷。「結果只是讓你嚇壞了。你害怕的時候都會逃走。」

我瞪著她，簡直震驚不已。「我？我逃走？」

她看著我說：「對，就是你。波西．傑克森，你是膽小鬼！」

我們面對面看著對方。她的眼睛紅了，我突然了解她在罵我膽小鬼的時候，或許指的不是那個預言。

「如果你覺得我們勝算不大，」她說：「你或許應該跟瑞秋去度假。」

「安娜貝斯……」

「如果你不喜歡我們作伴的話。」

「你這樣說不公平！」

她把我推開，生氣地往草莓園跑去。她跑過去時還撞到繩球，球激烈地繞著柱子旋轉。

我很想說我這一天接下來都過得不錯，不過這當然不可能。

下午，大家在營火旁集合，燃燒貝肯朵夫的壽衣並向他道別。就連阿瑞斯和阿波羅小屋也宣布暫時停戰，一同參加儀式。

貝肯朵夫的壽衣是用金屬鏈做成的，看起來像鎖子甲，不知道這要怎麼燒起來，命運三女神[43]一定幫了忙。金屬在火裡熔化，變成金色的煙緩緩升空。營火的火焰通常能反映學員的

[42] 繩球（tetherball）是北美地區小孩玩的一種球類遊戲。金屬長柱上用繩子綁著一顆球，由兩人分別站在柱子兩旁由不同方向拍擊，首先讓繩子繞住柱子而使球停止搖晃的人獲得勝利。

[43] 命運三女神（Fates），掌管所有生命長短的三位女神。參《神火之賊》七十九頁，註[8]。

心情，今天的火焰是黑色的。

我希望貝肯朵夫的靈魂會到埃利西翁[44]。他也可能選擇重生，試著在三次不同的生命都能到埃利西翁，這樣就能抵達幸福群島，那裡就像冥界的終極派對總部。若要說誰有資格去，貝肯朵夫絕對可以。

安娜貝斯沒跟我說半句話就走了。其他人也紛紛離開，各自進行下午的活動。我只是站在那裡看著逐漸熄滅的火焰。瑟琳娜坐在旁邊哭泣，克蕾莎和她的男友克里斯·羅德里格茲試著安慰瑟琳娜。

最後我鼓起勇氣走過去。「瑟琳娜，我眞的很抱歉。」

她抽噎著。克蕾莎狠狠瞪我，但她老是這樣瞪每個人。克里斯幾乎沒看我。在克蕾莎去年夏天把他從迷宮救出來之前，他一直都是路克的手下，我猜他仍對此感到愧疚。

我清了清喉嚨。「瑟琳娜，你知道貝肯朵夫有帶著你的照片。在我們打仗之前他還拿出來看。你對他來說意義重大。你讓他生命中的最後一年沒有虛度。」

瑟琳娜啜泣著。

「波西，說得好。」克蕾莎低聲說。

「沒關係。」瑟琳娜說：「謝謝……謝謝你，波西。我該走了。」

「要不要我們陪你？」克蕾莎問。

瑟琳娜搖搖頭就跑開了。

「她比表面上看起來還堅強。」克蕾莎幾乎是喃喃自語說：「她會度過的。」

「你可以幫她。」我提議：「你可以和我們一起作戰，來表達對貝肯朵夫的懷念。」

克蕾莎想拿她的刀，但刀已經不在身上，她把它丟在主屋的乒乓球桌上。

「那不是我的問題，」她咆哮著說：「我的小屋得不到榮譽，我就不參戰。」

我注意到她說話沒有押韻，也許她小屋裡的學員被詛咒時她不在附近。我全身打了一陣寒顫，懷疑她會不會就是混血營裡克羅諾斯的間諜，所以才一直不讓她的小屋參戰？不過就算我很討厭克蕾莎，當克羅諾斯的間諜不像她的作風。

「好吧，」我告訴她：「我不想提起這件事，但你欠我一份人情。要不是我救了你，你會死在妖魔之海的獨眼巨人洞穴裡。」

她咬牙切齒地說：「波西，這份人情下次再還你，但這次不行。阿瑞斯小屋已經遭受太多次無禮的對待。別以爲我不知道大家在我背後說些什麼。」

我很想說：「嗯，一點沒錯。」但我忍住沒說。

「那麼，你要看著克羅諾斯消滅我們嗎？」我問。

「如果你這麼想要我幫忙，就叫阿波羅小屋把戰車給我們。」

「你眞天眞。」

44 埃利西翁（Elysium），希臘神話中永遠的樂土，是行善、有德及正直之人與英雄死後會去的地方。

她衝向我，但克里斯擋在我們中間。「喂，你們兩位等等，」他說：「克蕾莎，也許他說的有道理。」

她朝他冷笑。「怎麼連你也一樣？」她氣沖沖地走開，克里斯緊跟在後。

「喂，等等！我的意思是……克蕾莎，等一下！」

我看著燃燒貝肯朵夫壽衣的最後一點火花冉冉升上午後的天空。然後，我走向擊劍競技場。我需要休息，而且想看看一位老朋友。

5 影子旅行

在我看到歐萊麗女士之前，牠已經先看到我了。以牠那種像垃圾車那麼大的體型來說，這實在相當不容易。我走進競技場，一團黑影把我撲倒在地。

「汪汪！」

下一刻我已躺在地上，一隻巨大的狗掌放在我的胸口，像洗碗鋼刷的超大舌頭不斷舔著我的臉。

「哎唷！」我說：「嗨，小妞。我也很高興看到你。哎唷！」

我花了好幾分鐘才讓歐萊麗女士冷靜下來，從我身上離開。狗的口水讓我全身溼答答。牠想玩撿東西遊戲，所以我拿了一面青銅盾牌丟向競技場的另一頭。

順便說一下，歐萊麗女士是世上唯一友善的地獄犬。牠前任飼主過世以後，我算是從他那裡接收領養了這隻狗。牠一直住在混血營，但貝肯朵夫……以前我不在的時候，都是他在照顧歐萊麗女士。他做了一根青銅狗骨頭給歐萊麗女士，那根骨頭成了牠的最愛。他替牠打了一條項圈，上面有笑臉圖案，另外還有一塊有交叉骷髏頭圖案的狗牌。這世上除了我以外，貝肯朵夫是牠最好的朋友。

想到這裡又讓我難過了起來，但是因爲歐萊麗女士堅持還要玩，所以我又丟了那面盾牌給牠好幾次。

牠突然開始叫個不停，聲音比大砲還大聲，似乎是想要去散步。牠都在擊劍競技場上廁所，其他混血營學員一點都不覺得這樣很有趣，因爲那曾經不只一次造成摔跤意外。所以我打開競技場大門，牠直接往森林跑去。

我小跑步跟著牠，並不擔心牠跑在前面。森林裡沒有任何東西可以威脅到歐萊麗女士。牠靠近的時候，就算是火龍和巨蠍也會逃之夭夭。

等我終於找到牠的時候，牠並沒有在上廁所，而是站在一塊我很熟悉的空地上，那裡曾經是羊男長老會審判格羅佛的地方。這裡看起來不太好，草都枯黃了，那三張修剪過的灌木王座，葉子通通掉光。但那不是讓我大吃一驚的原因。在空地中央，站著我看過最怪的三人組合：森林精靈朱妮珀、尼克．帝亞傑羅和一個又老又胖的羊男。

尼克是當中唯一沒有被歐萊麗女士嚇到的人，他的模樣就跟我在夢裡看到的差不多：穿著飛行員夾克、黑色牛仔褲、一件印有骷髏跳舞圖案的T恤，像是亡靈節㊺的圖畫。他身上掛著那把用冥界的鐵鑄成的劍。他雖然只有十二歲，但看起來卻比實際年齡更大而且憂傷。

他看到我時，對我點點頭，然後繼續搔著歐萊麗女士的耳朵。歐萊麗女士把他的腿當作肋眼牛排以外最有趣的東西，一直聞個不停。身爲黑帝斯之子，尼克大概去過所有適合地獄犬去的地方。

老羊男看起來就沒這麼高興。「誰讓……這隻冥界動物出現在我的森林裡！」他揮動手臂，羊蹄交互跳著，彷彿草地很燙似的。「就是你，波西．傑克森！這是你的寵物嗎？」

「抱歉，雷納斯㊻，」我說：「你是叫這個名字沒錯吧？」

羊男轉了轉眼睛。他的毛色像灰毛球一樣，頭上兩支角的中間有張蜘蛛網。他那圓滾滾的肚子讓他可以當一部所向無敵的碰碰車。「我當然就是雷納斯，別告訴我你這麼快就忘了羊男長老會的成員。現在叫你的野獸走開！」

「汪汪！」歐萊麗女士開心地吠叫。

老羊男尖叫。「快叫牠走開！朱妮珀，在這種情況下我不會幫你的。」

朱妮珀轉身看我。以森林精靈來說，她算是個美女，穿著紫色薄洋裝，有著小精靈的臉龐，但她的雙眼因爲哭泣而被葉綠素染綠了。

「波西，」她抽噎著說：「我只是要問他格羅佛的事。我知道一定出了什麼事。他如果不是遇上麻煩，不會離開這麼久都不回來。我希望雷納斯……」

「我跟你說過了！」羊男抗議說：「你沒跟那個叛徒在一起還比較好。」

㊺亡靈節（Day of the Dead），是墨西哥人的傳統節日之一。這一天他們會和親友聚在一起，紀念已過世的親人，並用各式各樣的骷髏圖案作為裝飾。

㊻雷納斯（Leneus），酒神戴歐尼修斯的隨從，負責踩踏酒槽裡的葡萄。

朱妮珀氣得跺腳。「他不是叛徒！他是最勇敢的羊男，我想知道他人在哪裡？」

「汪！」

雷納斯的膝蓋開始敲個不停。「我……有這隻地獄犬在這裡聞我的尾巴，我不會回答任何問題！」

尼克一副忍俊不住的樣子。「我來遛狗好了。」他自願幫忙。

他吹了聲口哨，歐萊麗女士跟在他後面，邊跑邊跳進入森林深處。

雷納斯氣呼呼地拍掉衣服上的樹枝。「小姐，就像我剛才跟你解釋的一樣，你的男朋友自從我們投票流放他之後，再也沒有寄回任何報告。」

「是你想要用投票流放他，」我糾正他：「奇戎和戴歐尼修斯都阻止過你。」

「咩！他們是長老會的榮譽成員。他們的票不算數。」

「我會把這句話轉告給戴歐尼修斯。」

雷納斯臉色發白。「我的意思只是……你聽著，傑克森，這不關你的事。」

「格羅佛是我的朋友，」我說：「關於潘的去世，他沒有騙你，我也親眼看到了。你只是太害怕而無法接受事實。」

雷納斯的嘴顫抖著。「不！格羅佛是騙子，他走了最好。我們沒有他還比較好過。」

我指著枯萎的王座。「如果事情這麼順利，那你的朋友們到哪裡去了？看來你們長老會最近都沒開會。」

「馬戎和賽力納斯……我……我相信他們會回來。」他說，但我可以聽得出他聲音裡的恐慌。「他們只是需要時間休息和思考。今年一直都不太平靜。」

「還會更不平靜。」我向他保證。「雷納斯，我們需要格羅佛。用你的魔法，一定有辦法找到他。」

老羊男的眼睛動了動。「我告訴你，我什麼都沒聽說。搞不好他已經死了。」

朱妮珀強忍住不哭。

「他還沒死，」我說：「我只能感應到這樣。」

「共感連結，」雷納斯輕蔑地說：「非常不可靠。」

「四處去問問看，」我很堅持，「把他找出來。戰爭要爆發了。格羅佛正在召集自然界的精靈。」

「他沒有得到我的允許！而且那不是我們的戰爭。」

我抓住他的衣服，這非常不像我的作風，但這隻老山羊讓我氣炸了。「雷納斯，你給我聽好！克羅諾斯進攻的時候，會帶來一大群地獄犬。他所到之處，一切都會被毀滅，不管是人類、天神，還是混血人，通通包括在內。你認爲他有可能讓羊男自由離開嗎？你應該當個領袖，現在，去帶領大家吧，去查一查到底發生了什麼事。把格羅佛找出來，把他的下落告訴朱妮珀。現在快去！」

我並沒有用力推他，但他有點站不穩，毛茸茸的屁股跌坐在地上。他站起來匆匆拔蹄就跑，肚子還跟著搖搖晃晃。「格羅佛永遠都不會被接納。他到死都是流亡份子！」

當他消失在樹叢裡，朱妮珀擦一擦眼淚。「波西，對不起，我不是有意把你捲進來。雷納斯還是野地之王，你不會想要與他爲敵。」

「沒關係，」我說：「比起過重的羊男，我還有更糟的敵人要對付。」

尼克回到我們身邊。「波西，幹得好。從羊大便的痕跡看來，我敢說你把他嚇個半死了。」

我知道尼克出現在這裡的原因，我勉強笑一笑。「歡迎回來。你是來看朱妮珀的嗎？」

他臉紅了。「嗯，不是，只是意外碰上。我算是……不小心插進他們的談話。」

「尼克把我們嚇死了！」朱妮珀說：「就從影子裡突然冒出來。可是，尼克，你是黑帝斯之子。你確定沒有聽到任何格羅佛的消息嗎？」

尼克變換一下姿勢。「朱妮珀，就像我告訴你的……即使格羅佛死了，他也會輪迴變成自然界的其他東西。我無法感覺到那樣的事，我只能感覺到人類的死亡。」

「如果你有聽說什麼，」她懇求著，把手放在他手臂上，「或有任何消息的話……」

尼克的臉頰變得更紅了。「嗯，當然沒問題。我會留意一切的。」

「我們會找到他的，朱妮珀。」我向她保證。「我確定格羅佛還活著。他一直沒跟我們聯絡的原因一定很單純。」

她愁容滿面地點點頭。「我真氣我不能離開森林。他有可能在任何地方，而我只能被困在這裡枯等著他。噢，要是那隻笨羊讓自己受傷的話……」

歐萊麗女士跑了過來，開始對朱妮珀的衣服產生興趣。朱妮珀大叫。「喔，不可以喔！關於狗和樹的事我知道得夠多了。我要走了啦！」她砰的一聲化爲一陣綠色煙霧。歐萊麗女士看起來很失望，但是牠去尋找另一個目標，留下我跟尼克在那裡。

尼克用劍敲敲地上，一小堆動物骨頭從土裡冒出，骨頭自己重新組合成一隻田鼠，急忙溜走。「我很遺憾聽到貝肯朵夫的事。」

我喉嚨裡有東西哽住。「你怎麼……」

「我跟他的靈魂談過了。」

「噢……對。」這個十二歲的小鬼跟死人說話的時間比跟活人還多，這件事我一直沒能習慣。「他說了什麼嗎？」

「他沒怪你。他認爲你很自責，說你不該這樣。」

「他會想要重生嗎？」

尼克搖搖頭。「他現在還待在埃利西翁，說要等一個人。我不清楚他的意思，但他對死這件事還算能接受。」

這不算太大的安慰，但多少有些幫助。

「我做了預知的夢，看到你在塔瑪爾巴斯山上，」我告訴尼克：「那是……」

「是眞的，」他說：「我不是有意要打探泰坦巨神的消息，我只是剛好在那附近。」

「在那裡做什麼?」

尼克拉了拉他的劍帶。「追蹤有關……我家人的線索。」

我點點頭。我知道他的過去對他來說是個很痛苦的話題。他和他姊姊碧安卡曾經被困在一個叫做蓮花賭場飯店的地方,他們待在那裡將近七十年。直到兩年前,一名神祕的律師把他們救出來,帶他們去一所寄宿學校註冊上學。但尼克對於他住進賭場之前的生活一點記憶也沒有,他一點都不知道他媽媽的事。他也不知道那名律師是誰,或是爲何他們被困在那裡那麼久,又爲何被放出來。碧安卡死後留下尼克一個人,他一直想要找出答案。

「你查得如何?」我問:「運氣還好嗎?」

「不太好,」他喃喃說著:「但我可能很快會有新的線索。」

「什麼線索?」

尼克咬著唇。「那不是眼前最重要的事。你知道我來這裡的原因。」

我心裡開始產生一股害怕的感覺。自從去年夏天尼克第一次向我建議擊敗克羅諾斯的方法後,我就一直做惡夢。他偶爾會冒出來,逼我告訴他答案,但我一直在拖延。

「尼克,我不知道,」我說:「方法似乎太極端了。」

「泰風快逼近了,大概再多久……一週?大多數泰坦巨神都已經被釋放,而且都與克羅諾斯爲伍。也許該是考慮極端手段的時候了。」

我轉頭望向混血營。即使距離這麼遠,我都可以聽到阿瑞斯和阿波羅小屋的學員又在打架、大聲詛咒，並滔滔不絕互罵著糟糕的詩句。

「他們不是泰坦巨神軍隊的對手，」尼克說：「你自己也知道。這件事落到了你跟路克身上，而你只有一種方法能打敗路克。」

我想起在安朵美達公主號的打鬥，我被打得落花流水。克羅諾斯光是在我手上畫一刀，就幾乎要了我的命，而我根本傷不了他，波濤劍從他的皮膚上彈開。

「我們可以給你同樣的力量，」尼克催促我，「你也聽到了大預言的內容。除非你想要自己的靈魂被受詛利刃擷取……」

不知道尼克是怎麼聽到預言的，大概是某個鬼魂告訴他的。

「你不能阻止預言成眞。」我說。

「但你能抵抗它。」尼克眼中出現奇怪的飢渴光芒。「你能變成刀槍不入、所向無敵。」

「也許我們應該再等一等。試著不靠……」

「不！」尼克吼道：「必須是現在！」

我瞪著他。我已經很久沒有看到他這樣發脾氣。「嗯，你確定你還好嗎？」

他深深吸了一口氣。「波西，我只是……戰爭開打後，我們就沒辦法進行這趟旅程了。現在是最後的機會。如果我太心急而讓你覺得被強迫，很抱歉，但兩年前我姊犧牲自己來保護你，希望你能讓她的死更具意義。不論你做什麼，都必須活著，並且打敗克羅諾斯。」

我不喜歡這個主意。然後我想到安娜貝斯叫我膽小鬼，而我很生氣。

尼克的話有道理。如果克羅諾斯攻擊紐約，混血營的學員根本抵擋不住那支軍隊，我必須做些什麼才行。尼克的方法太危險，甚至有可能送命，但這方法也給了我戰鬥的優勢。

「好吧！」我決定了。「首先我們要做什麼？」

他露出冷酷而令人毛骨悚然的笑容，這讓我後悔贊同了他的計畫。「首先我們要追溯路克的經歷。我們需要知道更多他的過去、他的童年。」

我打了個寒顫，想起夢中瑞秋的一張畫——那帶著笑臉的九歲路克。「為什麼我們需要知道他的過去？」

「等我們到了那裡，我會解釋給你聽。」尼克說：「我已經查到他媽媽的下落，她住在康乃迪克州。」

我盯著他看。我從來沒想過路克有凡人母親。我是見過他爸爸荷米斯，但他媽媽……

「路克在很小的時候就離家出走了，」我說：「我不知道他媽媽還活著。」

「噢，她還活著。」他說話的口氣讓我很好奇她是不是怎麼了？或者她到底有多可怕？

「好吧……」我說：「我們要怎麼去康乃迪克州？我可以叫黑傑克……」

「不用。」尼克吼著：「飛馬不喜歡我，這種感覺是相互的，而且也沒有必要飛。」他吹了聲口哨，歐萊麗女士從森林裡跑出來。

「你這位朋友可以幫我們。」尼克拍拍牠的頭。「你有沒有試過影子旅行？」

「影子旅行？」

尼克在歐萊麗女士耳朵旁低聲說了幾句話。牠的頭彎向一邊，突然警覺起來。

「跳上來吧。」尼克對我說。

我以前從來沒想過騎在狗的身上，雖然歐萊麗女士的體型當然夠大。我爬上牠的背，抓緊牠的項圈。

「影子旅行會讓牠很疲倦，」尼克警告我：「所以不能常常用這個方法。在晚上的效果最好。因爲所有影子都屬於同一種物質，只有一種純粹的黑暗與冥界的生物可以將它當成通道或任意門。」

「我不懂。」我說。

「我也花了很長一段時間才學會，但是歐萊麗女士知道，只要告訴牠要去哪裡就好。你告訴牠要去西港，梅．凱司特倫的家就在那裡。」尼克說。

「你不一起來嗎？」

「別擔心，」他說：「我在那裡跟你會合。」

我有點緊張，但還是靠近歐萊麗女士的耳朵說：「好了，小妞，你能不能……呃，帶我們去康乃迪克州的西港，梅．凱司特倫的家？」

歐萊麗女士嗅一嗅空氣，望向森林暗處。接著牠往前一跳，直接跳進一棵橡樹。

就在撞上樹之前，我們穿過了樹，進入跟月亮陰暗面一樣冰冷的陰影中。

6 烤焦的餅乾

如果你會害怕以下任何一項的話，我不建議你做影子旅行：

一、黑暗
二、背脊發涼
三、奇怪的聲音
四、移動速度快到覺得臉快要被剝下來了

換句話說，我覺得影子旅行眞是太神了。前一分鐘我還什麼都看不見，只感覺到歐萊麗女士的毛，還有我的手指纏繞在牠的項圈鍊子上。

下一分鐘影子淡出，變成新的景象。我們正在康乃迪克州某個森林的峭壁上。我到過康乃迪克州幾次，至少這次看起來跟我以前來的時候差不多。有很多樹、矮石牆、大房子。在峭壁一邊的下方，有一條公路穿越過深谷，另一邊則是某個人家的後院。那戶人家的土地面積眞大，但大部分都荒廢了。這是一棟兩層樓的殖民時期風格建築。雖然這棟房子隔著山丘就是公路，但感覺好像在沒有人煙的地方一樣。我看得到廚房的窗戶透著亮光，蘋果樹下有個生鏽老舊的鞦韆。

我想像不出住在這種有院子的房子的生活。我這輩子都住在小公寓或是學校宿舍裡，如果這裡是路克的家，我很好奇他爲什麼要離開。

歐萊麗女士搖搖晃晃的，站都站不穩。我想起尼克說過，影子旅行會很讓牠耗費體力，所以我趕快從牠身上滑下來。牠露出牙齒，打了個足以把暴龍嚇死的超大哈欠。然後牠轉個圈，癱倒在地上，倒下的力量大到連地面都會晃動。

尼克出現在我旁邊，看起來好像是他的影子先變黑，然後他才從中冒出來。他腳步踉蹌，我抓住他的手臂。

「我沒事。」他努力擠出這句話，一邊揉著眼睛。

「你怎麼辦到的？」

「多練習幾次就會了。有幾次撞到牆，還有幾次不小心去了中國。」

歐萊麗女士開始打呼。要不是我們後面馬路上有車子呼嘯而過，我相信牠會把這一帶的人全都吵醒。

「你也要睡一下嗎？」我問尼克。

他搖搖頭。「我第一次影子旅行時，整整昏睡了一個星期。現在我只會有點睏，但一個晚上只能用這個方法一、兩次。歐萊麗女士暫時哪裡都去不了。」

「看來我們在康乃迪克州可以有段好時光。」我看著這棟殖民時期風格的白色房子。「現在要做什麼？」

「我們去按門鈴。」尼克說。

如果我是路克他媽，才不會在半夜爲兩個陌生的小鬼開門。但路克的媽很不一樣。

在我們走到前門之前，我就已經知道這一點了。小徑兩旁排滿了那種你會在紀念品店看到的小隻塡充動物玩偶，以及迷你版的獅子、豬、火龍、九頭蛇，甚至還有包尿布的小小彌諾陶。從這些玩偶破舊的樣子看來，它們已經坐在這裡很久了，至少從春天融雪以後就在了。有條九頭蛇的脖子中間還長出了一棵小樹。

前院掛滿了風鈴，亮晶晶的玻璃和金屬在微風中碰撞，發出了聲響。銅絲帶叮叮咚咚發出流水般的聲音，讓我覺得需要借用一下廁所。不知道凱司特倫阿姨怎麼受得了這些噪音？

前門漆著青綠色的油漆。門牌上第一行寫的是英文的「凱司特倫」，下一行則用希臘文寫著：「Διοικητής φρουρίου」。

尼克看著我。「準備好了嗎？」

他連敲都還沒敲，門一下就打開了。

「路克！」老太太高興地大叫。

她看起來像是個喜歡把手指頭插在插座裡的人。她頭上的白髮像被電到一樣一束束立起來，身上那件粉紅色家居服滿是焦痕和汙漬。她笑起來的時候，臉不自然的扭曲，眼睛裡那高瓦數的亮光，讓我懷疑她是不是瞎了。

「噢，我親愛的兒子！」她擁抱尼克。我正想要弄清楚她爲何會以爲尼克是路克時（他們兩人看起來完全不像），她又對著我笑，跟我說：「路克！」

她完全忘了尼克，給我一個擁抱。她身上有股餅乾烤焦的味道。雖然她跟稻草人一樣瘦，但還是差點把我壓死。

「進來吧！」她堅持著。「你的午餐已經準備好了。」

她帶我們進去客廳，那裡比前院更怪。任何可以放東西的地方都擺滿了鏡子和蠟燭。我到處都可以看到鏡子裡的自己。壁爐架上，一個小小的青銅荷米斯繞著滴答響的老爺鐘秒針飛翔。我試著想像信使之神是怎麼和這個老太太談戀愛的，但這想法太怪異了。

接著我注意到壁爐架上的相片，我整個人僵住。就跟瑞秋畫的一模一樣。照片裡的路克大概九歲，有著一頭金髮，開口大笑，還少了兩顆門牙。臉上沒有疤痕的他，看起來像是完全不同的人，無拘無束而且十分快樂。瑞秋是怎麼知道這張照片的？

「親愛的，這邊！」凱司特倫阿姨帶我走到屋子後面。「噢，我告訴他們你一定會回來。我就知道！」

她要我們在廚房的桌子旁坐下。上面堆滿了上百個（眞的是上百個）裝滿了花生醬果凍三明治的保鮮盒。底下的盒子都變成綠色的，看不出來裡面是什麼，好像擺在那裡很久了。那股味道讓我想起我六年級在學校用的櫃子，還眞不是件好事。

在烤箱上有一大堆烘焙紙，每一張上面都有十幾個烤焦的餅乾。水槽裡的空塑膠水壺堆得像山一樣高。梅杜莎玩偶坐在水龍頭旁，像在鎮守這一團亂似的。

凱司特倫阿姨開始一邊哼歌，一邊拿出花生醬和果凍來做新的三明治。烤箱裡有燒焦的味道，我感覺還有更多餅乾等著出爐。

水槽上，沿著窗戶貼滿了從報章雜誌剪下來的小圖片，有從花藝禮品快遞服務和快速清潔公司標誌剪下的荷米斯圖案，也有從醫藥廣告上剪下的荷米斯使者權杖圖片。

我心裡一沉。我想離開那個房間，但是凱司特倫阿姨邊做三明治邊對我微笑，好像在確認我不會衝出去一樣。

尼克咳了一聲。「嗯，凱司特倫阿姨？」

「嗯？」

「我們想問關於你兒子的事。」

「噢，沒錯！他們告訴我他永遠都不會回來，但我知道的比他們清楚。」她滿心歡喜地拍拍我的臉頰，留下花生醬的痕跡。

「你最後一次看到他是什麼時候？」尼克問。

她的眼睛無法對焦。

「他離家的時候還那麼小，」她充滿留戀地說：「才三年級。那個年紀離家出走太小了！他說他會回來吃午餐。我等著他。他喜歡花生醬三明治、餅乾、果汁。他很快就會回來吃午餐……」她看著我，對我微笑。「唉呀，路克，你就在這裡啊！你看起來好帥。你的眼睛就跟你爸一樣。」

她轉身看著水槽上的荷米斯圖片。「他是個好男人，百分百的好男人。你知道嗎？他有來看我。」

另一個房間的鐘一直滴答響著。我擦掉臉上的花生醬，以懇求的神情看著尼克問：「我們現在可以走了嗎？」

「阿姨，」尼克說：「你的……嗯，眼睛怎麼了？」

她眼神渙散，像是想要透過萬花筒把他看個仔細。「路克，怎麼了？你明知道發生了什麼事。不是在你出生前發生的嗎？我一直很特別，能夠看清那個……不管他們叫它什麼。」

「你是說迷霧？」我說。

「對，親愛的。」她稱許地點點頭。「他們給我一份重要工作。那就是我特別的地方！」

「什麼工作？」我問：「發生了什麼事？」

凱司特倫阿姨皺起眉頭。她手上的刀懸在三明治上。「老天，結果不成功吧？你爸警告過我不要去試，他說太危險了，但我一定要做。那是我的命運！結果現在……我還是沒辦法讓這個畫面從我腦中消失。這些畫面讓我的頭好痛。你還要不要吃餅乾？」

她從烤箱裡拿出一個烤盤，把一堆巧克力黑炭倒在桌上。

「路克心地很好，」凱司特倫阿姨喃喃說著：「他離開是為了保護我。他說如果他走掉，怪物就不會威脅我。但我告訴他怪物根本就不是什麼威脅！他們整天都坐在小路旁，從來沒有進到屋裡來。」她拿起窗台邊那個小梅杜莎玩偶。「梅杜莎太太，他們有進來嗎？沒有，根本就不會威脅我。」她對我微笑。「我好高興你回家了。我就知道你不會以我爲恥！」

我在椅子上換個坐姿。我想像我是八、九歲的路克，坐在這張桌子旁，開始了解到自己的媽媽並非全心全意在那裡。

「凱司特倫阿姨！」我說。

「我是媽媽。」她糾正我。

「嗯，是。路克離家之後你有再看過他嗎？」

「當然有啦！」

我不知道那是不是她的想像。我只知道每次有郵差來到門口，都會被當成是路克。

但是尼克充滿期待地往前坐。

「什麼時候？」他問：「上次路克回來看你是什麼時候的事？」

「那是……老天……」她的臉上掃過一陣陰影。「他上次回來的時候，看起來很不一樣，臉上有道疤，一道很可怕的疤，他的聲音充滿痛苦……」

我說：「他的眼睛是不是金色的？」

「金色？」她眨眨眼。「不是。小傻瓜，路克的眼睛是藍色的！很漂亮的藍眼睛！」

所以路克眞的有回來過，而且是在去年夏天之前，在他變成克羅諾斯之前。

「凱司特倫阿姨，」尼克把手放在老太太的手臂上，「這件事非常重要。他有沒有跟你要什麼東西？」

她皺著眉似乎正在努力回想。「我的……祝福。這不是很貼心嗎？」她不太確定地看著我們。「他要去一條河，說他需要我的祝福。我祝福了他，我當然會祝福他。」

尼克得意洋洋地看著我。「阿姨，謝謝你。那正是我們需要的資料……」

凱司特倫阿姨突然開始尖叫。她彎下腰，手上烤盤裡的餅乾灑落一地。尼克和我從椅子上跳起來。

「凱司特倫阿姨？」我問。

「啊！」她又站直了身體。我連滾帶爬地跑開，嚇得差點撞倒餐桌，因爲她的眼睛發出了綠色的光芒。

「我的孩子，」她發出低沉刺耳的聲音說著：「我一定要保護他！荷米斯，救命！不要讓我的孩子受傷！這不是他的命運……不！」

她抓住尼克的肩膀用力搖，像是要讓他了解一樣。

尼克發出悶悶的叫聲，把她推開。他握住劍柄。「波西，我們必須離開……」

突然間，凱司特倫阿姨倒了下來。我衝上前去，在她撞到桌角之前趕緊抱住她。我扶她坐上椅子。

「凱司特倫阿姨！」

她喃喃地說了些我聽不懂的話，然後搖一搖頭。「老天啊。我……我把餅乾打翻了。我怎麼這麼笨！」

她眨眨眼，眼神恢復正常，至少是回到之前的樣子。她眼中的綠光消失了。

「你還好嗎？」我問。

「親愛的，我當然好得很。你為什麼這樣問呢？」

我看了尼克一眼，他用嘴型跟我說：「走吧。」

「凱司特倫阿姨，你剛才跟我們說了一些事，」我說：「是跟你兒子有關的事。」

「是嗎？」她迷迷糊糊地說著：「對了，剛剛說到他的藍眼睛，我們在談他的藍眼睛。真是個英俊的男孩！」

「我們必須走了。」尼克急忙說：「我們會告訴路克……嗯，我們會替你問候他。」

「可是你們還不能走！」凱司特倫阿姨搖搖晃晃地站起來。我往後退。我竟然會怕這樣一個弱不禁風的老太太，實在很蠢。但是她改變聲音時的樣子，還有她抓住尼克的方式……

「荷米斯很快就會來，」她向我們保證：「他想看看他兒子！」

「也許改天吧，」我說：「謝謝你的……」我看了一下散在地上那堆烤焦的餅乾，「謝謝你的招待。」

她想讓我們留下來，叫我們喝果汁，但我必須離開那個房子。走到前廊時，她抓住我的手腕，差點讓我魂飛魄散。「路克，你至少要注意安全。要保證你會安全回來。」

「我會的……媽。」

這讓她笑了。她放開我的手。關上大門的時候，我還可以聽到她對著蠟燭說：「你聽見了嗎？他會很安全。我就告訴過你，他會平安無事的！」

門完全關上後，尼克跟我拔腿狂奔。小路旁的小動物玩偶似乎在我們跑過時咧嘴微笑。

回到峭壁邊，歐萊麗女士已經交到一個朋友。

石頭堆中升起溫暖的營火。一個大約八歲的女孩交叉著腿，疊坐在歐萊麗女士旁，並且搔著這頭地獄犬的耳朵。

女孩的頭髮是灰褐色的，穿著一件褐色洋裝，頭上綁了一條頭巾，看起來像墾荒時期的小孩，就像《大草原上的小木屋》[47]裡的鬼。她用樹枝撥動火堆，火似乎燒得比平常更旺。

「嗨！」她說。

我第一個念頭是：怪物。當你是混血人，又在森林裡發現一個甜美可愛的小女孩，這時你就該抽出劍來攻擊。況且，剛剛去拜訪凱司特倫阿姨眞是嚇死我了。

但是尼克卻向小女孩鞠躬致意。「您好，殿下。」

[47]《大草原上的小木屋》（Little House on the Prairie）是美國作者蘿拉·英格斯·懷德於一九三五年出版的兒童小說，描述十九世紀末中西部的美國墾荒生活，並有一系列的相關作品。因為廣受歡迎，後來也被改編成電視劇和舞台劇。

她打量著我，眼睛如火焰般紅熱。我確定向她鞠躬才是最安全的做法。

「波西．傑克森，坐下吧，」她說：「想不想吃晚餐？」

在看過發霉的花生醬三明治和烤焦餅乾之後，我實在沒什麼胃口，不過這個女孩揮一揮手，火堆旁立刻出現野餐的食物，有烤牛肉、烤馬鈴薯、塗了奶油的紅蘿蔔、新鮮的麵包和一堆我好久都沒吃到的美食。我的胃開始咕嚕咕嚕叫。這是那種許多人以爲吃得到卻從沒吃過的家常菜。這個女孩變出一塊將近兩公尺長的狗餅乾給歐萊麗女士，牠開心地將它瞬間咬成碎片。

我坐在尼克旁邊，拿起食物。就在我準備大快朵頤時，我改變了主意。我把一些食物丟進火焰裡，像我們在混血營裡進行的儀式那樣。「敬天神。」我說。

小女孩露出微笑。「謝謝。身爲火焰的看守人，每一份奉獻我也能分到一些。」

「我認出來了，」我說：「我剛到混血營的時候，你就坐在廣場中央的營火旁。」

「但你沒有停下來跟我說話。」小女孩難過地回想著。「唉，大部分人都不會跟我說話，只有尼克。他是多年來第一個跟我說話的孩子。大家都忙進忙出，沒有時間看看家人。」

「你是荷絲提雅[48]，」我說：「爐灶女神。」

她點點頭。

好吧……她看起來像個八歲小孩。我沒問她，我知道只要天神想有什麼外型，就可以變成什麼模樣。

「殿下，」尼克問：「您爲何不和其他的奧林帕斯天神一起對抗泰風？」

「我不太會打仗。」她的紅眼閃爍著。我發現她的雙眼不是映照著火光，而是充滿了火焰。但是那又跟阿瑞斯的眼睛不同，荷絲提雅的眼神讓人覺得溫暖而舒服。

她說：「而且，其他天神不在的時候，也要有人在家看著爐火，讓它繼續燃燒。」

「所以您在守衛奧林帕斯山嗎？」我問。

「『守衛』這個詞太沉重。不過如果你需要有個溫暖的地方坐下來，吃一頓家常飯，很歡迎你來拜訪。現在快吃吧。」

在我回過神之前，我的盤子老早就空了。尼克也狼吞虎嚥地把東西吃完。

「眞好吃，」我說：「荷絲提雅，謝謝您。」

她點點頭。「你們拜訪梅．凱司特倫還好玩嗎？」

我有一度差點忘了那位眼睛突然發亮、笑容像瘋子一樣的老太太。

「她到底發生了什麼事？」我問。

「她生來天賦異秉，」荷絲提雅說：「她可以看透迷霧。」

「跟我媽一樣。」我說，我也想到了瑞秋。「但是她眼睛發亮……」

「有些人背負著預見的詛咒，」女神悲傷地說：「梅．凱司特倫曾經擁有許多才能，吸引

㊽荷絲提雅（Hestia），爐灶女神，是宙斯的姊姊。宙斯曾賜予他掌管一切祭典儀式的權力。

了荷米斯的注意。他們生下一個漂亮的男孩。她曾經度過一段短暫的快樂時光，後來她做了太極端的事。」

我想起凱司特倫阿姨說過：「他們給我一份重要工作……結果不成功。」不知道什麼工作會讓人變成那個樣子。

「前一分鐘她還高興得不得了，」我說：「接著就歇斯底里鬼叫自己兒子的命運，好像她知道他會變成克羅諾斯。到底發生了什麼事，才讓她……精神分裂？」

女神的臉色一沉。「我不喜歡說這個故事，但是梅．凱司特倫看到太多東西了。如果你要了解你的敵人路克，你就必須了解他的家人。」

我想到貼在梅．凱司特倫水槽上那些破爛的荷米斯小圖片。不知道凱司特倫阿姨是不是在路克小時候就已經這樣瘋瘋癲癲。她的眼睛突然變綠發狂，絕對會嚇壞一個九歲的小孩。如果荷米斯從不來探望他們，如果這些年來他都讓路克一個人面對媽媽……

「難怪路克會離家出走，」我說：「我是說，那樣離開他媽雖然不對，但是他那時候還是個孩子。荷米斯不該拋棄他們。」

荷絲提雅搔了搔歐萊麗女士的耳朵。地獄犬搖著尾巴，不小心撞倒了一棵樹。

「批評別人很容易，」荷絲提雅警告我：「但是你也會去依循路克所走過的路，尋求同樣的力量嗎？」

尼克放下盤子。「殿下，我們別無選擇。這是讓波西有機會戰勝的唯一方法。」

「嗯。」荷絲提雅把手攤開，火堆劈啪作響，火焰往空中竄升九公尺，熱氣燙到我的臉。接著火焰慢慢消退，恢復正常。

「並不是所有力量都很引人注目，」荷絲提雅看著我說：「有時候，最難以掌控的力量反而是屈服的力量，你相信嗎？」

「嗯。」我說。說什麼都行，只要讓她不要再玩她的火焰就好。

女神笑了。「波西・傑克森，你是一個很棒的英雄，不會太驕傲，我喜歡你這一點，但是你還有很多東西要學。戴歐尼修斯被立為天神那時候，我為他放棄了我的王座。這是唯一避免讓天神彼此交戰的方法。」

「但也使得天神大會的力量不均衡。」我想起了這個故事。「一下子就變成了七位男神和五位女神。」

荷絲提雅聳聳肩。「雖然不完美，卻是最好的解決之道。現在由我來照料爐火，我慢慢消失成背景，沒有人會為荷絲提雅的一言一行寫下神話史詩，大多數混血人甚至沒有停下來跟我說話。但是沒關係，我維持和平，我在有需要的時候就屈服退讓。這點你做得到嗎？」

「我不懂你的意思。」

她打量著我。「你或許還不懂，但很快就會知道了。你會繼續你的尋找任務嗎？」

「這是你來的原因嗎？警告我不要去？」

荷絲提雅搖搖頭。「我會來這裡，是因為其他方法都失敗了。其他的天神都去打仗，而我是唯一留下來的。家，爐灶。我是最後一位奧林帕斯天神。你在面對最後的決定時，一定要記得我啊。」

我不喜歡她說「最後」這個詞。

我看了看尼克，又再看看荷絲提雅溫暖發光的雙眼。「殿下，我必須繼續進行我的任務。我一定要阻止路克……我是說克羅諾斯。」

荷絲提雅點點頭。「很好。除了我已經告訴你的事之外，我幫不上太多忙，但因為你給了我祭品，我可以幫助你返回你自己的爐灶。波西，我將在奧林帕斯與你重逢。」

她的語氣聽起來很不安，彷彿我們下次的見面會很不快樂。

女神揮了揮手，一切都消失了。

突然間我回到家裡。尼克和我坐在我媽位於紐約上東區的公寓裡，這是好消息，而壞消息是歐萊麗女士佔據了整個客廳。

我聽到臥室裡傳出低沉的叫聲，那是保羅的聲音。「誰在走道擺了這道毛茸茸的牆壁？」

「是波西嗎？」我媽大喊。「你在這裡嗎？你還好嗎？」

「我在這裡！」我大聲回答。

「汪！」歐萊麗女士想要轉圈找我媽，卻把掛在牆上的畫通通掃下來。牠只見過我媽一次（這說來話長），但牠很喜歡我媽。

花了幾分鐘的時間，我們終於想出辦法讓大家安頓下來。在毀了客廳的大部分家具、大概氣炸了所有鄰居之後，大家終於在廚房的餐桌邊坐好。歐萊麗女士還是佔據了整間客廳，不過牠把頭放在廚房門口好看到我們，這讓牠很開心。我媽丟給牠一包大約五公斤的家庭號碎牛肉，牠一骨碌就全部吞下肚。在我向我媽敘述去康乃迪克州的經過時，保羅為大家倒了檸檬汁。

「那麼這一切都是眞的了？」保羅看著我的表情，像是從來沒看過我一樣。他的頭髮黑白夾雜，身上穿的白色浴袍現在粘滿了地獄犬的毛。「所以這些關於怪物、混血人……都是千眞萬確的事？」

我點點頭。去年秋天，我向保羅解釋我的眞實身分，我媽也幫我說話。但在這之前，我不覺得保羅眞的相信我們。

「很抱歉歐萊麗女士把這裡搞成這樣，」我說：「把客廳和所有東西都弄壞了。」

保羅開心暢快地大笑。「你在開玩笑嗎？這太棒了！我是說，我看到我車上的馬蹄印時，還不是很相信。但是你看這個！」

他拍拍歐萊麗女士的嘴巴和鼻子。客廳開始晃動，碰！碰！碰！那表示：如果不是有特勤小組破門而入，就是歐萊麗女士在搖尾巴。

我忍不住微笑。雖然保羅是我的英文老師又是我繼父，但他眞的很酷。

「感謝你沒有被嚇壞。」我說。

「喔，我是眞的嚇壞了。」他肯定地說，眼睛睜得好大。「我只是認爲牠太厲害了！」

「是啊，」我說：「等你聽到將會有什麼事發生，大概就不會這麼興奮了。」

我把泰風和天神戰鬥以及即將發生戰爭的事，全都告訴保羅跟我媽，然後我告訴他們尼克的計畫。

我媽的手緊握著檸檬汁的杯子。她穿著那件藍色絨布的舊浴袍，頭髮往後梳攏綁起。她最近開始寫小說，這件事她已經想了好幾年，看得出來她最近都寫到深夜，因爲她的黑眼圈比以前還深。

她背後是廚房的窗戶，銀色的月光映照在花盆上。那是我去年夏天從卡呂普索[49]的島上帶回來的魔法植物，在我媽的照顧下，瘋狂地開滿了花。那股花香總是能讓我平靜下來，但也讓我想起失去的朋友而感到難過不已。

我媽深吸一口氣，像是在思考要怎麼阻止我。

「波西，這很危險，」她說：「即使是你，也很危險。」

「媽，我知道，我可能會死。尼克解釋過了，但如果我們不試……」

「我們全都會死。」尼克說。他的檸檬汁一口都沒喝。「傑克森阿姨，我們無力對抗泰坦巨神入侵，而他們絕對會有入侵行動的。」

「入侵紐約？」保羅說：「那有可能嗎？我們怎麼會看不到……怪物呢？」

他說「怪物」的時候，好像還是不相信這是眞的。

「我也不知道。」我向他承認。「我不知道克羅諾斯要怎麼在曼哈頓行軍，但是迷霧很厲害。泰風正在踐踏摧毀美國各地，凡人把他當成是某種風暴。」

「傑克森阿姨，」尼克說：「波西需要你的祝福。這件事一定要從你的祝福開始。在我們見到路克的媽媽之前，我不確定該怎麼做，但現在我很確定了。這個方式以前只有成功過兩次，而這兩次都有母親的祝福。母親必須要讓兒子冒這個險。」

「你要我祝福這件事？」她搖搖頭。「太瘋狂了。波西，拜託你……」

「媽，沒有你，我不能完成這件事。」

「如果你熬過這個……過程呢？」

「我就要去參戰，」我說：「我要對抗克羅諾斯。我們當中只有一個會活下來。」

我沒有把完整的預言內容告訴她……有關靈魂被擷取以及我的死亡日。她不需要知道我已經注定厄運纏身。我只希望在我死前能阻止克羅諾斯，拯救這個世界。

「你是我的兒子，」她很難過地說：「我才不管……」

我看得出來如果要取得她的同意，就必須更用力逼迫她，但我不想這麼做。我想起可憐的凱司特倫阿姨坐在廚房等兒子回家，而且我也明瞭自己有多麼幸運，我媽一直在我身邊，

㊾卡呂普索（Calypso），是擎天神阿特拉斯的女兒，住在海洋邊緣的奧吉吉亞島（Ogygia）上。參《妖魔之海》二三九頁，註54，以及《迷宮戰場》第十二章〈愛情長假〉。

就算有這些天神怪物之類的事情，她總是想辦法讓我過正常的生活。她忍受我出外冒險，可是我現在卻要她祝福我去做一件可能會讓我喪命的事。

我看著保羅，我們之間有某種理解在交流。

「莎莉。」他把手放在我媽的手上。「我不能說我了解你跟波西這些年來所經歷的一切，但是從我聽到的這些事……我覺得波西要做的事很偉大。我希望自己也能有那樣的勇氣。」

有東西哽在我的喉嚨。我不常得到這樣的讚美。

我媽盯著她的檸檬汁。她看起來像在壓抑哭泣。我想起荷絲提雅說的話，屈服是多麼困難的一件事，我想或許我媽也體會到了。

「波西，」她說：「我祝福你。」

我沒有覺得有什麼不一樣，廚房裡沒有魔法發光這類的東西。

我看了尼克一眼。

他看起來比平常還焦躁，但是點點頭說：「時候到了。」

「波西，」我媽說：「最後一件事。如果你……要是你戰勝了克羅諾斯而倖存的話，給我一個訊號。」她在皮包裡翻找了一會兒，給我她的手機。

「媽，」我說：「你知道混血人用手機會……」

「我知道，」她說：「但你拿著以防萬一。如果你不能打電話的話……也許給我一個能在曼哈頓看得到的信號，讓我知道你平安無事。」

「像鐵修斯[50]那樣，」保羅提議。「他原本應該要在返回雅典的時候升起白色的帆。」

「只是他忘了，」尼克低聲說：「他的父親因爲絕望而從宮殿的屋頂上跳下自殺。但除了這點之外，這個主意其實不錯。」

「升旗或是點起火焰如何？」我媽說。「從奧林帕斯山，就是帝國大廈那裡發出信號。」

「某種藍色的東西。」我說。

我們有個關於藍色食物的笑話說了好多年。藍色是我最喜歡的顏色，於是我媽想盡辦法來逗我開心。每年我的生日蛋糕、復活節籃子、聖誕節的枴杖糖等，通通都是藍色的。

「沒錯，」我媽同意，「我會密切注意藍色的信號。我會盡量不要從宮殿的屋頂往下跳。」

她給了我最後的擁抱。我避免將它想成是在告別。我和保羅握握手，然後跟尼克走到廚房門口，看著歐萊麗女士。

「小妞，抱歉了，」我說：「又要做影子旅行了。」

牠發出嗚嗚聲，把腳掌交叉放在臉上。

「現在要去哪裡？」我問尼克：「洛杉磯嗎？」

「不必，」他說：「到冥界還有一個更近的入口。」

[50] 鐵修斯（Theseus），希臘神話中的英雄，雅典國王愛琴士之子。參《神火之賊》一二一頁，註[22]。

7 奧菲斯之門

我們在中央公園的池塘北邊出現。歐萊麗女士看起來累壞了，牠一跛一跛走到石塊旁，開始到處嗅著。我猜牠是想在這裡標出勢力範圍，但尼克說：「沒關係。牠只是在聞味道，找出回家的路。」

我皺起眉頭說：「從石頭裡穿過去？」

「冥界有兩處主要的入口，」尼克說：「你知道在洛杉磯的那個入口。」

「卡戎的渡船。」

尼克點點頭。「大部分的靈魂都從那裡去，但是還有一條比較小、比較難找的路。那就是奧菲斯[51]之門。」

「你是說那個拿豎琴的傢伙？」

「是七弦琴。」尼克糾正我。「不過你說的沒錯，就是他。他用他的音樂迷倒大地，讓大地為他開了一條新的道路進入冥界。他靠著音樂得以如入無人之境般，一路演奏著進到黑帝斯的宮殿，差一點就能帶著妻子的靈魂離開。」

我記得這個故事。奧菲斯走在前頭，帶著太太回到人世時不應該回頭看，但他當然還是回頭了。那是一個典型的「結果他們都死了，劇終」的故事，還眞是讓我們這些混血人覺得既溫暖又感動啊。

「這個就是奧菲斯之門。」我試著用佩服的口吻說，但這扇門在我看來不過是一堆石頭而已。「要怎麼打開它？」

「我們需要音樂，」尼克說：「你歌唱得怎麼樣？」

「呃，很爛。難道你不能，嗯，叫門自己打開嗎？你是黑帝斯的兒子耶。」

「沒這麼簡單，我們需要音樂。」

我很確定如果我試著唱唱看，只會引起山崩。

「我有個更好的主意。」我轉身大喊：「格羅佛！」

我們等了很久，歐萊麗女士乾脆把身體縮起來睡覺。我可以聽見樹林裡的蟋蟀和貓頭鷹叫聲，中央公園西邊的車輛呼嘯而過，附近的步道上傳來馬蹄聲，也許是騎警在巡邏。我相信他們會很高興在凌晨一點抓到兩個小鬼在公園裡閒晃。

「看來不妙。」尼克終於說話了。

---

51 奧菲斯（Orpheus），是希臘神話中的英雄人物，也是太陽神阿波羅和謬思女神卡莉歐碧（Calliope）之子。參《神火之賊》一五三頁，註33。

但我有種感覺。我的共感連結在這幾個月來第一次有了動靜，這表示要不是有很多人突然轉到自然頻道，就是格羅佛在附近。

我閉上眼睛專心想著。「格羅佛。」

我知道他在公園某個地方。爲什麼我感覺不到他的情緒，只能聽到腦袋裡的嗡嗡聲？

「格羅佛。」我更專注地想著。

「嗯……」有個聲音說。

我腦中浮現一個畫面。我看到樹林深處有棵巨大的榆樹，在離主要步道很遠的地方。樹根在地上盤根錯結，像是做了一張床。有個羊男閉著眼睛躺在上面，雙手交叉在胸前。起先我不確定那就是格羅佛，有一堆樹枝和樹葉蓋住他，彷彿他已經在那裡睡了很久。樹根似乎是自動圍繞在他身邊，慢慢把他拉進土裡。

「格羅佛，」我說：「快醒醒。」

「嗯……」

「老兄，你被土蓋住了。快醒醒！」

「想睡覺……」他在心裡默默地說。

「有吃的，」我引誘他說：「有煎餅！」

他馬上張開眼睛。突然有一團雜七雜八的想法塞滿我的腦袋，思緒立刻快轉了起來。我腦中的畫面碰在一起撞得粉碎，害我差點摔倒。

「怎麼回事?」尼克問我。

「我接通了。他……馬上就來了。」

一分鐘後,我們旁邊的樹突然動了起來。格羅佛從樹上掉下來,頭先著地。

「格羅佛!」我大叫。

「汪!」歐萊麗女士抬頭看,大概在猜我們是不是要用羊男來玩丟接的遊戲。

「咩——」格羅佛發出羊叫聲。

「老兄,你還好吧?」

「噢,我很好。」他抓抓頭。他的羊角長得好長,比他的捲髮還長了快三公分。「我在公園的另一頭。樹精靈想出這個好方法,用樹把我送到這裡,但他們對高度不太有概念。」

格羅佛笑一笑,用腳站起來,其實應該是「蹄」才對。從去年夏天開始,格羅佛已經不再把自己裝扮成人類,他再也不戴棒球帽或是穿假腳,甚至連牛仔褲都不穿了。他腰部以下的羊腿長滿了毛,身上穿的T恤有圖畫書《野獸國》的圖案,上面還沾滿了泥巴和樹汁。他的羊鬍子更茂密了,可以說是非常有男人味(或許要說羊男味才對),而且他現在已經長得跟我一樣高。

「真高興看到你,老兄,」我說:「你還記得尼克吧?」

格羅佛向尼克點點頭,然後緊緊抱住我。他聞起來像是剛剛割過的草地。

「波西!」他咩咩叫著。「我好想你!我想念混血營。荒郊野外都吃不到烤玉米捲餅。」

「我很擔心你。」我說：「你這兩個月到底去哪裡了？」

「過去兩……」格羅佛的笑容消失了，「過去兩個月？你在說什麼？」

「我們一直都沒有你的消息，」我說：「朱妮珀擔心死了。我們有請伊麗絲女神傳訊息給你，但是……」

「等等。」他抬頭看著天上的星星，像是在辨別他的方位。「現在是幾月？」

「八月。」

他臉色慘白。「不可能！現在是六月，我只是躺下來打個盹……」他抓住我的手臂。「我想起來了！他把我敲昏。波西，我們要阻止他！」

「哇，」我說：「慢一點。告訴我發生了什麼事？」

他深吸一口氣。「我在……樹林裡往哈林湖走，感覺到地上有震動，像是有種力量強大的東西正在靠近。」

「你能感覺到那樣的力量？」尼克問。

格羅佛點點頭。「自從潘過世之後，自然界有任何不對勁，我就能感覺得到。我在野地的時候，耳朵和眼睛都變得更敏銳。總之，我開始跟蹤那股氣味。有個穿黑外套的男子走過公園時，我注意到他沒有影子。在大白天有太陽的中午時分，他竟然沒有影子，而且他移動的時候似乎還會發光。」

「像海市蜃樓那樣虛幻嗎？」尼克問。

「對，」格羅佛說：「只要他走過人類身邊……」

「人就會昏倒，」尼克接著說：「身體蜷縮，開始睡覺。」

「完全正確！他走過之後，他們站起來繼續做剛才在做的事，彷彿沒有任何事發生過。」

我瞪著尼克。「你知道這個黑衣男子是誰嗎？」

「恐怕知道。」尼克說：「格羅佛，後來發生了什麼事？」

「我跟蹤這個人。他不斷往上看著公園旁的建築物，像在估算什麼東西似的。有個正在慢跑的小姐從他旁邊經過，就在人行道上倒下，身體縮起來，開始打呼。黑衣人把手放在她的額頭，像在量體溫，然後繼續往下走。那時，我知道他一定是怪物或是更糟的東西。我跟著他進了樹叢，走到一棵大榆樹下。我正要召集一些樹精靈來幫我抓他時，他轉過身來……」

格羅佛吞了吞口水。「波西，他的臉，因為他的臉不停轉動，我看不清楚他的長相。光看到他就讓我想睡覺。我跟他說：『你在做什麼？』他說：『只是四處看看。在開戰前應該要來勘查戰場。』我說了些很厲害的話，像是：『這座森林歸我保護。你不能在這裡開戰！』他笑了笑說：『小羊男，你很幸運，因為我要節省力氣留到正事再用，我只讓你好好休息一下。祝你好夢連連。』那就是我最後記得的事。」

尼克吐著大氣。「格羅佛，你遇到的是夢境之神夢非斯[52]。你還能醒過來就算幸運了。」

---

[52] 夢非斯（Morpheus），夢境之神，為睡神希普諾斯（Hypnos）之子，能化身為不同的形象，為人託夢。

「兩個月，」格羅佛哀嚎著說：「他讓我睡了兩個月！」

我試著專心思考這代表什麼意思。我現在終於了解爲何我們一直聯絡不上格羅佛。

「爲什麼樹精靈沒叫醒你？」我問。

格羅佛聳聳肩。「大多數的樹精靈沒有時間觀念。對一棵樹來說，兩個月根本不算什麼。他們大概不覺得有什麼不對勁。」

「我們得知道夢非斯在公園裡做什麼，」我說：「我不喜歡他說的那件『正事』。」

「他替克羅諾斯工作，」尼克說：「我們已經知道這一點。還有其他位階較低的天神也都是他的手下。這證明了一定會有入侵行動。波西，我們必須進行我們的計畫。」

「等一下，」格羅佛說：「什麼計畫？」

我們把計畫告訴他，格羅佛開始緊抓著自己的腿毛。

「你不是認眞的吧？」他說：「不會是又要去冥界了？」

「老兄，我沒有要你跟我們一起去。」我向他保證。「我知道你才剛睡醒而已，但我們需要音樂來把門打開。你能做到嗎？」

格羅佛拿出他的蘆笛。「我想我可以試試看。我知道幾首超脫搖滾樂團[53]的歌可以把石頭剖開。不過，波西，你確定你要這麼做嗎？」

「拜託，老兄，」我說：「這對我非常重要。看在過去的份上好嗎？」

他哭出聲。「我記得我們過去有好幾次差點死掉的經驗，但沒關係，這是小事一樁。」

他把蘆笛靠近嘴邊，開始吹奏高亢生動的音樂。大石頭晃動了起來。再多吹幾段，石頭完全打開，露出一道三角形的縫隙。

我往裡面瞧。有一道往下通向黑暗的階梯。空氣裡有股發霉和死亡的氣味，讓我想起去年在迷宮裡不好的回憶。但這條通道似乎更危險，它直直通到黑帝斯的領土，那幾乎是一趟單向的旅程。

我轉身面對格羅佛。「我想……謝了。」

「波西，克羅諾斯眞的要侵略這裡嗎？」

「我眞希望能告訴你比較好的答案，但是沒錯，他會進攻。」

我以爲格羅佛會著急地啃起他的蘆笛，但是他挺起胸膛，拍拍自己的T恤。我不禁覺得他看起來跟又老又肥的雷納斯有多麼不一樣！「我必須召集所有自然界的精靈。或許我們能幫上忙。我會看我們是不是能找到夢非斯。」

「你最好也告訴朱妮珀你沒事。」

他的眼睛睜得好大。「朱妮珀！噢，她會殺了我！」

他正要跑開，突然又匆忙跑回來緊緊抱了我一下。「在下面小心點！你要活著回來！」

他離開之後，尼克和我叫醒歐萊麗女士。

---

53 超脫搖滾樂團（Nirvana）為美國九〇年代著名的另類搖滾樂團。

牠嗅一嗅通道，立刻變得很興奮，在我們前面跑下階梯。通道真的很狹窄，希望牠不會卡住。我想像不出我們要用多少通樂，才能讓地獄犬不會卡在通往冥界的隧道上。

「準備好了嗎？」尼克問我。「沒事的，不用擔心。」

他的口氣像是在安慰自己。

我往上看了一眼階梯，不知道自己還會不會再看到它。接著，我們往黑暗深處走去。

又窄、又陡、又滑的階梯似乎沒有終點。除了我的劍發出的光之外，一切都黑得伸手不見五指。我試著放慢腳步，但是歐萊麗女士有不同的想法，牠往前跳躍，開心地汪汪吠叫。牠迴盪在通道裡的腳步聲像是大砲般響亮，所以我想等我們一到了地底下，應該也不會有人被我們嚇到。

尼克在後面拖著腳步慢慢走，我覺得很奇怪。

「你還好嗎？」我問他。

「我很好。」他臉上那是什麼表情……猶豫？「繼續走就對了。」他說。

我沒有太多選擇。我跟著歐萊麗女士走進深處。一小時後，我聽見嘩啦啦的河水聲。

我們來到峭壁下，站在一塊黑色火山泥平原上。在我們的右手邊，冥河[54]的河水從岩石裡湧出，在急湍形成的小瀑布下轟隆隆流過。左邊遠方的陰暗處，火焰在厄瑞玻斯[55]的防禦牆上燃燒，那正是黑帝斯王國的大黑牆。

我全身打著哆嗦。我十二歲的時候第一次來到這裡，當時因爲有安娜貝斯和格羅佛的陪伴，才讓我有勇氣繼續走下去。尼克沒辦法幫我增加勇氣，他自己看起來都一臉慘白，擔心得要命。

只有歐萊麗女士看起來最開心。牠沿著河邊跑，撿起了某個人類的腿骨，又高興地跑回來，把骨頭放在我腳邊，等著我丟出去讓牠撿。

「呃，小妞，晚一點再玩吧。」我看著深黑的河水，努力鼓起勇氣。「那麼，尼克……我們要怎麼做？」

「我們得先進入大門。」他說。

「可是冥河就在這裡。」

「我必須先去拿一樣東西，」他說：「這是唯一的方法。」

他沒有等我就自己先大步走過去。

我皺起眉頭。尼克沒有跟我提到要進大門的事，但我們既然來了，還能怎麼辦？我很不情願地跟著他，沿著河向黑色大門走去。

在大門外，死人們排成許多列隊伍等著進去。今天一定舉行了很多場喪禮，因爲連「免

---

54 冥河（Styx），希臘神話中環繞地獄之河。要通往地獄必須先渡過冥河。參《神火之賊》九十一頁，註11。

55 厄瑞玻斯（Erebos），黑暗之神，象徵陰陽界中的絕對黑暗。在晚期神話中，厄瑞玻斯也是冥界的代稱，或代表冥界最黑暗的空間。

審查」的隊伍都排得好長。

「汪！」歐萊麗女士叫了一聲。我還來不及阻止牠，牠已經跳向安全檢查哨。黑帝斯的看門狗色柏洛斯[56]從陰暗處現身。這隻有三個頭的挪威納犬，大得讓歐萊麗女士相形之下像隻玩具貴賓狗。因爲色柏洛斯的身體呈半透明，所以在牠近到可以殺死你之前，你很難看得見牠。但是牠一副不在乎我們的樣子，忙著跟歐萊麗女士打招呼。

「歐萊麗女士，不行！」我對牠大吼。「不要去聞……噢，我的天。」

尼克面帶微笑。但他看到我，表情又轉爲嚴肅，彷彿想起了某些不快樂的事。「來吧。我們跟著隊伍走，他們不會找我們麻煩。你是跟我一起的。」

我不喜歡這樣，但我們穿過食屍鬼警衛，進入了日光蘭之境[57]。我對歐萊麗女士吹了三次口哨，才讓牠離開色柏洛斯跟我們走。

我們越過種植了黑色白楊樹的黑色草地。如果我眞的像預言所說在幾天內就會死的話，我之後可能會永遠待在這裡，但我試著不去想這件事。

尼克拖著腳步走在前頭，我們距離黑帝斯的宮殿愈來愈近。

「喂，」我說：「我們已經進了大門。我們到底要去哪……」

歐萊麗女士狂吠。一道黑影出現在上方，是某種黑色、冰冷，且帶有一股死亡惡臭的東西。影子俯衝而下，降落在一棵黑色白楊樹上。

不幸的是，我認得她。她的臉滿是皺紋，戴了一頂難看的藍色針織帽，穿著一件鬆垮的天鵝絨洋裝。她的手臂上長著蝙蝠的皮翅膀，腳上有尖利的爪子。她那帶有利爪的黃銅色手中握了一根冒火的鞭子，還拿了一個蘇格蘭格紋提袋。

「道斯老師。」我說。

她露出尖牙說：「親愛的，歡迎回來。」

她的兩個姊妹，也就是另外兩位復仇女神[58]俯衝下來，站在她旁邊的樹枝上。

「你認識阿勒卡托[59]？」尼克問我。

「如果你說的是中間那個老巫婆，沒錯，我認識她。」我說：「她是我以前的數學老師。」

尼克點點頭，似乎一點都不意外。他抬頭看著復仇女神，然後深吸一口氣。「我已經做了我父親要我做的事。帶我們到宮殿去。」

我全身緊繃。「等一下，尼克。你要做什麼……？」

「這可能就是我的新線索，波西。我爸保證會告訴我關於我家人的事情，但是他想在我們去試冥河之前先見你一面。對不起。」

「你要我？」我氣得沒辦法思考。我撲向他，但是復仇女神的動作比我更快。他們其中兩

[56] 色柏洛斯（Cerberus），看守冥界大門的三頭犬。參《神火之賊》三三一頁，註[55]。
[57] 日光蘭之境（Fields of Asphodel）位於冥界，是希臘神話中平凡人的亡魂歸屬之處。
[58] 復仇女神（Furies）共有三位，是冥界裡刑罰的監督者。參《神火之賊》一二一頁，註[23]。
[59] 阿勒卡托（Alecto），三位復仇女神之一。

人飛下來抓住我的手，把我拖上天。我的劍從手裡掉出去，轉瞬間，我已經被吊在約二十公尺高的空中了。

「噢，親愛的，不要掙扎了。」我以前的數學老師在我耳朵旁不懷好意地笑著。「我可不想鬆手把你丟下去。」

歐萊麗女士生氣地一邊狂吠一邊往上跳，試圖要抓住我，但是我被吊得太高了。

「叫歐萊麗女士聽話。」尼克警告我。第三個復仇女神抓著尼克，在我附近懸盪。「波西，我不想看到牠受傷。我爸在等我們。他只是想跟你談一談。」

我想叫歐萊麗女士攻擊尼克，但這沒什麼好處，況且尼克有件事說對了，我的狗如果想要跟復仇女神打架，一定會受傷。

我咬咬牙說：「歐萊麗女士，下去！沒事的，小妞。」

牠低聲嗚嗚叫著，繞著圈子打轉，然後抬頭看我。

「好了，叛徒，」我對尼克大吼，「你達到目的了。帶我去那座爛宮殿。」

阿勒卡托像丟一袋蕪菁般，把我丟在宮殿的花園裡。

這座花園美得很詭異。骷髏般的白樹從大理石花盆中長出來。花床裡滿是金色的植物和寶石。一張用骨頭做成的王座和另一張寶石王座，放在陽台上正對著日光蘭之境。要不是有一股硫磺味和遠處飽受折磨的靈魂哭喊聲，這裡會是消磨週六早上的好地方。

骷髏戰士守著唯一的出入口。他們穿著破爛美軍沙漠戰的迷彩服，攜帶 M-16 步槍。

第三個復仇女神把尼克放在我旁邊，然後三人都飛去停在骷髏王座的椅背上。我克制住勒死尼克的衝動，因爲現在他們會阻止我下手，所以我必須等待報仇的時機。

我盯著空蕩蕩的王座，等待事情發生。空氣變稀薄了，接著出現三個身影。黑帝斯和泊瑟芬[60]坐在他們的王座上，一名年老的女性站在他們中間。他們似乎正在吵架。

「……跟你說過他是乞丐！」年老的女性說。

「媽！」泊瑟芬回嘴。

「我們有客人！」黑帝斯大吼。「拜託你們兩個！」

黑帝斯是我最不喜歡的天神之一。他整理一下自己的黑袍，那件黑袍上滿是受詛咒者的驚恐臉龐。他有著蒼白的皮膚和狂人的激烈眼神。

「波西．傑克森，」他滿意地說：「你終於來了。」

冥后泊瑟芬好奇地打量我。我在去年冬天曾經看過她一次，但現在是夏天，她看起來像一位完全不同的女神。她的黑髮閃閃發亮，褐色的眼睛流露出暖意。她的洋裝閃耀著各種顏色，衣料上的花卉圖案不斷改變，有玫瑰、鬱金香和杜鵑花，十分繁茂。

站在他們前面的女人一定就是泊瑟芬的母親。她有相同的頭髮和眼睛，但是比較年長，

[60] 泊瑟芬（Persephone），冥王黑帝斯的妻子，農業之神狄蜜特的女兒。參《神火之賊》二二五頁，註[47]。

表情也更嚴峻。她的洋裝是麥田的顏色，頭髮用乾草紮起來，讓我想到柳條籃。我想如果有人在她旁邊點根火柴，她就麻煩大了。

「哼！」年老的女人說：「混血人，正是我們需要的。」

尼克在我旁邊跪下。眞希望劍在我手上，好讓我砍掉他的笨腦袋。可惜波濤劍現在還躺在草地上的某處。

「父親大人，」尼克說：「我已經完成您交代的事。」

「花了很長的時間，」黑帝斯抱怨著：「如果是你姊姊的話，她會做得比你好。」

尼克低下頭來。我要不是這麼氣這小鬼的話，大概會可憐他。

我抬頭瞪著亡者之神說：「黑帝斯，你想做什麼？」

「當然是跟你談談啦。」天神嘴角抽動，露出殘酷邪惡的微笑。

「所以這整趟任務都是謊言。尼克帶我來這裡送死。」

「喔，不是，」黑帝斯說：「恐怕尼克是眞心想幫助你。這孩子誠實的程度跟他的愚蠢一樣。我只不過是說服他繞個路，先把你帶來而已。」

「父親，」尼克說：「你答應過我不會讓波西受傷。你說如果我把他帶來，你會告訴我有關我的過去，有關我媽媽的事。」

泊瑟芬戲劇性地嘆了口氣。「可不可以不要在我面前談那個女人？」

「抱歉，我親愛的小鳥，」黑帝斯說：「我必須答應那男孩一些事情。」

年老的女人哼了一聲說：「女兒啊，我早警告過你。這個卑鄙的黑帝斯不是什麼好東西。你大可以嫁給醫師或律師之神，但你就偏要吃那顆石榴不可。」

「媽……」

「才會困在冥界裡！」

「媽，拜託……」

「現在是八月，你有像平常一樣回家嗎？你有沒有想過你可憐寂寞的母親？」

「狄蜜特！」黑帝斯大叫：「夠了，你在我家是客人。」

「喔，這裡是房子嗎？」她說：「你稱這鬼地方是家？讓我女兒住在這又暗又溼……」

「我告訴過你，」黑帝斯咬牙切齒地說：「上面的世界正在打仗。你跟泊瑟芬和我待在這裡比較好。」

「抱歉，」我插嘴說：「如果你是想殺了我，可不可以快點動手？」

三位天神全都看著我。

「嗯，這一個倒有種。」狄蜜特提出她的看法。

「的確，」黑帝斯同意她的說法，「我是很想殺了他。」

「父親！」尼克說：「你答應過我！」

「老公，我們已經談過這件事了。」泊瑟芬責備黑帝斯。「你不能到處殺每一個英雄，而且他很勇敢，我喜歡。」

黑帝斯翻了翻白眼。「你不是也喜歡奧菲斯那傢伙，但你看事情後來演變成什麼樣？讓我殺他，砍一下也好。」

「父親，你答應過我！」尼克說：「你說你只是想跟他談談。你說如果我帶他來，你會說給我聽。」

黑帝斯目露兇光，順了順黑袍的縐褶。「我會說的。你的母親……該怎麼說？是一位了不起的女性。」他不安地看了泊瑟芬一眼。「親愛的，原諒我，我當然是指以人類女子的標準來看。她的名字叫瑪麗亞．帝亞傑羅，是威尼斯人，她父親是華盛頓特區的外交官，我就是在那裡遇見她的。在你和你姊姊都還小的時候，當黑帝斯的孩子是很不幸的。因爲當時二次世界大戰正在進行，而我的一些，嗯，其他孩子率領的那一方節節敗退。我認爲讓你們姊弟遠離傷害才是上策。」

「所以你才把我們藏在蓮花賭場飯店？」

黑帝斯聳聳肩。「你們在那裡會停止成長，不知道時間的流逝。這樣我就能等到適當的時機再帶你們出來。」

「但是我們母親發生了什麼事？爲什麼我不記得她了？」

「這不重要。」黑帝斯厲聲說。

「什麼？這當然很重要。你還有其他的小孩，爲什麼只有我們被送走？那個把我們帶出去的律師又是誰？」

黑帝斯咬牙切齒地說：「你要是能多聽少說，就能把事情做好。至於那名律師……」黑帝斯手指一彈。在他的寶座上方，復仇女神阿勒卡托開始變身，變成了一個穿著條紋西裝、手提公事包的中年男子。他蹲伏在黑帝斯肩膀旁的樣子很怪異。

「是你！」尼克說。

復仇女神咯咯笑著說：「我很擅長扮演律師和老師！」

尼克全身顫抖。「但是你爲什麼要把我們從賭場帶出來？」

「你知道原因，」黑帝斯說：「這個波塞頓的笨兒子不能成爲預言之子。」

我從最靠近我的植物摘下一顆紅寶石，向黑帝斯丟去。寶石落在黑帝斯的黑袍上，黑帝斯毫髮無傷。「你應該要幫助奧林帕斯山！」我說：「其他天神都正在跟泰風交戰，而你卻只是坐在這裡……」

「等待事情告一段落。」黑帝斯替我把話說完。「沒錯，你說的對。混血人啊，奧林帕斯的天神曾經幫助過我了嗎？我又有哪個孩子被當成英雄歡迎了？哼！爲什麼我要趕去幫助他們？我和我的軍隊會完好無缺的留在這裡。」

「克羅諾斯隨後就會來攻擊你。」

「讓他試試看。他的力量會被削弱，而我這個兒子尼克……」黑帝斯一臉厭惡地看著他。「我可以肯定的告訴你，他現在沒什麼用，要是碧安卡還活著，情況會好得多。但如果再給他四年的時間訓練，我們一定可以撐到那時候。到時候尼克是十六歲，如同預言所說，他會做出拯救世界的決定，我就能成爲天神之王。」

「你瘋了！」我說：「克羅諾斯會在粉碎奧林帕斯山之後，立刻摧毀你。」

黑帝斯把手打開。「混血人，你有機會知道這是不是事實。因爲你要在我的牢裡等待這場戰爭結束。」

「不！」尼克說：「父親，這跟我們的協議不一樣，而且你還沒有把事情都告訴我！」

「我已經把你需要知道的事都告訴你了。」黑帝斯說：「至於我們的協議，我的確跟傑克森談過話了，我沒有傷害他。你得到了你要的資訊，如果你想要更好的條件，當時你應該要叫我以冥河發誓。現在，回你房間去！」他手一揮，尼克消失了。

「那孩子需要多吃點東西，」狄蜜特抱怨著：「他太瘦了。他需要吃更多的穀片。」

泊瑟芬轉一轉眼珠。「媽，穀片的事已經說的夠多了。黑帝斯殿下，你確定我們不能讓這位小英雄離開嗎？他這麼勇敢。」

「親愛的，不行。我饒了他一命，那就夠了。」

我相信她會挺身替我辯護，勇敢美麗的泊瑟芬會救我離開這裡。

但她毫不在乎地聳聳肩。「好吧。早餐吃什麼？我餓死了。」

「穀片。」狄蜜特說。

「媽！」兩個女人在一陣花朵和麥子香夾雜的旋風中，消失了蹤影。

「波西．傑克森，不要覺得沮喪，」黑帝斯說：「我手下的鬼魂一直向我通報消息，讓我掌握克羅諾斯的計畫。我可以向你保證，你來不及阻止他了。到了今晚，對你寶貝的奧林帕斯山來說，一切都爲時已晚。陷阱已經布下了。」

「什麼陷阱？」我大聲問。「如果你知道有陷阱，快採取行動！至少讓我轉告其他天神！」

黑帝斯微笑著。「你志氣高昂，我欣賞你這點。在我的牢裡好好玩。我們會再去看你……喔，大概是五、六十年後吧。」

8 浸泡在冥河中

我的劍又出現在口袋裡。

是啊，來得可真是時候。這道牆我現在愛怎麼打，就怎麼打，我的牢房既沒欄杆，也沒窗戶，甚至連門都沒有。骷髏警衛把我從一道牆推進來，我身後就立刻變成一道實心的牆壁。我不確定這牢房是不是密閉式的，搞不好是。黑帝斯的地牢是給死人用的，死人又不必呼吸。所以別說是五、六十年，我大概在五、六十分鐘內就會死翹翹。而且，如果黑帝斯沒說謊的話，等到今天結束，就會有一個大陷阱在紐約布下，而我卻什麼事也做不了。

我坐在冰冷的石頭地板上，難過得要命。

我不記得有打瞌睡，不過，現在大概是人類世界的早上七點，而我才剛經歷一大堆事，累斃了。

我夢到自己正站在瑞秋家位於聖湯瑪斯的海灘度假屋走廊。太陽高掛在加勒比海上空，海面點綴著許多樹木茂密的小島，白色帆船在海上穿梭，帶著鹹味的空氣讓我懷疑自己是否還能再次看到海洋。

瑞秋的父母坐在庭院的餐桌前，有專屬的廚師在一旁替他們煎蛋餅。戴爾先生穿著白色亞麻西裝，讀著《華爾街金融日報》。有位女士坐在餐桌前，雖然我只看到她的手指擦了亮粉紅色指甲油，手裡拿著《時尚旅行家》雜誌，但我猜她應該就是戴爾太太。至於已經在度假的她爲何還要看旅遊雜誌，這就原因不明了。

瑞秋站在走廊欄杆旁嘆氣。她穿著百慕達海灘褲和梵谷T恤。（沒錯，瑞秋很努力要教我一些關於藝術的事，不過你先別急著佩服我，我會記得梵谷這老兄的名字，是因爲他割下自己的耳朵。）

不知道她是不是在想我，而且覺得我沒有跟他們一起度假眞是爛透了。至少我自己此刻是這麼想的。

場景變了。我在聖路易，就站在大拱門下往市區的方向。其實，我以前曾經差一點從那裡摔死。

城外，暴風雨正在翻騰，一道閃電劃過全然墨黑的天空。就在幾個街區外，一輛輛閃著警示燈的救護車集結在一起。灰塵從瓦礫堆中升起，我這才發現那是一棟倒塌的摩天大樓。附近一名記者對著麥克風大聲報導：「丹，雖然似乎沒人知道是否與暴風雨有關，但官員說明這是大樓的結構所造成的災害。」

強風把記者的頭髮吹得亂七八糟。氣溫下降得很快，光我站在那裡的時間，就已經降到零下十二度。

「幸好，這棟建築物已經廢棄，正準備拆除，」記者說：「但警方還是將鄰近大樓裡的人全數撤離，擔心崩塌可能會引起……」

一聲巨吼劃破天際，記者差點站不穩。閃電擊中黑暗的中心，整個城市爲之晃動。天空發亮，我身上的毛髮全都豎立了起來。那股爆炸的威力十分驚人，我知道那只有宙斯的閃電火才有可能做到。閃電火應該能將目標消滅，化爲一陣煙，但是那團黑雲卻只是向後倒退了幾步而已。一個冒煙的拳頭從雲層中伸出，打碎另一棟高塔，那座塔就像小孩的積木一樣整個垮掉。

記者尖叫著，人群跑過街道，救護車的燈號閃爍。我看見天空裡有道銀色的光，那是一輛由馴鹿拉的戰車，但駕駛不是聖誕老公公。那是阿蒂蜜絲乘著暴風雨，將月光箭往黑暗處射去。一道燃燒的金色彗星從她行經的路徑中穿越……也許那是她哥哥阿波羅。

目前情勢很清楚了，泰風已經抵達密西西比河。他已經穿越了半個美國，甦醒的時候就到處破壞毀滅，而天神們幾乎無法讓他減慢速度。

像山一樣高的黑影籠罩在我身上。一隻像洋基球場那麼大的腳正要把我踩扁時，有個小小的聲音說：「波西！」

我盲目地往前撲過去。在我完全清醒之前，我已經把尼克壓在牢房的地板上，劍尖頂著他的喉嚨。

「我……要……救你。」他被劍頂著幾乎說不出話來。

一股怒氣讓我完全清醒。「是嗎？我憑什麼相信你？」

「你沒……選擇。」他換不過氣來。

眞希望他說話不會這麼符合邏輯。我放開他。

尼克蜷縮成一團，他發出嘔吐的聲音讓喉嚨恢復正常。最後他站起來，小心翼翼地看著我的劍。他自己的刀還在刀鞘裡，我想他如果眞想殺我，在我睡著時就能下手了。不過我還是不相信他。

「我們一定要離開這裡。」他說。

「爲什麼？」我說：「你爸又想跟我談一談嗎？」

他皺起眉頭。「波西，我向冥河發誓，我不知道他的計畫。」

「你知道你爸是什麼個性！」

「他擺了我一道。他向我保證過……」尼克把手舉起來。「聽我說……我們現在必須先離開。我讓守衛都睡著了，但時間不會太久。」

我又想把他勒死。可惜他說的對，我們沒時間吵架，憑我一個人也逃不出去。他往牆壁一指，整面牆都消失，露出了一條通道。

「來吧！」尼克在前面帶路。

眞希望我有安娜貝斯的隱形帽，不過我也根本沒機會用到。每次我們遇到骷髏守衛，只要尼克手一指，守衛發亮的眼睛就會暗下來。可惜尼克愈常對著守衛比劃，他似乎就愈累。我們越過了滿是守衛如迷宮般的走廊，等走到骷髏廚師和僕人工作的廚房時，根本就是我拖著尼克在走路。他讓所有死人睡著，自己卻差點暈過去。我拖著他走出僕人使用的出入口，來到日光蘭之境。

在我幾乎以爲可以鬆口氣時，聽到城堡裡的青銅鐘響。

「那是警報。」尼克睡眼惺忪地喃喃說著。

「我們要怎麼辦？」

他打了個哈欠，皺著眉頭似乎試著想起什麼事。「要不要……跑呢？」

跟一個想睡覺的黑帝斯小孩一起跑步，就像是和一個眞人大小的布娃娃一起進行兩人三腳的比賽。我拖著他走，把劍拿在面前，死人魂魄自動讓開，彷彿我手中的天神青銅是一把熊熊烈火。

鐘聲傳遍所有地方。前面聳立著厄瑞玻斯之牆，但我們走得愈久，似乎離牆愈遠。就在我累得快癱掉時，聽到了熟悉的狗吠聲。「汪汪！」

歐萊麗女士不知道從那裡蹦出來，繞著我們轉圈圈，等著玩遊戲。

「小妞，好乖！」我說：「你可不可以載我們到冥河去？」

「冥河」這個詞讓牠興奮不已，牠大概以爲我說的是「罐頭」。牠跳上跳下好幾次，追著尾巴繞個不停，像在教訓尾巴要認清誰是主人似的，然後牠完全安靜下來，讓我可以把尼克推到牠背上。我跨上去後，牠立刻衝向大門，一下就跳過「免審查」隊伍，害守衛摔到趴在地上，引起更多警報器大響。色柏洛斯狂吠不已，但聽起來不像是生氣，反倒像是開心地問說：「我可不可以一起玩？」

還好牠沒有跟過來。歐萊麗女士一直跑，跑到我們終於到達冥河上游，厄瑞玻斯之牆的火光也已消失在黑暗中，牠才停下來。

尼克從歐萊麗女士身上溜下來，在黑色的沙地上癱成一團。

我通常會隨身帶點緊急用的神食，所以我拿出一塊給他。雖然有點壓爛了，但尼克吃得津津有味。

「嗯，」他喃喃說著：「好多了。」

「你消耗太多能量了。」我提醒他。

他睏倦地點點頭。「用愈多能量……就需要睡更多午覺。待會兒再叫我起來。」

「哇，殭屍小子！」在他又昏過去之前，我抱住他。「我們現在來到冥河了，告訴我該怎麼做啊。」

我餵他吃了我最後的一點神食。這麼做有點危險，因爲神食可以治癒混血人，但如果吃太多，也可能會把我們燒成灰。尼克搖一搖頭，掙扎著站起來。

「我爸很快就會來了。」他說：「我們動作要快。」

冥河的水波裡漂著一些奇怪的東西，有壞掉的玩具、撕破的大學畢業證書、枯萎的校友胸花，這些都是人們過世後丟棄的夢想。看著這滾滾黑水，我可以想出三百萬個比這裡好的游泳地點。

「所以……我只要跳進去就好？」

「你必須先做好準備，」尼克說：「否則冥河會把你的身體和靈魂燒個精光。」

「聽起來可眞好玩啊。」我低聲說。

「這不是在開玩笑，」尼克警告我說：「只有一種方法可以保住你的命，你必須……」

他往我身後看了一眼，眼睛睜得好大。我轉過身，發現自己與一名希臘戰士面對面。

有那麼一下子，我以爲他是阿瑞斯，因爲這傢伙看起來就像戰神一樣。他又高又壯，臉上有疤，表情嚴酷，一頭黑髮剃得短短的。他穿著一件白色外衣和希臘盔甲，腋下夾著一頂有羽毛裝飾的頭盔，但是他的雙眼和人類一樣，像淡海的淺綠色。有一枝沾了血的箭從他左小腿肚穿出，就在腳踝的上方。

我最不會記希臘人的名字，但就連我都知道那位因腳跟受傷而死的偉大戰士。

「你是阿基里斯[61]？」我說。

這個鬼魂點點頭。「我警告過另一個人不要步上我的後塵，現在我也要警告你。」

「是路克嗎？你跟路克說過話？」

「不要這麼做，」他說：「這會使你力大無窮，但也會使你軟弱不堪。你在打仗時的英勇無畏勝過任何人，但你的弱點和缺點也會加大。」

「你是說我的腳跟也會不好？」我說：「難道除了涼鞋以外的鞋子都不能穿嗎？我這麼說

沒有惡意啦。」

他盯著他血淋淋的腳。「混血人，腳跟只不過是我身體上的弱點，那是因爲我的母親忒提絲62把我浸入冥河時，用雙手抓住了我的腳跟。但是眞正殺了我的，是我自己的傲慢。小心！快回頭吧！」

他是認眞的，我可以聽出他話裡的悔恨和痛苦。他是眞的想挽救我免於可怕的命運。

但話說回來，路克也來過這裡，而他沒有回頭。

正因如此，路克才能讓自己的身體成爲克羅諾斯靈魂的宿主，卻不會四分五裂。這就是他爲這場戰爭做好的準備，所以他才不會被殺死。他也浸泡過冥河，得到最了不起的人類英雄阿基里斯的力量。他是不死之身。

「我一定要這麼做，」我說：「否則我連一點機會都沒有。」

阿基里斯低下頭。「我試著勸過你了，讓天神們替我作證吧。英雄啊，如果你一定要這麼做，就把注意力集中在你身上的一個點上。想像你身上有一個點是脆弱的，這就是你的靈魂

---

61 阿基里斯（Achilles），是海中仙女忒提絲（Thetis）的兒子，希臘第一勇士，也是特洛伊戰爭的英雄。因為忒提絲是不死之神，她希望兒子也是不死之身，所以在阿基里斯出生時，便將他倒提著浸泡在冥河中，使他全身刀槍不入，但被母親握住的腳跟沒泡到冥河水，從此腳跟成為阿基里斯的致命弱點。

62 忒提絲（Thetis），宙斯和波塞頓都曾愛慕過的海中仙女。她命中注定會生一個比父親更強的兒子，但宙斯不希望兒子比自己強，便把她許配給珀琉斯（Peleus）。後來她與珀琉斯生下了阿基里斯。

將你的身體與世界相連結的點，它是你最大的弱點所在，但也是你唯一的希望。沒有任何人是完全刀槍不入的。一旦你看不見是什麼讓你保持人性的那一面，冥河就會將你燒成灰燼，你不再存在這個世界。」

「我想你不會告訴我路克的那個點在哪裡吧？」

他大聲斥責：「笨蛋，快做好準備！無論你是否能度過這項考驗，你的厄運已成定局。」

說完那段令人愉快的話之後，他就消失了。

「波西，」尼克說：「也許他說的對。」

「這是你的主意。」

「我知道，可是現在我們已經來了……」

「你在岸上等著。如果我發生任何事……或許黑帝斯的願望會實現，你還是會變成預言裡的那個孩子。」

看來他對我的這句話感到不太高興，但我不在乎。

在我改變心意之前，我將注意力集中在我背上一個小小的點，那裡正是後背與肚臍相對的位置。我穿著盔甲時，那裡可以完全受到保護，很難因爲意外而被擊中，也很少有敵人會故意攻擊那裡。沒有一個地方是完美的，但這裡對我來說恰到好處，也比腋下或其他什麼地方來得有氣質些。

我想像有一條線，那是一條把我和背脊上那個小點接在一起的彈性繩。我走入河裡。

想像一下跳進沸騰硫酸坑的滋味，再把那種疼痛的感覺乘上五十倍，你還是很難體會在冥河裡游泳的感覺。我打算像個眞正的英雄那樣慢慢地、勇氣十足地走進河裡，但我的腳一碰到河水，肌肉就變得像果凍一般，接著就臉朝下摔進河中。

我被河水完全淹沒。我這輩子還是第一次無法在水裡呼吸，也終於能了解害怕淹死的那種恐慌感。我身體裡每條神經都在燃燒，我化成水，看到好多人的臉，像是瑞秋、格羅佛、泰森、我媽，不過他們一出現就馬上消失了。

「波西，」我媽說：「我祝福你。」

「哥哥，小心點！」泰森懇求我。

「烤玉米捲餅！」格羅佛說。不知道這些話是從哪兒冒出來的，但似乎沒有太大幫助。

這場戰爭我輸了。泡在冥河裡的身體痛得讓我受不了，我的手腳在水裡漸漸溶化，靈魂從身體被硬生生拔起。我不記得我是誰，和這種痛苦相比，被克羅諾斯那把鐮刀砍到的痛根本不算什麼。

「你的連結線，」傳來一個熟悉的聲音說：「笨蛋，記住你那條生命線！」

突然間我的身體下方有股拉力。水流拉著我，但不是要把我帶到別的地方去。我想像著我背後那條線讓我緊緊與岸上相連。

「海藻腦袋，撐著點。」是安娜貝斯的聲音，我現在聽得更清楚了。「你沒這麼簡單能逃過我的手掌心。」

連結線更強了。

我現在可以看見安娜貝斯，她光著腳站在我頭上的獨木舟湖碼頭上。我剛從獨木舟上摔出去，就這樣，她伸出手來拉我上去，一面強忍住笑。她穿著橘色的混血營T恤和牛仔褲，頭髮塞在洋基棒球帽裡。不過很奇怪的是，她戴了隱形帽，卻沒有隱形。

「你有的時候眞是個呆子。」她笑著說：「來吧，抓住我的手。」

回憶像潮水般湧現，而且更清晰、更鮮明。我不再溶化。我的名字是波西．傑克森。我伸出手，抓住了安娜貝斯。

我突然從河中迸出，倒在沙岸上，尼克嚇得急忙倒退。

「你還好嗎？」他結結巴巴地問我。「你的皮膚。噢，天神啊，你受傷了！」

我的手臂紅通通的，感覺身體的每一寸都被慢火燉煮過。

我東張西望尋找安娜貝斯的身影，雖然知道她不在這兒，但剛剛那畫面是那麼的眞實！

「我想……我沒事。」我皮膚的顏色恢復正常，疼痛漸漸消失。歐萊麗女士走過來，關心地嗅嗅我。顯然我聞起來的味道很特別。

「你有沒有覺得更強壯了？」尼克問我。

在我想清楚到底有什麼感覺之前，有個聲音大喊：「在那裡！」

一支亡靈軍隊朝我們而來，一百個骷髏羅馬軍團士兵帶著盾牌和長槍在前頭領軍。跟在他們後面的是同樣數量的英國兵，他們穿著紅色制服，佩帶刺刀。在軍隊中間的是黑帝斯，他親自駕著一輛由惡夢馬所拉的黑金雙色戰車，馬的眼睛和鬃毛都燃燒著火焰。

「波西．傑克森，這次你逃不掉了！」黑帝斯怒吼：「消滅他！」

「父親，不行！」尼克大喊，但是已經太遲了，在軍隊最前面的羅馬殭屍放低了他們的長槍，向我們進攻。

歐萊麗女士狂吠著，準備撲向他們。或許這就是讓我發飆的原因，我不願他們傷害我的狗，而且我也受夠了像惡霸一樣的黑帝斯。既然都得死，我寧願選擇戰死。

我大聲喊叫，冥河爆開了。一股黑色的浪往骷髏軍團撲去，長槍和盾牌到處漂流。羅馬殭屍開始分解，他們的青銅頭盔開始冒煙。

紅制服的英國兵放低刺刀，但我沒等他們展開攻擊就衝過去。

這是我做過最蠢的一件事。一百支火槍對著我近距離發射，但是彈彈虛發，沒有一顆打中。我衝進他們的隊伍中，用波濤劍到處亂砍。有刺刀要刺我，有劍要砍我，槍也重新上膛發射，但沒有一樣傷得了我。

我拿著劍在河岸迴旋攻擊，把紅制服兵一個個砍得化成煙塵。我的腦袋切換成自動控制模式：刺、躲、砍、擋、滾。波濤劍不再只是一把劍，它純粹是一股毀滅的力量。

我穿過敵軍防線，跳進黑色戰車。黑帝斯舉起權杖，一道黑色的能量直接向我射來，但我用劍擋了下來，將那股力量打回他身上。這位天神和我雙雙跌出戰車。

接下來我所知道的，就是我的膝蓋已經壓在黑帝斯的胸口上。我一手抓住他王袍的衣領，一手拿著劍抵在他臉上。

周遭鴉雀無聲，軍隊中沒有人出手保護主人。我往後一看才知道，原來士兵已經全部消失，岸上只剩下武器和一堆冒煙的軍服。我殺光了所有士兵。

黑帝斯吞了吞口水。「傑克森，聽著……」

他是永生不死的，我不可能殺了他。但是天神也會受傷，這我有第一手的經驗[63]，而且我也知道劍抵在臉上的滋味很不好受。

「因爲我是好人，」我大吼：「所以我會放你走。但你得先把陷阱的事告訴我！」

黑帝斯消失不見，剩下一件空空的黑袍握在我手上。

我咒罵著站起來，大口大口喘氣。危險已經解除，我這才發現自己有多麼疲倦。我身體的每一塊肌肉都在痛。低頭一看，我的衣服已經被割破，還滿是彈孔，但我人好好的，身上連一點傷痕都沒有。

尼克的嘴巴一直張開著。「你……只用劍……就……」

「我想，泡在河裡的確有效。」我說。

「老天，」他挖苦地說：「你眞的這樣認爲？」

歐萊麗女士開心地吠叫，搖著尾巴跳來跳去，到處聞著空蕩蕩的制服，想要找根骨頭來啃。我拿起黑帝斯的袍子，仍然看得到那些痛苦扭曲的臉在袍子上閃爍。

我走到河邊。「奔向自由吧！」

我把袍子扔進河裡，看著它在水裡轉啊轉的，最後隨著水流消失了。

「回你爸那裡去吧，」我對尼克說：「告訴他，因爲我放他走，所以他還欠我一份人情。去弄清楚奧林帕斯山到底會發生什麼事，並說服你爸來幫忙。」

尼克盯著我看。「我……做不到，他恨我入骨。我是說……他現在會更恨我了。」

「你必須這麼做，」我說：「你也欠我一份人情。」

他的耳朵變得通紅。「波西，我說過我很抱歉。拜託……讓我跟你一起走。我想參戰。」

「你在這裡可以幫更大的忙。」

「你是說你不相信我了？」他難過地說。

我沒回答。我也不知道我剛剛說的是什麼意思。剛才混戰中的表現仍舊讓我處於驚嚇狀態，我沒辦法好好思考。

「回去你爸那裡就對了。」我說，儘量不要讓自己的口氣太兇。「想辦法說服他。你是唯一可能讓他把話聽進去的人。」

「這個想法還眞讓人沮喪。」尼克嘆了口氣。「好吧，我會盡全力去試，而且他還沒有把

63 波西曾與戰神阿瑞斯決鬥，不但打敗戰神，還讓他受了傷流出金色的天神血液。參《神火之賊》第二十章〈決鬥戰神〉。

我媽的事全部告訴我。或許我可以找出答案。」

「祝你好運。現在歐萊麗女士和我得走了。」

「你們要去哪裡？」尼克問。

我看著洞穴的入口，想到要爬回活人世界的長路漫漫。「讓這場戰爭開打。該是去找路克的時候了。」

9 雙蛇救命

我愛紐約。在這裡，你可以從冥界突然現身在中央公園，叫輛計程車往第五大道開去，還有隻巨大的地獄犬大步跑在車後，卻沒有人會用奇怪的眼神看你。

當然啦，迷霧也幫了點忙。一般人大概看不到歐萊麗女士，或許他們以為牠是輛巨大嘈雜卻非常友善的卡車。

我冒著被怪物追殺的風險，第二次用我的手機打電話給安娜貝斯。我之前先在隧道裡打給她，卻轉進語音信箱。當時手機收訊出奇的好，看來是因爲我正位在全世界的神話中心，不過我可不想看到我媽手機的漫遊通話費帳單。

這一次，安娜貝斯接起了電話。

「喂，」我說：「你有沒有聽到我的留言？」

「波西，你到哪裡去了？你的留言幾乎什麼都沒說！我們擔心死了！」

「我待會兒再一一告訴你。」我說。雖然我一點也不知道我到底要做什麼。「你在哪裡？」

「我們已經照你所說的出發了，現在就快到皇后區中城隧道。可是，波西，你的計畫是什麼？我們讓混血營處在幾乎毫無防備的狀態，天神們也不可能……」

「相信我。」我說：「待會見。」

我掛上電話，手還在發抖，不知道這是因爲我泡過冥河的反應還沒消退，還是在期待我即將進行的事。如果這個方法不成功，就算我有金剛不壞之身，也無法避免被炸成碎片。

計程車開到帝國大廈，我下車時已是傍晚時分。歐萊麗女士在第五大道跳上跳下，舔舔計程車、聞聞熱狗攤。雖然牠靠近時，人們會閃開或一臉困惑，但似乎沒人注意到牠。

有三輛白色休旅車在路邊停下來，我吹口哨要牠小心。休旅車的車身上寫著「德爾菲草莓服務」，這是混血營用來掩人耳目的名字。雖然我知道這三輛車每天都會運送新鮮蔬果進城，卻從來沒有在同一個地方同時出現過。第一輛車的駕駛是阿古士64，他是我們的百眼安全警衛；另外兩輛車是由鳥妖駕駛，牠們基本上是邪惡的人類和雞的混合生物，態度惡劣。在混血營裡，我們通常只讓鳥妖打掃環境，但牠們也很會應付中城的交通。

車門開了，一群學員魚貫下車，其中有些人因爲車程遙遠而臉色有點發青。很高興這麼多人來了：波琉克斯、瑟琳娜．畢瑞嘉、史托爾兄弟、尤邁可、傑克．梅森、凱蒂．葛登、安娜貝斯，以及他們的兄弟姊妹。奇戎最後一個下車，他把馬身壓縮擠進他的魔法輪椅中，這樣他才能使用無障礙電梯。阿瑞斯小屋的學員沒有來，但我儘量不要對這件事生氣。反正克蕾莎是個固執的笨蛋，沒什麼好說的。

我算了算人數，總共有四十個學員。

這樣的人數來打仗雖然不多，卻是我第一次在混血營以外的地方看到這麼多混血人聚集在一起。大家看起來都很緊張，這我了解，我們大概發出了超強超濃的混血人氣味，每一個在美國東北部的怪物都會知道我們在哪裡。

我看著他們的臉，認識這些人已經好幾年了，但有個令人心煩的聲音在我心裡說：「這當中有個間諜。」

我不能一直想著這件事，他們都是我的朋友，我需要他們。

接著我又想起克羅諾斯邪惡的微笑。「你不能依靠朋友。他們總是讓你失望。」

安娜貝斯朝我走來。她穿著黑色迷彩裝，青銅刀綁在手臂上，肩上背了一個裝著筆記型電腦的包包。不管是要用刀或是要上網，她都已經準備好了，就看哪件事先發生。

她皺著眉頭。「怎麼了？」

「什麼怎麼了？」我問。

「你看我的樣子很奇怪。」

我發現自己正想著安娜貝斯把我從冥河裡拉起來的奇怪景象。「呃，沒什麼事。」我轉身面向其他人。「感謝大家過來。奇戎，您先請。」

我的老導師搖搖頭。「孩子，我是來祝你好運的。我已經說得很清楚，除非我被召喚，否

---

64 阿古士（Argus），希臘神話中的百眼巨人，曾被天后希拉派去看守被變成母牛的宙斯情人愛歐（Io）。

則不會再到奧林帕斯山。」

「可是你是我們的領袖。」

他笑了笑。「我是你的訓練者，也是你的老師，並不是你的領袖。我要儘可能去召集我所能集合的力量。也許現在去說服我那些半人馬兄弟還不算太晚。而且，波西，是你把學員找來這裡的，你才是領袖。」

我想抗議，但是大家都滿懷希望地看著我，甚至連安娜貝斯也一樣。

我深吸了一口氣。「好，就像我在電話裡跟安娜貝斯說的一樣，有件不好的事會在今晚發生，但那是個陷阱。我們一定要讓宙斯聽到我們的意見，並且說服他守護這座城市。記住，我們不接受他說『不』。」

我請阿古士看顧歐萊麗女士，他們兩個對這個安排似乎都很不高興。

奇戎和我握手。「波西，你會做得很好。記住你的優點，小心你的缺點。」

這番話聽起來跟阿基里斯對我說的，相像得近乎詭異，然後我才想起奇戎以前曾經教導過阿基里斯。這點並沒能真正安慰到我，但我點點頭，試著給他一個充滿信心的微笑。

「走吧！」我告訴所有的學員。

大廳裡，有名警衛坐在警衛台，正在讀一本厚厚的書，書皮是黑色的，封面有朵花。我們穿著盔甲、拿著武器，鏗鏗鏘鏘魚貫進入大廳，他抬起頭來看我們。「是學校團體要來參觀嗎？我們快要關門休息了。」

「不是，」我說：「我們要到第六百樓。」

他打量著我們。他的眼睛是淺藍色的，頂個大光頭。我看不出來他是不是人類，但他好像有注意到我們的武器，所以我想迷霧騙不了他。

「小子，這裡沒有第六百樓。」聽他的口氣，似乎這種一貫的說詞連他自己都不相信。

「快走開！」

我倚在桌上。「四十名混血人會引來一大堆怪物。你真的想要我們在大廳裡晃蕩嗎？」

他想了想，然後按了鈕，安全大門嘩的一聲打開。「動作快一點。」

「你不會要我們通過金屬探測器吧！」我又說。

「嗯，不會。」他同意：「電梯在右邊。我想你知道路。」

我丟給他一枚古希臘金幣，然後向前邁進。

我們決定把所有人分成兩批，好讓大家都能進電梯。我是第一批上去的。這次電梯裡播放的音樂跟我上次來的時候不一樣。這是一首迪斯可老歌，歌名是《我要活下去》[65]。有個可怕的景象從我腦中閃過，是穿著喇叭褲和緊身絲質襯衫的阿波羅。

---

[65]《我要活下去》（Stayin' Alive），七〇年代美國電影〈週末的狂熱〉主題曲，由比吉斯樂團演唱。電影中男主角的絲質襯衫和喇叭褲裝扮，一時蔚為風潮。

電梯門終於咚的一聲打開，我眞的想要謝天謝地。在我們面前是一條懸掛在空中的石頭步道，穿過雲層，通往懸浮在距曼哈頓地面一千八百公尺高的奧林帕斯山。

我看過奧林帕斯幾次，但每次都讓我驚奇屏息。山兩側的房舍閃耀著金色和白色光芒。數百個露天陽台上的花圃百花盛開。火盆排滿蜿蜒的街道，從中飄出香味撲鼻的煙霧。就在白雪覆蓋的山尖，聳立著天神的主要宮殿，看起來還是一樣雄偉壯觀，但就是有點不太對勁。我發現整座山很安靜，沒有音樂、沒有人聲，更沒有笑聲。

安娜貝斯仔細端詳著我。「你看起來……很不一樣，」她直截了當地問：「你到底是跑到哪裡去了？」

電梯門又開了，第二批混血人加入我們。

「待會兒再跟你說，」我說：「走吧。」

我們穿過空橋，走到奧林帕斯的街上。商店都關著，公園空蕩蕩的。兩位謬思女神[66]坐在長椅上撥彈火焰豎琴，但她們似乎心不在焉。一個孤單的獨眼巨人用一棵連根拔起的橡樹清掃街道。一名年紀不大的小天神從陽台上看到我們，立刻躲進屋裡，把百葉窗關上。

我們走過用大理石建成的拱門，兩旁分別豎立著宙斯和希拉雕像。安娜貝斯對天后希拉的雕像做了個鬼臉。

「我討厭她。」她低聲說。

「她是不是詛咒過你，還是對你做了什麼？」我問。去年安娜貝斯惹毛了希拉，但那次之後她幾乎沒有談過這件事。

「就只是些雞毛蒜皮的事。」她說：「她的聖物是牛，對吧？」

「對。」

「她派牛來追我。」

我忍住不要笑出來。「你說牛？在舊金山？」

「沒錯。通常我是看不到，但那些牛到處留下小禮物給我，在我家後院、人行道，連學校走廊都有。我走路必須小心翼翼才行。」

「你們看！」波琉克斯大叫，一手指著水平線的地方。「那是什麼東西？」

我們全都僵住了。藍色的光像小彗星一樣劃破夜空，朝奧林帕斯而來。這些光似乎是從紐約各處筆直朝奧林帕斯山飛來，快靠近的時候，光就漸漸熄滅。我們看了幾次，發現這些光並沒有造成損害，但還是覺得很奇怪。

「好像是紅外線望遠鏡。」尤邁可低聲說：「我們被當作瞄準目標了。」

「我們進宮殿去。」我說。

天神大廳沒人看守，金銀色的大門敞開著。我們走進王座廳，腳步聲迴盪在宮殿裡。當然啦，光用「廳」來形容並不準確，這裡大概有麥迪遜廣場花園那麼大。高高的藍色

---

66 謬思女神（Muses），希臘神話中掌管藝術、文學等的女神，共有九位。參《神火之賊》三七九頁，註59。

天花板因為有星辰排列而閃閃發光。十二個巨大王座排成U字形，中央是一個火爐。在角落有個跟房子一樣大的水球掛在空中，在水球裡游泳的是我的朋友奧菲歐陶若斯67，牠的身體一半是牛，一半是蛇。

「哞！」牠很高興地叫著，不停轉圈圈。

雖然現在情勢危急，我還是必須面帶微笑。兩年前我們花了許多時間，努力把奧菲歐陶若斯從泰坦巨神手中救出。我很喜歡牠，牠似乎也喜歡我，雖然一開始我以為牠是女生，還幫牠取了「貝絲」這個名字。

「嗨，老兄，」我說：「他們有沒有好好照顧你？」

「哞！」貝絲回答。

我們走向王座，傳來一個女人的聲音：「嗨，波西．傑克森，我們又見面了。非常歡迎你和你的朋友前來。」

荷絲提雅站在火爐旁，用樹枝撥弄著火焰。她穿著跟之前一樣款式的褐色洋裝，但她現在是以成年女性的模樣出現。

我向她鞠個躬。「荷絲提雅殿下。」

我的朋友也同樣向她致意。

荷絲提雅用她紅得發亮的眼睛打量著我。「看來你已經完成計畫了。你現在背負著阿基里斯的魔咒。」

其他學員開始竊竊私語。「她說什麼？阿基里斯怎麼了？」

「你一定要小心。」荷絲提雅警告我：「你在旅程上得到許多，但你仍然無視於最重要的事實。或許讓你看一眼會有幫助。」

安娜貝斯推推我。「嗯……她在說什麼？」

我直視荷絲提雅的雙眼，一個影像飛快閃入我的腦中。我看見一條暗巷，位在兩棟紅磚倉庫之間。其中一間倉庫門上掛著招牌，上面寫著：「李奇蒙鐵工廠」。

兩個混血人蹲在陰影中，男生大約十四歲，女生大概十二歲左右。我慢慢了解到這個男生就是路克，而女生就是宙斯的女兒泰麗雅。我看到的景象就是他們還在外面流浪、還沒被格羅佛找到的時候。

路克帶著一把青銅刀，泰麗雅帶著她的長槍和恐怖神盾埃癸斯[68]。

路克和泰麗雅看起來又餓又瘦，眼神如野生動物般兇狠，彷彿已經習慣隨時受到攻擊。

「你確定嗎？」泰麗雅問。

路克點點頭。「我覺得那下面有東西。」

轟隆聲迴盪在巷子裡，好像有人重重打在鐵片上。兩個混血人慢慢往前爬過去。

---

[67] 奧菲歐陶若斯（Ophiotaurus），溫和的蛇身公牛。參《泰坦魔咒》第十五章。

[68] 埃癸斯（Aegis）是宙斯擁有的神盾。參《妖魔之海》二五一頁，註[59]。

老舊的木板箱堆在卸貨區。泰麗雅和路克把武器準備好，往前靠近。一塊波浪紋的錫板晃個不停，似乎有人躲在後面。

泰麗雅看了路克一眼。他靜靜數著：「一，二，三！」然後掀開錫板，一個小女孩拿著鐵鎚向他撲來。

「哇！」路克大叫。

女孩穿著絨布睡衣，金髮糾結在一起。她大概不到七歲，要不是路克躲得快，他的頭一定會被打爛。

路克抓住她的手腕，鐵鎚從她手裡掉到水泥地上。

小女生又打又踢。「怪物不要再來了！走開！」

「沒事！」路克極力想要抱住她。「泰麗雅，把你的盾牌收起來。你嚇到她了。」

泰麗雅拍拍埃癸斯，盾牌立刻縮小變成銀手鍊。「嘿，沒事啦！」她說：「我們不會傷害你。我叫泰麗雅，他是路克。」

「怪物！」

「我們不是怪物。」路克向她保證。「但我們知道所有怪物的事。我們也和怪物對抗。」

慢慢的，小女孩不再拳打腳踢。她睜著大而慧黠的灰色雙眼，仔細端詳路克和泰麗雅。

「你們跟我一樣？」她懷疑地問。

「沒錯，」路克說：「我們……唉，很難解釋，但我們打擊怪物。你的家人呢？」

「我的家人討厭我，」女孩說：「他們不要我，所以我跑走了。」

泰麗雅和路克互相對望。我知道他們兩人都很能體會她所說的。

「小鬼，你叫什麼名字？」泰麗雅問。

「安娜貝斯。」

路克笑了。「名字很好聽。安娜貝斯，告訴你吧，你很厲害。我們需要你這樣的戰士。」

安娜貝斯的眼睛睜得好大。「你們需要我？」

「喔，沒錯。」路克把他的刀轉向，將刀柄朝向安娜貝斯。「你想不想要一種能眞的殺死怪物的武器？這是用天神青銅做的短刀，比鐵鎚更好用。」

也許在大部分情況下，給七歲小孩一把刀不是個好點子，但如果你是混血人的話，一般的規定僅供參考就好。

安娜貝斯握住刀柄。

「短刀只適合最勇敢、動作最敏捷的戰士，」路克向她解釋：「短刀沒有劍那種攻擊範圍和力道，但容易藏在身上，也能找到敵人盔甲的弱點。只有聰明的戰士才知道如何用短刀。我覺得你很聰明。」

安娜貝斯崇拜地看著他。「我很聰明！」

泰麗雅笑了。「安娜貝斯，我們最好快點走。我們在詹姆斯河畔有一間安全的小屋。我們會替你找些衣服和食物。」

「你們……不會把我送回家吧？」她說：「你們保證不會嗎？」

路克把手放在她的肩上。「你現在是我們這個家的一份子了，我保證不會讓你受到任何傷害。我不會像我們的父母那樣讓你失望。一言爲定？」

「一言爲定！」安娜貝斯開心地說。

「好了，快點走吧，」泰麗雅說：「我們不能在這裡待太久！」

場景換了。三個混血人跑過樹林。這一定是好幾天或是好幾個星期後的事。他們三個人看起來都累壞了，像是經歷過什麼戰爭一樣。安娜貝斯現在穿著新衣服，是一條牛仔褲和一件超大的軍用夾克。

「再過去一點就是了！」路克保證。安娜貝斯跌跌撞撞地走著，路克牽著她的手。泰麗雅跟著後面，揮舞著神盾，像在驅趕緊追在後的東西。她的左腳一跛一跛的。

他們爬上山脊，往下看著另一邊白色殖民時期風格的房子。那是梅．凱司特倫的家。

「好了，」路克大口喘氣說：「我會偷溜進去，帶點食物和藥回來。你們在這裡等。」

「路克，你確定要這樣嗎？」泰麗雅問：「你發誓不會再回來這裡。如果她抓到你……」

「我們別無選擇！」他吼著：「他們燒了我們最近的安全小屋，你的腳傷也需要治療。」

「這裡是你家？」安娜貝斯訝異地問。

「以前是，」路克喃喃說著：「相信我，要不是因爲有緊急狀況……」

「你媽眞的很可怕嗎？」安娜貝斯問：「我們可不可以看看她？」

「不行！」路克生氣地說。

安娜貝斯從他身旁躲開，好像被他的怒氣嚇了一跳。

「我……對不起，」他說：「在這裡等著就好，我保證一切都會沒事的。沒有什麼會傷害你。我馬上回來……」

一道金色的閃光照亮了樹林。混血人皺眉瞇起眼睛。一個低沉的男人聲音說：「你不應該回家的。」

景象消失了。

我的膝蓋一軟，但安娜貝斯抓住我。「波西！發生了什麼事？」

「你……有沒有看到？」我問。

「看到什麼？」

我看了荷絲提雅一眼，但女神臉上沒有表情。我想起她在樹林中告訴過我的話：「如果你要了解你的敵人路克，就必須了解他的家人。」但是爲什麼她要讓我看到那些景象？

「我昏過去多久了？」我低聲說。

安娜貝斯皺著眉頭。「波西，你根本沒昏過去。你只是看著荷絲提雅大概一秒就癱掉了。」

我感覺到大家都在看我。我不能軟弱。不論那些景象有什麼含意，我都必須先把重心放在我們的任務上。

「嗯，荷絲提雅殿下，」我說：「我們是爲了緊急的要事前來。我們需要見……」

「我們知道你要什麼。」一個男人的聲音說。我嚇得打了個寒顫，因爲那就是在剛才的景象裡聽見的聲音。

一位天神發出光芒，出現在荷絲提雅身旁。他看起來大概有二十五歲，一頭捲髮黑白夾雜，臉像個精靈般。他穿著一件飛行員服裝，頭盔和黑色皮靴上都有小鳥翅膀不停拍打著。他的腋下夾著一根長長的權杖，有兩條活生生的蛇纏繞在上面。

「現在讓你們好好聊。」荷絲提雅說。她向飛行員欠個身，化爲一陣煙霧消失不見。我了解爲何她這麼急著走，因爲信使之神荷米斯看起來很不高興。

「嗨，波西。」他緊皺著眉，像是很討厭我一樣，不知他是否知道我剛才所看到的景象。

我想問他那天晚上是不是有去梅．凱司特倫的家，以及他抓到路克之後發生的事。我記得第一次在混血營碰到路克時，我問他是不是見過他的父親，他當時憤恨地看著我說：「一次。」但我從荷米斯的表情可以看出，現在不是問他這件事的時候。

我笨拙地向他行禮。「荷米斯殿下。」

「喔，是啊，」我心裡聽見其中一條蛇說：「也沒問候我們，我們只不過是爬蟲罷了。」

「喬治，」另一條蛇罵牠：「有禮貌點。」

「嗨，喬治，」我說：「嗨，瑪莎。」

「你有沒有帶老鼠給我們？」喬治問我。

「喬治，不要鬧了，」瑪莎說：「他很忙！」

「忙得沒時間抓老鼠給我們？」喬治說：「太可悲了。」

我決定不要繼續跟喬治瞎扯下去。「嗯，荷米斯殿下，」我說：「我們有很重要的事要跟宙斯談談。」

荷米斯的眼神如鋼鐵般冷峻。「我是他的使者。我可以代爲轉告嗎？」

我身後其他混血人不安地動來動去。這跟我們計畫的不一樣，或許我該試著私下跟荷米斯談談……

「各位，」我說：「你們要不要去把這座城從裡到外巡視一遍？檢查一下防衛措施，看看還有誰留在奧林帕斯。三十分鐘後再回來這裡和我跟安娜貝斯會合。」

瑟琳娜皺著眉說：「可是……」

「好主意！」安娜貝斯說：「柯納和崔維斯，你們兩個帶隊。」

史托爾兄弟似乎很喜歡在自己父親面前被交付重責大任。他們除了帶頭洗劫廁所的衛生紙之外，從來沒率領大家做過別的事。「我們馬上去！」他們把其他人帶出王座廳，留下安娜貝斯、我和荷米斯。

「殿下，」安娜貝斯說：「克羅諾斯要攻擊紐約這件事，你一定猜到了。我母親也一定預想得到。」

「你母親啊……」荷米斯咕噥抱怨著。他用使者權杖抓背，喬治和瑪莎不斷發出「噢」的聲音。「小女孩，別讓我開始抱怨你母親，否則會沒完沒了。她就是我來這裡的原因。宙斯不要我們任何人離開前線，但你母親一直糾纏他，叨唸個沒完，說什麼『這是陷阱。這是聲東擊西』之類的話。她想親自回到這裡，但宙斯不讓他的首席軍師在我們對抗泰風時離開他身邊，所以想當然爾，他就派我回來跟你們談。」

「可是這的確是陷阱！」安娜貝斯很堅持她的看法：「難道宙斯瞎了嗎？」

天空響起雷聲。

「小女孩，我會注意自己說了什麼話。」荷米斯警告她。「宙斯既沒瞎也沒聾。他沒有讓奧林帕斯山完全處於毫無防備的狀態。」

「但這些藍色的光……」

「對，我也看到了。我敢說這是那個討人厭的魔法女神黑卡蒂[69]的惡作劇，但你們可能也注意到那些藍光並沒有造成損害。奧林帕斯有很強的魔法防禦力，而且風神艾歐勒斯[70]已經派出他最厲害的手下去鎮守堡壘。沒有人能從空中接近奧林帕斯，想用這個方法攻擊奧林帕斯的話，會被打出天空之外。」

我舉手想發言。「嗯……但如果是用你們天神那種突然現身的魔法，或是用念力將法力傳輸到這裡呢？那不就可以不經由天空進入這裡嗎？」

「傑克森，那其實也算是空中交通的方式，只不過速度很快，但是風神的速度更快。不，如果克羅諾斯想佔領奧林帕斯，他得先帶領軍隊穿過紐約，然後搭電梯上來！你可以想像他這麼做嗎？」

荷米斯把這件事說得很滑稽……一大群怪物分成一批二十個輪流搭電梯上來，還得在電梯裡聽著《我要活下去》這首歌。儘管如此，我還是不喜歡這樣。

「或許只要你們幾個人回來就好。」我提議。

荷米斯不耐煩地搖搖頭。「波西．傑克森，你不懂。泰風是我們最大的敵人。」

「我以爲克羅諾斯才是。」

天神的眼睛發出光芒。「不，波西。從前奧林帕斯曾經差點就被泰風毀滅了。泰風是艾奇娜[71]的丈夫……」

「我在大拱門那裡遇過艾奇娜，」我低聲說：「很爛的經驗。」

「泰風也是所有怪物的父親。我們永遠忘不了他差一點毀掉我們，以及他是如何羞辱我們的事！我們以前的力量比較大，現在又無法寄望波塞頓幫忙，因爲他有自己的仗要打。黑帝斯坐在他的王國裡什麼事也不做，狄蜜特和泊瑟芬有樣學樣。要反抗這個風暴巨人，需要我們所有剩餘的力量。我們無法再分散力量，也不能等著他到了紐約才發動攻擊。我們必須現在就跟他作戰，而且我們是有進展的。」

---

[69] 黑卡蒂（Hecate），掌管魔法和幽靈的女神，創造了地獄，代表世界的黑暗面。

[70] 艾歐勒斯（Aeolus），掌管各種風的天神，曾經試圖協助英雄奧德修斯返家。

[71] 艾奇娜（Echidna），被號稱為怪物之母的恐怖怪物。參《神火之賊》二四七頁，註[51]。

「進展？」我說：「他幾乎摧毀了整個聖路易。」

「沒錯。」荷米斯承認。「但只毀掉半個肯塔基州。他速度慢下來了，力量正在流失。」

我不想跟他吵，但荷米斯的口氣聽起來像在說服自己似的。

在廳內一角，奧菲歐陶若斯悲傷地嗚咽著。

「拜託，荷米斯，」安娜貝斯說：「你說過我母親想回來，她有沒有請你帶口信給我們？」

「口信，」他喃喃自語：「他們告訴我，當使者傳訊是一件很了不起的工作，既輕鬆，又有許多人崇拜。哼！才沒有人在乎我想說什麼，每次都是別人的口信重要。」

「老鼠，」喬治若有所思地說：「我贊成吃老鼠。」

「噓，」瑪莎責備牠：「喬治，我們很在乎荷米斯說的話，對吧？」

「噢，那當然。我們現在可不可以回去打仗？我想要再啓動雷射模式，超好玩的。」

「你們兩個給我安靜點！」荷米斯抱怨。

天神看看安娜貝斯，她正向他使出那招「把灰眼睛張得大大的，露出懇求的模樣」。

「哼，」荷米斯說：「你母親要我警告你們，現在起要靠自己了。你們必須不靠天神的幫助而守衛曼哈頓。她說得好像我不知道似的，眞不知道他們爲何讓她當智慧女神。」

「她還有說別的嗎？」安娜貝斯問。

「她說你該試試第二十三號計畫。她說你知道那是什麼意思。」

安娜貝斯臉色發白。顯然她知道那是什麼意思，而且還不太喜歡。「還有嗎？」

「最後一件事，」荷米斯看著我說：「她說要告訴波西：『記住河流。』對了，還有，離她女兒遠一點之類的。」

眞不知道我和安娜貝斯的臉，誰的比較紅。

「荷米斯殿下，謝謝。」安娜貝斯說：「還有，我想……我想告訴您……關於路克的事，我很抱歉。」

天神的表情突然變得冷酷，好像瞬間變成大理石一般。「你不該再提起這個話題。」

安娜貝斯緊張地往後退。「抱歉，您說什麼？」

「抱歉解決不了事情！」

喬治和瑪莎蜷繞在使者權杖上，權杖開始發光，變成像是帶有高壓電的趕牛棍。

「你在有機會的時候應該要救他才對，」荷米斯對著安娜貝斯咆哮：「你是唯一有可能救他的人。」

我試著在他們之間插句話。「你在說什麼？安娜貝斯沒有……」

「傑克森，別替她說話！」荷米斯把趕牛棍指向我。「我在說什麼，她清楚得很。」

「也許你該怪的是你自己！」我應該閉緊我的嘴，但我所能想到的，只是把他的注意力從安娜貝斯身上移開。但他這次完全沒對我生氣，他還是在氣安娜貝斯。我繼續說：「也許是你不該拋棄路克和他媽媽！」

荷米斯舉起他的趕牛棍。他開始變高，大概有三百公分。我心想，很好，我們完蛋了。

在他準備要攻擊時，喬治和瑪莎湊近他，在他耳邊嘀嘀咕咕。

荷米斯咬牙切齒地放下趕牛棍，它又變回一支權杖。

「波西．傑克森，」他說：「因為你背負了阿基里斯的魔咒，我必須饒你一命。現在你的命在命運三女神手上。但你絕對不准再那樣跟我說話。你並不知道我做了多大的犧牲，有多大的……」

他哽咽著，身體恢復成人類尺寸。「我的兒子、我最大的驕傲……我可憐的梅……」

他聽起來痛苦至極，讓我不知道該說什麼才好。一分鐘前，他還準備把我蒸發掉，但他現在看起來似乎需要一個擁抱。

「荷米斯殿下，聽我說，」我說：「對不起，但我需要知道一件事。梅發生了什麼事？她說了一些關於路克命運的事，還有她的眼睛……」

荷米斯兇狠地瞪著我，我結結巴巴說不出話來。不過他臉上的神情其實不是憤怒，而是痛苦，是一種很深沉且無法言喻的痛苦。

「我要走了，」他嚴肅地說：「我還有仗要打。」

他開始發光。我轉過身去，並確定安娜貝斯是否也照做，因為她仍處於驚嚇狀態，全身一動也不動。

「波西，祝你好運。」瑪莎小蛇悄悄對我說。

荷米斯散發出超級巨星的光芒，然後消失了。

安娜貝斯坐在她母親的王座前哭泣。我想安慰她，卻不知該怎麼做。

「安娜貝斯，」我說：「這不是你的錯。我從沒看過荷米斯那個樣子。我猜……我也不曉得……他大概是對路克感到愧疚，他在找代罪羔羊。我不知道他爲什麼把氣出在你身上。你又沒做任何欠罵的事。」

安娜貝斯擦乾眼淚。她直盯著火爐，像是在看著自己的喪禮火堆。

我不安地動了動身子。「嗯，你沒做出什麼不該做的事吧？」

她沒回答。她的青銅短刀綁在手臂上，那跟我在荷絲提雅顯現的景象裡看到的是同一把短刀。這些年來，我一直沒有發覺這是路克送她的禮物。我問過她很多次，爲何她戰鬥時喜歡用短刀而不是用劍，她從來都沒告訴我答案。現在我明白了。

「波西，」她說：「你剛剛提到路克的母親是什麼意思？你見過她？」

我勉強點頭。「尼克和我見過她了。她有點……與眾不同。」我描述了梅・凱司特倫的樣子，還有她說到兒子命運時眼睛發光的情況。

安娜貝斯皺起眉頭。「的確有點怪。可是爲什麼你要去看……」她的眼睛睜得好大。「荷米斯說你背負了阿基里斯的魔咒，荷絲提雅也這樣說。你……是不是去泡過冥河了？」

「不要轉移話題。」

「波西！到底有沒有？」

「嗯……大概泡了一下下。」

我把黑帝斯和尼克的事都告訴她，連同我如何擊敗亡靈軍隊的經過。我省略了她把我從河裡拉出來那段，我還是不了解那段的意涵，而且光是想到就讓我覺得不好意思。

她不可置信地搖搖頭。「你知不知道那有多危險？」

「我別無選擇，」我說：「這是我唯一可以抵抗路克的方法。」

「你是說……成爲不死之身！當然是這樣沒錯！這也就是爲什麼路克沒有死。他去過冥河還……喔，不，路克，你到底在想什麼？」

「所以你現在又在擔心路克了。」我抱怨著。

她盯著我看，好像我是剛從太空掉下來一樣。「你說什麼？」

「算了。」我嘟噥著。荷米斯剛剛說，安娜貝斯有機會救路克，卻沒去救，到底是什麼意思？很顯然她有事沒告訴我，但此刻我也沒心情問她。我現在最不想聽到的，就是有關她跟路克的事。

「重點是他沒有死在冥河，」我說：「我也沒有。現在我必須面對他。我們必須保護奧林帕斯山。」

安娜貝斯還在研究我的臉，好像試著要找出我去游了一趟冥河以後，有哪些不一樣的地方。「我想你說的對。我媽提到……」

「第二十三號計畫。」

她在包包裡東翻西找，拿出代達羅斯的筆記型電腦。她開機的時候，藍色三角形的記號在螢幕上閃爍。她開了幾個檔案來看。

「找到了，」她說：「老天，我們有一大堆工作要做。」

「是代達羅斯的發明之一？」

「是一堆發明……一些危險的發明。如果我媽要我用這個計畫，可見她一定認為事情很不樂觀。」她看著我。「那她叫你要『記住河流』，是什麼意思？」

我搖搖頭。如同往常，我一點都不懂天神告訴我的話。她要我記住的是哪一條河流？冥河？密西西比河？

史托爾兄弟這時跑進王座廳。

「你們過來看一下，」柯納說：「現在。」

天空的藍光已經消失，所以我一開始還不了解發生了什麼事。其他學員聚集在奧林帕斯山邊的小公園裡，他們圍在護欄旁，往下看著曼哈頓。欄杆旁有一排給遊客用的望遠鏡，只要投一枚古希臘金幣，就可以飽覽全紐約的風光。學員們把每一個望遠鏡都拿來用了。

我往下看著整座城市，從這裡幾乎一覽無遺。東河和哈德遜河雕塑出曼哈頓的形狀，棋盤狀的街道、摩天大樓的燈光、北邊中央公園那道狹長的黑影。一切看起來都很正常，但就是不太對勁。在我還不知道問題出在哪裡時，就已經感覺到了。

「我……什麼都沒聽到。」安娜貝斯說。

那就是問題之所在。

通常即使在這麼高的地方，應該還是聽得到紐約的各種聲響：上百萬人熙來攘往、數千輛車子在路上穿梭，還有機器運轉等一切大都會的聲音。你住在紐約的時候不會去注意它，但這些聲音一直都在。就算在半夜，紐約也從來都不會完全無聲。

但它現在就是這樣。

感覺好像是最好的朋友突然死掉了一樣。

「他們做了什麼？」我的聲音聽起來既嚴肅又生氣。「他們對我的城市做了什麼？」

我把尤邁可從望遠鏡旁推開，自己看個仔細。

下面的街道，所有交通都停止了。行人躺在人行道上，或是蜷曲在大門前。沒有任何暴力的跡象，沒有破壞，什麼都沒有，彷彿紐約人決定同時停下手邊的事，然後倒下昏睡。

「他們都死了嗎？」瑟琳娜驚訝地問。

我的胃一陣冰冷。預言中的一行字在我耳邊響起：「看見世界無止盡的沉睡。」我想起格羅佛在中央公園遇到天神夢非斯的事。「你很幸運，因爲我要節省力氣留到正事時再用。」

「他們沒死，」我說：「夢非斯讓整座曼哈頓島陷入沉睡。侵略行動已經展開。」

10 河神幫幫忙

最高興看到一座城市陷入沉睡的，就屬歐萊麗女士了。我們找到牠時，牠正在一個翻倒的熱狗攤旁大快朵頤，老闆蜷縮在人行道上熟睡，一邊吸著大拇指。

阿古士的一百隻眼睛睜得好大，正在等我們。他什麼都沒說。他從來都不說話，我猜可能是因爲他舌頭上也有眼珠的關係。但是從他的臉看來，就知道他嚇壞了。

我跟他說我們在奧林帕斯山得到的消息，也告訴他天神不會回來救援。阿古士厭惡地轉了轉眼睛，這個動作讓他的身體似乎整個都旋轉起來，看起來非常光彩奪目。

「你最好先回混血營去，」我告訴他：「盡力守護混血營。」

他指指我，質疑地挑眉問我。

「我要留下來。」我說。

阿古士點點頭，彷彿很滿意這個答案。他看著安娜貝斯，用手指在空中畫了一個圓圈。

「對，」安娜貝斯同意說：「我想是時候了。」

「什麼東西是時候了？」我問。

阿古士在車子後面翻找，拿出一面青銅盾牌交給安娜貝斯。這面盾牌看起來就像一般的盾牌，跟我們在奪旗大賽時用的一模一樣。可是當安娜貝斯把它放在地上，光滑的金屬面反射出景象，從天空、大樓變到自由女神像，但這些景象都不在我們附近。

「哇，」我說：「這是盾牌攝影機。」

「是代達羅斯的設計之一，」安娜貝斯說：「我之前請貝肯朵夫做……」她看了瑟琳娜一眼。「嗯，總之，這面盾牌可以折射出世界上任何一個地方的陽光或月光，形成反射影像。只要自然光照射得到的目標，都可以看到它的眞實境況。你看。」

我們大家圍繞在安娜貝斯身旁，看著她專心操作。影象一開始先是拉近，然後旋轉，我光是用看的就覺得頭暈。我們先看到中央公園的動物園，然後鏡頭拉到東六十街，經過布魯明岱爾百貨公司，接著轉進第三大道。

「哇，」柯納．史托爾說：「倒回去，在這裡放大。」

「什麼？」安娜貝斯緊張地問：「你看到敵人了嗎？」

「不是，狄倫糖果店[72]就在這裡。」柯納對他的兄弟露齒而笑。「老哥，店是開著，而且大家都在睡覺。我們兩個想的是同一件事嗎？」

「柯納！」凱蒂．葛登大聲斥責，她講話的口氣好像她媽媽狄蜜特。「這不是開玩笑的。你們不可以在打仗的時候去洗劫糖果店！」

「抱歉。」柯納低聲說，但他的聲音聽起來並不覺得不好意思。

安娜貝斯把手在盾牌前面一揮，出現了另一個影象，那是和燈塔公園隔河相望的小羅斯福快速道路。

「用這個可以讓我們隨時看到整座城市的最新動態，」她說：「阿古士，謝謝你。希望我們……將來還能在混血營看到你。」

阿古士發出不滿的聲音。他給了我一個眼神，很明顯是說：「祝你好運，你會用上的。」然後他爬進車內，跟兩隻鳥妖一起開著車子，在滿是車輛的馬路中穿梭離去。

我吹口哨叫歐萊麗女士，牠大步跑過來。

「嘿，小妞，」我說：「你記不記得格羅佛？就是我們在公園碰到的羊男。」

「汪！」

我希望這叫聲表示「我當然知道啦！」而不是「還有沒有熱狗可以吃？」

「我要你幫我找到他，」我說：「確定他還是清醒的。我們需要他的幫忙。你聽懂了嗎？快去找格羅佛來！」

歐萊麗女士給我一個又溼又黏的狗吻，其實牠根本沒必要吻我。接著牠往北邊跑去。

波琉克斯蹲在一個睡著的警察旁邊。「我不懂。爲什麼我們沒有睡著？爲什麼只有凡人才

---

72 狄倫糖果店（Dylan's Candy Bar）是知名設計師洛夫．羅倫（Ralph Lauren）的女兒開設的高級糖果店，將味覺與藝術結合，獨具特色，十分受歡迎。其紐約旗艦店號稱是世界最大的糖果店。

會睡著？」

「這個魔咒的施咒對象非常廣大，」瑟琳娜．畢瑞嘉說：「影響範圍愈廣的魔咒，反而愈容易抵抗。因為一個魔咒如果想讓上百萬人沉睡，每個人平均接收到的魔咒力量就非常薄弱。相對來說，要讓混血人也睡著就比較難了。」

我盯著她看。「你什麼時候學了那麼多關於魔法的事？」

瑟琳娜臉紅了。「我也不是把所有時間都花在衣櫃上。」

「波西！」安娜貝斯叫我，她還在看著那面盾牌。「你最好過來看一下。」

青銅盾牌呈現的畫面是靠近拉瓜迪亞機場的長島海灣。一支布滿十二艘快艇的艦隊疾駛過黑暗的海面，朝曼哈頓而來。每一艘船上都載滿穿著全副希臘盔甲戰服的混血人。在帶隊的主船後方，掛了一面畫著黑色鐮刀圖案的紫色旗旗，在黑夜中迎風招展。我從來沒看過這種設計，但也不難想出這是誰的船隊——那是克羅諾斯的戰旗。

「掃瞄整座島的四周，」我說：「快點！」

安娜貝斯把影象轉到南邊的港口。一艘史坦頓島渡輪正破浪前進，就快到艾利斯島了。碼頭上擠滿了龍女和一大群地獄犬。一群水上哺乳動物游在渡輪前面。起先我以為是海豚，然後我看到他們像狗的臉以及掛在腰上的劍，才發現是海怪鐵勒金。

接著影象又變了。這次是澤西海岸，就在林肯隧道入口。一百隻各類怪物大步走過交通已經停頓的街道，其中有帶著棍子的巨人、兇猛的獨眼巨人、幾隻噴火龍，此外還要加上一輛二次世界大戰的謝爾曼坦克車，它正推開擋在前方的汽車，轟隆隆駛進隧道。

「那些在曼哈頓地區以外的人類怎麼了？」我說：「整個州都陷入沉睡了嗎？」

安娜貝斯皺著眉。「我不這麼認爲，但是整件事很奇怪。從這些景象看來，整個曼哈頓都陷入沉睡，大約在曼哈頓島方圓八十公里內的時間變得異常緩慢。愈接近曼哈頓，時間就變得愈慢。」

她給我看了另一個地方——紐澤西公路。現在是週六晚上，所以路況不像平常上班日那樣糟。駕駛看起來都是醒著的，但是車子一小時大概才移動不到兩公里。他們頭頂上的小鳥用慢動作飛行。

「是克羅諾斯，」我說：「他讓時間慢下來了。」

「黑卡蒂或許在幫他忙，」凱蒂．葛登說：「看看那些車子是如何避開曼哈頓的出口？他們好像潛意識裡接收到要迴轉的訊息。」

「我不知道。」安娜貝斯聽起來非常沮喪。她很討厭有自己不知道的事。「不過他們用一層層的魔法把曼哈頓包圍起來。外面的世界甚至可能不知道發生了什麼事。任何前往曼哈頓的人類，速度都會慢下來，他們根本不知道到底是怎麼回事。」

「就像琥珀裡的蒼蠅。」傑克．梅森說。

安娜貝斯點點頭。「我們不該期待還會有其他人來幫忙。」

我轉身面對我的朋友，他們看起來都嚇壞了。不能怪他們，青銅盾牌讓我們看到至少有三百個敵人已經在路上，但我們只有四十個人，而且我們孤軍奮戰，沒有後援。

「好吧，」我說：「我們要守住曼哈頓。」

瑟琳娜抓緊她的盔甲。「嗯，波西，曼哈頓很大。」

「我們要守住曼哈頓，」我說：「我們一定要。」

「他說的對，」安娜貝斯說：「風神應該能夠阻擋任何克羅諾斯的手下從空中靠近奧林帕斯，所以克羅諾斯會採取地面攻擊。我們必須截斷通往這座島的所有入口。」

「他們有船。」尤邁可指出這一點。

有股電流從我背脊直竄而下。我突然了解雅典娜說「記住河流」的意思了。

「船的事我會處理。」我說。

「你要怎麼做？」尤邁可皺著眉頭問。

「交給我就對了，」我說：「我們需要防守橋樑和隧道。我們假設他們會對中城或下城發動攻擊，至少一開始的時候會這麼做，那是進到帝國大廈最直接的方式。邁可，你帶阿波羅小屋的學員去守威廉博格橋。凱蒂，你帶狄蜜特小屋的人去守布魯克林區中城隧道，在隧道裡種些有刺的草叢和毒蔓藤。不管你要怎麼做，不要讓他們通過隧道就好！柯納，你帶一半荷米斯小屋的人去守曼哈頓大橋。崔維斯，你帶剩下的人去守布魯克林大橋。你們不准停下來偷東西或趁火打劫！」

「噢！」所有荷米斯小屋的人都發出抱怨。

「瑟琳娜，你帶阿芙蘿黛蒂小屋的人去守皇后區中城隧道。」

「噢，我的天神啊，」她的一個姊妹說：「第五大道就在我們這條路線上！我們可以順道去補充配件，而且怪物眞的很討厭紀梵希香水的味道。」

「不能有半點拖延，」我說：「嗯……香水的事就隨便你們，如果你們認爲有用的話。」

六個阿芙蘿黛蒂的女兒興奮地親吻我的臉頰。

「好了，夠啦！」我閉上眼睛，想想看有沒有漏掉什麼。「傑克，你帶赫菲斯托斯小屋的人去守荷蘭隧道。用希臘火藥或設陷阱對付敵人，反正你們有什麼就用什麼。」

他露齒一笑。「榮幸之至。我們有仇要報，這是爲了貝肯朵夫！」

所有赫菲斯托斯小屋的人都歡聲雷動，表示贊同。

「第五十九街大橋，」我說：「克蕾莎……」

我講不下去了，克蕾莎不在這裡。該死，阿瑞斯小屋的人現在還坐在混血營裡涼快。

「那裡由我們負責。」安娜貝斯開口插話，把我從尷尬的沉默中解救出來。她轉身對她的兄弟姊妹說：「麥爾坎，雅典娜小屋由你率領，就像我教你的那樣，沿路啓動第二十三號計畫，好好守住大橋。」

「沒問題。」

「我會和波西一起行動，」她說：「然後我們會加入你們，或是去需要我們的地方。」

有人在後面說：「你們兩個別走小路跑去其他地方喔！」

雖然有些人咯咯竊笑，但我決定不理他們。

「好了，」我說：「用手機保持聯絡。」

「我們沒有手機。」瑟琳娜抗議。

我在地上搜尋，撿起某位打呼女士的黑莓機，丟給瑟琳娜。「你現在有了。大家都知道安娜貝斯的手機號碼吧？如果需要我們的時候，隨便找一支手機打給我們，用一次就丟掉，如果有需要就再另外借一支。這樣應該很難讓怪物鎖定你們。」

每個人都開心地露出笑容，似乎很喜歡這個主意。

崔維斯清了清喉嚨。「嗯，如果我們眞的找到一支很讚的手機……」

「不行，不可以佔爲己有。」我說。

「噢，老兄。」

「波西，等一下，」傑克．梅森說：「你忘了林肯隧道。」

我正要破口咒罵，但忍了下來。他說的沒錯，一輛謝爾曼坦克車和一百隻怪物此刻正大舉通過隧道，我卻把我們的力量分配到其他地方。

然後有個女孩從對街大喊：「要不要留給我們負責？」

我這輩子從沒這麼高興聽到別人的聲音。一支由三十位少女組成的隊伍穿過第五大道而來。她們身穿白上衣、銀色迷彩褲和戰鬥靴。每個人都佩著劍，還背著箭筒，弓拿在手上準備隨時發射。一群灰狼在她們的腳邊打轉，許多人手上都有獵鷹。

帶隊的女孩有著一頭豎立的黑髮，身穿一件黑色皮夾克。她的頭上戴著像公主頭冠的銀色髮箍，跟她的骷髏耳環或那件寫著「芭比已死」還有一枝箭射穿芭比娃娃頭顱圖案的T恤，一點都不搭軋。

「泰麗雅！」安娜貝斯大叫。

宙斯之女笑了。「阿蒂蜜絲獵女隊前來報到！」

大家彼此擁抱招呼……至少泰麗雅表現得很親切。其他獵女不喜歡靠近混血營的學員，尤其是男生，不過她們沒有對我們放箭，這在她們來說已經算是很熱情的歡迎了。

「你去年一整年都上哪兒去了？」我問泰麗雅：「你現在大概有兩倍多的獵女了！」

她笑了。「這眞是說來話長。波西，我敢說我的冒險歷程比你的更危險。」

「根本是騙人的吧。」我說。

「我們等著看啊。」她保證。「等這件事告一段落，你、安娜貝斯，還有我，我們三個一起去西五十七街的旅館吃一頓起司堡和薯條大餐。」

「你是說帕克玫汀飯店嗎？」我說：「一言爲定。泰麗雅，謝了。」

她聳聳肩。「那些怪物不會知道是誰攻擊他們的。獵女們，我們走！」

她拍拍銀色手鍊，手鍊立刻變成埃癸斯盾牌。盾牌中央的金色梅杜莎[73]頭像看起來很可

---

[73] 梅杜莎（Medusa），三位蛇髮女怪（Gorgon）之一，任何人只要看到她的臉就會變成石頭。

怕，讓所有學員紛紛倒退讓開。獵女們向大道走去，身後跟著灰狼和老鷹。我感覺林肯隧道至少現在安全了。

「感謝天神。」安娜貝斯說：「但如果我們沒有封鎖河流擋住那些船，護衛橋樑和隧道就沒有意義了。」

「有道理。」我說。

我看著所有學員，每個人看起來都一臉嚴肅，充滿決心。我避免去想這可能會是我們最後一次聚在一起。

「你們是千年來最了不起的英雄，」我告訴大家：「不論有多少怪物朝你們而來，只要勇敢作戰，勝利會屬於我們！」我舉起波濤劍，大聲吶喊：「爲了奧林帕斯！」

他們大吼回應，我們四十個人的聲音迴盪在中城的大樓間。雖然聽起來充滿勇氣，但聲音很快就消失在一千萬個沉睡紐約客的寂靜裡。

安娜貝斯和我想要挑我們喜歡的車來開，但車子全都塞在擁擠的車陣中，沒有一輛車的引擎是開著的。這點倒是很奇怪，似乎駕駛在變得愛睏之前還有時間關掉引擎。或許夢非斯也有力量讓引擎沉睡。大多數駕駛顯然在覺得自己快昏過去之前，都把車開到路邊停下，但有些街道還是塞得動彈不得。

最後我們找到一個已經不省人事的郵差，他還坐在靠著磚牆的紅色偉士牌機車上。我們把他從機車上拖下來，讓他在人行道上躺好。

「老兄，抱歉了。」我說。運氣好的話，我還能把機車送還給他。如果我沒辦法還他也無所謂，因為到時世界已經毀滅了。

我騎著機車，安娜貝斯抱著我的腰坐在後面。我們在百老匯大街上蜿蜒前進，引擎聲呼嘯穿過詭異的寂靜。除此之外，只剩下偶爾傳來的手機鈴聲，彷彿它們在彼此呼叫一樣，整個紐約似乎變成一間巨大的電子鳥籠。

我們前進的速度很慢，因為常常會碰到睡在車子前面的行人，這時我們就會停下來把他們搬開，以免危險。有時我們還停下來撲滅已經著火的蝴蝶餅小販的推車。幾分鐘後，我們搶救了一輛在街上滑動的嬰兒車，結果發現裡面根本沒有嬰兒，只有一隻在睡覺的寵物狗。誰想得到裡面沒有嬰兒呢！我們把嬰兒車安全停妥在某個大門前，繼續騎車上路。

經過麥迪遜廣場公園的時候，安娜貝斯說：「停車。」

我把車停在東二十三街中央。安娜貝斯從車上跳下，往公園跑去。等我追上她的時候，她正盯著一個立在紅色大理石底座上的銅像。我經過這裡幾百萬次了，卻從來沒有仔細看過這尊雕像。

這傢伙坐在椅子上，兩腿交叉。他穿著一套過時的西裝，是林肯總統穿的那種，打著蝴蝶領結，燕尾服有很長的下襬。他一手拿著正在寫字的鵝毛筆，另一手握著一大張金屬做成的羊皮紙卷。

「為什麼要注意這個……」我瞇起眼睛看著底座上名字。「威廉．史都華？」

「是西華德[74]啦，」安娜貝斯糾正我：「他以前是紐約州長。是小神生的混血人，大概是希碧[75]的兒子吧。不過這不重要，我關心的是雕像。」

她爬上公園長椅，仔細檢查雕像底部。

「你別告訴我說他有自動控制裝置。」我說。

安娜貝斯微笑著。「整個紐約大部分的雕像都有自動控制裝置。代達羅斯把雕像放這裡，以防哪天他需要一支軍隊來幫忙。」

「他這是要用來攻擊還是保護奧林帕斯山的？」

安娜貝斯聳聳肩。「都有可能。這就是第二十三號計畫。他可以啟動一個雕像，然後這座雕像就會自行啟動城裡其他雕像，最後組成一支軍隊。不過這個計畫很危險。你也知道自動化的東西有多麼無法預測。」

「嗯。」我說，我們以前有過很慘的經驗。「你真的想要啟動它？」

「我有代達羅斯的筆記，」她說：「我想我可以……啊，開始了。」

她壓下西華德的腳尖，雕像就站起來，拿著筆和紙準備好要寫字。

「他要做什麼？」我低聲說：「記筆記？」

「噓，」安娜貝斯說：「嗨，威廉。」

「試試叫他比爾[76]看看。」我建議。

「比爾……噢，你給我閉嘴。」安娜貝斯對我說。這座雕像頭歪了一下，用他那空洞的金屬眼睛看著我們。

安娜貝斯清一清喉嚨。「嗨，西華德州長。行動指令如下：代達羅斯第二十三號計畫。保衛曼哈頓。行動開始。」

西華德從底座跳下來。他跳到地上的力氣太大，鞋子還把人行道敲出裂縫來，接著他發出鏗鏗鏘鏘的聲音，往東邊走去。

「他大概是要去叫醒孔子。」安娜貝斯猜測。

「什麼？」我說。

「那是另一座雕像，位在地威臣街上。重點是，雕像會一個接一個把彼此叫醒，直到所有雕像都被啓動爲止。」

「然後呢？」

「但願它們能捍衛曼哈頓。」

「它們知道我們不是敵人嗎？」

---

74 威廉．西華德（William H. Seward，1801-1872），林肯總統時代的美國國務卿，積極倡議廢除奴隸制度。一八三九年至一八四二年間擔任紐約州州長。

75 希碧（Hebe），青春之神，在天神宴會上服侍眾神，替他們斟酒。

76 比爾（Bill）為英文名字「威廉」（William）的暱稱。

「我想應該知道。」

「還眞是讓人放心呢。」我想到所有紐約的公園、廣場和大樓，一定有好幾百座，甚至上千座的雕像。

一團綠色火焰在夜晚的天空爆破。那是希臘火藥，就在東河的上方。

「我們動作得快點。」我說。我們往機車跑去。

我們把機車停在砲台公園，那裡是曼哈頓島的底端。哈德遜河和東河就在這裡交會，流入海灣。

「在這裡等著。」我告訴安娜貝斯。

「波西，你不該自己一個人去。」

「除非你能在水裡呼吸……」

她嘆口氣。「你有時眞的很討厭。」

「就像我每次說對的時候嗎？相信我，我會沒事的。我現在有了阿基里斯的魔咒，我能刀槍不入、毫髮無傷。」

安娜貝斯一副完全不信的表情。「小心點就對了，我不希望你發生任何意外。我的意思是，因爲我們需要你來打仗。」

我笑一笑。「馬上就回來。」

我沿著岸邊往下爬，慢慢走入水裡。

給你們這些不是海神的朋友們一點忠告：千萬不要在紐約港裡游泳。現在的紐約港可能不像我媽那個年代那麼髒，不過那裡的水還是髒得可能讓你長出第三隻眼，或是長大以後生出變種人小孩。

我潛入黑暗之中，沉到河底，試著找到兩條河水流速相當的地方，那是它們在此匯流形成海灣之處。我猜這裡是最能引起他們注意的地方。

「喂！」我用我在水裡最好的聲音大叫，聲音迴盪在黑暗之中。「我聽說你們兩個汙染太嚴重，所以都不好意思露臉見人。這是真的嗎？」

一道冰冷的水流在河灣泛起漣漪，翻攪出一團團垃圾和淤泥。

「我聽說東河中毒得比較厲害，」我繼續說：「但是哈德遜河更臭，還是其實相反？」

河水開始發光，有一種強大而憤怒的東西正在看著我。我可以感覺到他……或許應該說『他們』的存在。

我很擔心是不是估計錯誤，把侮辱他們的話說得太重。萬一他們不現身就把我炸個粉碎怎麼辦？但他們可是紐約的河神，我猜他們的本能反應是纏著我討公道。

果然，兩個巨大的人形出現在我面前。剛開始只是深褐色的兩道淤泥，比附近的水還混濁，然後就出現了腳和手，還有怒氣沖沖的臉。

左邊的看起來像令人不安的鐵勒金。他的臉像狼，身體有點像海豹，一身光滑的黑色毛皮，有著魚鰭般的手腳。他的眼睛發出綠色的輻射光。

右邊那傢伙看起來比較像人。他穿得破破爛爛的，身上還掛著海草，鎖子甲是用瓶蓋和老舊的六罐裝飲料架做成。他臉上滿是水草，鬍子很長，深藍色的眼睛燃燒著怒火。

大概是東河的海豹開了口：「小鬼，你找死嗎？還是你只是個天下第一的大笨蛋？」

留鬍子的哈德遜河神嘲笑說：「東河，你才是笨蛋專家。」

「哈德遜，你給我小心點，」東河抱怨著：「待在你那邊管好你自己，別管閒事。」

「不然你要怎麼樣？再丟一艘垃圾船給我？」

他們轉了向，彼此面對面，準備大打一架。

「住手！」我大吼：「我們有更大的麻煩。」

「小鬼說的對，」東河咆哮著：「我們倆先殺了他，然後再打架。」

「聽起來不錯。」哈德遜河說。

我還來不及抗議，就有上千片垃圾，像是碎玻璃、石頭、罐子、輪胎等從河底冒出，自兩側向我直撲而來。

不過我早就料到會這樣，我讓面前的水形成一道厚實的防護罩，垃圾殘骸對我沒起太大作用，紛紛彈開，只有一大塊玻璃穿過防護罩，擊中我的胸部。我原本應該會被撞死，但玻璃卻在我的皮膚上碎裂。

兩個河神瞪著我。

「你是波塞頓的兒子？」東河問。

我點點頭。

「你在冥河裡泡過？」哈德遜河問。

「沒錯。」

他們兩人發出埋怨的聲音。

「好極了，」東河說：「這下我們要怎麼殺死他？」

「我們可以把他電死，」哈德遜河覺得很有意思。「如果我可以找到一些電瓶跨接線……」

「聽我說！」我說：「克羅諾斯的軍隊要入侵曼哈頓！」

「你以為我們不知道嗎？」東河說：「我現在就可以感覺到他的船。他們就快要通過了。」

「沒錯，」哈德遜河同意：「現在也有骯髒的怪物正在通過我那裡。」

「阻止他們，」我說：「淹死他們，弄沉他們的船。」

「為什麼我們要這麼做？」哈德遜河抱怨：「他們要入侵奧林帕斯是他們的事，我們有什麼好在乎的？」

「因為我會付錢給你們。」我拿出那枚我爸送我當生日禮物的沙幣。

兩個河神的眼睛睜得好大。

「那是我的！」東河說：「小鬼，快拿來給我。我保證沒有一個克羅諾斯的廢物能過得了東河。」

「你想都別想，」哈德遜河說：「沙幣是我的，否則所有的船都過得了哈德遜河。」

「我們可以折衷。」我把沙幣一分爲二。一道乾淨的水流從縫隙中流出，彷彿河灣裡所有的汙染都一掃而空。

「你們一人一半，」我說：「至於交換條件，就是你們無論如何要阻止克羅諾斯的軍隊接近曼哈頓。」

「喔，老兄，」哈德遜河發出嗚咽聲，想要伸手來拿沙幣，「我上次洗乾淨不知道是什麼時候的事了。」

「波塞頓的力量，」東河喃喃自語：「他是個混帳東西，但他還眞知道該怎麼清除汙染。」

他們倆互看一眼，一起說：「成交。」

我給他們一人一半沙幣，他們恭恭敬敬地捧著。

「嗯，入侵的軍隊？」我提示他們。

東河手一揮。「全部都沉下去了。」

哈德遜河手指一彈。「一大群地獄犬剛剛去潛水了。」

「謝謝你們，」我說：「好好保持乾淨吧。」

我往岸上游去時，東河叫住我：「喂，小鬼，你下次還有沙幣的時候，記得回來啊。如果你還活著的話。」

「阿基里斯的魔咒，」哈德遜河不屑地說：「他們都以爲這救得了他們，對吧？」

「要是他知道就好了。」東河同意他的話。他們兩個哈哈大笑，消失在水裡。

我一回到岸上，安娜貝斯正在講手機，但是她一看到我就把電話掛了。她看起來像是受到很大的驚嚇。

「好了，」我告訴她：「河流都安全了。」

「很好，」她說：「因爲我們有別的麻煩了。尤邁可剛才打電話來說，另一支軍隊正往威廉博格橋前進，阿波羅小屋的人需要幫忙。還有，波西，領軍的怪物是……彌諾陶。」

11 斷橋

幸好，黑傑克在値勤中。

我吹了我最拿手的計程車招呼口哨，幾分鐘內，天空出現兩個黑影。黑影起先看起來像是老鷹，隨著牠們逐漸下降，我才看出牠們是飛馬，長長的腳還在空中踏步。

「嘿，主人。」黑傑克小跑步降落，而牠的朋友普派緊跟在後。「老兄，我以爲那些風神要把我們打到賓州去了，還好我們有說是跟你一起的！」

「感謝你們過來。」我告訴牠。「對了，爲什麼飛馬在飛的時候，腳還會在空中踏步？」

黑傑克發出嘶鳴聲。「爲什麼人走路的時候手還會擺動？主人，我不知道耶，感覺這樣比較順啊。要上哪兒去？」

「我們要去威廉博格橋。」我說。

黑傑克低下脖子。「主人，你說的一點都沒錯。我們來的路上經過那裡，看起來不妙。跳上來吧！」

到威廉博格橋的路上，我的胃像是打了結一樣。彌諾陶是我第一次擊敗的怪物。四年前牠差點在混血之丘殺了我媽。我到現在還會做惡夢。

我一直希望牠可以好幾百年都別活過來，但我早該知道好運維持不了多久。

早在我們飛到能看清楚是誰在打仗之前，就看到了正在進行的戰事。現在已過了午夜，但整座橋還是燈火通明。汽車在燃燒，從兩邊陣營發射出來的火焰箭和長槍，在空中劃出一道道弧形的火光。

我們低空飛進戰區。我看到阿波羅小屋的學員正在撤退。他們不僅躲在汽車後面，狙擊迎面而來的敵軍，還發射砲彈箭、在路上丟出鐵蒺藜、盡可能到處設下火焰路障、把昏睡的駕駛從車裡拖出來，讓他們遠離危險。但是敵軍仍舊繼續進攻。一大群龍女在前頭帶隊，她們的盾牌緊緊相扣，長槍尖端立在上面。偶爾有箭射中她們的蛇身軀幹、脖子或是盔甲縫隙，倒楣的龍女就會消失，但是大多數阿波羅的箭都從她們用盾牌組成的防護牆上彈開。她們後面還跟著一批大約一百隻的怪物。

地獄犬偶爾會跳在隊伍前方。大部分地獄犬都被箭消滅了，但有一隻抓住一名阿波羅小屋的學員，把他拖走。我沒看到接下來發生什麼事，我不想知道。

「在那裡！」安娜貝斯坐在她的飛馬上叫著。

當然，在這支侵略大軍的中間就是牛頭怪本人。

我上次看到彌諾陶的時候，牠只穿著一條緊身的白內褲，不知道牠爲什麼這種打扮，或許當時牠剛從床上被搖醒就來追我。然而這次，牠準備好要大戰一場。

牠腰部以下穿著標準的希臘軍裝——掛著金屬片的皮革短裙，小腿用青銅護脛包著，還有綁著鞋帶的皮製涼鞋。牠的頭完全是公牛的樣子，毛和皮都是。牠從身體延伸到頭部的肌肉非常巨大，而且早該因牛角的重量倒栽蔥才對。牠看起來比上次更高壯了，身高少說有三百公分以上。一把雙刃斧頭綁在牠背上，牠迫不及待想拿來用。牠一看到我在牠頭上盤旋（或是聞到了我的味道，這比較有可能，因爲牠的視力不好），便大聲咆哮，並且舉起一輛白色加長禮車。

「黑傑克，快閃開！」我大叫。

「什麼？」飛馬問我：「牠不可能……馬吃屎！」我們現在至少在三百公尺高的地方，但禮車朝我們飛來，像一根兩噸重的迴力棒一樣轉啊轉。安娜貝斯和普派急急往左邊閃躲，黑傑克則是收起翅膀往下俯衝。禮車飛過我的頭頂，大概只差五公分就會打到我。禮車把橋的懸吊線通通打斷後，掉入東河裡。

怪物們開心地大吼大叫，彌諾陶又舉起另一部車。

「把我們載到阿波羅小屋的防守線後面，」我告訴黑傑克：「待在聽得到我聲音的範圍以內，記住要避開危險。」

「主人，我聽你的！」

黑傑克向下俯衝，停在一輛翻倒的校車後面，那裡躲著兩名學員。飛馬的馬蹄一碰到地面，我跟安娜貝斯立刻從馬背上跳下，然後黑傑克和普派又飛向夜空。

尤邁可朝我們跑過來。他絕對是我看過最矮的突擊隊員。他手臂上用繃帶包紮著傷口，像貂一樣的臉上滿是煙灰，箭筒幾乎都空了，但他笑得非常開心，好像很好玩似的。

「眞高興你們加入。」他說：「其他的增援部隊在哪裡？」

「目前就只有我們而已。」我說。

「那我們死定了。」他說。

「你那輛飛天戰車還在嗎？」安娜貝斯問。

「不在，」邁可說：「留在混血營裡。我跟克蕾莎說她可以拿去用，反正隨便啦，不值得再吵下去。可是她說太遲了，說什麼我們已經狠狠傷了她的自尊。」

「至少你試過了。」我說。

邁可聳聳肩。「是啊！嗯，她說她還是不肯參戰的時候，我用了一些話罵她，但我想那也是沒用。醜八怪來了！」

他把一枝箭搭在弦上，朝敵人射去。那枝箭飛了出去，發出尖銳刺耳的聲音。當箭落在地上時，像是全球最大的擴音器播放震耳欲聾的電吉他聲。最近的車輛爆炸了，怪物們紛紛丟下武器，痛苦地摀住耳朵。有些怪物逃跑，其他的則當場消散。

「那是我最後一枝音速箭了。」邁可說。

「是你爸送的禮物嗎？」我問：「音樂之神送的？」

邁可淘氣地笑了。「大聲的音樂對你不好，而且很可惜不是每次都能殺死敵人。」

的確，大多數的怪物又重新集合起來，還一邊搖搖頭讓自己頭腦清醒。

「我們必須撤退，」邁可說：「我叫凱拉和奧斯汀在離橋遠一點的地方設下陷阱。」

「不，」我說：「把你們小屋的學員集合在這裡，等待我的信號。我們要把敵人趕回布魯克林去。」

邁可大笑。「你計畫怎麼做？」

我抽出劍來。

「波西，」安娜貝斯說：「我跟你一起去。」

「太危險了，」我說：「而且，我需要你協助邁可調度防守線。我來引開怪物，你們在這裡集合，把睡著的凡人移開。在我把怪物的注意力都集中在我身上時，你們就可以瞄準一個個怪物攻擊。我相信你們一定沒問題。」

邁可哼了一聲。「多謝了。」

我盯著安娜貝斯看。

她不情願地點點頭。「好吧，開始行動。」

趁現在我的勇氣還沒消失，我趕緊對她說：「難道你不給我一個幸運之吻嗎？這不是一種傳統嗎？」

我以為她會揍我，但她反而抽出刀來，盯著直朝我們而來的怪物大軍。「海藻腦袋，你要活著回來。我們到時候再看看。」

我猜那是我能得到的最好條件，於是我從校車後面走出去。我走上眼前這座橋，直直往敵人陣線前進。

彌諾陶看到我的時候，眼裡燃起一股憤恨，大聲怒吼著。其實牠那聲音有點介於大喊、牛叫和非常大的打嗝聲之間。

「喂，牛頭怪，」我喊回去：「你不是早就被我殺了嗎？」

牠一拳打在一輛凌志汽車車頂，車子立刻被壓得像鋁箔紙一樣扁。

幾個龍女朝我丟出火焰標槍，我把槍通通掃到一邊去。一隻地獄犬向我撲來，我往旁邊一閃。我可以一劍刺中牠，但我猶豫了一下。

「這不是歐萊麗女士，」我提醒自己：「這是一隻沒有被馴服的怪物。牠會殺了我跟我所有的朋友。」

牠又朝我撲來，這次我拿起波濤劍一揮，地獄犬立刻化爲煙塵消散，只剩下毛皮。

更多的怪物蜂湧而來，有龍女、巨人和鐵勒金，但是彌諾陶對他們狂吼一聲，他們通通往後退。

「一對一單挑？」我大聲喊著：「像以前一樣？」

彌諾陶的鼻毛飄動。牠眞的很需要在盔甲的口袋裡隨身攜帶一包面紙，因爲牠的鼻子又溼又紅，噁心得要命。牠解下身上的斧頭，拿起來四處揮舞。

這是一種「我要把你像魚一樣切成一片片」的殘酷美學。雙刃斧頭的每一邊形狀看起來很像希臘字母的最後一個字Ω。將斧頭做成這個形狀，或許是因爲這也是受害者生前所看到的最後一樣東西。

青銅斧柄大概跟彌諾陶的身高差不多，上面有皮革包覆著，斧刃的下方綁著許多串珠項鍊。我發現那是混血營的珠子，那些項鍊都是從被牠打敗的混血人身上拿來的。

我非常生氣，我想像自己的眼睛像彌諾陶的一樣會發光。我舉起劍。怪物大軍替彌諾陶歡呼，但當我躲過牠的第一次出擊，並把牠的斧頭從握把那裡切成兩半時，歡呼聲停止。

「哞？」牠嘟噥著。

「喝！」我給牠一記迴旋踢，正中牠的口鼻。牠踉蹌後退，試圖重新站穩腳步，然後低頭向我衝來。

牠一點機會都沒有。我的劍一閃，砍下牠一邊的牛角，接著又砍下另一邊。其他怪物都往後退，在我們身旁圍成一個圓圈，個個嚇得鴉雀無聲。彌諾陶憤怒狂吼，牠的腦袋本來就不聰明，但憤怒卻使牠更橫衝直撞地朝我而來。我跑到橋邊，衝破龍女的防線。

彌諾陶一定是聞到了勝利的氣息，牠以爲我要逃跑，牠的手下也替牠歡呼。我在橋邊轉身，靠著欄杆抵住斧頭，正面接受牠的攻擊，而彌諾陶一點也沒有放慢腳步。

匡啷一聲！

牠驚訝地往下一看，斧柄從牠的胸鎧冒出來。

「謝謝你陪我玩。」我告訴牠。

我抓住牠的腳，把牠抬起來丟到橋的另一邊。牠在墜落的時候，就已經分解消散，化做灰燼，而牠的原形正重返塔耳塔洛斯。

我轉身面對牠的軍隊。現在人數大概是一百九十九比一。我做了個很自然的反應。我朝他們衝過去。

你或許會問我「刀槍不入」到底是怎麼回事？我是不是很神奇地躲過每一樣武器，或者是有武器打中我，而我卻毫髮無傷？老實說，我不記得了。我只知道我不會讓這些怪物入侵我的家園。

我把敵人盔甲當作紙一樣切開。龍女爆炸，地獄犬化爲黑影。我連砍帶刺，整個人在敵陣中旋轉刺殺，其間或許還放聲大笑一、兩次，那瘋狂的笑聲不僅嚇到我自己，也嚇壞了我的敵人。我知道阿波羅小屋的學員從我後方射箭，讓敵人沒有機會重新聚集。最後，怪物轉身逃跑，兩百個怪物大概只剩二十個還活著。

我緊跟著阿波羅小屋的學員。

「打得好！」尤邁可大喊：「就是要這樣！」

我們把敵人逼回橋另一頭的布魯克林區。東方的天空漸漸變成白色，我可以看見前面的收費站。

「波西！」安娜貝斯大叫。「你已經擊潰他們了，快退回來，我們把戰線拉太長了！」

有一部分的我知道她是對的，但我表現得正好，我想要殺光每一個怪物。

然後我看到橋底下那一大群怪物。撤退的怪物直接跑向他們的增援部隊。那一群人大約有三、四十個，都是穿著軍裝騎在骷髏馬上的混血人，其中一個人拿著有黑色鐮刀圖案的紫色旌旗。

帶頭的騎士騎著馬往前走。他拿下頭盔，我認出他就是克羅諾斯，他的眼睛發出金色的熾熱光芒。

安娜貝斯和阿波羅小屋的人畏縮了。被我們追著跑的怪物都加入泰坦巨神的陣線中。克羅諾斯往我們的方向凝視著。雖然他距離我大約有半公里遠，但我發誓看到了他的微笑。

「現在，」我說：「我們撤退。」

泰坦王的手下拔出劍，向我們攻過來。他們騎著骷髏馬，馬蹄敲在人行道上，發出震天的聲響。我們的弓箭手萬箭齊發，射倒了幾個敵軍，但他們仍繼續前進。

「撤退！」我告訴我的朋友們。「我來擋住他們。」

才短短幾秒鐘，泰坦軍隊就朝我發動攻擊。

邁可和他的弓箭手開始撤退，但安娜貝斯留在我旁邊。在我們慢慢往橋上後退時，她拿著刀和那面反射盾牌奮戰抵抗。

克羅諾斯的騎兵把我們包圍住，不斷叫喊、砍殺。泰坦王本人從容前進，彷彿他擁有全世界的時間。身爲時間之神，我想他的確擁有所有的時間。

我儘量只讓他的手下受傷，而不殺死他們。這樣減慢了我的動作，但這些人不是怪物，他們是受到克羅諾斯魔咒影響的混血人。他們戴著戰盔，我看不出來誰是誰，但其中有些人或許曾經是我的朋友。我砍斷他們騎的骷髏馬的腿，這些馬立刻消失不見。在一些混血人從馬上摔下來之後，其他人乾脆跳下馬來跟我對打。

安娜貝斯一直和我肩並肩，朝不同方向作戰。一個黑色的陰影從我頭上飛過，我大膽抬起頭來看。黑傑克和普派俯衝而下，踢中敵人頭盔後飛離，像神風特攻隊一樣。

就在我們幾乎要逃到橋中央時，發生一件怪事。我感覺背脊一股寒意，如同古早諺語所說「有人走在你的墳墓上」的感覺。在我身後，安娜貝斯發出痛苦的叫聲。

「安娜貝斯！」我及時轉身，看到她抓著自己的手臂倒下。一名混血人拿著一把沾滿血跡的刀站在她旁邊。

我立刻明白是怎麼回事。他想要拿刀刺我，從他那把刀的位置來看，也許他純粹是走運，因爲他本來會刺中我背上那一小點，那個我身上唯一的弱點。

而安娜貝斯用自己的身體替我擋下那一刀。

但是爲什麼？她並不知道我的弱點啊！沒人知道。

我和那名混血人對望。戰盔下的那張臉戴了一個眼罩，他是涅梅西絲之子中村伊森。看來他從安朵美達公主號爆炸中生還了。我拿劍柄狠狠往他臉上打去，把他的頭盔都打凹了。

「走開！」我拿劍往空中一揮，把其他混血人從安娜貝斯身邊趕走。「誰都不准碰她！」

「有意思。」克羅諾斯說。

他騎著骷髏馬，一手拿著鐮刀，高高立在我的上方。他瞇著眼睛研究現場情況，彷彿能夠感覺到我離死亡很近，就像野狼能夠嗅出敵人的恐懼一樣。

「波西．傑克森，很英勇嘛，」他說：「現在是你投降的時候了……否則那女孩會死。」

「波西，不可以！」安娜貝斯呻吟著。血已經溼透了她的衣服，我得馬上把她送離這裡。

「黑傑克！」我大叫。

飛馬像光一樣快速俯衝而下，用牙齒緊緊咬住安娜貝斯盔甲上的皮帶。遠在敵人來得及反應之前，他們已經飛入空中，往河的對岸飛去。

克羅諾斯大聲咆哮著：「我很快就會把飛馬煮成湯來喝，不過在此同時……」他從馬背上下來，他的鐮刀在晨曦中閃耀。「再死一個混血人也無妨。」

我用波濤劍擋住他第一次的攻擊，那力量大到撼動了整座橋，但我仍舊牢牢站著。克羅諾斯的微笑也變了。

我大喊一聲，從下面踢中他的腿。他的鐮刀飛掠過人行道。我舉起劍往下刺，但他卻滾到另一邊，重新站穩。鐮刀飛回他的手裡。

「那麼……」他仔細打量我，看起來有點惱怒。「你有勇氣自己去參觀冥河，我卻必須千方百計的向路克施壓，說服他去。要是你能成為我寄宿的身體……但不要緊，我的力量還是比較強大。我是泰坦巨神。」

他用鐮刀柄往橋上一敲，一股力量震得我往後退，連車輛也翻了過去。所有混血人，包括路克的手下，全都被震到橋邊。懸吊纜繩四處飛甩，我被震得一路滑回曼哈頓這頭。

我搖搖擺擺地站起來。其餘的阿波羅小屋學員幾乎都已經跑回大橋的那頭，除了尤邁可。他還蹲在距離我幾公尺外的纜線上。他最後一枝箭已經搭在弦上。

「邁可，快走！」我大叫。

「波西，橋！」他大喊。「橋已經不穩了！」

起先我不懂他的意思，然後我往下看，人行道出現裂縫，一塊塊路面被希臘火藥熔化，這座大橋已經接連承受了克羅諾斯的重擊和砲彈箭的威力。

「把橋弄斷！」邁可大喊：「用你的力量！」

這是個令人絕望的想法，不可能有用的，但我還是拿起波濤劍插在橋上。這把魔法劍的劍身深入柏油路，只留下劍柄在路面上。鹹水從裂縫中冒出，彷彿我擊中了噴泉一樣。我把劍抽出來，裂縫愈來愈大，整座橋開始搖動，然後崩塌碎裂，一塊塊如同房屋大小般的石塊落入東河。克羅諾斯的混血人手下驚慌叫喊，連滾帶爬地向後退，還有些人被震得摔倒。幾秒鐘之內，一道十五公尺長的缺口出現在威廉柏格橋上，就擋在克羅諾斯和我之間。

搖晃停止了。克羅諾斯的手下爬到橋邊，看著石塊從四十公尺高墜入河裡。

我還是覺得不安全。懸吊的纜繩仍然牢牢綁著，夠勇敢的人還是可以走過來。也許克羅諾斯有魔法可以跨越鴻溝。

泰坦王研判著局勢。他看看身後逐漸升起的太陽，然後在斷橋的另一邊微笑著。他舉起鐮刀，嘲弄似的向我敬禮。「傑克森，晚上見。」

他跨上骷髏馬，轉身回布魯克林去了，他的戰士跟在後面。

我回頭想謝謝尤邁可，但是話卻卡在我的喉嚨出不來。大約六公尺遠的地方躺著一把弓，卻看不到那把弓的主人身影。

「不！」我在身邊的斷裂橋面搜尋著，也看看橋下的河水，但是什麼都沒找到。

我生氣沮喪地大吼，聲音在寂靜的清晨中迴盪。我正準備吹口哨叫黑傑克幫我找人，這時我媽借我的手機卻響了，螢幕上顯示是芬根斯坦法律事務所的來電，大概是某個混血人借用別人的手機打給我。

我接起電話，希望聽到好消息。我當然又錯了。

「波西嗎？」瑟琳娜．畢瑞嘉的聲音聽起來像哭過了。「我們在廣場飯店，你最好快點帶著阿波羅小屋的治療師過來。是……是安娜貝斯。」

12 糟糕的約定

我立刻找了阿波羅小屋的威爾．索拉斯跟我一起走，並交代他的兄弟姊妹繼續尋找尤邁可的下落。我們向一位睡著的騎士借了他的山葉重型機車，往廣場飯店疾駛而去，車速快到大概會讓我媽心臟病發。我以前從來沒騎過重型機車，但是並不會比騎飛馬難。

沿路上，我看到很多雕像只剩下基座，上面的雕像都不見了。第二十三號計畫似乎正在進行，不知道這是好是壞。

我們只花五分鐘就到了廣場飯店，這是一棟用白色石磚建成的老式旅館，上面有藍色的山形牆屋頂，坐落在中央公園東南方的轉角處。

就戰略上而言，廣場飯店不是用來當作戰總部的最佳地點。它既不是紐約最高的建築，也不是位在紐約正中央。但是它有那種老式的美感，而且多年來吸引了許多著名的混血人前來，像是披頭四和名導演希區考克，所以我認爲我們有很了不起的人作伴。

我加速越過人行道邊緣，然後急轉彎，在飯店外的噴水池前緊急煞車。

威爾和我立刻從車上跳下來。噴水池上的雕像對我們大喊：「噢，好極了。你們大概也要我幫你們顧車！」

那是一座眞人大小的雕像，站在巨大的水池中央。她全身只有腿上披著青銅做成的布，手裡拿著一籃金屬做成的水果。我以前從來沒注意過她，但話說回來，她以前也從來沒跟我說過話。

「我猜你是狄蜜特？」我問。

一顆青銅做的蘋果從我頭上飛過。

「大家都認爲我是狄蜜特！」她抱怨說：「我是羅馬的豐饒女神龐玻娜[77]，但我又有什麼好讓人關心的？沒有人在乎小神。如果你關心過小神，現在這場仗根本就不會輸！爲夢非斯和黑卡蒂歡呼三聲！」

「顧一下機車吧。」我告訴她。

我和威爾跑向飯店的同時，龐玻娜用拉丁文咒罵著，還朝我們丟更多水果。

其實我從來沒有進來過廣場飯店。它的大廳非常豪華氣派，掛滿水晶吊燈，到處都是昏睡的有錢人，但是我不太注意他們。兩位獵女告訴我們電梯的位置，我們一路搭到頂樓。

頂樓那一層完全被混血人佔據。有些混血營的學員和獵女們累癱在沙發上；有些在浴室清洗；有些撕下絲質窗簾布當繃帶來包紮傷口；有些則從迷你零食吧自行取用點心和飲料。有兩隻灰狼正在喝馬桶裡的水。很高興這麼多朋友活著撐過了這一晚，但是大家看起來都累得不成人形。

「波西！」傑克．梅森拍拍我的肩。「我們接到消息……」

「等等，」我說：「安娜貝斯在哪裡？」

「陽台。她還活著，但是……」

我把他推開。

如果是在其他情況下，我一定會很喜歡從這個陽台望出去的景觀。從這裡可以直接眺望下方的中央公園。這個早晨既晴朗又明亮，很適合野餐或健行，除了和怪物決鬥以外，不管做什麼都好。

安娜貝斯躺在一張休閒椅上。她臉色蒼白，而且臉上滿是斗大的汗珠。她身上雖然裹著毯子，卻還在發抖。瑟琳娜．畢瑞嘉用冰毛巾擦拭她的額頭。

威爾和我推開圍在一旁的雅典娜小屋的人。威爾解開安娜貝斯的繃帶，仔細檢查傷口，我看了幾乎要昏倒。血是止住了，但傷口看起來很深，周圍的皮膚出現可怕的深綠色。

「安娜貝斯……」我哽咽地說不出話來。她替我挨了一刀，我怎麼會讓這種事發生？

「刀子有毒，」她低聲說：「我很笨吧？」

威爾．索拉斯鬆了口氣。「安娜貝斯，你的傷沒那麼糟。我們要是再慢幾分鐘到，麻煩就大了，不過毒液還沒有蔓延過肩膀。躺著就好。誰去拿神飲給我？」

---

77 龐玻娜（Pompona），是羅馬神話中掌管花果豐收的女神，她只出現在羅馬神話中，沒有希臘神話的版本。

我抓了一個水壺來。威爾用神飲清洗安娜貝斯的傷口，我握住她的手。

「噢，」她叫著：「啊！」她緊緊抓住我的手，抓到我手指發紫，但她還是聽威爾的話，躺著不動，而瑟琳娜在旁邊小聲鼓勵她。威爾把銀色軟膏敷在她的傷口上，用古希臘文吟唱對阿波羅的頌歌，然後爲她換上新的綁帶。換好之後，威爾才搖搖晃晃地站起來。治療安娜貝斯一定耗費了他許多精力，他的臉色幾乎跟安娜貝斯一樣蒼白。

「這樣應該沒問題了，」他說：「但是我們還需要更多凡人的補給品。」

他拿了一張旅館裡的便條紙，隨手寫下一些東西，交給一個雅典娜小屋的人。

「第五大道上有家藥局。平常我絕不會去偷……」

「我會。」崔維斯自願幫忙。

威爾瞪著他。「不管你有現金還是古希臘金幣，把錢留在櫃台上，因爲現在是緊急情況。我感覺之後還會有更多人需要治療。」

沒有人不同意他的話。幾乎沒有一個混血人是沒受傷的……除了我以外。

「我們走吧，」崔維斯．史托爾說：「留給安娜貝斯一點空間。我們還有藥局要去搶……我是說要去參觀啦。」

混血人紛紛進到室內。傑克．梅森離開時抓住我的肩膀說：「我們待會兒再談，不過目前情況已經控制住。我用安娜貝斯的盾牌密切注意一切。敵人天亮時已經撤退，但我不知道原因爲何。我們在每座橋和隧道都布下崗哨。」

「老兄，謝了。」我說。

他點點頭。「你慢慢來。」

他離開時把陽台的門關上，留下我跟瑟琳娜和安娜貝斯在一起。

瑟琳娜把一塊冰毛巾壓在安娜貝斯的額頭上。「這一切都是我的錯。」

「不，」安娜貝斯虛弱地說：「瑟琳娜，這怎麼會是你的錯？」

「我在混血營裡從來都不是優秀的學員，」她喃喃自語：「我不像你或波西那麼行。如果我是一個更厲害的戰士……」

她的嘴顫抖著。自從貝肯朵夫死後，她的情況愈來愈糟。每次我看她的時候，都會讓我對貝肯朵夫的死感到非常憤怒。她的表情讓我想到玻璃，感覺她隨時都有可能破掉。我暗自發誓，如果可以揪出害她男朋友賠上性命的間諜，我一定會把那個人丟給歐萊麗女士當作磨牙的玩具。

「你是一個了不起的學員，」我告訴瑟琳娜：「你是我們當中最厲害的飛馬騎士，你跟大家也都相處融洽。相信我，任何一個能跟克蕾莎做朋友的人，一定都天賦異稟。」

她看著我，彷彿我給了她靈感。「就是這個！我們需要阿瑞斯小屋的人，我可以跟克蕾莎談一談。我知道我能說服她幫助我們。」

「哇，瑟琳娜。就算你能離開曼哈頓，但克蕾莎頑固得要命，如果她發起脾氣……」

「拜託啦，」瑟琳娜說：「我可以騎飛馬去。我知道我有辦法回到混血營。讓我試試看。」

我和安娜貝斯交換一下眼神。她微微點個頭。

我不喜歡這個主意。我不認爲瑟琳娜能說服克蕾莎參戰，但另一方面，瑟琳娜現在這麼心神不寧，她只會在戰爭中受傷而已。也許送她回混血營，讓她有個專注的目標也好。

「好吧，」我告訴她：「我想不出還有誰比你更適合去試試看了。」

瑟琳娜張開雙臂抱住我，然後又尷尬地把我推開，看了一下安娜貝斯。「呃，抱歉。波西，謝謝！我不會讓你失望的！」

她離開之後，我跪在安娜貝斯身旁，摸摸她的額頭。她還在發燒。

「你擔心的樣子好可愛，」她低聲說：「眉毛全皺成一團。」

「我還欠你一個人情，你絕對不會死。」我說：「爲什麼你要替我擋那一刀？」

「因爲你也會爲我做同樣的事。」

那倒是眞的，我猜我們都心知肚明。不過，我還是覺得好像有人用冰冷的鐵棍戳了我的心臟一樣。「你是怎麼知道的？」

「知道什麼？」

我環顧四周確認這裡只有我們兩個人，然後我靠近她耳邊悄悄說：「我的阿基里斯弱點。要是你沒有擋下那一刀，我就死定了。」

她眼神恍惚，氣息中有股葡萄的味道，大概是喝了神飲的關係。「波西，我不知道。我只是感覺你有危險。那個點……在哪裡？」

我不該告訴任何人的，但她是安娜貝斯，如果我連她都信不過，那我無法相信任何人。

「在我背上的一個小點。」

她舉起手來。「在哪裡？這裡嗎？」

她把手放在我的脊椎上，我起了雞皮疙瘩。我帶著她的手摸到那個把我跟我並非不死的生命牽繫住的那一點。我全身像有上千瓦電力通過一樣。

「你救了我，」我說：「謝了。」

她把手移開，但我仍緊緊握著。

「你欠我一次。」她有氣無力地說：「還有什麼新鮮事嗎？」

我們看著太陽冉冉升起，高掛在城市上空。現在路上的交通本來應該車水馬龍，卻沒有汽車的喇叭聲，人行道上也沒有熙來攘往的嘈雜聲。

遠處可以聽見汽車防盜器的警報聲在街上迴盪。一團黑煙從哈林區的上方盤旋升起。不知道夢非斯施咒的時候，有多少烤箱正開著？有多少人是晚餐煮到一半就睡著？過不了多久，一定還會有更多火災發生。在紐約的每個人都有生命危險，而大家的性命全都掌握在我們手上。

「你之前問我爲什麼荷米斯會生我的氣……」安娜貝斯說。

「嘿，你需要好好休息……」

「不，我想告訴你。這件事已經煩了我很久。」她動了動肩膀，表情很痛苦。「去年路克來舊金山找我。」

「他親自去？」我感覺像被她用榔頭重重敲了一下。「他去你家找你？」

「這是發生在我們進入迷宮之前的事，在他……」

她結結巴巴的，但我知道她要說的是，在他變成克羅諾斯之前。「他是在以休戰為前提的情況下來的，他說只要跟我談五分鐘就好。波西，他看起來很害怕。他告訴我克羅諾斯要利用他佔領全世界。他說他想逃走，就像以前一樣。他想要我跟他一起走。」

「可是你不信任他？」

「我當然不信任他。我認為那是詭計，而且……很多事情已經變了。我告訴路克這是不可能的事，他很生氣，他說……我最好當場就跟他決鬥，因為那是我最後的機會。」

她的額頭突然又開始冒汗。說出這段往事耗費她太多心力。

「沒關係，」我說：「你要多休息。」

「波西，你不懂。荷米斯說的對。如果我跟他一起走，或許能夠改變他的想法。或者，我當時身上有刀，而路克沒有任何武器，我大可以……」

「殺了他？」我說：「你知道那是不對的。」

她緊緊閉上雙眼。「路克說克羅諾斯會把他當成墊腳石，他就是這麼一字一句跟我說的。克羅諾斯利用路克後，力量變得更加強大。」

「他是這麼做了，」我說：「他已經佔有了路克的身體。」

「但如果路克的身體只是個過渡呢？萬一克羅諾斯想要變得更強而有力呢？我原本可以阻止他，但卻沒有。這場戰爭都是我的錯。」

她的故事讓我覺得好像回到了冥河，慢慢溶化在河裡。我記得去年夏天，雙面神傑納斯[78]警告過安娜貝斯，說她會做出一個重大決定，而這件事發生在她跟路克碰面之後。天神潘也曾對她說過：「你會扮演一個偉大的角色，不過可能和你心裡所想的完全不同。」

我想問她有關荷絲提雅讓我看到的景象，有關她以前跟路克及泰麗雅一起流浪的事。我知道這一定跟我的預言有關，但我不懂到底是什麼關係。

在我鼓起勇氣問她之前，陽台的門打開了。柯納·史托爾走了進來。

「波西。」他看一下安娜貝斯，一副不想在她面前說出壞消息的樣子，但我看得出來，他帶來的消息不會是好事。「歐萊麗女士剛剛跟格羅佛一起回來。我想你最好跟他談談。」

格羅佛在客廳吃零食。他那一身戰鬥服是用樹皮和樹枝綁成的。他身上別著短棍，蘆笛掛在腰上。

狄蜜特小屋的人很快就在飯店廚房做出豪華的自助餐，從披薩到鳳梨口味的冰淇淋等各種食物應有盡有。只可惜格羅佛在啃家具。他已經吃光一張豪華椅子的襯墊，現在開始大嚼

---

[78] 傑納斯（Janus），負責守護天國之門的雙面神。參《迷宮戰場》一四三頁，註[44]。

椅子的扶手。

「老兄，」我說：「我們只是暫時借用這個地方而已。」

「咩！」他吃到滿臉都是椅子的內裡塡充物。「波西，抱歉。只是因爲……這是路易十六時期的家具，美味可口。而且每次吃家具都是在我……」

「都是在你緊張的時候，」我說：「是，我知道。有什麼消息？」

他敲敲自己的羊蹄。「我聽說安娜貝斯的事了。她還……？」

「她會康復的，她正在休息。」

格羅佛深吸了一口氣。「很好。我動員了城裡大部分的自然精靈，反正就是那些至少願意聽我說話的精靈。」他摸摸額頭。「我不知道被橡果打到這麼痛。總之我們盡可能幫忙作戰。」

他告訴我他所看到的小規模戰事。大多發生在上城，我們沒有足夠的混血人可以分派去那裡守衛。地獄犬從各個地方冒出來，在我們的路線進行影子旅行，而樹精靈和羊男已經把牠們打跑了。有隻小火龍出現在哈林區，在牠被打倒之前，有十幾名樹精靈陣亡了。

格羅佛正說著的時候，泰麗雅和她的兩名副隊長走進來。她嚴肅地向我點個頭，先走到外面關心安娜貝斯的狀況，再走進來。她靜靜聽著格羅佛的報告，情況愈來愈糟。

「我們在華盛頓堡壘和巨人作戰時，失去了二十名羊男夥伴，」格羅佛帶著顫抖的聲音說：「我幾乎失去了快一半的族人。水精靈最後把巨人淹死了，但是……」

泰麗雅背起她的弓。「波西，克羅諾斯的大軍在每一座橋樑和隧道集結。克羅諾斯不是唯一參戰的泰坦巨神。我的一名獵女看到有個穿著金色盔甲的高大男人，在澤西海岸檢閱一支軍隊。我不確定他是誰，但他散發出泰坦巨神或天神的力量。」

我記起夢裡見過的金色泰坦神，那個在奧特里斯山上，消失在火焰中的泰坦巨神。

「好極了，」我說：「還有其他好消息嗎？」

泰麗雅聳聳肩。「我們封鎖了通往曼哈頓的地鐵隧道，我手下最會設陷阱的獵女已經布置好了。此外，敵人似乎準備在今晚發動攻擊。我認為路克……」她突然閉嘴，然後才又接著說：「我是說克羅諾斯每晚都需要時間復原。放慢紐約四周的時間耗費了他許多力氣。」

格羅佛點點頭。「他大多數的軍隊也是在晚上比較有力量，但是他們卻會在太陽下山之後收隊。」

我仔細思索著。「好吧，天神那裡有沒有任何消息？」

泰麗雅搖搖頭。「我知道阿蒂蜜絲殿下如果可能的話一定會來這裡，雅典娜也是，但是宙斯命令她們要留在他身邊。我最後一次聽到的消息，是泰風摧毀了俄亥俄河谷。到了中午，他應該就會抵達阿帕拉契山。」

「所以，」我說：「在他抵達這裡之前，我們最多只有兩天的時間。」

傑克．梅森清了清喉嚨。他靜靜站在一旁，一句話都沒說，讓我幾乎忘了他也在房裡。

「波西，還有另一件事，」他說：「克羅諾斯出現在威廉博格橋時，看起來好像早就知道你會去那裡，而且他改變軍隊布局，針對我們最弱的地方。一旦我們有所調動，他就馬上轉變戰略。他幾乎不去接近林肯隧道，因為那裡有厲害的獵女。他總是朝我們最弱的點攻擊，好像知道我們哪裡最不夠力。」

「好像他有內部情報一樣。」我說：「是間諜。」

「什麼間諜？」泰麗雅質問。

我告訴她，克羅諾斯曾給我看過他拿來當聯絡工具用的銀色墜飾。

「任何人都有可能是間諜，」傑克說：「波西下令的時候，大家都在場。」

「可是我們又能怎麼辦？」格羅佛問：「難道要搜查每一個混血人，直到找出那個鐮刀形的銀墜子為止？」

他們全都看著我，等待我的決定。就算事情再絕望，我也不能表現出驚慌的樣子。

「我們繼續作戰，」我說：「我們不能一直想著間諜的事。如果我們開始懷疑彼此，只會讓我們四分五裂。你們昨晚的表現都很了不起，我不可能找到比你們更勇敢的戰士了。我們排班輪流看守，一有機會就先休息，還有漫長的一夜等著我們。」

大家低聲表示贊同。他們各自回去睡覺、吃東西或是修理武器。

「波西，你也一樣。」泰麗雅說：「我們會密切監視敵人的動靜，你去躺著休息一下。我們今晚需要你以最好的狀態作戰。」

我沒跟她爭辯，找了最近的一間臥室，躺在掛著簾幕的床上，倒頭就睡。我以為我會亢奮得睡不著，但我的眼睛幾乎立刻就闔上了。

在夢裡，我看到尼克．帝亞傑羅一個人在黑帝斯的花園裡。他剛在泊瑟芬的花圃中挖一個洞，這一定會讓冥后很不高興。

他倒了一杯酒在洞裡，並且開始吟誦：「讓死者再次嘗到滋味。讓他們復活享用供品。瑪麗亞．帝亞傑羅，請你現身！」

白色煙霧聚集，出現一個人形，但不是尼克的母親。那個女孩有著一頭黑髮、橄欖色的肌膚，身穿阿蒂蜜絲獵女的銀色服裝。

「碧安卡，」尼克說：「可是……」

「尼克，不可以召喚我們的母親，」她警告他：「你唯一不准看的靈魂就是她。」

「爲什麼？」他大聲質問：「我們父親到底隱瞞了什麼？」

「痛苦，」碧安卡說：「憎恨。追溯至大預言的詛咒。」

「你說的是什麼意思？」尼克說：「我一定要知道！」

「知道事實只會傷害你。記住我說過的話：『心懷憤恨是黑帝斯孩子的致命傷。』」

「我知道，」尼克說：「但是，碧安卡，我跟以前不一樣了，不要老是保護我！」

「弟弟，你不懂……」

尼克用手揮開薄霧，碧安卡的人形消散了。

「瑪麗亞．帝亞傑羅，」他又說了一次，「跟我說話！」

出現了另一個不同的影像。這次是一個場景而不是亡靈。在薄霧中，我看到還是小孩子的尼克和碧安卡，他們在一間氣派豪華的旅館大廳嬉戲，繞著大理石圓柱追來追去。

有位女士坐在一旁的沙發上。她穿著黑洋裝，戴著手套，頭上的帽子有黑紗面罩，像四〇年代老電影裡的明星打扮。她的笑容像碧安卡，眼睛像尼克。

坐在她旁邊椅子上的高大男子滿面油光，穿著黑色條紋西裝。我發現這名男子就是黑帝斯，這讓我十分震驚。他傾身靠近女士，一邊說話，一邊不停搓著手，好像非常焦躁不安。

「拜託，親愛的，」他說：「你一定要來冥界。我才不管泊瑟芬怎麼想！在那裡我可以保護你的安全。」

「不，我的愛。」她說話有義大利口音。「在冥界養育我們的孩子？我絕不會這麼做。」

「瑪麗亞，聽我說。歐洲的戰爭已經讓其他天神反對我，預言也已經出來了，我們的孩子不再安全。波塞頓和宙斯都逼我，說我們三人不能再和人類有孩子。」

「但是你已經有了尼克和碧安卡。這當然……」

「不！預言裡警告的是孩子滿十六歲時的事。宙斯命令我交出孩子，說要送到混血營接受適當的訓練，但我知道他眞正的用意。他們會被監視、囚禁，被訓練去反抗他們的父親。更可能的是，宙斯不會冒險，他不會讓我的孩子長到十六歲。他會想盡辦法消滅他們，我不能冒這個險！」

「當然不行，」瑪麗亞說：「我們要團結在一起。宙斯是個笨蛋。」

我不禁欽佩她的勇氣，但黑帝斯緊張地瞄了天花板一眼。「瑪麗亞，拜託。我跟你說，宙斯要我交出孩子的期限是上星期。他生起氣來很可怕，而且我無法永遠把你藏起來。只要你跟孩子在一起，你也一樣有危險。」

瑪麗亞笑笑，看到她笑起來跟她女兒那麼像，讓我全身起雞皮疙瘩。「我的愛，你是天神，你會保護我們，但我絕不會帶著尼克和碧安卡到冥界去。」

黑帝斯雙手糾結。「好吧，還有另一個選擇。我知道在沙漠裡有個地方，那裡的時間完全凝結不動。爲了孩子們的安全，我可以先把他們暫時送去那裡，而我們倆可以在一起。我會替你在冥河邊建造一棟金色的宮殿。」

瑪麗亞輕聲笑了笑。「我的愛，你是一個仁慈又慷慨的人，其他的天神應該要像我一樣看到你的優點，那他們就不會這麼怕你了。可是尼克和碧安卡需要母親在身邊，而且他們還只是孩子，其他天神不會眞的傷害他們。」

「你不了解我的家人。」黑帝斯陰沉地說：「拜託，瑪麗亞，我不能失去你。」

她的手指輕碰他的唇。「你不會失去我。我去拿皮包，你在這裡等我。看著孩子。」

她吻了冥王，然後從沙發上站起來。黑帝斯看著她走上樓梯，臉上露出的表情，彷彿她每走一步，就讓他痛苦萬分。

一分鐘後，他全身緊繃。孩子們似乎也感覺到有事發生而不再玩耍。

「不！」黑帝斯說。但就算是用他天神的力量也晚了一步。在旅館爆炸之前，他只來得及用他黑色的能量在孩子旁邊建出一道牆來保護他們。

爆炸的威力非常驚人，整個薄霧的影像都消失了。等到畫面重新出現時，我看到黑帝斯跪在廢墟裡，抱著瑪麗亞．帝亞傑羅殘破的身軀。火焰在他四周燃燒著。閃電劃過了天空，雷聲轟隆作響。

小尼克和碧安卡茫然地看著他們的母親。復仇女神之一的阿勒卡托在他們身後出現，嘴裡發出嘶嘶聲，不斷拍打著皮翅膀。孩子們似乎沒有注意到她。

「宙斯！」黑帝斯對著天空揮舞拳頭。「我要爲此打爛你！我會把她帶回來！」

「殿下，你不能這麼做。」阿勒卡托警告他：「所有天神都要尊重死亡的律法。」

黑帝斯因爲滿腔怒火而發光。我以爲他會露出眞正的形貌而將他的孩子蒸發，但他最後似乎控制住自己的怒氣。

「把他們帶走。」他止住哭泣，哽咽著告訴阿勒卡托。「帶他們到勒特河[79]，將他們的記憶清洗乾淨，然後送他們到蓮花賭場飯店。在那裡，宙斯傷不了他們一根汗毛。」

「主人，如你所願。」阿勒卡托說：「這女子的軀體呢？」

「也一樣把她帶走，」他痛苦地說：「爲她舉行古代的儀式。」

阿勒卡托、小孩和瑪麗亞的身體消失在陰影中，留下黑帝斯一人在廢墟裡。

「我警告過你了。」一個新的聲音說。

黑帝斯轉過身去。一個穿著五彩繽紛洋裝的女孩，站在還在悶燒的沙發殘骸旁。她有一頭黑色短髮，眼神很悲傷，大概只有十二歲。我不認識她，但她看起來異常面熟。

「你還敢來這裡？」黑帝斯大吼：「我應該把你炸成灰！」

「你辦不到，」女孩說：「因爲有德爾菲[80]的力量保護我。」

我打了個寒顫，這才了解我看到的就是德爾菲的神諭使者。她那時正年輕，也還活著。不知爲何，看到她這樣子比看到她的木乃伊還更讓我毛骨悚然。

「你殺了我深愛的女人！」黑帝斯咆哮著：「是你的預言把我們帶到這個地步！」

他高高聳立在女孩面前，但女孩面不改色。

「宙斯下令要炸死孩子，」她說：「是因爲你違抗了他的命令。我和這件事無關，而且我早就警告你要趕快把他們藏起來。」

「我做不到！瑪麗亞不肯！而且，他們是無辜的。」

「儘管如此，他們是你的孩子，這讓他們具有威脅性。就算你把他們藏在蓮花賭場飯店，也只能拖延問題。尼克和碧安卡永遠無法重返世界，以免他們長到十六歲。」

「就是因爲你那所謂的大預言。你逼我發誓不會再生下其他混血孩子，卻什麼後路都沒留給我！」

---

[79] 勒特河（Lethe），希臘神話中的遺忘之河。參《神火之賊》一九三頁，註[43]。

[80] 德爾菲（Delphi），希臘古鎮，是阿波羅神殿所在地，即阿波羅神諭的發布地點。

「我預見未來發生的事，」女孩說：「但無法改變未來。」

天神的眼裡燃燒著黑色火焰，我知道就要大事不妙了。我想對那女孩大叫，要她趕快躲起來或逃跑。

「那麼，神諭使者，聽清楚黑帝斯的話，」他大聲怒吼著：「或許我無法讓瑪麗亞復活，也不能讓你早死，但你的靈魂仍舊是人類的靈魂，我可以詛咒你。」

女孩的眼睛睜得好大。「你不會……」

「我發誓，」黑帝斯說：「只要我的孩子繼續被放逐流浪，只要我還受著大預言的詛咒之苦，德爾菲的神諭就無法再找到另一個人類宿主。你永遠都無法安享平靜，沒有人能取代你的位置。你的身體會萎縮、死亡，而神諭之靈會禁錮在你的身體內。你會繼續說出痛苦的預言，直到崩裂爲虛無。神諭會隨你一起死亡！」

女孩尖叫著，薄霧影像被炸碎。尼克跪在泊瑟芬的花園裡，因爲驚嚇而一臉慘白。站在他面前的是眞正的黑帝斯，他身穿黑袍高高在上，狠狠怒斥他的兒子。

他問尼克：「你以爲你在做什麼？」

爆炸後的黑色煙霧瀰漫了我的夢。景象變了。

瑞秋．伊莉莎白．戴爾沿著白色的沙灘行走。她穿著泳裝，腰上綁了一件T恤。她的肩膀和臉都被曬傷。

她跪下來，開始用手在岸邊寫字。我想看出她寫些什麼。剛開始我以爲我的閱讀障礙又發作了，後來才發現她寫的是古希臘文。

不可能，這個夢一定是假的。

瑞秋寫完了幾個字，喃喃自語：「到底是什麼？」

我可以讀懂希臘文，但是在海水沖掉之前，我只看出一個字：Περσεύς。那是我的名字：柏修斯。

瑞秋突然站起來，向後倒退。

「噢，天神啊，」她說：「原來是這個意思。」

她轉身就跑，奔向她家的度假屋，身後揚起陣陣沙塵。

她用力踏著前廊階梯，大口喘著氣。她爸爸抬起頭來，目光從手中的《華爾街金融日報》移到她身上。

「爸！」瑞秋大步走到他的面前。「我們一定要回去。」

她爸爸的嘴角抽動一下，像是在努力記起如何微笑似的。「回去？我們才剛到這裡。」

「紐約有麻煩了。波西有危險。」

「他有打電話給你？」

「不……不算是。但我知道，我感覺得到。」

戴爾先生把報紙摺起來。「你媽跟我期待這次度假很久了。」

「不，你們才沒有！你們都討厭海灘！你們只是太頑固，不願承認。」

「好了，瑞秋……」

「我告訴你紐約不對勁！整個城市……我不知道到底發生什麼事，但已經受到攻擊。」

她爸爸嘆口氣。「要真是這樣，我想我們會看到新聞。」

「不對，」瑞秋很堅持，「不是這種攻擊。我們來到這裡後，你有接到任何電話嗎？」

她爸爸眉頭皺了起來。「沒有……不過現在是週末，而且還是夏天。」

「平常整天都會有找你的電話，」瑞秋說：「你得承認是有點奇怪吧。」

她爸爸猶豫了一下。「我們不能就這樣離開。我們花了很多錢。」

「聽著，」瑞秋說：「爸……波西需要我。我必須帶個口信給他。這是攸關生死的訊息。」

「什麼訊息？你到底在說什麼？」

「我不能告訴你。」

「那麼你就不能走。」

瑞秋閉上眼睛像在鼓起勇氣。「爸……讓我去，我可以跟你談條件。」

戴爾先生往前坐。「談條件」正是他最懂的事。「你說，我在聽。」

「關於克萊倫女子學校的事。我……我答應今年秋天會去那裡念書，我不會抱怨，但是你現在必須立刻讓我回紐約。」

他沉默了好一會兒，然後拿起手機打電話。

「道格拉斯嗎？準備飛機。我們要回紐約。對……馬上。」

瑞秋打開雙臂抱著她爸。這似乎讓她爸很詫異，好像他從來沒被女兒抱過一樣。

「爸，我會補償你的！」

他露出微笑，但是他的表情讓人不寒而慄。他端詳他女兒的樣子，不像是在看著女兒，而像是看著一位他想塑造出的年輕淑女……等唸完克萊倫女子學校之後。

「瑞秋，沒錯，」他同意：「你一定會好好補償我。」

景象消失了。我在睡夢中喃喃自語：「瑞秋，不可以！」

我還在翻來覆去時，泰麗雅把我搖醒。

「波西，」她說：「起來吧，已經傍晚了。我們有訪客。」

我坐起身，還有點迷迷糊糊的。這張床太舒服了，我討厭在大白天睡覺。

「訪客？」我說。

泰麗雅嚴肅地點點頭。「有位泰坦巨神舉著休戰旗想見你。克羅諾斯有話託他轉告。」

13 泰坦的禮物

我們在半公里外就看得到那面像足球場一樣大的白旗子，是由一個高約十公尺，藍皮膚、冰灰色頭髮的巨人舉著。

「那是海坡柏里恩人[81]」，泰麗雅說：「是住在最北方的巨人。他們選擇站在克羅諾斯那邊不是好現象。他們向來是愛好和平的。」

「你見過他們？」我說。

「嗯。他們在加拿大艾伯塔省有很大一片聚居地。你不會想跟那些傢伙打雪仗的。」

隨著巨人愈走愈近，我可以看見有三個人類體型的談判代表走在他旁邊。有一個穿著盔甲的混血人、一個穿著黑洋裝並有一頭火焰色頭髮的恩普莎[82]和一個穿燕尾服的高大男子。恩普莎勾著燕尾服男子的手臂，如果不去看她冒火的頭髮和尖牙的話，這兩個人彷彿是正要去看百老匯表演的情侶。

這群人悠閒地走向中央公園內的兒童遊樂場。鞦韆和球場上都空蕩蕩的，沒有半個人。唯一有聲音的地方來自攀岩場的噴水池。

我看著格羅佛。「那個穿燕尾服的傢伙是泰坦巨神？」

他緊張地點點頭。「他看起來像魔術師。我討厭魔術師，他們通常都會帶著兔子。」

我瞪著他看。「你怕兔子？」

「咩……咩！兔子是惡霸。每次都從手無寸鐵的羊男手中搶走芹菜！」

泰麗雅咳了幾聲。

「怎樣啦？」格羅佛問。

「我們以後一定要治治你這個怕兔子的毛病，」我說：「他們來了。」

穿燕尾服的傢伙走向前。他比一般的人類高很多，身高超過兩百公分。他的黑髮在腦後紮成一個馬尾，戴著圓形鏡片的深黑框眼鏡，但真正吸引我注意的是他的臉。他整張臉布滿抓痕，好像是一直受到小動物攻擊，或許是一隻很小很小的黃金鼠。

「波西．傑克森。」他用輕柔的聲音說：「與你見面真是倍感榮幸。」

他的女性朋友恩普莎對我吐舌並發出嘶嘶聲。她大概已經聽說了我去年夏天殺死她兩個姊妹的事。

「親愛的，」燕尾服男子對她說：「你要不要去那裡坐著休息一下？」

恩普莎鬆開他的手，慢慢移到公園長椅上。我瞄了一眼站在燕尾服男子身後那個帶武器

---

81 海坡柏里恩人（Hyperborean），居住在極北方的巨人族。他們不但長壽，而且總是盡情享受生活樂趣。

82 恩普莎（empousai），希臘神話中的女吸血鬼。參《迷宮戰場》四十五頁，註6。

的混血人。他戴著全新頭盔，一開始我還沒認出來，他就是那個想從背後刺我一刀的老朋友中村伊森。在威廉博格橋那一戰，我讓他的鼻子看起來像顆爛蕃茄。這讓我覺得好多了。

「嗨，伊森，」我說：「你看起來氣色不錯。」

伊森狠狠地瞪著我。

「言歸正傳，」燕尾服男子伸出手來。「我是普羅米修斯[83]。」

我驚訝得忘了跟他握手。「你是那個偷火的傢伙？那個被綁在岩石上被禿鷹啄的傢伙？」

普羅米修斯眉頭皺了一下。他摸摸臉上的抓痕。「請不要提到禿鷹。不過你說的沒錯，就是我從天神那裡偷了火，送給你的祖先。而仁慈的宙斯回報我的，卻是把我綁在岩石上，永生永世受盡折磨。」

「可是……」

「你想問我是怎麼得到自由的嗎？海克力士[84]幾千年前救了我，所以你就能了解我對英雄都很心軟。你們有些英雄相當文明。」

「但跟你的朋友不一樣。」我說。

我是看著伊森說的，但普羅米修斯以為我指的是恩普莎。

「喔，其實魔鬼也沒那麼壞，」他說：「只是必須把他們肚子餵飽而已。好了，波西．傑克森，我們來談判吧。」

他揮手要我走到野餐桌前，我們坐了下來。泰麗雅和格羅佛站在我身後。

藍巨人把白旗插在一棵樹旁，心不在焉地在遊樂場上玩了起來。他一踏上體能攀爬架，攀爬架就被他壓扁了。但他似乎沒有生氣，只是皺皺眉說：「喔哦……」然後他踩進噴水池，池子就裂成兩半。「喔哦……」他的腳碰觸過的水面，水立刻結成冰。他的腰帶上繫著很多填充動物玩偶，是那種在遊樂場贏來的大型玩偶。他讓我想起泰森，一想到要和他打仗，就讓我難過。

普羅米修斯往前坐，搓弄著他的手指。他看起來很真誠親切，充滿智慧。「波西，你現在處於弱勢，你知道你阻擋不了另一場攻擊。」

「我們等著看啊。」

普羅米修斯看起來很痛苦，彷彿他真的很關心我會發生什麼事。「波西，我是掌管先知的泰坦巨神，我知道未來會發生什麼事。」

「你也是獻計的泰坦巨神，」格羅佛插進來說：「特別是『詭計』。」

普羅米修斯聳聳肩。「羊男，那倒是真的，但我在上一次戰爭中是支持天神的。我告訴克羅諾斯：『你沒有力量，你會輸。』結果證明我是對的。所以你們可以了解，我知道如何選擇贏家。這一次我力挺克羅諾斯。」

---

83 普羅米修斯（Prometheus），是泰坦巨神之一，曾經偷火送給人類使用。參《神火之賊》一九五頁，註45。

84 海克力士（Hercules），是希臘神話中的大力士英雄。參《神火之賊》一一五頁，註20。

「是因爲宙斯以前把你綁在石頭上？」我猜測。

「有部分原因的確如此，我不否認我想報復，但那不是我支持克羅諾斯的唯一原因，而是因爲這才是明智的選擇。我來這裡是因爲，我想你們可能願意講講道理。」

他用手指在桌上畫了一張地圖。他手指碰到的地方出現金色線條，在水泥平台上發光。「這裡是曼哈頓。我們在這裡、這裡和那裡都部署了軍隊。我們知道你們有多少人。你我雙方的比例懸殊，是一比二十。」

「一直有間諜跟你們通風報信。」我猜說。

普羅米修斯的笑裡帶著歉意。「無論如何，我們的力量與日俱增。今晚克羅諾斯將發動攻擊，你們會被打得落花流水。你們雖然英勇奮戰，但不可能守得住整個曼哈頓。你們會被逼得撤退到帝國大廈，會在那裡被消滅。我已經預見了這一切，這些事情都會發生。」

我想起在夢裡看到瑞秋的那幅畫，畫中有一支大軍站在帝國大廈前。我也記起夢裡那個年輕的神諭女孩所說的：「我預見未來發生的事。我無法改變未來。」普羅米修斯說得如此斬釘截鐵，讓人很難不相信他。

「我不會讓這種事發生。」我說。

普羅米修斯拍掉燕尾服翻領上的灰塵。「波西，你要了解，你現在打的就是一場特洛伊戰爭。歷史將會重演，就跟怪物死了又出現一樣。同樣是嚴重的圍城、兩軍對峙。唯一的不同是，你這次是守衛的角色，你就是特洛伊人。你知道特洛伊人後來的下場吧？」

「這麼說來，你是要把一匹木馬塞進帝國大廈的電梯裡囉？」我說：「祝你好運。」

普羅米修斯微笑著。「波西，整個特洛伊被摧毀殆盡，你不希望紐約也遭遇同樣的事吧？趕快撤退，別再抵抗，紐約就能逃過一劫，你們的半人馬也會得到赦免。我會親自確保你的性命安全。就讓克羅諾斯佔領奧林帕斯吧，誰在乎呢？反正泰風會殲滅所有天神。」

「是喔，」我說：「而且我還應該相信克羅諾斯會放過紐約。」

「他要的只是奧林帕斯。」普羅米修斯向我保證。「天神的力量全繫於他們的王座。你也看到波塞頓在海底宮殿被攻擊的模樣。」

我皺著眉，想起我爸看起來是多麼蒼老虛弱。

「是的，」普羅米修斯哀傷地說：「我知道這對你來說很難受。克羅諾斯毀滅奧林帕斯時，天神都會消逝。他們會變得毫無力量，而且容易被擊敗。克羅諾斯選擇靠泰風把奧林帕斯天神引去西方，這樣比較簡單，也能減少犧牲。但別搞錯了，你現在能做的只是減緩我們的速度，到了後天泰風抵達紐約，你根本一點機會都沒有。天神和奧林帕斯山最後還是會被毀滅，而且下場會更慘，你和你的城市後果也會更不堪設想。無論如何，最後統治天下的還是泰坦巨神。」

泰麗雅握拳用力敲在桌子上。「我追隨阿蒂蜜絲，所有獵女會戰到剩下最後一口氣為止。波西，你不會聽這隻狡猾老狐狸的話吧？」

我以為普羅米修斯會把她炸碎，但他只是笑笑。「你的勇氣令人敬佩，泰麗雅・葛瑞斯。」

泰麗雅全身僵硬。「那是我媽的姓。我不用這個姓。」

「悉聽尊便。」普羅米修斯輕鬆地說，但看得出來，他已經把泰麗雅惹惱了。我以前從來沒聽過泰麗雅的姓。這似乎讓她比較像個平常人，也比較沒那麼神祕、沒那麼有力量。

「不管怎麼說，」泰坦巨神說：「你不需要與我爲敵。我一直都在幫助人類。」

「眞是一團彌諾陶的屎話，」泰麗雅說：「人類第一次獻祭給天神時，你騙他們把最好的部分給你。你給我們火是爲了激怒天神，而不是因爲你關心我們。」

普羅米修斯搖搖頭。「你不懂。我幫助你們形塑了你們的天性。」

他的手裡變出一塊扭擺搖晃的陶土，接著把土捏成一個有手有腳的小娃娃。泥人沒有眼睛，但它繞著桌子摸索前進，跌跌撞撞，碰到普羅米修斯的手指而摔倒。「我從人類存在之初就開始在你們耳邊悄悄低語。我代表你們的好奇心、探索的想法和發明的創造力。波西，讓我拯救你們。你答應投降，我就送給人類一個新禮物，一個跟當年的火一樣能幫助人類往前更進一步的新啓示。在天神的統治下，你們達不到那樣的進步，天神不會允許那樣的發展。但對你們來說，這會是一個新的黃金時代，或是……」他一手握拳，壓扁了泥人。

藍巨人發出嘟噥聲：「喔哦……」在另一頭公園長椅上的恩普莎笑著露出尖牙。

「波西，你也知道泰坦巨神和他們的子孫不全然是壞人，」普羅米修斯說：「你見過卡呂普索啊。」

我臉頰發燙。「那不一樣。」

「怎麼會不一樣？她跟我差不多，沒做錯事，只因爲是阿特拉斯的女兒而被永遠流放。我們不是你的敵人，不要讓最糟的事發生。」他向我請求：「我們向你提出和平協議。」

我看著伊森。「你一定很討厭這樣。」

「我不懂你的意思。」

「如果我們接受了這項條件，你就無法報復，你就沒辦法殺光我們所有的人。報復我們不就是你想要做的嗎？」

他那隻正常的眼睛冒著火。「波西，我要的只是尊重。天神從來不尊重我。你要我去愚蠢的混血營，讓我在荷米斯小屋裡浪費時間，不就是因爲我不重要？我甚至沒有得到認同。」

他的口氣就跟四年前想在混血營森林裡殺了我的路克一模一樣。這段回憶讓當年深淵蠍子刺在我手上的傷口又痛了起來。

「你媽媽是報應女神，」我告訴伊森：「我們應該尊重她嗎？」

「涅梅西絲代表了平衡！一個人好運太多的時候，她便去破壞。」

「所以她才會取走你一隻眼睛？」

「這是報酬，」他咆哮著：「作爲交換。她向我發誓將來有一天我會讓權力平衡，我會替所有位階低的天神爭取到應有的尊重。一隻眼睛的代價並不貴。」

「眞是個好媽媽。」

「至少她說話算話，不像其他奧林帕斯天神。她總是有債就還，不論是好是壞。」

「是啊，」我說：「所以我救了你一命，你卻協助克羅諾斯復活來報答我，眞公平！」

伊森抓起他的劍柄，但普羅米修斯制止了他。

「好了，好了，」泰坦巨神說：「我們是來這裡談判的。」

普羅米修斯仔細端詳我，像是想要理解我的憤怒。然後他點點頭，一副他剛剛從我腦海裡搜索到了一個想法似的。

「路克的遭遇讓你很心煩，」他斷言：「荷絲提雅沒有讓你看到完整的故事。如果你懂的話，或許……」

泰坦巨神伸出手來。

泰麗雅大叫著警告我，在我來得及反應之前，普羅米修斯的食指已經碰到我的額頭。

突然間我回到了梅．凱司特倫的客廳裡。壁爐上的蠟燭火光閃動，映照在沿著牆壁排列的鏡子中。我可以從廚房門口看到泰麗雅坐在餐桌旁，凱司特倫阿姨替她包紮受傷的腿。七歲的安娜貝斯坐在她旁邊，玩著梅杜莎玩偶。

荷米斯和路克站在客廳的兩頭。

天神的臉在燭光下像水波一般晃動，彷彿他無法決定自己想要呈現的樣貌。他穿著一套深藍色的慢跑裝和一雙有翅膀的銳跑球鞋。

「你爲什麼要現在現身？」路克質問。他的肩膀緊繃著，像是準備好大打一架。「這些年來我一直在呼喚你，祈禱你會出現，但什麼都沒有。你把我丟給她。」他指著廚房，像是不願意看到自己的母親，也不願意提到她的名字。

「路克，不可以對她無禮。」荷米斯警告他。「你母親已經盡力做到最好。至於我，我不能干涉你要走的路。天神的孩子必須自己找到方向。」

「所以這一切都是爲了我好。在街上流浪長大，保護自己，對抗怪物？」

「你是我的兒子，」荷米斯說：「我知道你有這個能力。在我還是嬰兒的時候，就從搖籃爬出來，去……」

「我又不是天神！只要一次也好，你說什麼都行，你可以幫助我，當……」他調整了一下呼吸，放低聲音，以免廚房裡的人聽到他的話：「當她發作的時候，她猛力搖著我，說些關於我命運的瘋言瘋語。我以前都躲在衣櫃裡，讓她找不到我，這樣就不會看到她那……發亮的眼睛。我害怕的時候你在乎過嗎？你知不知道我是在什麼時候逃走的？」

廚房裡的凱司特倫阿姨漫無主題地喋喋不休，一邊倒飲料給泰麗雅和安娜貝斯，一邊告訴她們路克小時候的故事。泰麗雅緊張地一直摸著自己包紮好的腿。安娜貝斯往客廳裡偷看，拿起一片烤焦的餅乾給路克瞧，並且用嘴型對他說：「我們可以走了嗎？」

「路克，我非常關心你，」荷米斯慢慢說：「但是天神不能直接涉入人類的事，這是我們的古代律法之一。尤其是當你的命運……」他的聲音漸漸小到聽不到。他凝視著蠟燭，似乎想起不愉快的事。

「什麼？」路克問：「我的命運到底怎麼樣？」

「你不應該回來這裡，」荷米斯低聲說：「這只會讓你們兩人都難過。但是，我看你現在的年紀必須有人幫忙才行，你不能再到處流浪了。我會跟混血營的奇戎說，請他派羊男來帶你們過去。」

「我們不用你幫忙也過得很好！」路克大吼。「好了，你剛才說我的命運怎麼樣？」

荷米斯銳跑球鞋上的翅膀不安地拍動著。他仔細端詳兒子的臉，像是要好好記住他的長相，我突然感到陣陣寒意流竄過全身。我發現荷米斯知道梅．凱司特倫那些喃喃自語的意思。我不確定他是怎麼知道的，但從他的表情我可以很確定他知道。荷米斯知道路克之後會發生什麼事，知道他會變得多麼邪惡。

「我的兒子，」他說：「我是旅行和道路之神，無論我是否知道任何事，我只知道你一定得走自己的路，就算那條路會讓我心碎。」

「你不愛我。」

「我發誓我……我很愛你。去混血營吧，我保證你很快就會得到任務。或許你可以打敗許德拉[85]或是去偷赫斯珀里德斯[86]的金蘋果。你會有機會成為偉大的英雄，在之前……」

「在什麼之前？」路克的聲音現在開始顫抖。「我媽到底看到了什麼，才讓她變成現在這個樣子？我會發生什麼事？如果你愛我，告訴我。」

荷米斯的表情凝重緊繃。「我不能說。」

「那你就是不關心我！」路克大叫。

廚房裡的談話嘎然而止。

「路克，」梅．凱司特倫喊著：「是你嗎？我的寶貝兒子還好嗎？」

路克轉身把臉埋起來，但我看見淚水在他眼眶裡打轉。「我很好，我有了新的家人。我不需要你們兩個。」

「我是你的父親。」荷米斯堅持說。

「父親就應該在家人身旁。我甚至從來沒見過你。泰麗雅、安娜貝斯，我們走吧！」

「我的孩子，別走！」梅．凱司特倫在他身後喊著：「我把你的午餐準備好了！」

路克怒氣沖沖地走出大門，泰麗雅和安娜貝斯急急跟在後面。梅．凱司特倫想追上去，但荷米斯把她拉了回去。

紗門一關上，梅倒在荷米斯的懷裡開始發抖。她張開雙眼，發出綠色的亮光。她絕望地緊緊抓著荷米斯的肩膀。

「我的孩子，」她聲音嘶啞著說：「危險，可怕的命運！」

「我知道，我的愛，」荷米斯悲傷地說：「相信我，我知道。」

---

85 許德拉（Hydra），希臘神話中的九頭蛇怪物。

86 赫斯珀里德斯（Hesperides），守護天后希拉的嫁妝金蘋果園的女神們，有著優美動人的嗓音。

景象消失了。普羅米修斯把手從我額頭上拿開。

「波西？」泰麗雅問：「剛才……發生什麼事了？」

我發現自己渾身是汗。

普羅米修斯同情地點點頭。「眞是令人髮指。可不是嗎？天神知道會發生什麼事，但是卻什麼也不做，即使這事會發生在他們自己孩子身上也一樣。波西．傑克森，他們花了多久時間才把預言內容告訴你？你有沒有想過你父親也知道會有什麼事發生在你身上？」

我震驚得一句話也答不出來。

「波西，」格羅佛警告我：「他在激怒你，想讓你生氣。」

格羅佛可以看出人的情緒，所以他大概知道普羅米修斯的策略成功了。

「你是眞的怪你的朋友路克嗎？」泰坦巨神問我：「那你自己呢？波西，你會被你的命運控制嗎？克羅諾斯給了你更好的條件。」

我握緊拳頭。儘管我非常討厭普羅米修斯讓我看到的事情，但我更恨克羅諾斯。「我給你另外的條件。叫克羅諾斯停止攻擊，離開路克．凱司特倫的身體，滾回塔耳塔洛斯的深淵，那麼我或許就不必去消滅他。」

恩普莎對我咆哮，頭髮冒出熊熊烈火，但普羅米修斯只是嘆口氣。

「如果你改變心意的話，」他說：「我有禮物要送你。」

桌子上出現一個希臘陶罐，大約有九十公分高、三十公分寬，上面有黑白色幾何花紋，陶罐的蓋子用皮帶牢牢綁著。

格羅佛一看到就發出嗚咽聲。

泰麗雅倒抽一口氣。「那不會是……」

「沒錯，」普羅米修斯說：「你認得出這是什麼東西。」

看著這個罐子，我有奇怪的恐懼感，但卻不知道是爲什麼。

「這是我弟妹的東西，」普羅米修斯解釋。「我弟妹叫做潘朵拉[87]。」

有東西哽在我的喉嚨裡。「這就像是潘朵拉的盒子？」

普羅米修斯搖搖頭。「眞不知道盒子的說法到底是怎麼開始的，這從來就不是個盒子，這是個陶罐，裝東西用的罐子。我猜可能是『潘朵拉的罐子』聽起來沒有同樣的感覺，但別管這麼多了。沒錯，潘朵拉打開了罐子，裡面裝了現在糾纏著人類的大多數怪物，像是恐懼、死亡、飢餓、疾病等等。」

「你別把我忘了。」恩普莎在一旁說著。

「的確。」普羅米修斯同意。「第一隻恩普莎也被關在這罐子裡，後來被潘朵拉放出來。」

---

87 潘朵拉（Pandora），傳說是宙斯用黏土做的第一個女人。她因為一時好奇，打開了天神送給她的盒子，釋放出貪婪、嫉妒、痛苦等等不好的慾念給人類，而唯一留存在盒子裡沒被放走的則是「希望」。

但我覺得這個故事讓人好奇的地方是，爲什麼被罵的總是潘朵拉？她只不過因爲好奇而受罰。其實天神就是要你們相信，人類不該去探索，不應該問問題，只能一個口令、一個動作，這就是這個故事的教訓。事實上，這個罐子是宙斯和其他天神所設計的陷阱，用來報復我和我的家人，就是我那可憐的弟弟艾比米修斯88和他太太潘朵拉。天神知道潘朵拉一定會把罐子打開，他們要全人類和我們一起受罰。」

我想到我夢中的黑帝斯和瑪麗亞．帝亞傑羅。宙斯摧毀了一整棟旅館，只是要消滅兩個混血人小孩，只是要保護自己，因爲他害怕那個預言。他殺了一個無辜的女子，八成不會因此而無法入睡。黑帝斯也好不到哪裡去，他的力量不足以直接報復宙斯，所以他詛咒神諭，讓一名年輕女孩遭逢可怕的命運。至於荷米斯……爲什麼他要拋棄路克？爲什麼他不至少警告一下路克，或是好好養育他，不讓他變壞？

或許普羅米修斯是在操弄我的想法。

但如果他是對的呢？我心裡有這樣的聲音。天神又會比泰坦巨神好嗎？

普羅米修斯拍拍潘朵拉陶罐的蓋子。「潘朵拉打開罐子時，裡面只留下了一個精靈。」

「希望。」我說。

普羅米修斯看來很滿意我的答案。「波西，很好。希望精靈艾碧思89不會放棄人性，『希望』沒有得到允許就不會離開。只有人類的孩子才能釋放她。」

泰坦神把罐子推過來。

「我把這罐子送給你，提醒你天神是什麼德性，」他說：「如果你要的話，留著艾碧思。但如果你覺得已經看了夠多的毀滅和無謂的犧牲，就打開罐子，讓艾碧思走，放棄希望，我就會知道你投降了。我保證克羅諾斯會寬容仁慈，饒恕所有倖存者的性命。」

我盯著罐子看，有種非常不好的感覺。

我猜潘朵拉一定像我一樣患有注意力不足過動症。我從來都沒有辦法不去碰東西。我不喜歡被誘惑。如果這就是我的選擇怎麼辦？或許預言說的就是關於我要讓罐子繼續關閉或是打開這件事。

「我不要這個東西。」我大吼。

「太遲了。」普羅米修斯說：「送出去的禮物不能收回。」

他站起來。恩普莎走過來勾著他的手。

「莫瑞恩！」普羅米修斯叫著藍巨人。「我們要走了，把你的旗子拿著。」

「喔哦……」巨人說。

「波西．傑克森，我們很快會再看到你，」普羅米修斯保證著：「不論是用哪種方法，都

---

88 艾比米修斯（Epimetheus），普羅米修斯的弟弟。宙斯為了懲罰普羅米修斯偷火給人類使用，故意將絕世美女潘朵拉嫁給艾比米修斯為妻，並送給她一個精緻的盒子做嫁妝，囑咐她千萬不可以打開。艾比米修斯不聽哥哥的勸告，娶了潘多拉，後來潘朵拉果然打開了盒子，災難因而降臨人間。

89 艾碧思（Elpis），代表「希望」的精靈。宙斯把她和其他邪惡的精靈一起放入盒中送給潘朵拉。

一定會見到。」

伊森輕蔑地看了我最後一眼。休戰談判團轉了身，悠閒地走向穿越中央公園的步道，彷彿今天是一個晴朗且平常的週日午後。

14 飛天豬

回到廣場飯店，泰麗雅把我拉到裡面。「普羅米修斯讓你看了什麼？」

雖然我很不想說，但我還是告訴她我看到在梅．凱司特倫家裡發生的事。泰麗雅搓著大腿，像是在回憶那個舊傷。

「那一晚很慘，」她承認說：「安娜貝斯還這麼小，我不認爲她眞的了解自己看到的事。她只知道路克很難過而已。」

我從飯店窗戶往外凝視著中央公園。北邊有零星的火光燃燒，但除此之外，紐約似乎平靜得十分不自然。「你知道梅．凱司特倫到底出了什麼事嗎？我是說……」

「我知道你的意思，」泰麗雅說：「我從來沒看過她……嗯……發作，但路克告訴過我她眼睛會發亮，嘴裡說著詭異的事。他要我發誓永遠不可以告訴任何人。我不知道爲什麼會這樣，但如果路克知道的話，他也從來沒跟我說過。」

「荷米斯知道原因，」我說：「有個原因讓梅看到路克一部分的未來。荷米斯知道路克的未來，知道他將如何變成克羅諾斯。」

泰麗雅皺起眉頭。「這一點你不能確定。波西，你要記住普羅米修斯在操控你的所見，用最壞的角度讓你看到過去發生的事。荷米斯的確很愛路克，我光看他的臉就知道。荷米斯那晚會出現，就是因爲他去探視梅。他並不壞。」

「不過他還是不對，」我很堅持，「路克那時候只是個小孩子。荷米斯從來沒幫過他，也沒阻止他逃家。」

泰麗雅背起她的弓。她現在因爲停止老化而變得比以前更加強壯，這一點再次讓我感到驚訝。你幾乎可以看到她全身散發出銀色光芒，那是來自阿蒂蜜絲的保佑。

「波西，」她說：「你不可以開始同情路克。我們每個人都有困難需要面對處理，所有混血人都一樣，我們的父母幾乎都不在我們身邊。但是路克做出不好的選擇，沒有人逼他這麼做。事實上……」

她往大廳盡頭看過去，確定這裡只有我們而已。「我很擔心安娜貝斯。如果她在打仗時必須與路克面對面，我不知道她是否應付得來。她對他總是心腸很軟。」

我身上的血液往臉上衝。「她絕對沒問題。」

「我不知道。經過那一晚，在我們離開他媽媽家以後，路克就不一樣了。他變得橫衝直撞，心情起伏不定，像是要證明些什麼。等格羅佛找到我們，要帶我們去混血營時……我們會有這麼多麻煩的原因之一，就是路克太不小心，他想要跟碰上的每個怪物決鬥。安娜貝斯不覺得這是問題，路克是她的英雄。她只知道路克的父母讓他傷心，所以她變得非常袒護他，還是一直替他說話。我要說的是，你不要落入同樣的圈套。路克現在已經把自己給了克羅諾斯，我們沒辦法對他心軟。」

我往外遠望哈林區的火光，不知有多少熟睡的人類正因路克的錯誤選擇而身陷危險。

「你說的對。」我說。

泰麗雅拍拍我的肩。「我去看看獵女們的狀況，然後在夜晚來臨之前再多睡一會。你應該也去睡一下。」

「我現在最不需要的就是做夢。」

「我懂，相信我。」她陰沉的表情讓我猜想她不知道曾夢見什麼。我們混血人都有這種毛病，愈是危急的時刻，就愈容易做惡夢。「不過，波西，現在看不出來你之後還有沒有休息的機會。這會是漫長的一夜，或許也是我們的最後一夜。」

我不喜歡這個想法，但我明白她說的沒錯。我無力地點點頭，把潘朵拉的罐子交給她。「幫我一個忙。把這玩意鎖在飯店的保險箱好嗎？我對陶罐過敏。」

泰麗雅微笑。「沒問題。」

我找了最近的一張床，倒頭昏睡。當然，這一覺又給我帶來更多惡夢。

我看到我爸的海底宮殿。敵軍現在愈來愈接近，就在宮殿幾十公尺外的地方挖起壕溝。堡壘的城牆已經完全被摧毀。我爸之前用來當作總部的神廟已經被希臘火藥炸得燃燒起來。

我往武器室仔細看過去，我弟弟和一些獨眼巨人正在吃午餐，他們從大罐子裡挖出超大顆粒的花生醬來吃（別問我在水裡吃花生醬是什麼感覺，因爲我不想知道）。我看著他們的時候，武器室的外牆爆炸了，一個獨眼巨人士兵跌跌撞撞走進來，倒在午餐桌上。泰森跪下來幫忙，但是太遲了。這個獨眼巨人已經消散爲海底淤泥。

敵軍的巨人朝爆炸造成的空隙前進，泰森撿起已死士兵的棍子，向其他鐵匠高喊……我猜他大概是說：「爲波塞頓而戰！」但從他滿是花生醬的嘴裡聽起來像是：「波塔碰！」他的同伴紛紛抓起榔頭和鑿子，跟在泰森後面衝向戰場。

然後場景換了。我跟伊森一起在敵軍陣營裡。我所看到的景象讓我顫抖，部分原因是敵軍規模大得嚇人，另一部分是因爲我知道這是哪裡。

我們在紐澤西郊外一條荒廢的路上，兩旁盡是倒閉的商店和破損不堪的招牌。擺滿水泥雕像的大廣場周圍是破爛的籬笆。倉庫上招牌的字很難讀懂，因爲是用紅色藝術字體寫成，但我知道上面寫的是：米耶阿姨的花園小矮人藝品店。

我好幾年沒有想起這個地方了。顯然這裡已經被遺棄，水泥雕像不是破碎就是被噴漆塗鴉，變成雕像的格羅佛叔叔斐迪南還少了一隻手臂。倉庫的一部分屋頂已經崩塌，一塊大大的黃色看板貼在門上，上面寫著：「詛咒之地」。

建築物的四周布滿上百個帳棚和火堆。我看到的大部分都是怪物，但其中也有一些穿著戰鬥服裝的人類傭兵和身穿盔甲的混血人。商店外面掛了一條紫黑相間的旗幟，門口有兩名巨大的藍色海坡柏里恩人看守著。

伊森蹲坐在最靠近商店的營火旁，另外有兩名混血人和他坐在一起，正磨著劍。倉庫門打開，普羅米修斯走到屋外。

「伊森，」他喊著：「主人想跟你說話。」

伊森謹慎地站起來。「有什麼問題嗎？」

普羅米修斯微笑。「你得自己問他。」

旁邊一名混血人竊笑著說：「很高興認識你。」

伊森重新調整自己的劍帶，往倉庫走去。

除了屋頂有破洞之外，這裡跟我記得的沒什麼兩樣。倉庫裡擺放著滿臉驚恐、尖叫到一半就被變成石頭的人類雕像，不過零食區的野餐桌已經被堆放到一旁，汽水機和脆餅加熱機中間擺著一張金色王座，克羅諾斯舒服地坐在上面，鐮刀放在他大腿上。他穿著T恤和牛仔褲，眉頭深鎖的表情讓他看起來就像人類一樣，很像那個請求荷米斯告訴他未來命運的年輕版路克。路克看見伊森，臉又扭曲起來，冒出非常不像人類的笑容。他金色的眼睛發著光。

「嗯，伊森，你覺得這次的談判任務如何？」

伊森遲疑了一下。「我相信普羅米修斯大人比我更適合談……」

「但我是在問你。」

伊森那隻完好的眼睛向前後掃視，留意著站在克羅諾斯身邊的守衛。「我……我不認為傑克森會投降，絕對不會。」

克羅諾斯點點頭。「你還有沒有別的事要告訴我？」

「主人，沒有。」

「伊森，你看起來很緊張。」

「不，主人。只是……我聽說這裡以前是那個巢穴……」

「你是說梅杜莎？對，這裡以前是她的地盤沒錯。很漂亮的地方吧？可惜，梅杜莎自從被傑克森殺了之後，到現在還沒恢復成形，所以你不用擔心會變成她的收藏品。何況，這間屋子裡還有更危險的力量。」

克羅諾斯看著一個正在大口嚼著薯條的勒斯岡巨人。克羅諾斯手一揮，巨人就僵住了，一根薯條還掛在他的手和嘴巴之間。

「你有能力凍結時間的話，」克羅諾斯問：「又何必把他們變成石頭？」

他金色眼睛直視著伊森。「好了，再告訴我一件事。昨晚在威廉博格橋發生了什麼事？」

伊森在發抖，前額冒出斗大的汗珠。「主人，我……我不知道。」

「不，你知道。」克羅諾斯從王座上站起來。「你攻擊傑克森的時候，發生了一件不太對勁的事。那個女孩安娜貝斯跳過來擋住你的攻擊。」

「她想救他。」

「但他是刀槍不入之身，」克羅諾斯靜靜地說：「你自己也看到了。」

「我無法解釋，說不定她忘了。」

「她忘了，」克羅諾斯說：「對，她一定是忘了。『噢，老天，我忘了我朋友是刀槍不入之身，還替他挨了一刀，糟糕。』伊森，告訴我，你往傑克森身上刺的時候瞄準哪裡？」

伊森皺著眉頭，他手裡像有劍一樣緊緊握住，假裝用力一揮。「主人，我不知道，事情發生得太快，我沒有特別瞄準某個地方攻擊。」

克羅諾斯的手指輕敲著鐮刀的刀鋒。「我了解了。」他的語氣令人不寒而慄。「等你的記憶改善後，我希望……」

泰坦巨神突然露出痛苦的神情。角落裡的巨人已經解凍，薯條掉進他的嘴裡。克羅諾斯踉蹌往後，癱倒在王座上。

「主人？」伊森走向前去察看。

「我……」聲音很微弱，但有那麼一刻是路克的聲音。克羅諾斯的表情嚴肅起來，他舉起手，慢慢伸展他的手指，彷彿在逼手指聽他使喚。

「沒事。」他說，聲音又恢復之前的剛硬冰冷。「一點點不舒服而已。」

伊森咬咬嘴唇。「他是不是還在反抗您？路克他……」

「胡說，」克羅諾斯惡狠狠地說：「你敢再說一次謊話，小心我把你的舌頭割掉。那個男孩的靈魂已經被消滅了，我只是還在適應這個身體的體力極限。這個身體需要休息，雖然煩人，但只不過是短暫的不方便而已。」

「您……說的是，主人。」

「你！」克羅諾斯用鐮刀指著一個穿綠盔甲、戴綠皇冠的龍女。「你叫做賽絲女王？」

「是的，主人。」

「我們的小驚喜是否已經準備好放出來了？」

龍女露出她的利牙。「噢，嘶……是的，主人，是一個非常可愛的小驚喜，嘶……」

「好極了！」克羅諾斯說：「告訴我弟弟海波利昂[90]把主要兵力往南移到中央公園。混血人現在四處分散，無法自我防衛。伊森，去吧，繼續努力改善你的記憶。等我們佔領曼哈頓之後再來談。」

伊森彎腰敬禮。我的夢境又變了。我看見混血營的主屋，不過年代截然不同。主屋漆的是紅色而非藍色的油漆。排球場上的學員有著九〇年代早期的髮型，留這種頭髮大概可以讓怪物躲得遠遠的。

奇戎站在前廊旁邊，跟荷米斯及一個抱著娃娃的女子說話。奇戎的頭髮比現在短，顏色也比較深。荷米斯穿著他平常的慢跑服和那雙有翅膀的跑鞋。那名女子身材高挑，長得很漂亮。她有一頭金髮、閃亮的眼睛及和藹的笑容。她懷裡的嬰兒在藍色襁褓中動來動去，彷彿很不願意來到混血營似的。

「你能來這裡是我們的榮幸。」奇戎對這名女子說，聲音聽起來很緊張。「混血營已經很久沒有准許人類進入了。」

「別鼓勵她，」荷米斯抱怨：「梅，你不能這麼做。」

我嚇了一跳。我認出這個女子就是梅．凱司特倫，她和我看過的那個老婦人完全不像。她看起來充滿活力，是那種愛笑、可以讓周圍的人感到愉悅的人。

「噢，別太擔心！」梅邊說邊搖著寶寶。「你們需要一個神諭宿主，不是嗎？那個老的已經死了……多久？二十年嗎？」

「更久。」奇戎嚴肅地說。

荷米斯氣急敗壞地舉起手。「我告訴你那個故事，並不是要讓你請求擔任這個工作。這很危險。奇戎，說給她聽。」

「是很危險，」奇戎警告她：「多年來，我一直禁止任何人嘗試。我們不知道到底發生了什麼事。人類似乎失去了成為神諭宿主的能力。」

「我們已經討論過了，」梅說：「我知道我做得到。荷米斯，這是我做好事的機會。我被賦予這樣的天賦，一定是有原因的。」

我想對著梅．凱司特倫大叫，要她別嘗試，我知道之後會發生什麼事。我終於了解她的生活是如何被毀掉的，但我既動不了，也無法說話。

荷米斯的表情與其說是擔憂，不如說是受傷。「如果你變成神諭宿主，你就無法結婚，」他抱怨著：「你再也看不到我了。」

---

⑨⓪ 海波利昂（Hyperion），泰坦十二巨神之一，掌管光明的神。

梅把手放在荷米斯的手臂上。「我不能永遠擁有你吧？你很快就會再找到下一個戀人。你是不死之身。」

他正準備抗議，但她把手放在他的胸膛上。「你知道我說的是事實！不必太在意我的感受，而且，我們有一個可愛的孩子。如果我成爲神諭，我還是可以撫養路克吧？」

奇戎咳了幾聲。「可以。但憑良心說，我不確定這會不會影響神諭之靈。一個生育過孩子的女性，就我所知，以前從沒有這樣的女性擔任神諭使者。如果神諭之靈不接受……」

「一定可以的。」梅堅信。

「不，」我想要大叫：「不會接受。」

梅．凱司特倫親吻了她的孩子，把他交給荷米斯。「我馬上回來。」

她看了他們最後一眼，露出自信的笑容，爬上樓梯。

奇戎和荷米斯靜靜地來回踱步，嬰兒不安分地動來動去。

主屋窗戶亮起一道綠光。學員不打排球了，通通朝閣樓望去。一陣寒風吹過草莓園。

荷米斯一定也感覺到了。他大喊：「不！不可以！」

他把嬰兒塞進奇戎懷裡，往門廊跑去。在他碰到門之前，這個晴朗的午後已經被梅．凱司特倫的可怕尖叫聲震碎了。

我猛然坐起身來，腦袋撞到不知道是誰的盾牌。

「噢！」

「波西，抱歉。」安娜貝斯站在我面前。「我正要叫醒你。」

我摸摸頭，試著釐清那令人不安的景象。突然間，我明白了許多事情。梅．凱司特倫想成為神諭，她不知道黑帝斯不讓德爾菲神諭更換宿主的詛咒。就連奇戎和荷米斯也不知道。他們不知道嘗試做這份工作會讓梅發瘋，會讓她的眼睛三不五時發出綠色光芒，而且也粉碎了孩子的未來。

「波西？」安娜貝斯問：「怎麼了？」

「沒事。」我說謊。「你……穿著盔甲做什麼？你應該休息才對。」

「喔，我沒事。」她說。不過她的臉色還是很蒼白，而且幾乎無法移動她的右手。「神飲和神食讓我復原了。」

「嗯。你真的不能出去作戰。」

她用沒受傷的手要拉我起來。我的頭還在痛。屋外的天空仍舊是紫紅色一片。

「你現在需要每個人都能作戰，」她說：「我剛剛看了我的盾牌。有支軍隊……」

「往南進入中央公園？」我說：「對，我知道。」

我把一部分的夢境告訴她。我沒跟她說梅．凱司特倫的事，因為談起來讓人很不舒服。我也沒提伊森猜測路克還在自己體內反抗克羅諾斯，我不想讓安娜貝斯抱著太大的希望。

「你想伊森有懷疑你的弱點在哪裡嗎？」她問。

「我不知道。」我承認。「他沒有把所有事都告訴克羅諾斯，但如果他看穿了的話……」

「我們不能讓他看穿。」

「那我下一次會好好用力打他的頭。」我提議。「對於克羅諾斯所說的驚喜，你有沒有任何想法？」

她搖搖頭。「我在盾牌裡什麼都沒看到，但我不喜歡驚喜。」

「我也是。」

「那麼，」她說：「你還要繼續跟我爭執我是不是可以一起去？」

「不了，我才剛被你打。」

她勉強大笑，聽到她的笑聲讓我安心許多。我抓起劍，和她一起去召集戰士。

泰麗雅和資深指導員在中央公園的人工湖等我們。城裡的燈光在暮色中明滅閃爍，我猜許多燈亮著是因爲設有自動定時器。湖畔街燈都亮了起來，讓湖面和樹林顯得更陰森詭異。

「他們來了。」泰麗雅用銀色的箭指著北方。「我手下一名偵查員剛才回報說，敵軍已經過了哈林河。我們不可能抵擋得了他們，敵軍……」她聳聳肩說：「陣容非常龐大。」

「我們會在公園裡擋住他們，」我說：「格羅佛，你準備好了嗎？」

他點點頭。「一切都準備好了。如果說我們自然精靈能阻止他們，那就是在這裡啦。」

「沒錯，我們會阻止他們！」旁邊傳來另一個聲音。一位年紀很大又很肥的羊男推開人群走了過來，還被自己的長槍絆倒。他穿著用樹皮做成的盔甲，那只能蓋住他半個肚子。

「雷納斯？」我說。

「別一副吃驚的樣子，」他不高興地說：「我可是羊男長老會的領袖。你也有叫我去找格羅佛，你看，我找到他了。我可不會讓一個被流放的羊男在沒有我的幫助之下，率領著羊男們作戰！」

格羅佛在雷納斯背後做出搞笑動作，但這位老羊男笑得彷彿他才是救世主似的。「不用害怕！我們會讓那些泰坦巨神好看！」

我不知道該笑還是該生氣才好，但是我故意繃著臉。「嗯……沒錯。格羅佛，你現在不必單打獨鬥了，安娜貝斯及雅典娜小屋的人會鎮守在這兒。至於我……嗯，泰麗雅？」

她拍拍我的肩。「不用多說。獵女們已經準備就緒。」

我看著其他的資深指導員。「你們其他人的工作也一樣重要。你們必須守住其他通往曼哈頓的入口。你們知道克羅諾斯有多麼狡猾，他希望用這支大軍分散我們的注意力，然後派另一支軍隊從別的地方偷溜進來。這一切會不會發生就全靠你們了。每一間小屋是不是都選定了要守衛的橋或隧道？」

資深指導員們嚴肅地點點頭。

「上戰場吧，」我說：「祝各位狩獵愉快！」

在看到大軍出現之前，我們就已經先聽到他們的聲音。

那股嘈雜聲像齊射的大砲夾雜著美式足球場的群眾吶喊，有如新英格蘭愛國者球隊的球迷背著火箭筒朝我們衝過來。

在人工湖北邊的盡頭，敵軍的先遣部隊已經穿過樹林而來，一名穿著金色盔甲的戰士，率領一支個個手拿巨大銅斧的勒斯岡巨人軍團。其他上百個怪物緊跟著他們湧入。

「就定位！」安娜貝斯大喊。

她小屋的學員們急忙散開。這個計畫是要讓敵軍在人工湖兩旁分散開來。敵軍想到我們這裡，必須沿步道前進，這就表示他們的隊伍會從湖的兩邊分成又直又窄的行列向前移動。

起先這個計畫似乎管用，敵軍分散開，沿著湖岸向我們衝來。等他們過到一半時，我們就發動攻擊。裝設在慢跑步道上的希臘火藥爆炸了，立刻將許多怪物燒成灰燼。其他怪物則四處滾動，被綠色火焰團團包圍。雅典娜小屋的學員圍住最高大的巨人，向他們丟擲鉤爪，把他們拉倒在地上。

在右邊的樹林裡，獵女朝敵軍發射一支支銀箭，射死了二、三十個龍女，但是後頭還有更多怪物前仆後繼而來。一顆閃電火球在空中爆炸，把一個勒斯岡巨人炸成灰燼。我知道這一定是泰麗雅在發揮她身為宙斯之女的本事。

格羅佛拿起蘆笛，吹出簡短的音符。兩邊的樹林裡傳出轟隆聲響，大樹、岩石和灌木似乎都生出各自的精靈。樹精靈和羊男都舉起棍子往前衝。樹木將怪物緊緊纏住，把他們勒死。敵軍弓箭手的腳邊長出青草。石頭飛起來，打中龍女的臉。

敵軍步履維艱地向前行進。巨人邊走邊搗毀樹木，水精靈也因爲生命泉源被摧毀而消失不見。地獄犬撲向獵女的大灰狼，把牠們撞倒在一旁。敵軍的弓箭手發出火焰箭回敬我們，一名獵女從高高的樹枝上摔落。

「波西！」安娜貝斯抓住我的手臂，指著人工湖要我看。穿著金色盔甲的泰坦巨神不等他的軍隊繞湖完畢，就直接從湖面上朝我們而來。

一顆希臘火藥彈在他頭頂上爆開，但他舉起手，吸掉了空中的火焰。

「是海波利昂，」安娜貝斯讚歎地說：「這是掌管東方與光明的泰坦巨神。」

「很糟嗎？」我猜。

「他是很厲害的泰坦戰士，僅次於阿特拉斯。在古代，有四名泰坦巨神掌管世界的四個方位。海波利昂管東邊，是其中力量最強大的神。他也是第一位太陽神赫利歐斯[91]的父親。」

「我會讓他忙得不可開交。」我保證。

「波西，即使是你，也不能……」

「你只要把我們的軍力集中在一起就好。」

我們布局在人工湖是有原因的。我把注意力集中在湖水上，感覺到水的力量在我全身上

---

[91] 赫利歐斯（Helios），在阿波羅之前的太陽神，是泰坦巨神的後代。參《泰坦魔咒》八十五頁，註[17]。

下流竄著。

我跑在水面上，向海波利昂逼近。「嘿，老兄，你那套我也會！」

大約在六公尺外，海波利昂舉起劍來。他的眼睛就像我在夢裡看到的——跟克羅諾斯的眼睛一樣，都是金色的。但是他的卻明亮許多，宛如縮小版的太陽。

「海神的小鬼，」他饒富興味地說：「你就是那個把阿特拉斯又騙去頂天的兔崽子？」

「那一點都不難，」我說：「你們這些泰坦巨神的腦袋，大概跟我的運動襪一樣靈光。」

海波利昂怒吼著：「好，你要『光』是吧？」

他的身體發出一道光和熱氣。我別過頭去，但強烈熾熱的光芒讓我睜不開眼。

我及時發揮本能地舉起波濤劍。海波利昂的劍和我的劍相碰，撞擊力在湖面上激起了三公尺高的水花。

我的眼睛還是覺得灼熱，我必須滅掉他的光才行。

我將注意力集中，逼使一股浪潮逆向。在這股浪與其他浪潮相撞前，我跳上一道水柱。

「啊！」激起的這道浪直接打中海波利昂，讓他墜入湖裡。他的光芒熄滅了。

我降落在湖面上，海波利昂掙扎著站起來。他的金色盔甲不斷滴水，眼睛雖不再發光，卻仍舊充滿殺氣。

「傑克森，我會燒死你！」他狂吼大叫。

我們的劍又再次碰撞，空氣裡充滿臭氧的味道。

四周的戰事仍舊激烈進行。在右邊，安娜貝斯率領她的兄弟姊妹進行攻擊；左邊，格羅佛和他的自然精靈同伴重新集結，用樹叢和雜草將敵人纏繞起來。

「遊戲玩夠了，」海波利昂對我說：「我們到陸地上去打。」

我正要說些像是「才不要」之類的俏皮話時，泰坦巨神大叫一聲。一面高牆般的力量從空中撲向我，就跟克羅諾斯之前在橋上耍的詭計一樣。我倒滑了兩百多公尺，直接撞上陸地。要不是因爲剛獲得刀槍不入的能力，我的骨頭早就撞斷了。

我站起來，抱怨著說：「我眞的很討厭你們泰坦巨神這套。」

海波利昂以閃電般的速度逼近我。

我把注意力集中在湖水，從中汲取力量。

海波利昂發動攻擊。他的力量大，動作又快，但似乎不知道該重擊何處。他腳邊的土地不斷起火，但我快速把火熄滅。

「住手！」泰坦巨神怒吼。「停止那道風！」

我不確定他是什麼意思。我忙著作戰，無暇顧及其他。

海波利昂整個人搖搖晃晃，像是被人推開一樣。湖水噴向他的臉、刺中他的眼睛。風又再度吹起，海波利昂踉蹌後退。

「波西！」格羅佛驚訝地叫我。「你是怎麼做到的？」

「做什麼？」我心裡納悶。

我低頭一看，發現我就站在自己引起的龍捲風中。蒸氣雲在我四周旋繞著，風力之強，不但打得海波利昂東倒西歪，還讓半徑十幾公尺內的草都躺平了。敵軍對著我扔擲標槍，但暴風把武器通通吹到一邊。

「讚，」我低聲說：「但是還要再來一點！」

我四周不時發出閃電。雲層變暗，雨加快旋轉。我靠近海波利昂，把他吹倒。

「波西！」格羅佛又叫了我。「把他帶過來！」

我又砍又戳，完全交給我的反射動作掌控。海波利昂幾乎保護不了自己。他的眼睛試圖發光，但龍捲風吹熄了他的火焰。

不過我不可能永遠維持這樣的暴風，我可以感覺到自己的力量正在變弱。我發出最後一擊，把海波利昂推向草地的另一頭，格羅佛就等在那裡。

「我絕不允許被這樣玩弄！」海波利昂生氣吼叫。

他想要再站起來，但格羅佛把蘆笛放在嘴邊開始吹奏，雷納斯也跟著他一起吹，樹林周圍的每個羊男都紛紛加入吹蘆笛的行列。這首曲子的旋律很詭異，感覺像是小溪流過岩石。海波利昂腳邊的地面裂開，盤根錯節的樹根纏繞住他的腳。

「這是什麼？」他抗議著。他想要甩開這些樹根，但他還是很虛弱。樹根愈來愈粗，最後，他看起來就像穿著木頭靴子一樣。

「住手！」他大喊。「你們這種森林魔法不是泰坦巨神的對手！」

但他愈掙扎，樹根長得愈快。樹根纏繞著他的身體，不斷變粗、變硬，變成樹幹。他的金色盔甲融進樹裡，成爲樹幹的一部分。

音樂持續吹奏。海波利昂的部下看到主將被吞噬，震驚得節節往後退。海波利昂伸出手臂，手臂變成樹枝，再冒出小樹枝，長出葉子。這棵樹愈長愈高大，最後只能在樹幹的中央看見泰坦巨神的臉。

「你不能囚禁我！」他大聲怒吼：「我是海波利昂！我是……」

樹皮蓋住了他的臉。

格羅佛把蘆笛從嘴邊拿開。「你是一棵非常漂亮的楓樹。」

幾個半羊男累得昏了過去，但是他們表現得可圈可點，泰坦巨神完全被封在一棵超大的楓樹裡，樹幹直徑少說有六公尺，長得跟公園裡其他的樹一樣高。這棵樹大概會繼續聳立在這裡好幾世紀。

泰坦巨神的軍隊開始撤退。雅典娜小屋發出歡呼聲，但是我們的勝利非常短暫。

因爲克羅諾斯在此時釋放出他所謂的驚喜。

「咧……咧！」

一陣尖叫聲迴盪在上曼哈頓區。混血人和怪物一樣嚇得僵住。

格羅佛恐慌地看著我。「爲什麼那個聲音像……不可能呀！」

我知道他在想什麼。兩年前我們曾得到天神潘的祝福「禮物」，那是一隻超大的野豬，載著我們越過西南方（在牠想要殺死我們之後）。而那隻豬的叫聲跟我們現在聽到的很像，但現在這個聲音似乎更尖銳刺耳，簡直就像之前那隻豬交到了一個憤怒的女朋友。

「咧……咧！」一隻超大的粉紅生物自人工湖上方呼嘯飛過，很像梅西百貨感恩節遊行隊伍的可怕大氣球長出了翅膀。

「是豬！」安娜貝斯大喊：「快找地方掩護！」

長著翅膀的豬小姐俯衝而下，混血人紛紛四散。牠的粉紅色翅膀跟紅鶴的一樣，這顏色跟牠的皮膚完美搭配，但是當牠的豬蹄撞到地上，差點打到安娜貝斯的一個兄弟時，你很難用「可愛」這個詞去形容牠。

「別告訴我在希臘神話裡有那玩意兒。」我抱怨著說。

「恐怕真的有，」安娜貝斯說：「這是克拉佐美納伊[92]豬。牠曾在希臘城鎮肆虐過。」

「讓我猜猜看，」我說：「海克力士擊敗過牠？」

「沒有。」安娜貝斯說：「就我所知，沒有一個英雄曾經打敗牠。」

「好極了。」我低聲說。

泰坦巨神的軍隊從驚嚇中恢復過來，我猜他們已經發現這隻豬不是在追他們。

在他們準備好攻擊之前，我們只有幾秒鐘的時間，但我們的人仍舊驚慌失措。每一次豬叫的時候，格羅佛的自然精靈們就嚇得大叫，躲回自己的樹裡。

「那隻豬一定要離開才行。」我從安娜貝斯某個手足身上抓了一支鉤爪。「我來處理這隻豬，你們繼續抵抗剩餘的敵軍。把他們趕回去！」

「可是，波西，」格羅佛說：「要是我們做不到呢？」

我看得出他有多麼疲累，剛才的魔法真的耗盡他的力氣。安娜貝斯帶著肩傷作戰，看起來也好不到哪裡去。我不知道獵女們的狀況，但是右側的敵軍已經來到我們與獵女之間。

我不想在處境艱困時拋下朋友，但是這隻豬是目前最大的威脅，牠會摧毀一切事物，無論是大樓、樹木或者熟睡的人類。我一定要阻止牠。

「必要的時候就撤退，」我說：「拖延他們一下就好。我會儘快趕回來。」

在我改變心意之前，我把鉤爪當成套繩一樣不斷揮動。等到下一次豬又飛下來時，我盡全力拋出鉤爪。鉤爪纏在豬翅膀的底端。牠氣得大聲尖叫，轉向準備飛走，卻一把將我跟繩子拉到空中。

如果你是要從中央公園往市中心的方向走，建議你搭地鐵過去。駕著飛天豬雖然更快，卻也更加危險。

---

92 克拉佐美納伊（Clazmonia）位於今日土耳其境內，是希臘古城。傳說曾有一隻長翅膀的大豬在此作亂。

這隻豬橫衝直撞，經過了廣場飯店，直接飛到兩旁大樓林立的第五大道上。我突然有個聰明的想法，就是先爬到繩子上，然後再跨到豬背上。可惜我忙著晃動身體，以便閃過街燈以及大樓的側邊。

我學到的另一件事是：體育課爬繩索是一回事，而以每小時一百六十公里的速度飛行，並且爬上一條接在移動豬翅膀上的繩子，又是另外一回事。

我們在幾條街區上穿梭前進，繼續在公園大道上往南飛。

「主人！喂，主人！」我瞄到黑傑克在我們旁邊加速飛行，牠來回跳動躲開豬的翅膀。

「小心！」我告訴牠。

「跳上來！」黑傑克發出嘶鳴聲。「我應該……可以接住你。」

牠那樣說一點也無法讓人安心。中央車站就在前方。主要入口上方豎立著一尊巨大的荷米斯雕像，我猜或許是因爲這座雕像位在高處，所以還沒有被啓動。我以混血人最猛烈的速度朝它飛去。

「保持警覺！」我告訴黑傑克：「我有個主意。」

「噢，我討厭你的主意。」

我使出全力往外搖晃，但沒有撞上荷米斯雕像，反而是繞著它飛，繩子在它手臂下纏繞著。我以爲這可以勒住飛天豬讓牠動彈不得，但我低估了一隻重達三十噸的豬在飛行中所產生的動力。就在這隻豬把雕像猛烈地從底座上拉開時，我放開手。這下子換荷米斯代替我成爲豬的乘客，好好去飛行一下，我則像自由落體般往街上墜落。

在那一瞬間，我想起我媽以前在中央車站糖果店工作的日子。我想到如果我摔在人行道上變成了一塊油漬，那會有多慘？

一個黑影從我下面閃過，碰的一聲，我落在黑傑克背上。這並不是最舒服的降落經驗，而且事實上，我還大叫了一聲：「噢！」那聲音比平常高了八度。

「抱歉了，主人。」黑傑克低聲說。

「沒事。」我尖叫著：「跟著那頭豬！」

大肥豬飛在東四十二街的右上方，想要回到第五大道。當牠飛在屋頂上時，我看見城裡四處都有火災發生。看來我的朋友們處境艱難，克羅諾斯正在進攻幾個戰線。但現在我有自己的問題要應付。

荷米斯雕像還掛在繩子上，不斷地撞到大樓，而且轉個不停。這隻豬俯衝飛到一棟辦公大樓上，荷米斯用力撞擊屋頂上的水塔，把水和木頭潑灑得到處都是。

接著我想起了一件事。

「靠近一點。」我告訴黑傑克。

牠發出嘶鳴聲表示抗議。

「只要在可以喊叫的範圍內就好，」我說：「我要跟那座雕像說話。」

「主人，我現在很確定你瘋了。」黑傑克說，不過還是照我的吩咐做了。當我近到可以看清楚雕像的臉時，我大喊著：「嗨，荷米斯！行動指令如下：代達羅斯第二十三號計畫。殺死飛天豬！行動開始！」

這座雕像立刻動動它的腿。它發現自己沒有站在中央車站的屋頂上，反而是被繫在繩子一頭，另一端則綁著一隻大飛天豬載著它飛，它對此感到困惑。接著它又撞上一棟用磚蓋的大樓側邊。我想這讓它有點火大，它搖搖頭，開始往繩子上爬。

我低頭往下看著街道。我們快接近市立圖書館總館了，它的階梯兩側有大型大理石獅子。我突然有個奇怪的念頭：石頭做的雕像會不會也是自動的？看來似乎不可能，但是……

「快一點！」我告訴黑傑克：「飛到豬的前面去激怒牠！」

「呃，主人……」

「相信我，」我說：「我……大概做得到。」

「噢，當然沒問題啊。別瞧不起馬喔。」

黑傑克穿越天空。牠想要的話就可以飛得超快。牠飛到豬的前面，而金屬做的荷米斯現在已經坐在豬的身上。

黑傑克發出嘶鳴聲說：「你聞起來像火腿一樣！」牠用後面的兩隻蹄踢中豬的口鼻，然後再往下衝。豬憤怒大叫，緊跟在後面飛來。

我們往圖書館飛去，到了前面的階梯，黑傑克放慢速度先讓我跳下去，接著又繼續往大門飛過去。

我大喊：「獅子！行動指令如下：代達羅斯第二十三號計畫。殺死飛天豬！行動開始！」

所有獅子都站起來看我，大概以為我在笑它們。就在此時，傳來「咧……咧」的叫聲。超大的粉紅色怪物砰的一聲掉在地上，撞壞了人行道。獅子盯著牠看，不敢相信自己的好運，然後往前撲過去。那些獅子有著嚇人的爪子。同一時間，已經非常破爛的荷米斯雕像跳到豬的頭上，開始毫不留情地用權杖打豬的頭。

我抽出波濤劍，但我根本不需要做什麼，這隻豬就已經在我面前消散得無影無蹤。我有點替牠難過，希望牠會在塔耳塔洛斯遇見自己夢想中的野豬伴侶。

當這個怪物完全化為灰塵後，獅子和荷米斯雕像環顧四周，一副茫茫然的樣子。

「你們現在可以去防衛曼哈頓了。」我告訴它們，但它們似乎都沒聽到，繼續往公園大道走去。我可以想像在有人把它們關掉之前，它們還會繼續尋找其他的飛天豬。

「喂，主人，」黑傑克說：「我們能不能吃個甜甜圈休息一下？」

我擦掉眉頭上的汗水。「大個兒，我也希望能休息一下，但是戰事還在進行中。」

事實上，聲音已經愈來愈近了。我的朋友需要幫忙。我跳上黑傑克的背，朝北方往爆炸聲的來源飛去。

15 奇戎辦派對

中城成了戰區。我們飛過的地方到處都有小規模戰爭發生。有個巨人在布萊恩公園裡將樹連根拔起，樹精靈朝他扔擲堅果。在艾斯多利亞飯店外，富蘭克林[93]銅像將報紙捲起來猛打地獄犬。赫菲斯托斯小屋三人組在洛克斐勒中心和一群龍女決鬥。

我很想停下來幫忙，但是從煙霧和巨大聲響可以看出，真正關鍵的戰場已經移到更南邊的地方。我們的防守已經瓦解，敵軍正一步步接近帝國大廈。

我們快速掃過鄰近區域。獵女已經在三十七街設置了一條防守線，就在離奧林帕斯三個街區外的地方。東邊的公園大道上，傑克．梅森和其他赫菲斯托斯小屋的學員率領一群雕像大軍攻打敵軍。在西邊，狄蜜特小屋和格羅佛的自然精靈將第六大道變成攔阻克羅諾斯混血人手下前進的叢林。南邊目前沒事，但是兩側敵軍正轉向而來，再過幾分鐘，我們就會完全被包圍。

「我們必須降落在最需要幫忙的地方。」我低聲說。

「主人，到處都需要幫忙。」

我發現在東南方的戰區有一面熟悉的銀色貓頭鷹旗幟，那裡是位於公園大道隧道的三十三街。安娜貝斯和她兩個手足正在抵抗一個海坡柏里恩巨人。

「去那裡！」我告訴黑傑克。牠往戰場俯衝而去。

我從黑傑克的背上一躍而下，落在巨人頭上。巨人抬頭看的時候，我從他臉上滑下去，用盾牌打傷他的鼻子。

「啊！」巨人搖搖擺擺往後退，鼻子流出藍色的血液。

我一落到人行道上就立刻跑開。海坡柏里恩人朝我吐出一陣白霧，氣溫立刻下降。我剛落下的地方結了一層冰，我整個人像甜甜圈一樣覆上一層白霜。

「喂，醜八怪！」安娜貝斯大喊。希望她這句話是對巨人而不是對我說的。

藍色大塊頭狂吼一聲轉向她，露出了小腿肚後面沒有保護到的地方。我衝過去往他膝蓋後方刺下去。

「哇……啊！」海坡柏里恩人痛得彎下腰來。我等他轉身，但他卻結凍了。我是說他眞的紮紮實實變成一塊大冰塊，從我刺傷他的地方開始出現裂縫。裂縫愈來愈大，最後崩裂成一座藍色碎冰小山。

「謝了。」安娜貝斯表情很痛苦，想要穩住呼吸。「那隻豬呢？」

---

93 富蘭克林（Benjamin Franklin，1706-1790），是美國開國元老之一，學識淵博並多才多藝，在文學、藝術、科學、政治等各方面都有所擅長。

「變成豬排了。」我說。

「很好。」她縮一縮肩膀。她的傷顯然還是讓她很不舒服，但她一看到我的表情就翻了個白眼。「波西，我沒事。來吧！我們還有很多敵人要對付。」

她說的對。接下來那個鐘頭變得很模糊混亂。我猛力攻擊，以前從來都沒這樣打過架。我衝進龍女大軍，每次發動攻擊就解決一打以上的鐵勒金，消滅了恩普莎，並擊敗敵軍的混血人。不論我打敗了多少敵人，又有更多敵人源源不絕湧上來。

安娜貝斯和我跑過一條又一條的街，試著穩住我們的防線。我們有太多朋友受傷倒在街上，有太多人失蹤了。

隨著夜愈來愈深，月色也更加明亮。我們已節節敗退，撤守到帝國大廈周圍一個街區遠的地方。格羅佛站在我旁邊，用他的短棍重重打在龍女頭上，然後他就消失了。泰麗雅在我旁邊，用她那魔法盾牌的力量把怪物往外驅趕。歐萊麗女士不知從哪裡冒出來，嘴裡咬住一個勒斯岡巨人，把他當成飛盤往空中扔出去。安娜貝斯戴上隱形帽偷偷潛進敵軍防線後面。只要有怪物不明原因卻一臉訝異地消失不見，我就知道安娜貝斯去過那裡。

但這麼做還是不夠。

「守住你們的防線！」凱蒂．葛登在我左邊附近大喊。

問題是我們人數太少，什麼都守不了。我身後通往奧林帕斯大門的距離只剩下六公尺左右。一群勇敢的混血人、獵女和自然精靈鎮守住大門。我又揮又砍，消滅我所碰到的每一個敵人，但就連我也開始覺得累了，而我又不可能同時出現在每個地方。

在敵軍後方往東的幾條街區外，出現一道明亮的光線。我以爲是日出，後來才發現是克羅諾斯駕著金色戰車朝我們而來。十二名勒斯岡巨人手持火炬走在戰車前，泰坦巨神看起來神清氣爽、充滿活力，他的力量到達顛峰。他緩慢悠哉地前進，我卻把自己搞得筋疲力盡。

安娜貝斯出現在我身邊。「我們必須退到大門口，不惜任何代價都要守住那裡！」

她說的對。我正要下令撤退時，聽到狩獵的號角聲。

這個聲音有如火警警報，劃破了戰場的嘈雜。合奏的號角聲在我們四周響起回應，在曼哈頓的大樓間迴盪著。

我瞄向泰麗雅，但她皺著眉頭。

「不是獵女，」她向我保證：「我們全都在這裡了。」

「不然會是誰？」

號角聲愈來愈大，我無法分辨是從哪個方向傳來，但聽起來像是整個大軍接近了。

我擔心會來更多敵人，但克羅諾斯的軍隊看起來跟我們一樣困惑。巨人們放下他們的長棍，龍女發出嘶嘶聲。即使是克羅諾斯的榮譽護衛，臉上也出現不安的神情。

之後，在我們左邊有一百隻怪物同時吶喊，整個克羅諾斯的北邊軍隊往前衝。我以爲我們死定了，但他們沒有攻擊，而是直接從我們旁邊跑過去，撞進他們南邊的聯軍隊伍裡。

又有新的號角聲劃破夜空。天空閃閃發亮。在一陣眼花撩亂中，出現一群彷彿以光速落下的騎兵。

「好呀，寶貝！」一個聲音大叫。「派對時間到了！」

像雨一般的箭咻咻從我們頭上飛過，落在敵軍之中，上百個邪惡怪物被射中後蒸發消散。但這些不是一般的箭。這些箭在飛的時候會發出類似「啡啡啡」的聲音，有些還裝上五彩轉輪，有些箭頭則是拳擊手套。

「是半人馬！」安娜貝斯大喊。

派對小馬大軍以五彩繽紛的裝扮出現在我們隊伍裡面。他們有的穿著紮染的襯衫，戴著爆炸頭假髮和超大的太陽眼鏡，臉上還畫了印地安人的戰鬥妝。有的在身上塗鴉，上面寫著「馬兒踐」或是「克羅諾斯遜」。

上百名騎兵塡滿了整條街區。我無法思考所看到的一切，我只知道如果我是敵人，就要趕快逃命。

「波西！」奇戎從一片狂野的半人馬群中大叫。他腰部以上穿著盔甲，手裡拿著弓，滿意地咧嘴而笑。

「老兄！」另一個半人馬喊著：「待會兒再說。先消滅怪物！」

他把雙管漆彈槍裝滿漆彈後上膛，將一隻地獄犬射成閃亮的粉紅色。漆裡一定是摻入了天界的青銅屑之類的東西，因爲漆彈一落在地獄犬身上，牠就大叫一聲變成一隻粉紅色和黑色相間的貴賓狗。

「派對小馬！」一個半人馬高喊：「南佛羅里達分會！」

戰場對面傳來一個帶著鼻音的聲音大聲回應著：「德州之心分會！」

「夏威夷有頭有臉分會！」第三個聲音大吼。

這是我所看過最美麗的景象。所有泰坦軍隊轉身逃走，如潮水般不斷發射的漆彈、箭、劍、泡棉球棒，將他們打得不斷後退。半人馬踩扁了他們所經之路的一切東西。

「不要跑，你們這些笨蛋！」克羅諾斯大喊：「站起來攻擊！」

他會這麼說是因爲有個嚇壞的海坡柏里恩人踉蹌倒退，一屁股坐在克羅諾斯身上。時間之神在大大的藍屁股底下消失了。

我們把大軍趕到幾條街區之外，直到奇戎大喊：「停止！你們答應過我的，停止！」

命令好不容易才傳達到所有半人馬部隊，他們開始往後撤退，讓敵軍逃散。

「奇戎很聰明。」安娜貝斯一邊說，一邊擦掉臉上的汗。「如果我們繼續追下去，我們的人就會太分散。我們需要重新集合整隊。」

「可是敵人……」

「他們還沒有被打敗，」她同意，「但天快亮了。至少我們爭取到一些時間。」

我不喜歡撤退，但我知道她說的沒錯。我看著最後一隻鐵勒金急忙往東河逃去，很不情願地轉身走回帝國大廈。

我們劃出兩條街區大小的防禦範圍，並在帝國大廈搭起指揮棚。奇戎告訴我們幾乎每個州的派對小馬都派出分會來參戰，有加州的四十個分會、羅德島兩個分會、伊利諾州的三十個分會……總計大約有五百個分會回應他的召集。但就算有這麼多增援隊伍，我們還是只能守住幾條街而已。

「老兄！」名叫賴瑞的半人馬說：「剛剛比我們上次在拉斯維加斯辦的大會還好玩！」他的T恤上面寫著：「厲害的老大哥，新墨西哥分會。」

「是啊。」來自南達科塔州的歐文說。他穿著一件黑色皮夾克，戴著一頂二次世界大戰時期的老式軍用頭盔。「我們把他們打得落花流水！」

奇戎拍拍歐文的背。「好夥伴，你們做得很好，但千萬不要大意，永遠都不能低估克羅諾斯。你們何不去看看西三十三街的餐廳？聽說達拉瓦分會在那裡發現一堆麥根沙士。」

「麥根沙士！」他們踏著馬蹄快步跑開，差點踩到彼此。

奇戎露出微笑。安娜貝斯給了他一個大大的擁抱，歐萊麗女士舔著他的臉。

「哎呀，」他抱怨著：「狗狗，夠了。對，我也很高興看到你。」

「奇戎，謝了，」我說：「謝謝你救了我們。」

他聳聳肩。「很抱歉我這麼晚才趕來。你知道半人馬移動的速度很快，我們奔馳的時候可以壓縮距離。即使如此，要把所有半人馬集合在一起，並不是件簡單的工作。派對小馬其實並沒有眞的被組織起來。」

「你們怎麼能通過紐約四周的魔法防護線？」安娜貝斯問。

「魔法防護線的確有讓我們稍微慢下來，」奇戎承認：「但我想這層防護主要是把人類擋在外面。克羅諾斯不想讓渺小的人類阻礙他獲得偉大勝利。」

「也許其他的增援也能通過。」我抱著希望說。

奇戎摸摸鬍鬚。「或許吧，剩下的時間很短。一旦克羅諾斯重新整軍好，他會再度攻擊。我們不要感到驚訝……」

我懂他的意思。克羅諾斯沒有被打敗，至少不會被打敗太久。我希望克羅諾斯被海坡柏里恩人的大屁股壓扁，但我心裡很清楚，他最快今晚就會再回來。

「泰風呢？」我問。

奇戎臉色一沉。「天神們累了。戴歐尼修斯昨天受了重傷，泰風搗毀他的戰車，酒神墜落在阿帕拉契山脈某處，從那之後，就沒有人看到他了。赫菲斯托斯也無法戰鬥。他從戰場被重重摔出，落在西維吉尼亞州，還摔出了一個新的湖。他會復原的，但是來不及幫忙。其他天神仍在戰鬥，他們試圖減緩泰風接近的速度，但也阻止不了這怪物。到了明天此時，他就會到達紐約，一旦他與克羅諾斯的力量結合……」

「我們還有什麼機會？」我說：「我們撐不過明天。」

「我們一定要撐下去，」泰麗雅說：「我來看看能不能在防守線附近再設些新陷阱。」

她一臉倦容，夾克上沾滿汙垢和怪物消散所留下的灰塵，但她還是試著站起來，搖晃著走出去。

「我會協助她。」奇戎決定了他的行動方向。「我去看看那些兄弟們，希望他們不要喝麥根沙士喝翻了。」

我覺得「喝翻了」根本就是派對小馬的本性。但是奇戎已經跑開，留下我跟安娜貝斯單獨在一起。

她把刀子上的怪物黏液擦掉。我看過她清理刀子上百次，但我從來沒想過她為何這麼在乎這把刀。

「至少你媽沒事。」我開口說。

「如果你覺得跟泰風作戰算是『沒事』的話。」她直視著我。「波西，即使有了半人馬的幫忙，我還是認為……」

「我知道。」我有種不好的感覺，這可能是我們最後一次的說話機會，而我覺得自己還有好幾百萬件事沒告訴她。「聽著，有一些……荷絲提雅讓我看到的景象。」

「你是說路克嗎？」

也許只是猜測，但我覺得安娜貝斯知道我有話沒說出來。或許她自己也夢到了什麼。

「對，」我說：「有關你、泰麗雅和路克的景象。是你們三人第一次遇到時，還有你遇到荷米斯的時候。」

安娜貝斯把刀收回刀鞘。「路克保證過絕對不會讓我受傷。他說……他說過我們會是一個新的家庭，而且會比他自己那個家還好。」

她的眼睛讓我想起在巷子裡那個七歲小女孩，既生氣又害怕，非常渴望有朋友。

「泰麗雅之前有跟我談過，」我說：「她擔心……」

「我不能面對路克？」她難過地問。

我點點頭。「但是有件事你應該知道。伊森似乎認為路克還活在自己的體內，也許還在反抗克羅諾斯的控制。」

安娜貝斯努力想掩飾她的想法，但我幾乎可以看出她正在盤算所有的可能，也許甚至開始萌生希望。

「我之前不想告訴你。」我對她坦承。

她抬頭看著帝國大廈。「波西，我這輩子活到現在，覺得一切總是在改變。我沒有任何人可以依靠。」

我點點頭。這是大部分混血人都能體會的感受。

「我在七歲的時候逃家，」她說：「然後跟路克和泰麗雅一起流浪。我以為我找到了新的家人，但是這個家卻幾乎立刻瓦解。我要說的是……我討厭別人讓我失望，以及事情只能短暫維持。我想這就是為什麼我想當建築師的原因。」

「為了建立可以永恆存在的東西，」我說：「一個紀念碑可以維持千年不墜。」

她看著我。「我猜這聽起來又像是我的致命傷。」

幾年前在妖魔之海的時候，安娜貝斯告訴我她的致命傷是自大，她認為自己可以修好任何東西。當時她透過賽蓮[94]的魔法看見內心最深的渴望，我其實也看到了。安娜貝斯想像自己的母親和父親在一起，一同站在由安娜貝斯所設計並重新建好的曼哈頓前。而路克也在那裡，再度恢復好人的模樣歡迎著她。

「我想我現在了解你的感受了。」我說：「但是泰麗雅說的對，路克已經背叛你這麼多次，他在被克羅諾斯利用之前已經變壞了。我不想讓他再傷害你。」

安娜貝斯把嘴噘起來。我看得出她強忍住不發脾氣。「我還是希望你有可能是錯的，你會明白的。」

我把頭轉開。我覺得自己已經做了最大努力，但是那麼做仍然不能讓我好過些。

在街道對面，阿波羅小屋的學員設置了戰地醫院，用來照料受傷的戰士。學員和獵女受傷的人數幾乎一樣多。我看著醫護人員忙碌工作著，一面想著我們能守衛住奧林帕斯山的機會實在很渺茫……

突然間，我不在那裡了。

我站在一間狹長破舊的酒吧，酒吧裡有黑色的牆壁、霓虹燈招牌，和一群開著派對的大人。酒吧上掛著一塊布條，上面寫著：「巴比·厄爾，生日快樂。」擴音器裡傳來鄉村音樂，女侍捧著裝滿飲料的托盤，彼此叫喊談笑。這裡就是那種我媽絕對不會讓我去的地方。

我被困在房間最後面，就在廁所（有股難聞氣味）和兩台古董級大型電動遊戲機旁。

「喔，很好，你來了，」在玩小精靈打擊遊戲的人說：「我要一瓶健怡可樂。」

他是一名矮胖的男子，穿著豹紋的夏威夷衫、紫色短褲、紅色慢跑鞋、黑色的襪子，這副打扮讓他無法融入人群。他的鼻子紅得發亮。有卷髮的頭上還包著繃帶，像是剛剛才從腦震盪中復原。

我眨眨眼。「你是戴先生？」

他嘆口氣，眼睛沒有從遊戲機離開。「眞是的，彼得．傑克森，你要花多久時間才能認出我是誰呢？」

「就跟你想起我的名字一樣久。」我低聲說。「我們爲什麼在這裡？」

「爲什麼？這裡是巴比．厄爾的生日派對！」戴歐尼修斯說：「在美國可愛的鄉間。」

「我以爲泰風把你從空中打落了。他們說你墜落在地上。」

「你的關心眞讓人感動。我的確是墜落在地上，痛得不得了。事實上，我有些部分還埋在某個廢棄的煤礦坑底下三十公尺。在我能有足夠力氣修復之前，還有好幾個鐘頭。但是同時，我有一部分的意識在這裡。」

「在酒吧裡玩小精靈？」

94 賽蓮（Siren）是半人半鳥的女妖，在海島上唱歌，引誘水手失神傾聽，使船舶觸礁沉沒。

「這是派對時間，」戴歐尼修斯說：「你一定聽說過，只有要派對的地方，我就會出現。也因爲這樣，我才能同時存在很多不同的地方，唯一的問題是要找到派對。我不知道你是不是曉得在紐約你那個安全小窩外面發生的事情有多嚴重……」

「安全小窩？」

「不過相信我，中部的人類都驚慌失措，泰風把他們嚇壞了。很少有人還在開派對。顯然巴比．厄爾和他的朋友，老天保佑，他們還眞有點遲鈍呢。他們不知道世界就要毀滅了。」

「所以……我不是眞的在這裡？」

「不，我很快就會把你送回你那個平凡無奇又微不足道的生活裡，而且是讓任何事情都沒發生過一樣。」

「你爲什麼帶我來這裡？」

戴歐尼修斯哼了一聲。「噢，我不是特別想要你來。你們那些蠢英雄任何一個來都行。那個安妮女孩……」

「她叫安娜貝斯。」

「重點是，」他說：「我把你找來派對這裡是要警告你，我們有危險了。」

「老天，」我說：「我從來都不會這麼想。謝了。」

他惡狠狠地瞪著我，一度忘了他的遊戲機，小精靈被紅色的鬼怪吃了。

「紅精靈，去死吧！」戴歐尼修斯咒罵著：「我會取走你的靈魂！」

「嗯，這只是一個電玩人物。」我說。

「那不是藉口！喬根森，你毀了我的遊戲！」

「我叫傑克森。」

「隨便啦！現在你聽好了，情況比你想像得還慘。如果奧林帕斯倒了，不只天神會消失，和我們文化遺產有關的一切也會開始瓦解。你們那渺小的文明架構……」

遊戲機播了一首歌，戴先生晉級到二百五十四級。

「哈！」他大叫：「吃我這一記，你這個電腦畫的討厭鬼！」

「嗯，文明架構。」我提醒他。

「是的，你們整個社會將消失不見。或許不是立刻消失，但記住我的話，泰坦巨神所引起的混亂，意味著西方文明的結束，藝術、法律、品酒、音樂、電玩、絲質襯衫、黑色天鵝絨畫布……所有一切讓生命值得活下去的事物，通通都會消失！」

「那爲什麼天神不趕回來幫助我們？」我說：「我們應該要在奧林帕斯結合彼此的力量。別管泰風了。」

他不耐煩地彈彈手指。「你忘了我的健怡可樂。」

「天神啊，你眞的很討厭。」我向女侍招手，點了那瓶愚蠢的飲料。

「事實上，皮耶……」

「我叫波西。」

「其他天神都不會承認，但我們真的需要你們人類幫忙搶救奧林帕斯。你知道我們代表了你們的文化。但如果你們不在乎自己，不願去拯救奧林帕斯的話……」

「就像天神潘，」我說：「仰賴羊男去拯救野地。」

「對，沒錯。我當然會否認我說過這些話，但是天神需要英雄，他們總是有英雄幫忙，否則我們不會留著你們這些討人厭的小鬼。」

「我覺得自己很被需要。多謝了。」

「用我在混血營裡給你們的訓練。」

「什麼訓練？」

「你知道的，就是那些英雄的技巧和……不！」戴先生拍打遊戲機的控制面板。「該死的混蛋！最後一關了！」

他看著我，眼裡燃燒著紫色的火焰。「我記得我曾經預測過你會變得跟其他人類英雄一樣自私。現在是你證實我預測錯誤的機會到了。」

「是啊，讓你感到驕傲的確是我的首要工作之一。」

「波卓，你一定要拯救奧林帕斯！把泰風留給奧林帕斯天神處理。要挽救我們的王座，一定要救！」

「好極了，跟你聊天很愉快。現在，如果你不介意的話，我的朋友可能在猜……」

「還有一件事，」戴先生警告：「克羅諾斯還沒有得到全部的力量，使用人類身體只是一個暫時的方法。」

「我們大概猜到了。」

「難道你們也猜到最多一天，克羅諾斯會燒了人類身體，恢復泰坦王的眞實原形嗎？」

「那表示……」

戴歐尼修斯又塞進一枚銅板。「你知道天神原形的事？」

「是的，你不能看著他們而不被燒死。」

「克羅諾斯會比現在強大十倍。他只要一出現就能把你燒成灰。一旦他達到這個階段，他會賦予其他泰坦巨神力量。除非你阻止得了泰坦巨神，否則他們即將變得比現在更強大。這個世界將會四分五裂，天神會死，我再也無法在這笨蛋遊戲機上得到高分。」

也許我應該害怕得要命才對，但老實說，我已經儘可能讓自己感到恐懼了。

「我現在可以走了嗎？」

「最後一件事。我兒子波琉克斯還活著嗎？」

我眨眨眼。「我最後一次看到他的時候還活著。」

「如果你能讓他繼續活著，我會非常感謝你。我去年失去他的兄弟凱司特……」

「我記得。」我直盯著他看，努力思考戴歐尼修斯可能會是個關心孩子的好爸爸嗎？不知道有多少奧林帕斯天神在想著他們的混血人孩子？「我會盡全力做到。」

「盡你全力，」戴歐尼修斯喃喃自語：「唉，那可眞教人放心啊。走吧。還有很爛的驚喜等著你處理，而我必須打敗紅精靈！」

「很爛的驚喜？」

他揮揮手，酒吧就消失了。

我回到第五大道。安娜貝斯沒有動，看不出她是否有發現我曾短暫消失。她發現我在看她而且還皺著眉。「怎麼啦？」

「嗯……沒事。」

我看著整條第五大道，猜想戴先生說的「很爛的驚喜」是什麼。現在的情況還能糟到哪裡去呢？

我的視線停在一輛破爛的藍色汽車上。車頂有嚴重的凹痕，好像有人拿鐵鎚在上面敲出大坑洞。我全身起滿雞皮疙瘩，爲什麼這輛車很眼熟？後來我才發現這是一輛 Prius。是保羅的 Prius。

我向街道跑去。

「波西！」安娜貝斯大喊：「你要去哪裡？」

保羅昏睡在駕駛座上，我媽坐在他旁邊打呼。我的腦袋一團混亂。我之前爲什麼沒看到他們？他們一直坐在這個車陣裡超過一天了，戰鬥在他們旁邊如火如荼地進行，而我竟然沒注意到他們。

「他們……一定是看到天上出現的那些藍光。」我用力敲打車門，但全都鎖上了。「我要把他們弄出來。」

「波西！」安娜貝斯溫柔地說。

「我不能把他們留在這裡！」我的口氣聽來有點瘋狂。我一拳打在擋風玻璃上。「我必須把他們移出來。我一定要……」

「波西……你等一下。」安娜貝斯向著在下一條街跟半人馬講話的奇戎揮揮手。「我們把車子推到路邊好嗎？他們會安然無恙的。」

我的手在發抖。在經歷了過去幾天的事情之後，我覺得自己又笨又渺小。看到我爸媽，讓我快要崩潰了。

奇戎踏著馬蹄跑過來。「怎麼……噢，老天。我明白了。」

「他們是要來找我的，」我說：「我媽一定是感覺到有什麼不對勁。」

「非常有可能，」奇戎說：「但是，波西，他們會沒事的。我們現在所能替他們做的，最好就是專注在我們的工作上。」

接著我注意到車子後座有一樣東西，讓我的心跳差點停止。在我媽後面的座位上，用安全帶固定住一個黑白相間、大約九十公分高的希臘陶罐，蓋子還用皮帶牢牢綁著。

「不可能。」我喃喃自語。

安娜貝斯把手壓在窗戶上。「這是不可能的事！我以爲你把這罐子留在廣場飯店。」

「還鎖在保險庫裡面。」我也這樣以爲。

奇戎看到罐子，眼睛睜得好大。「那不是……」

「就是潘朵拉的罐子。」我把我和普羅米修斯會面的經過告訴他。

「那這罐子就屬於你了。」奇戎哀傷地說：「不論你把它留在哪裡，它都會跟著你走，引誘你打開。它會在你虛弱的時候出現。」

就像現在，我心裡想著。我看著我無助的爸媽。

我想像普羅米修斯面露微笑，急著想幫助我們這些可憐的人類。「放棄希望，我就知道你投降了。我保證克羅諾斯會寬厚仁慈。」

我整個人充滿怒氣。我抽出波濤劍，把駕駛座旁的窗戶當成塑膠，輕鬆將它切開。

「我們把這輛車移到中立地帶，」我說：「先把他們推離這裡，然後帶著這個蠢罐子去奧林帕斯。」

奇戎點點頭。「這計畫很好。可是，波西……」

無論他要說什麼，他都一時語塞。遠方傳來愈來愈大聲的機械噪音，那是直昇機螺旋槳旋轉的聲音。

在紐約一般日的週一清晨，這種事沒什麼大不了，但經過兩天無聲無息的狀態，一架人類的直昇機是我所聽過最奇怪的聲音。在東邊的幾條街區可以看得到直昇機，那裡的怪物大軍又吼又叫、發出訕笑。那是一架深紅色的私人直昇機，側邊有個亮綠色的「戴爾」標誌。

標誌下的文字太小看不清楚，但我知道上面寫的是「戴爾企業。」

我喉頭一緊，看著安娜貝斯，顯然她也認得這個標誌。她的臉變得跟直昇機一樣紅。

「她在這裡做什麼？」安娜貝斯質問：「她是怎麼通過障礙進來的？」

「是誰？」奇戎一臉困惑。「哪個人類發了瘋會……」

突然間，直昇機重心不穩往前摔。

「是夢非斯的魔法！」奇戎說：「那個笨蛋人類駕駛睡著了。」

我驚恐地看著直昇機傾斜，往一排辦公大樓掉下去。就算它沒有墜毀，接管天空的風神大概也會因爲直昇機太靠近帝國大廈，而將它重重擊出天空外。

我嚇到腿軟，動彈不得，但安娜貝斯吹聲口哨，飛馬桂多不知從哪裡衝了出來。

「是你叫了一匹英俊的飛馬嗎？」飛馬問。

「來吧，波西，」安娜貝斯大吼著說：「我們得去救你的朋友。」

16 巨大的「驚喜」

我對「不好玩」的定義就是：騎著飛馬往一架失控的直昇機飛去。如果桂多是一個比較遜的飛行器，我們早就被切成碎紙片了。

我可以聽到瑞秋在直昇機裡面尖叫。不知道爲什麼，她並沒有睡著，但我看得到駕駛倒在儀表板上。在直昇機搖搖晃晃快撞向辦公大樓時，駕駛被震得前後晃動。

「有任何建議嗎？」我問安娜貝斯。

「你一定要騎上桂多，去把她弄出來。」她說。

「那你打算做什麼？」

她的回應是直接對著桂多大喊：「嗨呀！」桂多往下俯衝。

「快閃！」安娜貝斯大叫。

直昇機的螺旋槳差一點就打到我們，葉片旋轉的威力翻攪著我的頭髮。我們緊跟在直昇機旁，安娜貝斯抓住機門。

但情況突然變得很糟。

桂多的翅膀撞到直昇機，牠直接往下墜落。我還在牠背上，安娜貝斯則掛在直昇機上。

我嚇得腦筋一片空白，但桂多在空中打轉時，我瞄到瑞秋把安娜貝斯拉進直昇機裡。

「你撐著點！」我對桂多大喊。

牠呻吟著說：「我的翅膀受傷了。」

「你做得到的！」我著急地回想著瑟琳娜以前在飛馬課時告訴我們的技巧，我對牠說：「放鬆翅膀，伸展滑行。」

我們像石頭一樣往下掉，直接朝著九十公尺下的人行道墜落。在最後一刻，桂多伸展牠的翅膀。我看到半人馬們個個目瞪口呆地看著我們。我們接著緊急回升，滑行了十五公尺，然後撞在人行道上，飛馬壓在我身上。

「噢！」桂多呻吟著：「我的腳，我的頭，我的翅膀。」

奇戎帶著他的醫藥袋跑來，開始治療飛馬。

我站起來。抬頭一看，緊張到心跳都快停止。只差幾秒鐘，直昇機就要撞上大樓了。但直昇機奇蹟似的自行調正了過來。它轉了一圈，在空中盤旋，然後慢慢開始降落。

這一刻似乎很漫長，但直昇機最後終於砰的一聲降落在第五大道中央。我從擋風玻璃看進去，不敢相信眼前所見，是安娜貝斯在操控儀表板。

螺旋槳停止運轉時，我跑向直昇機。瑞秋打開旁邊的機門，把駕駛員拖出來。

瑞秋的穿著就跟她度假時一樣——海灘短褲、T恤和涼鞋。因爲剛才坐在直昇機裡，所以她的頭髮糾結，臉色發青。

安娜貝斯最後一個爬出來。

我驚歎地看著她說：「我不知道你會開直昇機。」

「我也不知道我會。」她說：「我爸很迷航空之類的東西，而且代達羅斯有留下一些關於飛行機器的筆記。我只是在儀表板上做出最好的猜測。」

「你救了我一命。」瑞秋說。

安娜貝斯伸展一下受傷的肩膀。「是啊……但我們別把這種事變成習慣。戴爾，你來這裡做什麼？你難道不知道不該飛進戰區嗎？」

「我……」瑞秋看了我一眼。「我一定要來這裡。我知道波西有麻煩了。」

「一點也沒錯。」安娜貝斯抱怨著。「各位，我先告退，我還有受傷的同伴要去照料。瑞秋，很高興你特地繞過來拜訪。」

「安娜貝斯……」我叫她。

她氣呼呼地走掉了。

瑞秋直接坐在大馬路邊，把頭埋進手中。「波西，對不起。我不是有意要……我總是把事情搞砸。」

雖然我很高興她平安無事，但這一點我的確很難跟她爭辯。我往安娜貝斯的方向望去，她已經消失在人群裡。我難以相信她剛才所做的一切。她救了瑞秋，讓一架直昇機降落，還把這一切當作沒什麼大不了的一走了之。

「沒關係。」我告訴瑞秋，雖然我的話聽起來空洞無比。「你要告訴我什麼訊息？」

她皺著眉頭。「你怎麼知道？」

「我夢到了。」

瑞秋看來一點也不驚訝。她緊緊抓著海灘褲，褲子上都是塗鴉。對她來說，這很稀鬆平常，但我認得出這些符號：希臘字母、混血營珠子上的圖畫、怪物的素描和天神的臉。我不懂瑞秋是怎麼知道這些東西的，她從來都沒去過奧林帕斯山或是混血營。

「我一直都看得見很多事，」她低聲說：「我是說，不只是能看透迷霧。這和看透迷霧不一樣。我一直都在畫畫，畫線條……」

「你寫的是古希臘文，」我說：「你知道那些字的意思嗎？」

「這就是我想跟你談的事。我希望……要是你之前有跟我們去度假，我希望你可以幫我弄懂發生在我身上的事。」

她懇求似的看著我。她的臉因爲去了海灘而被曬傷，她的鼻子在脫皮。她出現在這裡，讓我震驚得一時恢復不過來。她逼她爸媽縮短假期、同意去上一所可怕的學校、坐著直昇機飛進怪物戰區，只是爲了來見我。她所做的這些，跟安娜貝斯一樣勇敢。

但是她能夠看到這些景象，還眞是把我嚇壞了。或許能看透迷霧的凡人也看得到，但我媽從來沒說過這種事。我腦海裡一直出現荷絲提雅所說關於路克母親的事。她說：「梅・凱司特倫做了太極端的事。她想要看到更多東西。」

「瑞秋，」我說：「我也希望我知道答案。或許我們可以問問奇戎……」

她像遭到電擊般整個人抽搐了一下。「波西，有事發生了。一個詭計最後造成死亡。」

「你的意思是什麼？誰會死？」

「我不知道。」她緊張地四處張望。「你沒感覺到嗎？」

「這就是你要告訴我的訊息嗎？」

「不是。」她猶豫了一下。「對不起。我無法解釋，但這個念頭就這樣出現了。我寫在海灘上的訊息不一樣，上面有你的名字。」

「柏修斯，」我想起她寫的字，「寫的是古希臘文。」

瑞秋點點頭。「我不知道那個字是什麼意思，但我知道很重要。你一定要聽到這個訊息。訊息說的是：『柏修斯，你不是英雄。』」

我瞪著她，彷彿她剛剛打了我一巴掌。「你大老遠飛了幾千公里過來，就是要跟我說我不是英雄？」

「這很重要，」她很堅持，「這會影響到你要做的事。」

「不是預言裡的英雄？」我問：「不是打敗克羅諾斯的英雄？你是什麼意思？」

「我……對不起，波西。我所知道的就是這些。我一定要告訴你是因爲……」

「哎呀！」奇戎小跑步過來。「這位一定就是戴爾小姐了？」

我想大吼叫他走開，但我當然不能這麼做。我努力控制住自己的情緒，但仍覺得體內有股龍捲風正在旋轉翻騰。

「奇戎，這位是瑞秋．戴爾，」我說：「瑞秋，這位是我的老師奇戎。」

「您好。」瑞秋一臉難過地說。她對於奇戎是半人馬的事一點都不感到訝異。

「戴爾小姐，你沒睡著，」他注意到這件事，「而你是凡人？」

「我是凡人。」她同意，彷彿這是一個讓人沮喪的念頭。「我們一飛過河岸，駕駛就睡著了。我不知道爲什麼我沒睡著，我只知道我一定要來這裡警告波西。」

「警告波西？」

「她看見很多事情，」我說：「也畫了很多線條和圖畫。」

奇戎揚起眉毛。「眞的？告訴我。」

她把剛才跟我說的事告訴奇戎。

奇戎摸摸鬍鬚。「戴爾小姐……或許我們該好好談一談。」

「奇戎……」我脫口而出。我腦中突然浮現混血營在九〇年代那個可怕的景象，以及閣樓裡傳來梅．凱司特倫的尖叫聲。「你……你會幫助瑞秋吧？我是說，你會警告她要小心這一類的事，不要太過頭了吧？」

他尾巴搖一搖，就像他每次緊張不安的時候一樣。「波西，我會的。我會盡力了解到底發生了什麼事情，並且給予戴爾小姐建議，但這需要花點時間。同時，你也該去休息一下。我們已經把你父母的車子移到安全的地方。敵軍目前似乎待在原地不動。我們已經在帝國大廈裡擺好床鋪，你先去睡一下。」

「每個人都叫我去睡覺，」我咕噥抱怨著：「我不用睡覺。」

奇戎勉強擠出微笑。「波西，你最近有沒有好好看看自己的模樣？」

我低頭看著自己的衣服。經過一晚不斷戰鬥的結果，衣服有焦痕、有被燒灼過的痕跡，看起來破破爛爛的。「我看起來像個死人，」我承認，「但你覺得我在經歷這一切之後，還能睡得著嗎？」

「也許你在戰鬥中是所向無敵、不會受傷，」奇戎用責備的口氣說：「但是那只會讓你的身體疲累得更快。我記得阿基里斯那小子沒有打鬥的時候，總是在睡覺，一天大概睡上二十次。你，波西，需要休息。你可能是我們唯一的希望。」

我想抱怨說我不是他們唯一的希望。根據瑞秋的說法，我根本不是英雄。但是奇戎的眼神表達得很清楚，他不接受「不要」這個答案。

「好吧，」我抱怨著，「你們聊吧。」

我拖著沉重的腳步走向帝國大廈。回頭看的時候，瑞秋和奇戎走在一起，嚴肅認眞地交談，彷彿他們在討論的是喪禮的安排事宜。

在夢裡，我回到了黑帝斯的花園。亡者之神來回踱步，摀著耳朵，而尼克跟在他後面揮動手臂。

「你一定要幫忙！」尼克很堅持。

狄蜜特和泊瑟芬坐在他們後面的早餐桌旁。兩位女神看起來都一副很無聊的樣子。狄蜜特把麥片倒進四個大碗。泊瑟芬施起魔法改變桌上的花朵擺飾，把盛開的花從紅色變成黃色，再變成圓點圖案。

「我什麼都不必做！」黑帝斯的眼睛冒著熊熊怒火。「我是天神！」

「父親，」尼克說：「如果奧林帕斯滅亡，只有你自己的宮殿安全也沒有意義了。你也會一起消失。」

「但我不是奧林帕斯天神！」他大聲咆哮，「我的家人已經說的很明白了。」

「不管你喜不喜歡，」尼克說：「你都是奧林帕斯天神。」

「你看到他們對你媽媽所做的事，」黑帝斯說：「宙斯殺了她，而你還要我去幫他們？這是他們應得的報應！」

泊瑟芬嘆口氣。她的手指在餐桌上動著，心不在焉地把銀器變成玫瑰。「我們可不可以不要談到那個女人？」

「你知道什麼可以幫助這個男孩嗎？」狄蜜特若有所思地說：「耕田。」

泊瑟芬轉了轉眼睛。「媽……」

「叫他去耕田六個月。這是絕佳的性格養成訓練。」

尼克擋在他父親黑帝斯面前，逼他看著自己。「我媽了解家人的意義，所以她才不想離開我們。你不能因為家人做了可怕的事而拋棄他們。你自己也對他們做了可怕的事。」

「瑪麗亞死了！」黑帝斯提醒他。

「你不能切斷自己與其他天神的關係！」

「我幾千年來都過得很好！」

「結果有讓你更好過嗎？」尼克大聲質問。「詛咒神諭對你有好處嗎？心懷怨恨是一種致命傷。碧安卡警告過我，她說的對。」

「她指的是混血人！我是萬能且永恆不死的天神！我不會出手幫助其他天神，除非他們跪在地上求我，除非波西．傑克森自己來哀求我……」

「你跟我沒兩樣，都是被放逐的人！」尼克大喊。「不要為這件事生氣，做點有用的事，一次也好。這是唯一會讓他們尊敬你的方法！」

黑帝斯手掌裡燃起一把黑色火焰。

「來啊！」尼克說：「把我炸掉。其他天神都在等著你做這種事。你丟啊，證明他們沒有看錯你。」

「對，請便，」狄蜜特抱怨，「讓他閉嘴。」

泊瑟芬嘆著氣。「噢，我不知道。我寧可去作戰，也不要再吃麥片了。這好無聊喔。」

黑帝斯氣得狂吼。他的火球擊中尼克旁邊的銀樹，整棵樹熔化成一灘液態金屬。

我的夢境改變了。

我站在聯合國總部外面，在帝國大廈東北方大約一公里的地方。泰坦大軍在聯合國廣場四處紮營。旗桿上掛著可怕的戰利品，都是從被打敗的混血人身上拿下的頭盔和甲冑。整條第一大道上都是正在磨亮戰斧的巨人。鐵勒金在臨時搭建的打鐵場修理盔甲。

克羅諾斯獨自在聯合國大樓頂樓來回踱步，一邊揮舞著他的那把鐮刀。龍女守衛紛紛走避，站得老遠。伊森和普羅米修斯也站在鐮刀揮掃的範圍外。伊森不停撥弄盾牌的帶子，但是普羅米修斯如同往常，還是穿著燕尾服，看起來老神在在。

「我討厭這裡，」克羅諾斯咆哮，「什麼『聯合國』！好像人類眞的會團結在一起似的。等我們把奧林帕斯夷爲平地之後，提醒我把這裡也拆了。」

「是的，主人。」普羅米修斯露出微笑，彷彿主人的怒氣讓他覺得很有意思。「我們是不是也要拆了中央公園裡的馬廄？我知道你非常討厭馬。」

「普羅米修斯，不准嘲笑我！那些該死的半人馬會後悔他們插手管這件事。我會拿他們去餵地獄犬，就從我那軟弱的兒子奇戎開始。」

普羅米修斯聳聳肩。「那個軟弱的兒子用他的箭殲滅掉一整個鐵勒金軍團。」

克羅諾斯揮動鐮刀，把一根旗桿切成兩半。掛著五顏六色的巴西國旗旗桿往軍隊的方向倒下，壓死了一名龍女。

「我們會消滅他們！」克羅諾斯怒吼。「該是放出古蛇龍的時候了。伊森，由你來做。」

「是……主人。在黃昏的時候進行嗎？」

「不，」克羅諾斯說：「馬上進行。守衛奧林帕斯的人已經受了重傷，不會料到我們這麼快又發動攻擊，而且他們一定打不倒這隻古蛇龍。」

伊森一臉困惑。「主人？」

「伊森，你別管，照我說的去做。等泰風到達紐約時，我要讓奧林帕斯變成廢墟。我們會徹底將天神粉碎！」

「但是，主人，」伊森說：「你的重生計畫……」

克羅諾斯手指著伊森，讓他僵住動彈不得。

「照這樣發展下去，」克羅諾斯嘶嘶怒吼著說：「難道我還需要重生嗎？」

伊森沒有回答。在你被控制住不能動時，的確很難開口再回些什麼。

克羅諾斯彈了彈手指，伊森倒在地上。

「很快的，」泰坦巨神大吼：「這個皮囊就會一點用也沒有了。在看到勝利唾手可及時，我才不會停下來休息。現在快去！」

伊森急忙拔腿跑開。

「主人，這麼做很危險，」普羅米修斯警告他：「此事急躁不得。」

「急躁？我在塔耳塔洛斯待了三千年，你說我急躁？我會把波西．傑克森碎屍萬段。」

「你和他對打過三次，」普羅米修斯提出看法：「你每次都說，堂堂一個泰坦巨神跟區區一個凡人對打有失尊嚴。我在想是不是你的凡人軀體影響了你，削弱你的判斷力？」

克羅諾斯金色的眼睛看向普羅米修斯。「你說我弱？」

「不，主人。我要說的只是……」

「你效忠兩邊嗎？」克羅諾斯問。「或許你還懷念那些天神老友。想不想加入他們？」

普羅米修斯的臉色發白。「主人，是我失言。我會執行你的命令的。」他轉身面對軍隊高喊著：「準備開戰！」

軍隊開始騷動。

從聯合國廣場後方傳來一陣驚天動地的怒吼聲，撼動了整座城市，那是古蛇龍甦醒的聲音。這可怕的聲音把我嚇醒，而我發現在一公里外的地方，都還能聽見牠的吼叫聲。

格羅佛站在我旁邊，一臉緊張。「那是什麼聲音？」

「他們要來了，」我告訴他：「我們麻煩大了。」

赫菲斯托斯小屋已經用光了所有希臘火藥。阿波羅小屋的學員和獵女一起四處搜尋，收集大量的箭。我們大部分人已經吃了太多神食和神飲，一口都不敢再多吃。

我們只剩下十六名學員、十五名獵女和六名羊男還能戰鬥，其他人都已經到奧林帕斯山避難。派對小馬們試圖排出隊形，但是他們搖搖晃晃、咯咯笑個不停，全身都是麥根沙士的味道。德州分會與科羅拉多州分會對撞，密蘇里州分會和伊利諾州分會在吵架。整個半人馬軍隊很有可能最後不是與敵軍隊對打，而是自己打自己。

奇戎讓瑞秋坐在他身上，踏著馬蹄小跑步過來。我覺得心裡像被刺到一樣不太舒服，因爲奇戎很少載人，更別說是凡人了。

「波西，你的朋友看到一些有用的景象。」他說。

瑞秋紅著臉。「只是一些在我腦海裡看到的東西。」

「那是一隻古蛇龍，」奇戎說：「確切來說，是一隻呂底亞[95]古蛇龍。牠是最古老也最危險的一種惡龍。」

我盯著她看。「你怎麼會知道？」

「我不確定，」瑞秋承認，「但這隻古蛇龍有特別的命運。牠會被阿瑞斯的孩子殺死。」

安娜貝斯雙手交叉胸前。「你怎麼可能知道這種事？」

「我看到了。我無法解釋原因。」

「好吧，希望你是錯的，」我說：「因爲我們這裡沒有阿瑞斯的孩子……」我突然有種可怕的念頭，我用古希臘文咒罵。

「怎麼了？」安娜貝斯問。

「是間諜，」我告訴她：「克羅諾斯說：『我們知道他們可打不倒這隻古蛇龍。』這個間諜一直都在告訴他最新消息。克羅諾斯知道阿瑞斯小屋的人沒跟我們在一起，所以他故意挑了一隻我們殺不死的怪物。」

泰麗雅生氣得大叫。「要是讓我抓到這個間諜，他絕對會後悔自己所做的事。也許我們可以另外派人送消息回混血營……」

「我已經做了，」奇戎說：「黑傑克正在回去的路上。但如果瑟琳娜說服不了克蕾莎，我懷疑黑傑克是否能夠……」

一陣狂吼搖動地面。聲音聽起來離這裡很近。

「瑞秋，」我說：「快進去大樓裡。」

「我想留下來。」

一個陰影遮住了太陽。在這條街的對面，一隻古蛇龍沿著摩天大樓往地上滑下來。牠發出狂吼，震碎數千片玻璃。

「我想了一下，」瑞秋用小小的聲音說：「我還是進去好了。」

讓我來解釋一下。龍有兩種，一種是噴火龍，一種是古蛇龍。古蛇龍不但比噴火龍更老上好幾百年，而且也更巨大。牠們看起來就像條超級大蛇，大部分都沒有翅膀，也不會噴火（雖然有些會）。所有的古蛇龍都有毒，力量大得驚人，身上的鱗片比鈦金屬還堅硬。牠們的眼睛可以讓你瞬間麻痺，但不是像梅杜莎那樣把人變成石頭，

95 呂底亞（Lydia）位於小亞細亞西方，今日土耳其境內，傳說當地曾有一隻巨大蛇龍肆虐作亂。

而是讓你像「喔，天啊，大蛇要把我吃掉」那樣嚇到動彈不得，一樣是超慘的麻痺方式。

我們在混血營上過屠龍課，但是一條六十公尺長、壯得跟校車一樣、從大樓側面緩緩滑下、黃色眼睛有如探照燈、牙齒像刮鬍刀那麼鋒利、嘴巴大得足以嚼動一頭大象的超級大蛇，是不可能讓你好整以暇去對付牠的。

牠幾乎讓我懷念起那隻飛天豬。

同一時間，敵軍已經在第五大道上前進。我們盡力把車子移開以確保凡人的安全，但這麼做也使得敵人更容易接近我們。派對小馬們的尾巴緊張地搖個不停。奇戎在派對小馬的行列中來回走動，喊話激勵他們，要他們堅守住崗位，並要他們在腦袋裡想著勝利和麥根沙士。但我覺得他們很快就會嚇得半死而倉惶逃走。

「我來對付大蛇。」我的聲音聽起來像膽小的尖叫聲。接著我再大聲喊出：「我來對付古蛇龍！其他人守住防線！」

安娜貝斯站在我旁邊。她把自己的貓頭鷹頭盔放下蓋住臉，但看得出來她眼睛紅紅的。

「要幫我嗎？」我問。

「那就是我要做的事，」她難過地說：「我幫助朋友。」

我覺得自己像個大混蛋。我想把她拉到一邊，跟她解釋我不是有意要瑞秋過來，那不是我的主意，可是我們沒時間了。

「你先隱身起來，」我說：「我來對付古蛇龍，把牠纏住，然後你去尋找古蛇龍身上鱗片的弱點。小心點。」

我吹了聲口哨。「歐萊麗女士，過來！」

「汪！」我的地獄犬跳過一排半人馬來到我面前，還親了我一下。牠的嘴巴聞起來疑似有義大利臘腸披薩的味道。

我抽出波濤劍，和歐萊麗女士一起衝向那隻大怪物。

這隻古蛇龍在我們頭頂上三層樓高的地方，一邊打量著我們的軍力，一邊從大樓側面蜿蜒滑行而下。不管牠看向何處，半人馬都害怕得身體僵硬、無法動彈。

敵軍從北邊衝向派對小馬，攻破我們的防線。我還來不及接近，古蛇龍就已展開猛烈攻擊，一口吞下三名加州分會的半人馬。

歐萊麗女士從空中一躍而下，有如一條長著尖牙和利爪的致命黑影。一般說來，一隻向前撲的地獄犬很嚇人，但是與古蛇龍一比，歐萊麗女士看起來就像是小孩抱著睡覺的玩偶。

牠的爪子掃過古蛇龍的鱗片，但是古蛇龍毫髮無傷。牠咬住怪物的喉嚨，卻連個凹痕也沒留下，不過牠的重量倒是足以讓古蛇龍撞向大樓側面。這隻怪物搖搖晃晃往後退，摔在人行道上，地獄犬和古蛇龍扭打在一起。古蛇龍想咬歐萊麗女士，不過歐萊麗女士太靠近古蛇龍的嘴巴，所以牠咬不到，卻把毒液噴得到處都是，將半人馬和幾個怪物一起熔化成灰燼。

歐萊麗女士在古蛇龍的頭部附近迂迴穿梭，對牠又抓又咬。

「呀！」我把波濤劍用力刺進怪物的左眼，那顆探照燈般的眼睛變暗了。牠發出嘶嘶聲，用後腿站立攻擊，但我滾到旁邊。

牠把人行道咬出一個游泳池大小的窟窿，轉動那隻沒有受傷的眼睛看我，而我專心看著牠的牙齒，以免被牠麻痺掉。歐萊麗女士盡力分散牠的注意力，牠跳到古蛇龍的頭上又抓又吼，就像一頂大蛇頭上的黑色假髮。其他戰鬥成果也不盡理想。半人馬因爲巨人和惡鬼的攻擊嚇得驚慌失措。有時在混戰之中會看見橘色的混血營T恤，但很快又消失得無影無蹤。萬箭齊飛怒吼，兩軍陣營皆出現爆炸的火球，眼見戰事已經跨過街道朝帝國大廈入口而來，我們快要失守了。

突然間，安娜貝斯出現在古蛇龍的背上，她在拿刀戳進古蛇龍鱗片縫隙時，隱形帽從頭上掉下來。

古蛇龍大吼，把自己蜷繞起來，安娜貝斯從牠背上摔下。

她一掉在地上，我立刻趕到她身邊。超級大蛇滾動著，撞壞安娜貝斯掉落處的路燈，我把安娜貝斯拖到安全的地方。

「謝了。」她說。

「我跟你說過要小心！」

「是啊，快閃開！」

現在輪到她救我了。她把我抱住摔倒，怪物的牙齒掃過我頭上。歐萊麗女士用身體去撞古蛇龍的臉好引開牠，我們滾到另一邊。

這時我們其他同伴已經撤退到帝國大廈門口，敵軍將他們團團包圍。我們別無選擇。沒有援軍會來。我們在截斷奧林帕斯山的通路之前，必須撤退。

接著我聽見從南邊傳來隆隆聲響。這不是你在紐約常會聽到的聲音，但我立刻就知道這是什麼。這是戰車的車輪聲。

一個女生的聲音高喊著：「阿瑞斯！」

有十二輛戰車衝入戰場，每一輛戰車上都飄揚著一面有著野豬頭的紅色旗幟。每一輛戰車都由一組有著火焰鬃毛的骷髏馬拉動。三十名精神抖擻的戰士盔甲閃亮，眼神充滿憤恨。他們將長槍放低，形成一道豎立的死亡之牆。

「是阿瑞斯之子！」安娜貝斯驚訝地說：「瑞秋是怎麼知道的？」

我沒有答案。但是領軍的那個女孩穿著眼熟的紅色盔甲，整張臉還被裝飾著野豬頭的頭盔遮住。她手裡拿著帶電長槍，是克蕾莎來救我們了。克蕾莎帶著六個兄弟姊妹直接向古蛇龍殺去，其他人則往怪物大軍衝鋒。

超級大蛇用後腿站立，想要把歐萊麗女士從牠身上甩下來。我那可憐的寵物狗撞到大樓牆面，痛得發出尖叫。我跑過去幫牠，不過大蛇已經瞄準好新的威脅目標。就算只用一隻眼睛，牠的凝視還是麻痺了兩名戰車駕駛，使他們轉向朝一排車子飛去。另外四輛戰車繼續進攻。怪物露出牙齒攻擊，吃了一嘴天神青銅製的標槍。

牠大叫一聲：「咿！」這大概就等於古蛇龍的「哎喲！」。

「阿瑞斯，幫助我！」克蕾莎大喊。她的聲音聽起來比平常尖，但我想她戰鬥時發出這種聲音，並不讓人訝異。

對街這六輛戰車的到來，讓派對小馬重燃希望。他們重新在帝國大廈門口集合好，而敵軍則一度陷入混亂、不知所措。

在此同時，克蕾莎和她兄弟姊妹的戰車一起繞著古蛇龍打轉。長槍刺進怪物的皮膚。骷髏馬噴出火焰，發出嘶鳴。又有兩輛戰車翻覆，但是戰士們立刻跳起來站定，抽出劍進攻。他們對著這隻怪物的鱗片縫隙又劈又砍，躲開毒液的噴射，彷彿他們這輩子就是被訓練來接受這個考驗。他們當然也真的受過很好的訓練。

沒有人可以說阿瑞斯小屋的學員不勇敢。克蕾莎就站在前面，把長槍刺進古蛇龍的臉，想讓怪物的另一隻眼睛也瞎掉。但在我看著的同時，情況開始急轉直下。古蛇龍一口咬走一個阿瑞斯小屋的學員，把另一個甩在一旁，又對著第三個學員噴灑毒液，嚇得他往後退，而他的盔甲都熔化了。

「我們必須去幫忙。」安娜貝斯說。

她說的對。但我只是站在那裡，驚訝得無法動彈。歐萊麗女士想站起來，卻痛得大叫。牠的一隻腳掌在流血。

「小妞，停下來，」我吩咐牠：「你做的已經夠多了。」

安娜貝斯和我跳到怪物背上，直攻牠的頭部，試著轉移牠對克蕾莎的注意力。克蕾莎小屋的同伴向怪物丟擲標槍，有些插進怪物的牙齒，但大部分都斷了。怪物嘴巴上下開合，最後牠嘴裡冒出一團綠色的血、黃色起泡的毒液和破碎的武器。

「你一定辦得到！」我對克蕾莎大喊。「阿瑞斯的孩子註定要殺了牠！」

她戴著作戰頭盔只露出眼睛，但我看得出事有蹊蹺。她藍色的雙眼充滿恐懼。克蕾莎從來都沒有這樣子過，而且克蕾莎的眼珠也不是藍色的。

「阿瑞斯！」她大喊，聲音聽起來異常尖銳。她舉起長槍衝向古蛇龍。

「不，」我低聲說：「等一下！」

但是怪物低頭看她，簡直就是一副輕蔑的模樣，對著她的臉直接噴出毒液。

她尖叫倒在地上。

「克蕾莎！」安娜貝斯從怪物背上一躍而下，衝過去幫忙，其他阿瑞斯小屋的學員也想保護他們這位倒下的指導員。我將波濤劍插進怪物鱗片中間，想讓牠把注意力轉移到我身上。

我被牠甩下來，但雙腳穩穩落地。「來啊，你這隻大笨蟲！看著我啊！」

接下來幾分鐘，我只看到牠的牙齒。我後退並閃過牠的毒液，連牠一根汗毛都傷不了。

我用眼角餘光瞄到一輛飛行的戰車降落在第五大道上。

有人朝我們這裡跑來。一個女生悲傷痛苦地哭喊著：「不！該死！為什麼要這麼做？」

我大膽抬起頭來往那邊看去，但我所見到的景象根本說不通。克蕾莎躺在地上，她的盔甲因爲噴到毒液而冒煙。安娜貝斯和其他阿瑞斯小屋的學員正要解開她的頭盔，但是剛跪倒在他們旁邊那個女生穿著混血營的衣服，臉上盡是淚珠。那個女生是……克蕾莎。

我突然一陣天旋地轉。爲什麼我之前沒注意到？穿著克蕾莎盔甲的女生沒有她高，而且也瘦得多。爲什麼有人要假扮成克蕾莎？

我太吃驚了，古蛇龍差點把我劈成兩半。我躲開牠的攻擊，牠的頭卡在磚牆裡。

「爲什麼？」眞正的克蕾莎大聲質問，懷裡抱著假扮她的女孩，而其他人努力要把那女孩被毒液侵蝕的頭盔拿下來。

克里斯．羅德里格茲從飛行戰車那裡跑了過來。他和克蕾莎一定是從混血營駕著戰車飛來這裡，一路追著錯把另一個女生誤認爲是克蕾莎而跟來的阿瑞斯小屋學員。但是這一切還是說不通。

古蛇龍把自己的頭從磚牆裡抽出來，氣得大吼大叫。

「小心！」克里斯警告大家。

古蛇龍沒有轉身面向我，而是朝著克里斯出聲的方向。牠對一群混血人露出尖牙。

眞正的克蕾莎抬起頭來看著古蛇龍，臉上充滿憤恨。我以前只看過一次她這種緊繃的神情。就是那次我和她父親阿瑞斯單挑時，他臉上的表情[96]。

「你想找死嗎？」克蕾莎對著古蛇龍大叫。「好啊，放馬過來啊！」

她抓起倒下女孩的長槍，身上沒穿盔甲，也沒拿盾牌，隻身就往古蛇龍殺去。我想靠近去幫忙，但眞正的克蕾莎動作更快。怪物攻擊時，她立刻閃開，她前方的地面都被擊碎了，然後她跳上怪物的頭頂。怪物用後腿站立時，她用力把電長槍戳進怪物另一隻沒有受傷的眼睛，力氣大到讓箭頭都碎了，這把魔法武器的力量也被完全釋放出來。

電流在怪物頭頂形成一道弧線，使牠全身顫抖不已。克雷莎輕鬆地從牠身上跳下，龍嘴在冒煙吐氣時，她毫髮無傷地滾到人行道一旁。接著，古蛇龍的身體灰飛湮滅，變成了一副中空、有鱗片的管狀盔甲。

我們其他人都目瞪口呆看著克蕾莎。我從來沒看過有人可以獨自徒手解決一隻這麼大的古蛇龍，但克蕾莎似乎一點也不當一回事。她跑回那個偷走她盔甲的受傷女孩身旁。

安娜貝斯終於把女孩的頭盔拿下。我們全都聚在一起，有阿瑞斯小屋的學員、克里斯、克蕾莎、安娜貝斯和我。第五大道上的戰鬥仍持續激烈進行，但有那麼一刻，彷彿世界只剩我們和倒下的女孩，此外一切都不存在。

她曾經美麗動人的臉龐因爲毒液而嚴重灼傷。我知道再多神飲或神食也救不了她。

「有事發生了。一個詭計最後造成死亡。」瑞秋的話在我耳邊響起。

我現在了解她的意思了，我也知道是誰帶著阿瑞斯小屋的人衝進戰場。

我低頭看著垂死的瑟琳娜．畢瑞嘉。

---

96 波西曾在與同伴尋找宙斯閃電火的途中，因為覺得受到戰神欺騙而氣得與戰神阿瑞斯決鬥。參《神火之賊》第二十章〈決鬥戰神〉。

17 銀色手鍊

「你到底在想什麼？」克蕾莎抱著躺在她大腿上的瑟琳娜。

瑟琳娜想要吞口水，但她的嘴唇已經乾裂。「不肯……聽，小屋的人只會……跟著你。」

「所以你才偷了我的盔甲，」克蕾莎不可置信地說：「你趁我跟克里斯去巡邏的時候偷走我的盔甲，假扮成我的樣子。」她怒視著她的兄弟姊妹。「你們沒有一個人發現嗎？」

阿瑞斯小屋的學員突然都低下頭，彷彿對自己的戰鬥靴很感興趣。

「不要責怪他們，」瑟琳娜說：「他們……相信我就是你。」

「你這個阿芙蘿黛蒂的傻女孩，」克蕾莎哭著說：「你衝向古蛇龍？爲什麼？」

「都是我的錯。」瑟琳娜說，一顆淚珠從她的臉上滾下來。「那隻古蛇龍、查理的死……混血營有難……」

「別說了！」克蕾莎說：「都不是眞的。」

瑟琳娜把手打開，手心裡有一條銀色手鍊，上面有鐮刀墜飾，那是克羅諾斯的記號。

我心裡起了一陣寒意。「你就是間諜？」

瑟琳娜費力地點頭。「就在……我喜歡上查理之前，路克對我很好。他非常……迷人又帥氣。後來我不想繼續幫他，但他威脅我要說出來。他保證……保證我是在救大家的命，他說這樣受傷的人會比較少。他告訴我他不會傷害……查理。他騙了我。」

我和安娜貝斯互相對望。她的臉一片死白，看起來像是有人把她腳下的世界整個抽走。

在我們身後，戰事激烈進行。

克蕾莎對她小屋的人破口大罵：「快去幫忙半人馬作戰。去保護大門，快去！」

他們急忙跑走，加入戰鬥行列。

瑟琳娜痛苦地深深吸了口氣。「原諒我。」

「你不會死。」克蕾莎堅決地說。

「查理……」瑟琳娜的眼神已經飄向幾百公里外的地方。「要去看查理……」

她再也沒有開口了。

克蕾莎抱著她哭泣。克里斯把手放在她肩上。

最後安娜貝斯闔上了瑟琳娜的眼睛。

「我們一定要勇敢作戰。」安娜貝斯的聲音很急促。「她犧牲自己的性命來幫助我們。我們一定要讓她死得有意義。」

克蕾莎抽噎著，擦擦鼻子。「她是個英雄，知道嗎？是個英雄。」

我點點頭。「來吧，克蕾莎。」

她撿起她一名倒下的手足的劍。「克羅諾斯要爲此付出代價。」

我很想說是我把敵軍從帝國大廈附近趕走的，但眞相是克蕾莎一個人完成所有工作，就算沒有盔甲或長槍，她仍像是惡魔再世。她駕著戰車直搗泰坦大軍，摧毀所經之地的一切。她鼓舞了其他人，就連驚慌失措的半人馬都開始集合整軍。獵女們紛紛收集已倒戰士的箭，對著敵軍一箭又一箭發射。阿瑞斯小屋學員拿著劍又劈又砍，做著自己最喜歡的事。怪物們往第三十五街撤退。

克蕾莎把戰車開到古蛇龍的殘骸旁，用鉤爪穿過牠的眼窩，繞成圓圈綁在一起。她揮鞭策馬飛起，拖在戰車後的古蛇龍殘骸，像是中國新年時的舞龍一樣飛繞著。她緊跟在敵軍後面，對他們咆哮辱罵，嗆聲叫他們來向她挑戰。她駕著戰車的時候，我發現她眞的全身發光。紅色火焰的光芒在她四周閃耀。

「這是阿瑞斯的祝福，」泰麗雅說：「我以前從來沒在任何人身上看過。」

在那一刻，克蕾莎就跟我一樣刀槍不入。敵軍朝她丟擲長槍和箭，全都奈何不了她。

「我是屠龍戰士克蕾莎！」她大喊：「我會把你們全部殺個精光！克羅諾斯在哪裡？叫他出來！他是懦夫嗎？」

「克蕾莎！」我高喊：「夠了。撤退！」

「泰坦王，你是怎麼了？」她大喊：「放馬過來啊！」

敵軍完全沒有回應。他們慢慢撤退到龍女用盾牌圍成的防禦牆後，而克蕾莎繼續繞著第五大道飛行，向每一個她所經過的人叫囂挑戰。六十公尺長的古蛇龍殘骸在人行道上，發出宛如幾千把刀子刮過的空洞摩擦聲。

我們同時也治療著受傷的同伴，將他們送進大廳。敵軍已經撤退到我們看不見的地方，克蕾莎還繼續帶著她可怕的戰利品，在第五大道上來回飛行，叫克羅諾斯出來和她決鬥。

克里斯說：「我會看著她。她最後一定會累的。我會確定她最後有進來這裡。」

「混血營怎麼辦？」我問：「有沒有人留下來？」

克里斯搖搖頭。「只剩下阿古士和自然精靈留守。皮琉斯還在看守那棵樹。」

「他們支撐不了太久，」我說：「但我很高興你們來了。」

克里斯難過地點點頭。「很抱歉這麼晚才趕到。我試著跟克蕾莎講道理。我說如果你們都死了，守護混血營也沒有意義，我們的朋友都在這裡。我很抱歉讓瑟琳娜……」

「我的獵女會幫你們防守。」泰麗雅說：「安娜貝斯和波西，你們兩個應該去奧林帕斯。我有預感上面需要你們幫忙搭起最後的防線。」

大廳已不見守衛的人影。守衛的書朝下擺在桌上，椅子空空如也。但在大廳內，到處塞滿受傷的混血人、獵女和羊男。

我們在電梯旁碰到柯納和崔維斯．史托爾兄弟。

「是真的嗎？」柯納問：「有關瑟琳娜的事？」

我點點頭。「她壯烈犧牲了。」

崔維斯不安地動了動身體。「嗯，我也聽說……」

「就只是這樣，」我很堅持地說：「到此為止。」

「沒錯，」崔維斯囁嚅著：「聽著，我們猜泰坦大軍可能很難進入電梯。他們一次只能上去幾個，而且巨人根本擠不進去。」

「那是我們最大的優勢，」我說：「有沒有任何可以停止電梯運作的方法？」

「電梯靠魔法保護，」崔維斯說：「通常你會需要一張鑰匙卡片，但是守衛消失了，那表示防護正在瓦解當中。任何人現在都能直接走進電梯，一路直上頂樓。」

「那麼我們就不能讓任何人靠近大門，」我說：「我們要把他們困在大廳。」

「我們需要增援，」崔維斯說：「敵軍不斷湧進，最後他們一定會全面壓倒我們。」

「我們沒有援軍。」柯納抱怨著。

我往外看看歐萊麗女士。牠正對著玻璃門吐氣，門上都沾滿牠的地獄犬口水。

「也許不見得。」我說。

我走到外面，把手放在歐萊麗女士的鼻子上。奇戎替牠的腳掌包紮過，但牠走路還是一跛一跛的。牠的毛亂七八糟，全是泥巴、葉子、披薩碎片和乾掉的怪物血跡。

「嗨，小妞。」我盡力讓自己的聲音聽起來很高興。「我知道你很累了，但我還要再請你幫我一個大忙。」

我靠近牠，在牠耳朵邊輕聲說話。

在歐萊麗女士用影子旅行的方式離開後，我回到大廳，走到安娜貝斯身旁。在通往電梯的路上，我們看見格羅佛跪在一個受了重傷的胖羊男身邊。

「雷納斯！」我說。

老羊男看起來糟透了。他嘴唇發青，肚子上插著一支斷掉的長槍，毛茸茸的羊腿扭曲成痛苦的角度。

他努力想要看清我們，但我不覺得他看到了。

「格羅佛……」他喃喃叫著。

「雷納斯，我在這裡。」雖然雷納斯以前說了這麼多格羅佛的壞話，但格羅佛眨著眼睛，不讓眼淚流出來。

「我們……贏了嗎？」

「嗯……是的。」格羅佛說：「雷納斯，多虧了你，我們把敵人都趕走了。」

「早就跟你說過，」老羊男喃喃說著：「眞正的領袖。眞正的……」

他永遠閉上了眼睛。

格羅佛哽咽著。他把手放在雷納斯的額頭上，唸著古老的祝福語。老羊男的身體融化，最後變成一棵長在新鮮泥土裡的小樹苗。

「是月桂樹。」格羅佛讚歎地說：「噢，這隻幸運的老山羊。」

他把小樹苗收起來抱著。「我……我應該把它種起來。就種在奧林帕斯的花園裡吧。」

「我們正要去那裡，」我說：「來吧。」

電梯往上升的時候，裡面響起了輕音樂。我想起我十二歲時第一次拜訪奧林帕斯山的情形，當時安娜貝斯和格羅佛不在我身邊。但我很高興現在他們跟我在一起，我有預感這可能是我們最後一次一起冒險。

「波西，」安娜貝斯靜靜地說：「關於路克的事，你說的對。」自從瑟琳娜．畢瑞嘉犧牲之後，這是她第一次開口說話。她的目光一直停留在電梯樓層顯示板上，顯示板不斷閃爍變出魔術數字：四百、四百五十、五百。

格羅佛和我互看一眼。

「安娜貝斯，」我說：「我很抱歉……」

「你曾經想要告訴我……」她的聲音顫抖，「路克不是好人，我都不相信你，直到……我親耳聽見他是怎麼利用瑟琳娜。現在我知道了。希望你聽了會高興。」

「這不會讓我高興。」我說。

她把頭靠在電梯牆上，不肯看我。

格羅佛懷裡捧著月桂樹苗。「嗯……我們又聚在一起了，當然要高興呀！經歷過吵架、差點死掉、悲慘、恐怖。噢，你們看，我們已經到了。」

電梯門咚的一聲打開，我們踏上空中走道。

「荒涼」這個詞通常不會拿來形容奧林帕斯山，但它現在看起來就是這樣。火盆裡沒有火焰，窗戶全都是暗的，街道被棄置沒人管，大門都釘上了木條。公園是唯一還有人在活動的地方，那裡被改作戰地醫院。威爾．索拉斯和其他阿波羅小屋學員四處忙著照顧傷患。水精靈和樹精靈一起幫忙，用自然的魔法之歌治療燙傷和毒傷。

在格羅佛種月桂樹苗的時候，安娜貝斯和我四處巡視，替受傷的同伴打氣。我看到一個斷了腿的羊男、一個從頭到腳都綁著繃帶的混血人，和一具用阿波羅小屋金色壽衣包裹的屍體。我不知道壽衣裡包的是誰，我也不想知道。

我的心像鉛塊一樣沉重，但我們儘量用積極正面的話來鼓勵大家。

「你很快就會站起來和泰坦巨神戰鬥！」我告訴一名學員。

「你看起來好極了。」安娜貝斯告訴另一名學員。

「雷納斯變成一棵樹！」格羅佛告訴一名正在痛苦呻吟的羊男。

戴歐尼修斯的兒子波琉克斯靠在一棵樹上。他一隻手斷了，但除此之外看起來都還好。

「我還可以用另一隻手作戰。」他咬牙切齒地說。

「不，」我說：「你做得已經夠多了。我要你留在這裡幫忙照顧傷患。」

「可是……」

「你答應我要保護自己的安全，」我說：「好嗎？算我私下拜託你。」

他不確定地皺起眉頭。我們又不算好朋友，但我也不會跟他說這是他爸的請求，那只會讓他難堪。最後他同意了。當他又坐下的時候，我看得出來他有點鬆了口氣。

安娜貝斯、格羅佛和我繼續朝宮殿走去，那是克羅諾斯會去的地方。只要他一搭電梯上來（我相信他一定有辦法），絕對會摧毀代表天神力量中心的王座廳。

青銅門嘎的一聲打開。我們的腳步聲迴盪在大理石地板間。大廳天花板上的星座冷冷的閃爍。火爐裡的火已經變成微弱的紅光。荷絲提雅以穿著棕色袍子的小女孩形象出現，正瑟縮在火爐邊發抖。奧菲歐陶若斯哀傷地在牠的水球裡游動。牠看見我的時候，發出無精打采的哞叫聲。

王座在火光中投射出看似邪惡的陰影，如同緊緊抓著東西的手。

有個人站在宙斯的王座下方，抬頭看著星星，那是瑞秋．伊莉莎白．戴爾。她手裡捧著一個希臘陶罐。

「瑞秋？」我說：「嗯，你拿著那個東西做什麼？」

她看著我，一副剛剛才從夢裡走出來的樣子。「這是我找到的東西。這是潘朵拉的罐子，對不對？」

她的眼睛比平常明亮，我突然想起發霉三明治和烤焦餅乾的不愉快回憶。

「請把罐子放下。」我說。

「我看得見希望在罐子裡面。」瑞秋的手指劃過陶罐上的圖案。「非常脆弱。」

「瑞秋。」

我的聲音似乎把她拉回了現實。她伸出手來交出罐子，我把罐子接過來。陶罐感覺像冰一樣冷。

「格羅佛，」安娜貝斯含糊說著：「我們去巡守宮殿，或許我們可以找到多出來的希臘火藥或是赫菲斯托斯做的機關。」

「可是……」

安娜貝斯用手肘推他。

「沒錯！」他大叫：「我喜歡機關！」

她拖著他走出王座廳。

在火爐旁，荷絲提雅縮在袍子裡，前後晃動。

「來吧，」我告訴瑞秋：「我要你見一個人。」

我們坐在女神旁邊。

「荷絲提雅殿下。」我說。

「嗨，波西．傑克森，」女神低聲說：「愈來愈冷。很難繼續讓火燒著。」

「我知道，」我說：「泰坦巨神快來了。」

荷絲提雅把注意力放在瑞秋身上。「嗨，親愛的，你終於來到我們的火爐旁。」

瑞秋眨眨眼。「你一直在等我來？」

荷絲提雅伸出手來。煤炭發光，我看見火裡的景象：我媽、保羅跟我坐在廚房餐桌邊享用感恩節晚餐；我的朋友和我一起圍繞在混血營的營火旁，一邊唱歌一邊吃烤棉花糖；瑞秋和我一起開著保羅的車，在海灘上兜風。

我不知道瑞秋是不是看見同樣的景象，但是她肩上緊繃的壓力消失了。火焰的溫暖似乎流過她的身體。

「要取得你在火爐的位置，」荷絲提雅告訴她：「你一定要放開所有讓你分心的事物。這是你唯一能存活的方式。」

瑞秋點點頭。「我……我懂。」

「等等，」我說：「她在說什麼？」

瑞秋顫抖著深吸了口氣。「波西，我來到這裡的時候……我以為我是為了你而來。但其實我不是，你跟我……」她搖搖頭。

「等一下。現在我成了『讓你分心的事物』？是因為我『不是英雄』還是什麼的？」

「我不知道是不是能用話語說清楚，」她說：「我會被你吸引是因為……你開啓了通往這一切的大門。」她指著王座廳，「我需要了解我眞正看見的一切，但你跟我，不是這其中的一部分。我想你內心深處一直都知道。」

我瞪著她看。或許說到女孩子的事，我不是全世界最聰明的男生，但我非常確定瑞秋剛剛把我甩了。我想到我們甚至從來沒有在一起過，實在是遜斃了。

「那……又怎麼樣，」我說：「『謝謝你帶我來奧林帕斯。再見。』這就是你要說的事？」

瑞秋盯著火看。

「波西．傑克森，」荷絲提雅說：「瑞秋把她能告訴你的事都說了。她的時刻已經來臨，但你的選擇會來得更加快速。你準備好了嗎？」

我想抱怨著說不，我根本都還沒開始準備。

我看著潘朵拉的罐子，第一次有想要打開來的衝動。「希望」現在對我來說似乎一點用都沒有。我有那麼多朋友都死了，瑞秋不管我，安娜貝斯生我的氣，我的父母還睡在街上某個地方，而怪物大軍已經包圍帝國大廈，奧林帕斯瀕臨毀滅的邊緣。我已經看過太多天神所做的殘忍行爲：宙斯殺了瑪麗亞．帝亞傑羅、黑帝斯詛咒最後一位神諭、荷米斯知道自己的兒子路克將會變得邪惡卻還是棄他不顧。

「投降吧，」普羅米修斯的聲音在我耳邊低語：「否則你家將會被夷爲平地。你寶貝的混血營將會化爲灰燼。」

接著我看了看荷絲提雅，她紅色的雙眼發出溫暖的光芒。我記得我在她的火爐裡所看到的景象：有朋友和家人，有我關心的每個人。

我想起克里斯．羅德里格茲說過的話：「如果你們都死了，守護混血營也沒有意義，我們所有的朋友都在這裡。」尼克面對他的父親黑帝斯時說：「如果奧林帕斯滅亡，你自己的宮殿安全也沒意義了。」

我聽見有腳步聲傳來。安娜貝斯和格羅佛走回王座廳，看見我們的時候停了下來。我臉上大概露出了奇怪的表情。

「波西？」安娜貝斯聽起來已經不生氣了，語氣帶著關心。「我們是不是應該……嗯，再離開一下？」

我突然覺得像是有人把鋼灌進我身體一樣。我知道該怎麼做了。

我看著瑞秋。「你不會做任何傻事吧？我是說……你跟奇戎談過，對吧？」

她努力擠出一個淺淺的微笑。「你擔心我會做什麼傻事？」

「我的意思是……你會沒事吧？」

「我不知道，」她承認：「那得看你是不是能拯救世界了，英雄。」

我拿起潘朵拉的罐子。希望精靈在罐子裡飄動，儘量讓冰冷的罐子變得溫暖。

「荷絲提雅，」我說：「我要把這個罐子獻給您。」

女神將頭歪向一邊。「我是力量最弱的天神。爲什麼你信任我，還把這個交給我？」

「因爲您是最後一位奧林帕斯天神，」我說：「也是最重要的一位。」

「波西．傑克森，爲什麼呢？」

「因爲『希望』最能在火爐邊存活，」我說：「替我守護著它，我才不會受到誘惑而再次想要打開。」

女神露出微笑。她伸手接過罐子，罐子開始發光。火爐裡的火燒得更耀眼了。

「做得好，波西．傑克森，」她說：「願天神保佑你。」

「我們馬上就會知道。」我看著安娜貝斯和格羅佛說：「我們走吧，各位。」

我大步往父親的王座走去。

波塞頓的座位就在宙斯的座位右邊，但不像宙斯的那麼雄偉豪華。一體成型的黑色皮椅下面有迴轉底座，兩旁還有用來固定釣竿（或三叉戟）的鐵環。基本上看起來就像一張深海漁船的椅子，你會坐在上面獵捕鯊魚、槍魚或其他海底怪物。

天神在自然的狀態下，身高可達六公尺，所以就算我伸長手臂，也只能碰到座墊邊緣。

「幫我一把，讓我坐上去。」我對安娜貝斯和格羅佛說。

「你瘋了嗎？」安娜貝斯問。

「大概吧。」我承認。

「波西，」格羅佛說：「天神真的很不喜歡別人坐在他們的王座上。我說的可是『會把你燒成灰』的那種不喜歡。」

「我需要引起他的注意，」我說：「這是唯一的辦法。」

他們兩人交換著不安的眼神。

「嗯，」安娜貝斯說：「這的確會引起他的注意。」

他們把手交叉作成踏板，把我舉高推到王座上。我感覺自己像是個小嬰兒，兩腳高高懸離地面。我環顧四周，看著其他陰暗空蕩的王座，我可以想像身爲天神大會的一員坐在那椅子上有什麼感覺。他們有這麼多的權力，卻也有這麼多爭執。另外十一名天神總想照著他們自己的方式做事，如果我是波塞頓的話，或許光想到自己的利益，就很容易變得偏執狂妄。坐在他的王座上，我感覺到整個大海都在我的統治之下，海裡每一塊巨大的土地都翻滾著權力和神祕。波塞頓爲什麼該聽別人的？爲什麼他不該是十二位天神裡最了不起的一位？

然後我搖搖頭。要專心。

王座開始晃動。一股威力強如颶風的怒火猛烈撞擊我的腦袋。

「誰那麼大膽！」

聲音嘎然而止。好在那怒氣漸漸退散，因爲光這句話就差點把我的腦袋炸碎。

「波西。」我爸的聲音聽起來還是很生氣，但是他很努力控制不要發火。「你到底坐在我的王座上做什麼？」

「父親，對不起，」我說：「我需要引起你的注意。」

「這麼做很危險，就算是你也一樣。如果我在動手爆破前沒有先看一下，你早就變成一灘海水了。」

「對不起，」我又說了一次：「聽我說，這裡的狀況很糟。」

我告訴他事情的經過，接著把我的計畫告訴他。

他沉默了很久沒說話。

「波西，你請求的是不可能的事。我的宮殿……」

「爸，克羅諾斯故意派一支軍隊攻擊你。他想要把你跟其他天神隔開來，因爲他知道你能扭轉局面。」

「就算如此，他還是攻擊了我的家。」

「我現在就在你家，」我說：「在奧林帕斯。」

地板震動。一股怒氣往我腦裡襲來。我想我說過了頭。但這震動停止了，在我心靈所連結到的景象中，可以聽到水裡的爆炸聲、獨眼巨人的嘶吼聲及人魚大叫等作戰的叫囂聲。

「泰森還好嗎？」我問。

這個問題似乎問得我爸措手不及。「他很好。他的表現比我預期的還更好。雖然『花生醬』是一個很奇怪的作戰口號。」

「你讓他打仗？」

「不要改變話題！你了解你要求我做的事有多嚴重？我的宮殿會被摧毀。」

「奧林帕斯會得救。」

「你知不知道我花了多久時間整修這座宮殿？光是遊戲間就花了我六百年。」

「爸……」

「很好！就照你說的做。但我的兒子，你最好祈禱這個方法會管用。」

「我是在祈禱沒錯。我現在不就是在跟你說話嗎？」

「噢……對。說得好。安菲屈蒂，我馬上來！」

巨大的爆炸聲切斷了我們的連結。

我從王座上滑下來。

格羅佛緊張地打量著我。「你還好嗎？你剛剛臉色慘白，而且還冒煙。」

「我才沒有！」然後我看看自己的手臂。我的無袖上衣冒出蒸氣，手上的汗毛都燒焦了。

「如果你繼續坐在上面，」安娜貝斯說：「就會馬上自動燃燒。希望你們剛才的談話值得這一切風險。」

「哞！」奧菲歐陶若斯在牠的水球裡發出叫聲。

「我們馬上就會知道了。」我說。

就在那時，王座廳的大門打開。泰麗雅大步走進來。她的弓斷成兩半，箭筒也空了。

「你們一定要下來，」她告訴我們：「敵軍已經逼近，而克羅諾斯在前頭領軍。」

18 黑色地下大軍

等我們到了街上，已經太遲了。

混血營學員和獵女們紛紛受傷躺在地上。克蕾莎一定是被海坡柏里恩人打敗了，因爲她和自己的戰車被凍成一塊大冰塊。半人馬完全不見蹤影，他們有可能被嚇得四處逃竄或是早就被分散了。

泰坦大軍圍繞整棟大樓，站在離大門約六公尺外的地方。克羅諾斯的前鋒有中村伊森、穿著綠色盔甲的龍女和兩名海坡柏里恩人。我沒看到普羅米修斯，那個狡猾的老狐狸大概躲在他們的總部裡面。只見克羅諾斯親自拿著鐮刀站在前方。

唯一擋住他去路的是——

「奇戎。」安娜貝斯顫抖著說。

如果奇戎有聽見我們的話，他也沒有出聲回應。他的箭搭在弦上，瞄準克羅諾斯的臉。

克羅諾斯一看到我，金色眼睛發亮，我身上的每一寸肌肉都立刻僵直。泰坦王將注意力轉回奇戎身上。「兒子，你給我讓開。」

聽到路克叫奇戎「兒子」已經夠怪了，但是克羅諾斯的聲音裡帶著不屑，彷彿「兒子」

是他所能想到最糟的詞。

「恐怕不行。」奇戎的語調非常平靜，他非常生氣的時候就是這個樣子。

我想移動，但我的腳像是被水泥封住一樣。安娜貝斯、格羅佛和泰麗雅也都被牽制住，就像是被什麼東西卡到了。

「奇戎！」安娜貝斯說：「小心！」

龍女愈來愈不耐煩，開始往前衝。奇戎的箭直接射進她兩眼中間，讓她當場蒸發消散，她空空如也的盔甲匡啷一聲掉到柏油路上。

奇戎伸手去拿另一支箭，但是他的箭筒已經空了。他把弓丟掉，抽出劍來。我知道他討厭用劍打仗，劍從來都不是他喜歡的武器。

克羅諾斯笑出聲來。他每往前走一步，奇戎下半截的馬身就緊張地輕輕跳動，馬尾巴來回搖晃。

「你是個老師，」克羅諾斯冷笑，「不是英雄。」

「路克以前是英雄，」奇戎說：「他曾經是個好英雄，直到你讓他墮落。」

「傻子！」克羅諾斯的聲音撼動整個城市。「你在他的腦袋裡裝滿了空洞的承諾。你說過天神關心我！」

「我，」奇戎注意到了，「你剛才說『我』。」

克羅諾斯一臉困惑，就在那一刻，奇戎出手攻擊。這一招很厲害，他先佯裝攻擊，然後往他臉上砍去。如果是我，不可能做得這麼好，但克羅諾斯閃得很快。他擁有所有路克的戰鬥技巧，那還眞是不少。他把奇戎的劍打到一邊，大喊：「後退！」

一陣令人眩目的白光在泰坦巨神和半人馬之間爆炸，奇戎飛出去撞上一棟大樓，力量大到讓大樓崩塌，壓在他身上。

「不！」安娜貝斯哭著說。僵硬的魔咒解除，我們往老師倒下的地方跑去，卻沒有看到他。泰麗雅和我無助地搬開磚塊尋找，而泰坦大軍發出一片噁心的笑聲。

「你！」安娜貝斯轉向面對路克。「想到我……我以爲……」

她抽出刀來。

「安娜貝斯，不行。」我想要抓住她的手臂，但她把我甩開。

她攻擊克羅諾斯。他臉上沾沾自喜的笑容消失了。或許有一部分的路克還記得自己以前喜歡過這個女孩，他曾經在她小的時候照顧過她。她把刀子戳進盔甲的帶子之間，就在他的鎖骨上。刀子應該會深入他的胸口，卻彈開了。安娜貝斯痛得彎腰，手緊緊抱著肚子。這一定又讓她受傷的肩膀脫臼。

我把她拉回來，克羅諾斯正揮動他的大鐮刀，在她剛才站過的地方比劃著。

她反抗我，還一邊大叫：「我恨你！」我不確定她到底是在對誰說，是我、路克還是克羅諾斯？眼淚從她沾滿灰塵的臉上撲簌落下。

「我必須跟他決鬥。」我告訴她。

「波西，這也是我的決鬥！」

克羅諾斯大笑。「鬥志眞高。我可以了解爲什麼路克要放過你。可惜那是不可能的事。」

他舉起鐮刀。我準備採取防守姿勢，但就在克羅諾斯攻擊之前，一隻狗的嚎叫聲從泰坦大軍後方傳來，劃破空氣。「啊嗚！」

雖然現在抱著希望顯然太過奢侈，但我還是叫著：「歐萊麗女士？」

敵軍開始騷動不安，接著發生了最詭異的事。他們開始分開，在街道上清出一條路來，像是後面有人逼著他們這麼做。

很快的，第五大道中央就出現一條淨空的走道。站在這條街後面的是我的大狗和一個穿著黑色盔甲的小人影。

「尼克？」我喊著。

「汪！」歐萊麗女士朝我跳過來，無視於兩旁咆哮的怪物。尼克往前漫步過來。在他前面的敵軍紛紛往後倒下，有如他全身散發出死亡的氣息，不過這當然也是事實。

透過他骷髏狀頭盔的面罩，可以看到他的笑容。「我收到你的口信。現在才來參加派對是不是太遲了？」

「黑帝斯之子，」克羅諾斯朝地上吐口水，「你這麼喜歡死，希望早點經歷死亡嗎？」

「你的死，」尼克說：「對我來說就夠好了。」

「我是不死之人，你這個笨蛋！我從塔耳塔洛斯逃出來。這裡不關你的事，你也沒有存活的機會。」

尼克抽出他的劍，那是一把長約一公尺、用冥界的銅所做的極爲鋒利的劍，像惡夢一樣黑暗。「我可不同意。」

地面晃動起來，馬路、人行道、大樓側面都出現裂縫。死人慢慢爬進活人的世界，骷髏手不斷抓著空氣。突然出現上千名死人，讓泰坦巨神的怪物們個個不安地開始後退。

「守住你們的位置！」克羅諾斯大聲命令。「死人不是我們的對手。」

天空變得又暗又冷，陰影也變得厚重。殘酷的戰爭號角響起，死人士兵排成隊伍站好，個個佩帶槍、劍和長槍，一輛大型戰車從第五大道上呼嘯而來，停在尼克旁邊。拉車的馬匹都是有生命的影子，是用黑暗作成的。戰車上鑲嵌著黑曜石和金子，用痛苦的死亡場景圖畫做裝飾。冥界之王黑帝斯親自手握韁繩，在他身後的是狄蜜特和泊瑟芬。

黑帝斯穿著黑色盔甲和一件血紅色的斗蓬，蒼白的頭上戴著黑暗之舵。這頂王冠能散發出純粹可怕的力量，我看著它的時候，它不斷改變形狀——龍頭、黑色火焰、人骨做成的花圈。但這不是它眞正可怕的地方，黑暗之舵深入我的內心，引發我最可怕的惡夢及最深沉的恐懼。我想要爬到一個洞裡躲起來，看得出來所有的敵軍也有同樣的想法，但因爲有克羅諾斯的力量和權威在，他的手下才沒有四散逃命。

黑帝斯冷冷地微笑。「你好，父親。你看起來……很年輕。」

「黑帝斯，」克羅諾斯咆哮：「我希望你和兩位女士是來向我宣誓結盟。」

「恐怕不是，」黑帝斯嘆口氣說：「我的兒子說服我或許該重新排列一下我的敵人順序。」他厭惡地看了我一眼。「儘管我非常討厭某些自命不凡的混血人，但奧林帕斯不該衰亡。我會懷念兄弟姊妹吵架的日子。如果說有某一件事是我們大家都會同意的，那就是，你是個糟糕透頂的父親！」

「的確，」狄蜜特低聲說：「一點都不懂得欣賞農業。」

「媽！」泊瑟芬抱怨。

黑帝斯抽出劍來，那是一把冥界青銅做成的雙刃利劍，上面還用銀蝕刻著。「現在跟我對戰！今天，黑帝斯家族將被稱爲奧林帕斯的救星。」

「我沒時間搞這種事。」克羅諾斯咆哮。

他用鐮刀重擊地面。縫隙從兩邊蔓延裂開，包圍住帝國大廈。一道能量之牆沿著裂縫邊線發光，將克羅諾斯的先鋒、我的朋友和我，從兩軍的其他人之中分隔開來。

「他在做什麼？」我低聲問。

「把我們封在裡面，」泰麗雅說：「他在摧毀曼哈頓四周的魔法屏障，切斷一切，只剩大樓和我們。」

可以確定的是，屏障外的世界，車子引擎重新發動，行人紛紛甦醒，茫然不解地看著周遭的怪物和殭屍。不知道他們透過迷霧看到什麼景象，但我知道一定也很可怕。車門打開。在這條街的尾端，保羅．布魯菲斯和我媽從他們的車裡走出來。

「不，」我說：「不要……」

我媽可以看透迷霧。我從她的表情知道她了解事態嚴重，希望她知道要趕快逃跑。可是她盯著我，然後對保羅說了些話，他們兩人直接朝著我們跑過來。

我不能大叫。我最不想做的就是讓克羅諾斯注意到她。

幸好，黑帝斯分散了他的注意力。黑帝斯衝向能量之牆，但是他的戰車撞在牆上翻覆。他落在地上站好，一邊咒罵，想用黑色能量炸毀這道牆，但是屏障仍舊屹立不動。

「攻擊！」他高聲大喊。

死人軍隊和泰坦的怪物大軍相互廝殺，第五大道一團混亂。人類尖叫、逃跑，到處尋求掩護。狄蜜特手一揮，一整列巨人變成了小麥田。泊瑟芬把龍女的長槍變成向日葵。尼克在敵軍中拿著劍又砍又劈，並盡可能保護路上其他行人。我的爸媽躲開怪物和殭屍向我跑來，但我幫不了他們。

「中村伊森，」克羅諾斯說：「跟在我旁邊。巨人們，對付那些人。」

他手指著我跟我的朋友，然後就躲進了大廳。

有一秒鐘我整個人傻住。我一直以爲會大幹一場，但克羅諾斯完全忽略我，好像我根本不值得他多花力氣對付。這讓我氣得不得了。

第一個海坡柏里恩人用棍子想打我，我從他兩腿之間的空隙滾過去，將波濤劍用力插進他的背部，他變成一堆碎冰塊。第二個巨人對著安娜貝斯吐出霜，而安娜貝斯幾乎站不起來，不過格羅佛把她拉開了。泰麗雅展開攻勢。她像一隻瞪羚一樣跳上巨人的背脊，拿著她狩獵用的刀子，切開怪物藍色的脖子，創造出世界上最大的無頭冰雕作品。

我往外瞄了一眼魔法屏障。尼克邊打邊接近我媽和保羅所在位置，但是他們也沒有坐著等待幫忙。保羅隨手從地上抄起一把過世英雄的劍，劍法還很厲害呢，他讓龍女窮於應付。他一劍刺進龍女的心臟，立刻讓龍女灰飛湮滅。

「保羅？」我驚訝地說。

他轉過來對著我笑。「希望我剛才殺掉的是一隻怪物沒錯。我大學時代是莎劇演員，學了一點劍術招式。」

因爲這樣，現在我更喜歡他了，但是一個勒斯岡巨人往我媽那裡衝過去。我媽在一輛被棄置的警車裡東翻西找，大概是在找緊急無線電，而且她是背對著外面。

「媽！」我大叫。

在怪物快壓在她身上前，她突然轉身。我本來以爲她手裡拿著一把雨傘，結果發現她拿起了一把散彈槍發射，將巨人轟得倒退六、七公尺，直接插進尼克的劍上。

「漂亮。」保羅說。

「你什麼時候學會用散彈槍的？」我大聲質問。

我媽把頭髮從臉上吹開。「大概兩秒前。波西，我們不會有事的。你快走！」

「沒錯！」尼克同意。「我們來處理敵軍，你必須去對付克羅諾斯！」

「來吧，海藻腦袋！」安娜貝斯說。我點點頭。然後我看著大樓一旁的碎石瓦礫堆。我的心糾結不安，我竟然忘了奇戎，怎麼可以這樣？

「歐萊麗女士，」我說：「拜託，奇戎還躺在下面。如果有誰能把他挖出來，那一定就是你了，你辦得到。去找他！去幫他！」

我不知道牠聽懂多少，但是牠跳到瓦礫堆開始挖掘。安娜貝斯、泰麗雅、格羅佛跟我，一起往電梯那裡飛奔而去。

19 奧林帕斯之戰

通往奧林帕斯的空中橋樑正在消溶。我們一走出電梯，踏上白色大理石步道，腳下立刻出現了裂縫。

「快跳！」格羅佛說。這對他來說輕而易舉，因爲他有一部分高山山羊的血統。他跳到另一塊石板上，而我們的石板正在傾斜。

「天神啊，我討厭高的地方！」泰麗雅跟我一起跳的時候大叫。可是安娜貝斯不肯跳，她跌跌撞撞，大喊著：「波西！」

步道往下掉落，摔成碎屑的當下，我及時抓住她的手。有那麼一秒鐘，我以爲她會把我們兩個都拉下去。她的腳在空中晃盪，她的手開始滑脫，直到我抓緊她的手掌。好險格羅佛和泰麗雅及時抓住我的腿，讓我有更多力量拉住安娜貝斯，她才沒有摔下去。

我把她拉上來，我們全身發抖，躺在步道上。我沒發現我們的手臂還一直繞在一起，直到她突然緊張起來。

「呃，謝了。」她低聲說。

我想說「不客氣」之類的話，但說出來的卻是：「嗯。」

「繼續走吧！」格羅佛拉著我的肩膀。我們奮力跑過空橋，有愈來愈多的石頭分解消散，灰飛湮滅。最後一部分瓦解的時候，我們終於抵達山邊。

安娜貝斯回頭看著電梯，它現在完全懸空，只見一組光可鑑人的金屬門吊掛在空中，就在曼哈頓上方六百層樓高的地方，四周什麼都沒有。

「我們現在孤立無援了，」她說：「一切要靠我們自己。」

「咩……咩！」格羅佛說。「奧林帕斯與美國之間的連結正在消失。如果沒了……」

「天神就無法移動到另一個國家，」泰麗雅說：「這會是奧林帕斯的末日，最後的結局。」

我們跑過街道，奧林帕斯山上的高樓華廈起火燃燒，雕像已經被砍斷，公園的樹木都被炸碎。看起來彷彿有人用巨大的除草機攻擊整座城市。

「是克羅諾斯的鐮刀。」我說。

我們沿著蜿蜒的的道路通往天神的宮殿。我不記得這條路有這麼長，或許是克羅諾斯讓時間變慢了，也或許是因為恐懼讓我的速度減慢。整個山頂已經變成廢墟，這麼多美麗的房子和花園都不見了。

幾名小神和自然精靈曾經試圖阻止克羅諾斯，他們遺留下來的東西散落一地，有支離破碎的盔甲、扯破撕爛的衣服、被砍成一半的劍和長槍等。

在我們前頭某個地方，傳來克羅諾斯的怒吼：「一磚一瓦！這是我的承諾。這裡的一磚一瓦都要拆掉！」

一座有著金色圓柱的白色大理石神廟突然爆炸，圓柱像茶壺蓋一樣往上衝，然後裂成碎片，像下雨一般落在整座城市。

「那是阿蒂蜜絲的神殿。」泰麗雅抱怨。「他會付出代價的。」

我們跑過有著宙斯和希拉巨大雕像的大理石拱門下。此時整座山搖動，像是在暴風雨中左右晃動的船。

「小心！」格羅佛大叫。拱門垮了。我及時抬頭一看，二十噸重的憤怒希拉就快壓在我們身上。要不是泰麗雅從後面推了我們一把，幫我們躲開危險，安娜貝斯和我早就被壓扁了。

「泰麗雅！」格羅佛哭喊。

等到塵埃落定、山不再晃動時，我們發現泰麗雅的腿被壓在雕像下，幸好她還活著。

我們焦急絕望地想將雕像移開，但這需要好幾個獨眼巨人才搬得動。我們試著把泰麗雅從雕像下拉出來，她痛得大叫。

「我打過那麼多仗都活下來了，」她大聲抱怨著：「卻被一塊愚蠢的大石頭打敗！」

「是希拉，」安娜貝斯生氣地說：「她一直都對我有敵意。要不是你把我們推開，她的雕像早就把我殺死了。」

泰麗雅表情非常痛苦。「好了，不要只是站在那裡！我會沒事的。快走！」

我們不想拋下她，但我可以聽見克羅諾斯接近天神大廳時的笑聲。有更多建築物爆炸。

「我們會回來。」我向她保證。

「我哪裡也不會去。」泰麗雅痛苦呻吟。

一顆火球在山的另一邊爆炸，就在宮殿大門附近。

「我們必須用跑的。」我說。

「我想你說的意思不是『跑走』。」格羅佛抱著希望喃喃自語。

我跑向宮殿，安娜貝斯緊追在我後面。

「我就怕這樣。」格羅佛嘆口氣，咯噔咯噔地在我們後面跟著跑。

宮殿大門大得足以讓一艘遊艇開進來，但是這些門都被拔掉鉸鏈、重重擊毀，彷彿毫無重量一樣。我們必須爬過一堆破碎的石塊和扭曲的金屬才能進到裡面。

克羅諾斯站在王座廳中央，他的手臂打開伸直，抬頭盯著滿布星辰的天花板，好像想把一切都完全吸進身體裡。他笑聲的回音甚至比以前在塔耳塔洛斯深淵裡所發出的還大聲。

「終於！」他大叫。「奧林帕斯天神大會，多麼榮耀，多麼萬能。哪一張王座是我首先該摧毀的呢？」

伊森站在一旁，躲開他主人鐮刀揮舞的範圍。火爐的火幾乎熄滅了，只剩下煤灰裡還有幾顆發亮的星火。沒看到荷絲提雅，也沒有瑞秋的蹤影。真希望她沒事，但我看到這麼多地方都遭到毀壞，我開始害怕去想這件事。奧菲歐陶若斯在王座廳角落的水球裡游動，很聰明地不發出任何聲音，但要不了多久，克羅諾斯就會發現牠。

安娜貝斯、格羅佛和我走進火炬照耀的範圍裡。伊森首先看到我們。

「主人。」他出聲警告。

克羅諾斯轉身過來，那張路克的臉上掛著笑容。除了那雙金色的眼睛之外，他看起來就跟四年前歡迎我加入荷米斯小屋時一模一樣。安娜貝斯喉嚨裡發出痛苦的聲音，像是有人重重地揍了她一拳。

「傑克森，我第一個要殺的人是不是你？」克羅諾斯問。「這就是你要做的選擇：跟我決鬥而死，還是在我腳下俯首稱臣？你也曉得，預言的結局從來都不是好下場。」

「路克會用劍來決鬥，」我說：「但我想你沒有他的技巧。」

克羅諾斯冷笑。他的鐮刀開始變化，手裡出現路克從前那把武器——用一半天界青銅和一半人界的鋼製成的暗劍。

在我旁邊的安娜貝斯像是突然想到什麼點子般的尖叫出聲。「波西，這把刀！」她把自己的短刀從刀鞘抽出。「受詛利刃將會擷取英雄的靈魂。」

我不懂她為何現在要提醒我這句預言。這又不是什麼激勵士氣的話，但在我來得及開口問她之前，克羅諾斯把劍高高舉起。

「等等！」安娜貝斯大喊。

克羅諾斯像一陣旋風般朝我而來。

我立刻做出本能反應。我邊閃邊砍邊滾，卻覺得自己好像在與一百名劍士對打。伊森閃到一邊，想站到我背後卻被安娜貝斯攔擊。他們開始打鬥，但是我現在無法專心注意她的情況。我隱約意識到格羅佛在吹奏他的蘆笛，笛聲在我體內注入溫暖和勇氣，我想到陽光、藍天、平靜的草地，在一個遠離戰爭的地方。

克羅諾斯把我逼到赫菲斯托斯王座旁，那是一張機械椅，擺滿了青銅和銀製的裝備。克羅諾斯手一揮，我奮力直接跳上王座。王座開始移動，並發出神祕機械的嗡嗡聲。「啓動防禦模式。」機器發出警告：「啓動防禦模式。」

眞是再好不過了。當王座朝各處發出一波波電流時，我直接跳過克羅諾斯的頭頂。其中一道電流射中克羅諾斯的臉，讓他彎下腰來，再彈到他的劍上。

「啊！」他膝蓋一彎，丟下暗劍。

安娜貝斯發現機會來了。她把伊森踢開，直接衝向克羅諾斯。「路克，聽我說！」

我想對她大叫，告訴她跟克羅諾斯講道理就是瘋了，但我沒時間說。克羅諾斯手一揮，安娜貝斯往後飛出去，撞上她媽媽的王座，然後癱在地上。

「安娜貝斯！」我大聲尖叫。

伊森站起來。他現在就在安娜貝斯和我中間。我必須背對著克羅諾斯，跟他作戰。

格羅佛的音樂曲調更加急促。他往安娜貝斯的方向移動，但是他無法在快速移動時繼續吹奏。王座廳的地板上長出青草，細小的樹根在大理石縫隙中爬行蔓延。克羅諾斯一隻腳站了起來。他的頭髮還在悶燒冒煙，臉上都是電擊燙傷的痕跡。他想伸手拿劍，但這次劍卻沒有飛進他的手裡。

「伊森！」他痛苦呻吟著：「現在是證明你能力的時候了。你知道傑克森的祕密弱點。殺了他，你就會得到數不盡的報償。」

伊森的眼光落在我的身體中央，我很確定他已經知道我的弱點在那裡。就算他不能親自殺了我，他只要告訴克羅諾斯就行了。我絕不可能永遠保護著自己。

「伊森，看看你的周圍，」我說：「世界末日。這就是你要的報酬嗎？你眞的希望所有東西都被摧毀，不管好的壞的都一樣嗎？要把一切都毀滅嗎？」

格羅佛已經快要走到安娜貝斯旁邊。地板上的青草愈來愈茂密，樹根幾乎有半公尺長，宛如一撮短鬚。

「這裡沒有涅梅西絲的王座，」伊森低聲說：「沒有我媽媽的王座。」

「沒錯！」克羅諾斯想站起來，但還是跌跌撞撞無法起身。在他左耳上方，有一撮金髮還在悶燒。「把他們都打倒！他們受折磨是活該。」

「你說你媽媽是掌管平衡的女神，」我提醒他：「伊森，位階低的天神理當獲得較好的待遇，但是完全毀滅並非平衡。克羅諾斯沒有建造，他只有摧毀而已。」

伊森看著赫菲斯托斯還在發出滋滋聲的王座。格羅佛繼續吹奏音樂，伊森受到吸引，彷佛曲子讓他內心充滿懷舊的渴望，希望能夠在這裡以外的任何地方看見美麗的一天。他那隻完好的眼睛眨個不停。

然後他衝出去攻擊——但不是對我。

克羅諾斯還跪坐在地上，伊森把劍往泰坦巨神的脖子上一戳。這本來應該會讓他立刻斃命，但是劍卻碎了。伊森往後倒，痛苦地抱著肚子。他那碎裂的劍有一片碎片彈開，劃破他的盔甲。

克羅諾斯搖搖晃晃站了起來，高高聳立在他的僕人前面。「叛徒！」他狂吼大叫。

格羅佛繼續吹奏音樂，青草在伊森身體四周生長。伊森看著我，他的臉因痛苦而扭曲。

「得到更好待遇，」他喘氣說著：「如果他們……有王座……」

克羅諾斯的腳用力一跺，伊森周圍的地板裂開。涅梅西絲之子從裂縫中往下掉落，穿過奧林帕斯山的中央，掉進空中。

「沒用的傢伙。」克羅諾斯撿起他的劍。「現在輪到你們這些剩下的人了。」

我唯一的念頭就是不讓他接近安娜貝斯。

格羅佛現在已經到了她旁邊。他停止吹奏蘆笛，餵她吃神食。

不管克羅諾斯走到那裡，樹根都會纏住他的腳。但是格羅佛太早停止吹奏。這些樹根不夠粗壯，沒有什麼作用，只會讓泰坦巨神感到惱怒而已。

我們一路打到火爐旁，揚起煤炭和火花。克羅諾斯砍斷阿瑞斯王座一邊的扶手，我對此完全沒意見，但後來克羅諾斯把我逼到我爸的王座旁。

「喔，是的，」克羅諾斯說：「這張椅子用來點燃我的新火爐最好！」

我們的劍在陣陣火花中互相劈砍。他力氣比我大得多，但有那麼一刻，我感覺手臂裡有海洋的力量。我把他推開又再次攻擊，用波濤劍劃過他的護胸鎧甲，力量大到把天界的青銅切開一塊。

他又重重跺腳，時間慢了下來。我想再次發動攻擊，卻是以冰河的速度緩慢移動。克羅諾斯輕鬆地向後退，調整呼吸。他檢查盔甲上的切口，而我只能掙扎著向前，在心裡默默詛咒他。他想叫暫停的時候就能暫停，他也能讓我停在一個地方靜止不動。我唯一的希望是這一切動作會消耗他的精力。如果我能削弱他的力氣……

「太遲了，波西．傑克森，」他說：「你看。」

他指著火爐。煤炭發著光，一陣白煙從火裡升起，形成類似伊麗絲女神訊息的景象。我看見尼克和我爸媽在第五大道上被敵人團團包圍，打著一場沒有希望的戰爭。後面是黑帝斯駕著黑色戰車作戰，召喚一波又一波的殭屍從地底爬出，但是泰坦大軍不斷湧入，似乎永無止盡。同時，曼哈頓完全毀滅。已經完全清醒的人類，驚慌失措地四處逃散。汽車紛紛掉頭轉向，卻都撞成一團。

場景轉換，我看見更駭人的景象。

一道暴風正在接近哈德遜河，快速越過澤西海岸而來。戰車將風暴包圍，要和雲裡的怪物決一死戰。

天神展開攻擊，閃電大作，金箭、銀箭像火箭追蹤器一樣不斷射入雲裡，然後爆炸。漸漸的，雲朵開始散開，我頭一次清楚看見泰風的模樣。

我知道這輩子只要我活著（我看也不久了），我絕對無法把這個景象從腦海裡拔除。泰風的頭部不斷變換，每次都是不同的怪物，一次比一次可怕。看著他的臉絕對會把我逼瘋，所以我把注意力轉到他的身上，但結果也沒有比較好。他雖然有人的形體，但他的皮膚卻會讓我想到一整年都塞在置物櫃裡的肉塊三明治。他的皮膚有綠色的斑點，上面有房子那麼大的水泡，以及因爲長年被困在火山下而形成的黑斑。他雖然有人的手，但是也有像老鷹的爪子。他的腳滿布鱗片，像隻爬行動物。

「奧林帕斯天神正在盡他們的最後努力，」克羅諾斯大笑，「眞是可悲啊。」

宙斯從他的戰車裡丟出閃電火，爆炸照亮了世界。我就算站在奧林帕斯這裡，都能感受到那股震動。但是等煙灰散開，泰風還是好端端站著。他不穩地向後退，畸形的頭上還有冒煙的坑洞，但他憤怒嘶吼，繼續往前移動。

我的四肢開始可以動了，克羅諾斯似乎沒有發覺。他的注意力都集中在決鬥，還有他最後的勝利上。如果我可以再撐個幾秒鐘，如果我爸遵守諾言……

泰風走進哈德遜河，幾乎有一半的身體露出河面。

「就是現在，」我心想，並且向煙霧裡的景象祈求。「拜託，現在一定要發生。」

宛如奇蹟一般，煙霧畫面裡傳出海螺的號角聲。那是海洋的呼喊，那是波塞頓的呼喊。

泰風四周的哈德遜河爆裂開來，十二公尺高的河浪翻騰滾動。從水裡衝出一輛嶄新的戰車，由能夠輕鬆在空中和水裡滑行的巨大馬頭魚尾怪拉著。我父親全身散發出藍色光環，駕著戰車，在巨人腳邊打轉，向他挑戰。波塞頓不再是個老人，他看起來又像他自己了，有著古銅色的肌膚、結實的體格和黑色的鬍鬚。他揮動三叉戟的時候，河水做了回應，在怪物身旁形成一道漏斗雲。

克羅諾斯因爲震驚而沉默了片刻後，他大喊：「不！」

「就是現在，我的同胞們！」波塞頓的聲音很大，我不知道是從煙霧裡還是從城的另一頭傳來。「爲奧林帕斯而戰！」

戰士們從河裡一躍而出，站在大鯊魚、龍和海馬身上，乘風破浪。那是一支獨眼巨人軍隊，而在前面領軍的是——

「泰森！」我大聲吶喊。

我知道他不可能聽見我的聲音，但我還是很驚訝地看著他。他的身高驚人成長，一定有十公尺高了，跟其他的堂兄弟一樣高大，而且他有生以來第一次穿著全套的作戰盔甲。跟在他後面的是百腕巨人。

所有獨眼巨人拿著足夠讓戰艦下錨停泊的超長黑色鐵鍊，兩端還帶有鉤爪。他們把鐵鍊當作套繩一樣揮動，開始圍捕泰風，繩子繞在怪物的手腳上，利用潮流不斷轉圈，慢慢將他整個纏繞住。泰風又搖又吼，猛力拉扯身上的鐵鍊，把一些獨眼巨人從坐騎上拉了下去。但是鐵鍊太多了，光是獨眼巨人軍團的重量已經讓泰風開始下沉。波塞頓擲出他的三叉戟，刺進怪物的喉嚨。金色的血、不朽的靈液從傷口噴出，形成比摩天大樓還高的一道瀑布。三叉戟飛回波塞頓的手中。

其他的天神恢復了力量，繼續攻擊。阿瑞斯駕著戰車靠近，刺中泰風的鼻子。阿蒂蜜絲用一打銀箭射中怪物的眼睛。阿波羅射出燃燒的火焰箭，讓怪物的纏腰布起火燃燒。宙斯繼續用閃電重擊怪物。直到最後，慢慢的，河水上升，把泰風像繭一樣層層包住，他開始因為鐵鍊的重量而下沉。泰風痛苦大叫，劇烈扭動，使得澤西海岸的海浪濺起，把一棟五層樓高的建築都浸泡在海水裡，浪花潑灑在喬治華盛頓大橋上。但他最終還是沉入我爸替他在河底開闢的特殊通道裡，那一條無止盡的滑水道可以直接把他送進塔耳塔洛斯。巨人的頭淹沒在翻騰的漩渦裡，然後消失不見。

「啊！」克羅諾斯大叫。他的劍掃過煙霧，把景象切個粉碎。

「他們在路上了。」我說：「你輸了。」

「我根本還沒開始。」

他以讓人眼花撩亂的極快速度前進。既勇敢又憨傻的羊男格羅佛試圖要保護我，但克羅諾斯把他當成布偶一樣踢到一邊。

我往旁邊一閃，刺進克羅諾斯的護甲。這一招不錯，可惜路克知道。他用教過我的第一招擋住我的攻擊，解除我的武裝。我的劍滑到對面，直接從裂縫中掉下去。

「住手！」安娜貝斯不知從哪裡冒出來。

克羅諾斯轉身面向她，用暗劍揮砍，但是安娜貝斯不知怎麼的，竟能用刀柄擋住他的攻擊，那只有動作最快、技巧最高超的使刀戰士才做得到。別問我她的力量從何而來，她逐漸逼近到可以短刀相接了。他們的刀劍交叉，有片刻她與泰坦王面對面站著，彼此僵持不下。

「路克，」她咬牙切齒地說：「我現在懂了，你必須信任我。」

克羅諾斯生氣狂吼。「路克．凱司特倫已經死了！等我恢復我眞正的形體，他的身體就會被燒個精光。」

我想要移動，但身體又被限制住動彈不得。已經受了重傷又筋疲力竭的安娜貝斯，哪來的力量對抗像克羅諾斯這樣的泰坦巨神？

克羅諾斯推她，想要撥開她的刀，但她卻死命抵住他。當克羅諾斯把劍往下逼近她的脖子時，她的手已經開始發抖。

「你的母親，」安娜貝斯氣憤地說：「她預見了你的命運。」

「替克羅諾斯服務！」泰坦巨神怒吼：「就是我的命運。」

「不！」安娜貝斯堅決地說。她熱淚盈眶，但不知道那是悲傷還是痛苦的眼淚。「路克，這不是結局。預言是她看到你會做的事情。預言說中了。」

「孩子，我會把你碎屍萬段！」克羅諾斯大叫。

「你不會的，」安娜貝斯說：「你答應過我。你到現在仍在抵抗克羅諾斯。」

「你說謊！」克羅諾斯又將她往前推，這次安娜貝斯失去平衡。克羅諾斯用另一隻手打了她一巴掌，她往後滑倒。

我召喚我所有的意志力。我試著要起身，感覺卻像是我再次支撐著天空的重量。

克羅諾斯聳立在安娜貝斯面前，把劍高高舉起。

血從她的嘴裡流出。她哽咽著說：「家人，路克。你向我保證過。」

我痛苦地往前走了一步。格羅佛躺在希拉王座下，但他似乎也掙扎著想要移動。在我們兩人接近安娜貝斯之前，克羅諾斯踉蹌倒退。

他瞪著安娜貝斯手裡的刀和她臉上的血。「保證。」

然後他像是無法呼吸一樣呻吟著。「安娜貝斯……」但這次不是泰坦巨神的聲音，是路克的聲音。他像是控制不住自己的身體一樣，搖搖晃晃地往前走。「你在流血……」

「我的刀。」安娜貝斯想要舉起她的刀，刀卻從她手裡匡啷一聲掉在地上。她的手彎成奇怪的角度。她看著我，懇求我說：「波西，拜託……」

我衝上前去撿起她的刀，打掉路克手中的暗劍，劍滾到火爐邊。路克幾乎不理會我，他走向安娜貝斯，但我把自己擋在他們兩人中間。

「不要碰她。」我說。

他的臉上出現怒氣。克羅諾斯的聲音咆哮：「傑克森！」是我在幻想，還是他的全身眞的發出金色的光芒？

他再次喘氣呻吟，是路克的聲音：「他正在改變。救我。他……幾乎快準備好了，他不再需要我的身體，拜託……」

「不！」克羅諾斯大叫。他在找尋自己的劍，但劍現在已經在火爐裡，在煤炭堆中發光。他跌跌撞撞地向前走，我試圖阻止他，但他用力把我推開。我摔到安娜貝斯旁邊，頭撞上雅典娜王座的底部。

「波西，那把刀。」安娜貝斯低聲說。她氣若游絲地說：「英雄……受詛利刃……」

等我的視線恢復時，我看見克羅諾斯已經握住了他的劍。他的手在冒煙，他被燒傷了。火爐裡的火變得非常熾熱，好像鐮刀無法與它相容似的。我看到荷絲提雅的形象在灰燼裡擺動，正皺眉看著克羅諾斯，表示她的反感。

路克轉身倒在地上，抓著他已經飽受重創的手。「拜託，波西……」

我掙扎著站起身來，拿著刀走到他身旁。我應該殺了他，這是我的計畫。

路克似乎知道我在想什麼。他用口水滋潤嘴唇。「你不能……自己動手。他會破除我的控制，他會防衛自己。只能靠我的手才行。我知道在哪裡，我可以……控制他。」

他現在真的是在發光了，他的皮膚開始冒煙。

我舉起刀來想要攻擊，然後我看著格羅佛把安娜貝斯抱在懷裡，想保護她不受傷害。最後我終於了解她想要告訴我的事。

瑞秋說過：「你不是英雄。這會影響你要做的事。」

「拜託，」路克呻吟著說：「沒有時間了。」

如果克羅諾斯進化成他眞正的形體，就再也阻止不了他了。他會讓泰風看起來只不過是遊樂場裡的小惡霸而已。

大預言的內容在我腦海裡迴盪：「受詛利刃將會擷取英雄的靈魂。」我的世界全部亂了套。我把刀給了路克。

格羅佛尖叫。「波西？你是……呃……」

抓狂、精神錯亂、瘋瘋癲癲。大概吧。

但我看著路克手握刀柄。

我手無寸鐵站在他面前。

他解開盔甲旁邊的帶子，露出左手臂下的一小塊皮膚，那裡很難被攻擊。他吃力地用刀刺了自己。

那一刀不深，但是路克發出嚎叫。他的眼睛像熔岩般發光，整個王座廳撼動搖晃，讓我站不住而摔倒。一股能量光環包圍住路克，而且愈來愈亮。我閉上眼睛，如同核子彈爆炸般的威力讓我的皮膚起了水泡，讓我的嘴唇乾裂。

好長一段時間的寂靜。

我張開眼睛，看見路克四肢攤開躺在火爐邊。他周圍的地上是一圈黑色灰燼。克羅諾斯的鐮刀已經被熔化成液態金屬，流進火爐的煤炭裡，火爐現在燒得跟鐵匠的打鐵爐一樣旺。

路克左半邊的身體在流血。他的眼睛張開，是像從前一樣的藍色眼珠。他的呼吸聲是深深的低嗚。

「是把……好刀。」他哽咽著說。

我跪在他旁邊。安娜貝斯在格羅佛的攙扶下，一跛一跛地走過來。他們兩個人的眼裡都是淚水。

路克看著安娜貝斯。「你知道。我差點殺了你，但是你知道……」

「噓。」她發抖著說：「路克，你最後還是英雄，你會去埃利西翁。」

他虛弱地搖搖頭。「想要……重生。嘗試三次。幸福群島。」

安娜貝斯抽噎著說：「你總是把自己逼得太緊。」

他伸出燒焦的手，安娜貝斯碰觸他的指尖。

「你有沒有……」路克咳嗽，嘴唇發紅。「你有沒有愛過我？」

安娜貝斯擦掉眼淚。「有一度我以爲……嗯，我以爲……」她看著我，彷彿努力吞下我也在旁邊的事實。我發現我也在做同樣的事。世界正在崩塌，我現在唯一在乎的是她還活著。

「路克，你對我來說就像是哥哥，」她溫柔地說：「但我不愛你。」

他點點頭，宛如早就知道會有這個答案。他露出痛苦的表情。

「我們可以去拿神食來，」格羅佛說：「我們可以……」

「格羅佛，」路克喘著氣說：「你是我所認識最勇敢的羊男。但是不必了，沒有任何治療……」又是一陣咳嗽。

他抓著我的袖子，我可以感覺到他的皮膚像火一樣灼熱。「伊森、我、所有沒有被認領的混血人，不要……不要讓這一切重演。」

他的眼神充滿憤怒，但也有所懇求。

「我不會讓這一切再發生，」我說：「我保證。」

路克點點頭。他的手鬆開。

幾分鐘後，全副武裝的天神乒乒乓乓走進王座廳，以爲會有一場大戰要打。

他們只看到安娜貝斯、格羅佛和我，在溫暖的爐火微光中，站在一具重傷而亡的混血人屍體旁邊。

「波西，」我爸叫我，聲音裡帶著驚訝，「這是……怎麼一回事？」

我轉身面向奧林帕斯天神。

「我們需要一件壽衣，」我大聲宣布，聲音低沉沙啞，「一件給荷米斯之子的壽衣。」

20 贏得大獎

命運三女神親自帶走了路克的屍體。

自我十二歲那年，第一次在路邊水果攤看到這幾位老太太剪斷一條生命線後，就好幾年沒再看過她們了。她們當時曾經嚇到我，而現在還是一樣嚇人。

這三位可怕的老太太拿著裝鉤針和毛線的手提袋。其中一人看著我，雖然她什麼話都沒說，但我的一生真的就在眼前閃過。我突然變成二十歲，接著成了中年人，然後逐漸衰老凋零。我全身失去力量，我看見自己的墓碑、空的墳墓，還有正要放進地下的棺木。這一切都在不到一秒的時間內發生。

「好了。」她說。

命運三女神之一拿起一小段藍色的線，跟我四年前看到的一模一樣，我知道那就是我當時看到她們剪斷的生命線。當時我還以為那是我的生命，現在我才知道，其實那是路克的生命線。她們讓我看到那將會被犧牲、卻能讓一切回歸正軌的生命。

她們收拾好路克的屍體，用白綠相間的壽衣包裹著，抬出王座廳。

「等一下。」荷米斯說。

使者之神穿著傳統的希臘式長袍、涼鞋和頭盔，頭盔上的翅膀在他走動時不停擺動。小蛇喬治和瑪莎纏繞在他的權杖上，一邊低語著：「路克，可憐的路克。」

我想到梅．凱司特倫，她一個人獨自在廚房裡，替一個再也不會回家的兒子不斷地烤餅乾、做三明治。

荷米斯掀開蓋在路克臉上的布，在他的額頭上親吻。他用古希臘語低聲說了一些最後的祝福語。

「永別了。」他輕聲說。然後他點點頭，讓命運三女神帶走他兒子的屍體。

在她們離開後，我想起那個大預言的內容。我現在了解這幾句話的意思了。「受詛利刃將會擷取英雄的靈魂。」這個預言裡的英雄是路克，受詛利刃則是他多年前送給安娜貝斯的那把刀，而「受詛」指的是路克沒有信守承諾，還背叛了朋友。「一項決定將會結束他的日子。」指的是我決定把刀給他，像安娜貝斯那樣相信他還能夠做件對的事。「奧林帕斯將會存留或夷平。」他犧牲自己來拯救奧林帕斯。瑞秋說的對，到頭來，我不是真正的英雄，路克才是。

而且我也了解到另一件事：當路克浸泡在冥河裡的時候，他必須把注意力放在能夠讓他連結到凡人生活的重要事物，否則會被完全融化。我看到的是安娜貝斯，我感覺他當時也是看到安娜貝斯，並想像著荷絲提雅曾讓我看過的景象：他從前與泰麗雅和安娜貝斯在一起的美好時光，他當時保證他們會是一個新家庭。在戰鬥中傷害安娜貝斯讓他大吃一驚，並想起他做過的承諾，這也讓他凡人的意識又再次取得控制權，並擊敗了克羅諾斯。他的弱點、他的阿基里斯致命傷，拯救了我們大家。

站在我身邊的安娜貝斯突然膝蓋一彎，整個人癱倒下去。我抓住她，但她痛得大叫，我這才發現自己抓到的是她受傷的肩膀。

「噢，天神啊，」我說：「安娜貝斯，對不起。」

「沒關係。」她一說完，昏倒在我懷裡。

「她需要幫忙！」我大叫。

「我來處理。」阿波羅走向前來。他的火焰盔甲非常熾亮，讓人很難直視，而他搭配的名牌太陽眼鏡和完美的笑容，看起來像是拍戰鬥服廣告的模特兒。「醫藥之神為您服務。」

他的手從安娜貝斯臉上揮過，唸出一段咒語。她的瘀血立刻消失，連割傷和疤痕都消失了。她伸直手臂，在睡夢中嘆氣。

阿波羅露出笑容。「幾分鐘後就沒事了。這段時間剛好夠我作一首有關我們獲勝的詩，標題是：『阿波羅及友人拯救奧林帕斯』。不錯吧？」

「阿波羅，謝了，」我說：「嗯，寫詩的工作就交給你了。」

接下來的幾個小時簡直是一團混亂。我想起答應我媽的事。我告訴宙斯這個奇怪的請求時，他眼睛眨都沒眨一下。他手指一彈，告訴我帝國大廈的屋頂已經燃起藍色的火焰。大部分的人類會想不透這是什麼意思，但我媽會知道這表示我活下來了，奧林帕斯得救了。

天神開始準備整理王座廳。十二名超級厲害的天神一起工作，速度快得非常驚人。格羅佛和我照顧傷患，空橋重建完成，我們迎接那些存活下來的朋友前來。獨眼巨人把泰麗雅從倒塌的雕像底下救出來，除了必須撐著枴杖之外，她並無大礙。柯納和崔維斯．史托爾兄弟也熬了過來，只受了些小傷。他們向我保證沒有在紐約大肆趁火打劫。我的父母不能進入奧林帕斯山，但這兩兄弟告訴了我和我的父母，我們都平安無事。歐萊麗女士把奇戎從瓦礫堆中挖出來，緊急將他送往混血營。史托爾兄弟看起來很擔心這位年老的半人馬，但至少他還活著。凱蒂．葛登報告說她看見瑞秋．伊莉莎白．戴爾在戰爭快結束前跑出帝國大廈，看起來沒受傷，但是沒人知道她要去哪裡，這讓我很不安。

尼克．帝亞傑羅來到奧林帕斯，受到英雄式的歡迎。儘管他的父親原本只能在冬至時參觀奧林帕斯，但黑帝斯還是跟在尼克後面進來。當亡靈之神的天神親戚們紛紛拍他的肩膀時，他看起來震驚得呆若木雞。我懷疑他以前是否不曾受過這麼熱情的歡迎。

克蕾莎大步走了進來，仍舊因為之前被關在大冰塊裡而發抖。阿瑞斯大喊：「我的乖女兒在那裡！」

戰神搔搔她的頭，重重拍了拍她的背，說她是他所見過最厲害的戰士。「屠龍那一場？我就說那才是打仗嘛！」

她看起來感動得不得了，只是一直點頭、眨眼睛，像是害怕等一下會被她爸打。不過最後她終於露出笑容。

希拉和赫菲斯托斯從我旁邊經過。赫菲斯托斯對我從他的王座上跳過有點不爽，但他認爲我的表現「大致上還不錯」。

希拉嗤之以鼻。「我想我現在不會殺了你跟那女孩。」

「安娜貝斯救了奧林帕斯，」我告訴她：「她說服了路克去阻止克羅諾斯。」

「哼！」希拉氣呼呼地掉頭就走，但我猜我們兩條小命至少暫時可以保住。

戴歐尼修斯的頭還是用繃帶包著。他上上下下打量著我說：「嗯，波西．傑克森。我知道波琉克斯撐了下來，所以我想你應該不是完全那麼沒用。我認爲這一切歸功於我的訓練。」

「呃，是的，先生。」我說。

戴先生點點頭。「由於我的勇敢，宙斯將我在那悲慘混血營的刑期減半。我現在不用在那裡再待一百年了，只剩下五十年。」

「五十年嗎？」我想像等我變成老頭子的時候，該如何忍受戴歐尼修斯。假設我能活到那麼久的話。

「傑克森，你不要太高興。」他說，而我發現他竟然說對了我的名字。「我還是在計畫要怎麼讓你的生活很悲慘。」

我忍不住微笑。「那是當然的啦。」

「我們兩個講清楚了就好。」他轉身開始修理他那燒焦的葡萄藤蔓王座。

格羅佛在我旁邊，有時會突然崩潰流淚。「波西，有這麼多自然精靈戰死，這麼多。」

我的手搭在他肩上，給了他一塊破布讓他擤鼻涕。「老兄，你做得很好。我們可以重新開始。我們會種下新的樹木，會清理公園。你的朋友們將會輪迴轉世，進入更好的世界。」

他傷心地啜泣。「我……我想是吧，但以前要召集他們眞的很不容易。我仍舊是一個被放逐的人，很難再找到人願意聽我說關於天神潘的事。他們現在還願意聽我說話嗎？我把他們帶進了大屠殺。」

「他們會聽你說的，」我向他保證，「因爲你關心他們。你比任何人都還要關心野地。」

他勉強微笑。「謝了，波西。我希望……希望你知道我眞的很驕傲能成爲你的朋友。」

我拍拍他的手臂。「老兄，路克說對了一件事，你是我遇過最勇敢的羊男。」

他臉紅了，在他再次開口之前，海螺號角響起，波塞頓大軍大步走進王座廳。

「波西！」泰森大喊，他雙臂張開向我跑來。還好他已經縮回正常的體型，所以被他擁抱的感覺像被牽引機撞到，而不是被一整座農場打到。

「你沒死！」他說。

「是啊！」我說：「很驚人吧？」

他拍拍手，開心大笑。「我也沒死。耶！我們把泰風綁起來。眞好玩！」

在他身後，另外五十名穿著盔甲的獨眼巨人大笑，彼此點頭並擊掌歡呼。

「泰森領導我們。」其中一人大聲說：「他很勇敢！」

「最勇敢的獨眼巨人！」另一個大吼。

泰森臉紅了。「這沒什麼啦！」

「我有看到你！」我說：「你很了不起！」

我想可憐的格羅佛快昏倒了。他怕獨眼巨人怕得要死，但他還是繃緊神經說：「沒錯。嗯……替泰森歡呼三聲！」

「呀呼！」獨眼巨人狂吼。

「請不要把我吃掉。」格羅佛低聲說，但我覺得沒有人聽到他說話。

海螺號角再次響起。獨眼巨人往兩旁分開，我父親穿著他的作戰盔甲邁步走進王座廳，手裡的三叉戟閃閃發光。

「泰森！」他大聲喊著。「我的兒子，做得好。波西……」他的表情變得嚴峻。他對我搖搖手指，有那麼一瞬間，我怕他會把我炸成碎片。「雖然你曾坐在我的王座上，但我原諒你。你拯救了奧林帕斯！」

他伸出手來給我一個擁抱。我這才發現自己雖然有點不好意思，但以前從來沒有眞的抱過我爸。他很溫暖，就像一般人類一樣，而且他身上有鹹鹹海水和清新海風的味道。

他放開手的時候，親切地對我微笑。我覺得很幸福，我承認有流了一點眼淚。直到這一刻前，我一直都不讓自己意識到過去幾天來我有多麼害怕。

「爸……」

「噓，」他說：「沒有英雄不害怕，波西，而你在所有英雄之上。就算海克力士……」

「波塞頓！」一個聲音大喊。

宙斯已經坐上他的王位。他怒視站在廳內這一頭的我爸，其他天神也紛紛趕緊坐進他們的王座。就連黑帝斯也在，他坐在火爐邊一張簡單的石製賓客座椅上，而尼克雙腿交疊坐在他爸腳邊。

「怎麼樣啊，波塞頓？」宙斯抱怨地說：「兄弟，你是不是驕傲得不想跟我們一起開會？」

我以爲波塞頓會發飆，但他只是對我眨了眨眼。「宙斯殿下，我很榮幸能一起開會。」

我猜奇蹟的確是會發生。波塞頓大步走向他的釣魚椅，天神大會開始。

宙斯關於天神有多麼勇敢的演講講了好久。他在說話的時候，安娜貝斯走進來站在我旁邊。對於一個剛從昏倒中醒來的人來說，她氣色很不錯。

「我錯過了很多事嗎？」她低聲問我。

「目前爲止還沒有人想殺掉我們。」我小聲回答。

「今天是第一次沒人想殺我們。」

我噗嗤笑出聲來，但格羅佛用手肘推推我，因爲希拉朝我們這裡惡狠狠地瞪了一眼。

「至於我的兄弟們，」宙斯說：「我們要感謝……」他清了清喉嚨，彷彿這幾個字很難說出口，「嗯，感謝黑帝斯的幫忙。」

亡靈之神點點頭，露出得意洋洋的表情。但我覺得他贏得感謝是理所當然。他拍拍兒子尼克的肩膀，我以前從沒看過尼克這麼快樂。

「還有，當然，」雖然宙斯看起來像是褲子著火一樣扭來扭去，但他繼續說：「我們一定要……嗯……謝謝波塞頓。」

「抱歉，兄弟，」波塞頓說：「你剛剛說什麼？」

「我們一定要謝謝波塞頓，」宙斯大聲說：「沒有他的話……很難去……」

「很難什麼？」波塞頓故作無知地問。

「不可能，」宙斯說：「不可能打敗泰風。」

眾神低語，並重重敲擊他們的武器表示贊同。

「接下來我們要做的，」宙斯說：「就是要感謝年輕的混血人英雄。他們英勇防守奧林帕斯，雖然把我的王座弄出了一些凹洞。」

他先喊了泰麗雅，因爲她是他女兒。他向泰麗雅保證會替獵女隊補足隊員。

阿蒂蜜絲微笑著。「我的隊長，你做得很好。你讓我感到很驕傲，其他在戰鬥中過世的獵女將永遠不會被遺忘。我很確定她們會抵達埃利西翁。」

她目光銳利，盯著黑帝斯看。

黑帝斯聳聳肩。「大概吧。」

阿蒂蜜絲又狠狠瞪他一眼。

「好啦，」黑帝斯抱怨著：「我會縮短她們的申請程序。」

泰麗雅驕傲地笑了。「殿下，謝謝您。」她向眾神鞠躬，包含黑帝斯在內，然後一跛一跛地走去站在阿蒂蜜絲旁邊。

「波塞頓之子泰森！」宙斯大喊。泰森看起來很緊張，他走出去站在會場中間，宙斯嘀咕抱怨幾句。

「他是不是一餐都沒少吃啊？」宙斯低聲說。「泰森，因爲你在戰場上的勇敢表現，以及率領獨眼巨人的英勇，你被任命爲奧林帕斯軍隊的將軍。從今以後，只要眾神有需要，你將要率領你的同伴協助眾神作戰。你也會有一支新的……嗯……你想要什麼樣的武器？劍還是戰斧？」

「棍子！」泰森說，一邊拿起他那根斷掉的棍子。

「很好，」宙斯說：「我們會給你一支新的，嗯，棍子。是全世界最好的棍子。」

「好耶！」泰森大叫，所有獨眼巨人也爲他歡呼。當他回到隊伍時，大家都拍拍他的背來鼓勵他。

「羊男格羅佛．安德伍德！」戴歐尼修斯大喊。

格羅佛緊張地走向前去。

「噢，不要再啃你的衣服了。」戴歐尼修斯責備他。「我眞的不會把你炸碎。因爲你的英勇和犧牲……等等等等，而且因爲很不幸我們有個空缺，所以眾神認爲很適合提名你成爲羊男長老會的一員。」

格羅佛當場暈倒。

「喔，太好了，」戴歐尼修斯嘆口氣說，幾名水精靈出來攙扶格羅佛。「等他醒過來的時候，看誰跟他說一下他不會再被放逐，而且所有的羊男、水精靈和其他自然精靈從此要把他當作野地之神看待，他擁有所有野地之神的權利、特權和榮譽等等等等。在他醒過來開始磕頭謝東謝西之前，拜託先把他拖出去。」

「食物……」格羅佛一邊呻吟著，自然精靈一邊把他帶走。

我猜他會沒事的。他醒來之後就是野地之神，而且還有好幾個美麗的水精靈照顧他。這樣的生活沒什麼好抱怨的。

雅典娜高喊：「我的女兒安娜貝斯．雀斯。」

安娜貝斯捏了捏我的手臂往前走去，跪在她母親腳邊。

雅典娜微笑。「我的女兒，你表現卓越，運用你的聰明、力量和勇氣來守護這座城市以及我們的權力王座。我們也注意到奧林帕斯已經……慘遭踐踏，泰坦巨神所造成的巨大損害必須修復。我們當然可以用魔法重建，恢復成從前的樣子，但天神覺得這座城市可以大加改善，我們把這次當成改建的機會。我的女兒，你將負責這些改建計畫。」

安娜貝斯抬起頭，一臉震驚。「我……殿下？」

雅典娜滿臉笑意。「你不是一位建築師嗎？你研究過代達羅斯的技術，還有誰比你更適合重新設計奧林帕斯，讓它成爲未來數億萬年繼續屹立不搖的紀念建築物？」

「您是說……我可以照我的意思來設計？」

「你想要設計成什麼樣子都可以，」女神說：「替我們建造一座歷久不衰的城市。」

「只要裡面有擺很多我的雕像。」阿波羅補充。

「還有我的。」阿芙蘿黛蒂同意。

「嘿，還有我！」阿瑞斯說：「巨大的雕像要有超大又酷的劍和……」

「夠了！」雅典娜開口打斷他們。「她知道的。起身，我的女兒，你現在是奧林帕斯正式任命的建築師。」

安娜貝斯恍恍惚惚地站起來，走回我旁邊。

「太好了！」我笑著對她說。

原來她也有不知道該說什麼才好的時候。「我……我必須開始計畫……打草稿，嗯，我的鉛筆……」

「波西．傑克森！」波塞頓大聲叫我。我的名字迴盪在整個大廳內。

所有說話聲都安靜了下來。房間裡除了火爐裡的火焰啪啪作響外，完全鴉雀無聲。大家的目光都集中在我身上，所有天神、混血人、獨眼巨人和精靈們全都看著我。我走到王座廳中央。荷絲提雅對我微笑，要我放輕鬆，她現在又以小女孩的姿態出現，對於能再坐回爐火邊感到心滿意足。她的笑容給了我繼續往前走的勇氣。

我先向宙斯鞠躬，然後跪在我父親腳邊。

「起身，我的兒子。」波塞頓說。

我不安地站起來。

「偉大的英雄必須得到獎勵，」波塞頓說：「這裡有沒有人覺得我兒子不該得到獎賞？」

我等著有人開口打斷他。天神們從來沒有在任何事情上達成共識，而且他們當中有很多人討厭我。但此刻竟沒有一位天神表示抗議。

「大會同意，」宙斯說：「波西．傑克森，你可以得到天神賜予的一份禮物。」

我遲疑了一下。「任何一項禮物嗎？」

宙斯嚴肅地點點頭。「我知道你想要什麼。這是最好的一份大禮。是的，如果你要的話，就是你的了。天神已經好幾世紀都沒有送給人類英雄這份大禮，但是，波西．傑克森，如果你希望的話，你將被任命為一位天神，擁有長生不老、刀槍不入之身。你將可以永遠擔任你父親的副指揮官。」

我盯著他，震驚不已。「呃……天神？」

宙斯翻了個白眼。「你顯然會是個腦袋不靈光的天神。但是沒錯，經過大會全體同意，我可以讓你長生不老，然後永遠都得忍受你。」

「嗯，」阿瑞斯若有所思地說：「這表示只要我高興，隨時都可以把他打成果醬，而他只能一直這樣被我打。我喜歡這個主意。」

「我也贊成。」雅典娜說，不過她一邊看著安娜貝斯。

我往後瞄了一眼。安娜貝斯避免跟我眼神接觸，她臉色發白。我回想起兩年前，我以為她會向阿蒂蜜絲宣誓成為獵女，當時我想到將永遠失去她，差點就心臟病發作。現在她的樣子看起來跟我那時候差不多。

我想起命運三女神，以及我看到自己這一生如何在眼前一閃即逝。我可以避開這一切，不會變老、不會死亡、身體不會被葬在墳墓裡。我永遠都可以當個青少年，體能永遠在最佳狀態、強而有力、永生不死，可以永遠為我父親效力。我能擁有權力和永恆的生命。

誰拒絕得了這一切？

我又看著安娜貝斯。我想到在混血營的朋友：查爾斯．貝肯朵夫、尤邁可、瑟琳娜．畢瑞嘉，還有其他許多已經過世的朋友。我想到伊森和路克。

我知道該怎麼做了。

「不。」我說。

整個大會靜默不語。天神們皺眉看著彼此，一副他們鐵定是聽錯的樣子。

「不？」宙斯說：「你……拒絕我們這份貴重的禮物？」

他的聲音聽起來很危險，好像馬上會有大雷雨傾盆而下。

「我感到非常光榮，」我說：「請不要誤會。只是……我還有很長的時間可活，我不想要在高中時期就到達了人生的顛峰。」

眾神怒視著我，安娜貝斯的手摀在嘴上，但她眼睛發亮，對我來說這也算是一種安慰。

「不過，我的確希望有一份禮物，」我說：「您能夠保證實現我的願望嗎？」

宙斯想了想。「如果是在我們能力範圍之內的話。」

「一定在你們的能力範圍之內，」我說：「而且一點都不難，但我需要你們向冥河發誓。」

「什麼？」戴歐尼修斯大喊。「你不信任我們？」

「有人曾經告訴我，」我說，一邊看著黑帝斯，「永遠要記得要求對方慎重的發誓。」

黑帝斯聳聳肩。「是我的錯。」

「很好！」宙斯大吼。「以大會之名，只要在我們能力所及的範圍內，我們以冥河發誓實現你合理的要求。」

其他天神低聲同意。此時雷聲大作，撼動了整個王座廳。約定已經完成。

「從現在起，我要你們適切地認領天神的孩子，」我說：「所有天神的……每個孩子。」

奧林帕斯天神不安地動了動身子。

「波西，」我父親說：「你這到底是什麼意思？」

「要不是因爲有許多混血人覺得被自己的父母拋棄，克羅諾斯也不可能會壯大勢力，」我說：「他們生氣、忿忿不平、覺得沒有人愛，他們有足夠的理由。」

宙斯高貴的鼻毛氣得飛起來。「你膽敢指控……」

「不會再有任何孩子不被認領，」我說：「我要你們發誓會認領自己每一個混血人孩子，在他們十三歲時認領他們，他們才不必完全靠自己或靠怪物的憐憫而活在這個世界上。我希望他們每個人都能被認領，並被送到混血營，這樣才能得到適當的訓練，好好活下來。」

「等一下！」阿波羅想打斷我，但我繼續說下去。

「還有其他位階低的天神，」我說：「像是涅梅西絲、黑卡蒂、夢非斯、傑納斯、希碧等天神，他們全都應該得到赦免，並且在混血營裡也有一席之地。他們的孩子不該被忽視。卡呂普索和其他熱愛和平的泰坦巨神也應該被赦免。還有黑帝斯……」

「你說我是位階低的小神？」黑帝斯大吼。

「不，殿下，」我趕緊解釋，「但您的孩子也不該被忽略，他們在混血營也要有自己的小屋，尼克就是個例子。不再有任何沒被認領的混血人一起擠在荷米斯小屋裡，猜想誰才是他們的父母。爲了所有的天神，他們都該擁有屬於自己的小屋。不再有三大神的協定，反正約定到最後也沒用。你們必須停止除掉力量強大的混血人，反而是要訓練他們，並接受他們才對。所有天神的孩子都會受到歡迎與尊重。這就是我的希望。」

宙斯嗤之以鼻。「就這樣？」

「波西，」波塞頓說：「你要求太多，也期望太多了。」

「我要你們發誓，」我說：「你們每一個人。」

許多冷酷的眼神紛紛射向我。奇怪的是，雅典娜開口說話了：「這個男孩說的完全正確。我們一直以來都很不明智地忽略自己的孩子，結果在這場戰爭裡證明這是戰略上的缺失，差點造成我們的毀滅。波西．傑克森，我對你一直保有諸多疑慮，不過，或許……」她看了安娜貝斯一眼，然後酸溜溜地說：「說不定我錯了。我提議我們接受這個男孩的計畫。」

「哼，」宙斯說：「被一個小孩指揮要怎麼做。但我想……」

「贊成。」荷米斯說。

所有天神都舉起手來。

「嗯，謝謝。」我說。

我轉過身去，在我準備離開前，波塞頓大喊：「儀隊準備！」

獨眼巨人們立刻走向前來，分成兩排，沿著王座到大門的路上立正站好，形成一條走道讓我通過。

「全體向柏修斯．傑克森致敬。」泰森說：「他是奧林帕斯的英雄……也是我的哥哥！」

21 綁架黑傑克

我和安娜貝斯往外走出去時，看見荷米斯站在宮殿庭院的一邊，他正看著噴水池裡水霧中的伊麗絲訊息。

我看了一下安娜貝斯。「我待會兒在電梯那裡跟你碰面。」

「你確定嗎？」她看看我的臉，然後說：「沒錯，你很確定。」

荷米斯似乎沒注意到我走近。伊麗絲訊息速度之快，讓我根本來不及了解內容。來自全國各地的人類新聞報導不斷閃過，有泰風毀滅的景象、我們在曼哈頓造成的戰爭損害、總統主持會議、紐約市長和一些軍用車輛正行駛在第六大道上。

「真是驚人！」荷米斯喃喃自語。他轉過身來面向我。「三千年了，我還是無法理解迷霧的力量……以及人類的無知。」

「謝謝誇獎。」

「噢，我說的不是你。但我想我該好好思考，拒絕長生不老的機會是不是無知。」

「那是正確的選擇。」

荷米斯好奇地看著我，然後把注意力轉回伊麗絲訊息上。「看看他們。他們已經決定把泰風當作是一連串反常的暴風雨。我不也這麼希望。他們還沒有弄清楚為何曼哈頓下城所有雕像都從底座上被移開、被砍成碎片。他們一直播放這張蘇珊．安東尼[97]和費德利克．道格拉斯[98]兩座雕像扭打的照片。但我猜他們會想出一個合理的解釋。」

「紐約有多慘？」

荷米斯肩膀一聳。「令人驚訝的是還不算糟。人類當然很害怕，不過這裡是紐約。我從來沒見過這麼一群適應力強、恢復迅速的人類。我當然也會幫忙。」

「你？」

「我是使者之神，監控人類說了什麼是我的職責。有需要的時候，我也會幫助他們了解所發生的事情，我會讓他們安心。相信我，他們會把這一切歸因於詭異的地震或日暈等除了事實以外的任何理由。」

他的語氣充滿苦澀。喬治和瑪莎盤繞在他的權杖上，但是牠們都很沉默，這讓我覺得荷米斯是真的、真的在生氣。我大概也應該閉嘴才對，但是我說：「我欠你一個道歉。」

荷米斯謹慎地看了我一眼。「你為何要道歉？」

「我以為你是一個不好的父親。」我坦承。「我以為你拋棄路克是因為你知道他的未來，卻沒有想辦法阻止。」

「我知道他的命運。」荷米斯難過地說。

「但你知道的不只是壞事，不只是他會變得邪惡而已。你了解他最後會做的事，你知道他會做出正確的決定，但你不能告訴他，是嗎？」

荷米斯盯著水池。「波西，沒有人能夠干預命運的安排，就連天神也不行。如果我警告他將來會發生什麼事，或是試著影響他的決定，恐怕會讓事情變得更糟。保持沉默、與他保持距離……這是我所做過最困難的事。」

「你必須讓他找到自己的路，」我說：「並且在拯救奧林帕斯的行動中扮演他的角色。」

荷米斯嘆口氣。「我不應該對安娜貝斯發脾氣。路克去舊金山找她的時候……我是知道安娜貝斯會在他的命運裡扮演一個重要角色，但我能預見的事就這麼多。我以為或許她能做到我做不了的事，並且拯救他。她拒絕跟他一起離開的時候，我幾乎無法壓抑自己的憤怒。我應該知道得更清楚。我其實氣的是我自己。」

我說：「安娜貝斯的確救了他。路克是壯烈犧牲的英雄，他犧牲自己去殺克羅諾斯。」

「波西，我很感謝你所說的每一句話，但是克羅諾斯沒死，泰坦巨神是殺不死的。」

「那麼……」

「我不知道，」荷米斯抱怨著。「我們沒有人知道。他被炸成灰，散落在風中。如果運氣

---

97 蘇珊．安東尼（Susan B. Anthony, 1820-1906），美國民權運動的倡導者，也是知名的女性主義者，支持女性參政。

98 費德利克．道格拉斯（Frederick Douglas, 1818-1895），身為黑奴，靠著自學識字，後來逃離奴隸生涯。主張廢除黑奴、婦女參政，在美國南北戰爭中多所貢獻。

好的話，他的殘骸會分得很散，意識再也無法成形，更別說是重組形體。但是，波西，千萬別以爲他已經死了。」

我的胃翻騰起來。「其他泰坦巨神呢？」

「躲起來了，」荷米斯說：「普羅米修斯寄給宙斯一封信，信裡寫了一堆支持克羅諾斯的藉口，像是『我只是想要減低傷害』之類的說法。如果他夠聰明的話，會有好幾百年的時間保持低調。克里奧斯已經逃走，奧特里斯山也變成一片廢墟。在克羅諾斯顯然大勢已去的時候，歐開諾斯早就溜回海底深處。同時，我的兒子路克也死了。他到死之前都還認爲我沒關心過他。我永遠不會原諒我自己。」

荷米斯將他的權杖劃過水霧，伊麗絲訊息的畫面消失。

「很久以前，」我說：「你告訴過我身爲天神最困難的事，是無法幫助自己的孩子。你也告訴我你無法棄自己的家人於不顧，不論天神的身分有多麼誘人。」

「你現在知道我是個僞君子了。」

「不，你之前說的沒錯。路克愛你。到了最後，他了解自己的命運。我認爲他知道你無法幫他，但他記起什麼才是重要的事。」

「這對他跟我來說，都已經太遲了。」

「你還有其他孩子，你可以藉著認領他們來讓路克的死更有意義。所有天神都能做到。」

荷米斯肩膀一沉。「波西，他們會試試看。喔，我們全都會信守承諾。也許事情會好轉一陣子，但是我們這些天神從來都不擅於遵守誓言。你不就是因爲誓言沒被遵守才出生的？最後我們都會變得健忘。我們總是這樣。」

「你們可以改變。」

荷米斯笑了。「經過了三千年，你認爲天神可以改變他們的本性？」

「是的，」我說：「我相信。」

荷米斯似乎被這句話嚇了一跳。「你認爲……路克眞的愛我？在經歷過這一切之後？」

「我很確定。」

荷米斯看著水池。「我會給你一張我孩子的名單。有個男孩在威斯康辛州，兩個女孩在洛杉磯，還有其他幾個孩子。你會確保他們都能抵達混血營嗎？」

「我保證，」我說：「而且我不會忘記。」

喬治和瑪莎在權杖上扭動。我知道蛇不會笑，但牠們似乎努力想要擺出笑容。

「波西·傑克森，」荷米斯說：「或許你讓我們上了一課。」

另一位天神在往奧林帕斯城外的路上等著我。雅典娜站在路中間，雙手交叉在胸前，她臉上的表情讓我覺得：「啊，完了！」她換下戰袍，穿上牛仔褲和白上衣，不過看起來還是殺氣騰騰，灰色的雙眼正在發光。

「波西，」她說：「你會永遠是個凡人。」

「嗯，是的，殿下。」

「我想知道你的理由。」

「我想當個正常人，我想長大。你知道的，想要擁有正常的學校生活。」

「我女兒呢？」

「我不能離開她，」我坦承，但喉嚨很乾，「或是格羅佛，」我趕緊補充。「或是……」

「省省吧！」雅典娜靠近我，我感覺得到她的能量光環讓我皮膚發癢。「波西．傑克森，我曾經警告過你，爲了拯救朋友你會毀滅世界。或許我錯了。你似乎救了你的朋友和這個世界，但是你接下來可要謹言慎行。我假定你不會做錯事，可別搞砸了。」

爲了證明她的論點，她化爲一陣火焰，把我的上衣燒焦了。

安娜貝斯在電梯那裡等我。「你身上爲什麼有焦味？」

「說來話長。」我說。我們一起搭電梯到地面，兩個人一句話都沒說。電梯裡的音樂爛透了，不知道是尼爾．戴蒙[99]還是誰的歌。我向天神要求禮物時應該要再加上這一項——換點好聽的電梯音樂。

我們進到大廳時，發現我媽和保羅在跟一位禿頭警衛吵架，看來那位警衛已經回到工作崗位上了。

「我告訴你，」我媽大喊：「我們一定要上去！我兒子……」然後她看到我，眼睛睜得好大。「波西！」

她緊緊抱住我，快把我身體裡的空氣都擠出來了。

「我們看到帝國大廈上面燃起了藍色火光，」她說：「但是你一直沒下來。你好幾個小時前就上去了！」

「她有點焦躁不安。」保羅淡淡地說。

「我沒事。」當我媽去擁抱安娜貝斯時，我說：「現在一切都沒事了。」

「布魯菲斯先生，」安娜貝斯說：「你剛才要劍要得眞厲害。」

保羅聳聳肩。「感覺上似乎就是要這麼做才對。不過，波西，這是眞的嗎？……我是說，有關第六百層樓的事？」

「奧林帕斯？」我說：「是眞的啊！」

保羅一臉迷惘地望著天花板。「我眞想瞧一瞧。」

「保羅，」我媽責備他：「一般人是不能去的。總之，最重要的是我們大家都安全了。」

我正要好好放鬆休息。每件事感覺上都很完美。安娜貝斯和我都很好，我媽和保羅都活著，而奧林帕斯平安了。

---

⑨⑨ 尼爾・戴蒙（Neil Diamone, 1941-），美國著名資深創作歌手。唱片銷售量累計全球排名第三，僅次於艾爾頓・強（Elton John）及芭芭拉・史翠珊（Barbra Streisand）。

但是混血人的生活向來不輕鬆。就在此時，尼克從街上跑進來，看他臉上的表情就知道一定出事了。

「是瑞秋，」他說：「我剛剛在三十二街碰到她。」

安娜貝斯皺起眉頭。「她這次又做了什麼？」

「重點是她去了哪裡，」尼克說：「我跟她說如果她去試的話，就會沒命，但她很堅持。她剛坐上黑傑克，然後……」

「她騎了我的飛馬？」我大聲質問。

尼克點點頭。「她正往混血之丘飛去。她說她一定要去混血營。」

22 解脫的木乃伊

沒有人可以偷走我的飛馬，就算瑞秋也不行。我不確定自己是憤怒、吃驚，還是擔心。

「她到底在想什麼？」安娜貝斯說。我們往河邊跑去。不幸的是，我有一個很糟的想法，而且這念頭讓我非常害怕。

路上的交通糟透了。大家都走到街上，目瞪口呆地看著戰區留下的損害。每條街道都聽得見警車鳴笛聲。現在根本不可能叫得到計程車，而飛馬都已經離開了。我也願意接受派對小馬，但他們早就跟著全曼哈頓中城裡的麥根沙士一起消失得無影無蹤。所以我們推開塞在人行道上一群又一群吃驚的人，一路狂奔。

「她絕對無法通過那些防線，」安娜貝斯說：「皮琉斯會把她吃掉。」

我沒想到這點。迷霧騙得了其他人，但騙不過瑞秋。她能找到混血營，但我一直希望魔法邊界會像力場一樣把她擋在外面。我沒有想到皮琉斯有可能攻擊她。

「我們動作一定要快。」我看了尼克一眼。「我想你大概不能用魔法變出骷髏馬來吧？」

他跑得氣喘吁吁。「我累死了……連根狗骨頭都叫不動啦。」

我們終於跌跌撞撞地跑到了河岸邊，我大聲吹口哨。我很討厭這麼做，因為就算我把沙幣給了東河進行魔法清潔，這裡的河水受到的汙染還是很嚴重。我不想讓任何水中生物感到不舒服，但牠們還是回應了我的召喚。

灰暗的水裡出現三條影子，一群馬頭魚尾怪浮出水面。牠們很不高興地發出嘶鳴聲，把鬃毛上的泥巴甩掉。牠們是很美麗的動物，有著白馬的頭和前腳，魚尾的顏色五彩繽紛。前面那隻馬頭魚尾怪比其他兩隻大得多，很適合獨眼巨人騎乘。

「彩虹！」我大叫：「小子，最近好嗎？」

牠發出抱怨的叫聲。

「我知道，對不起，」我說：「但現在情況緊急，我們需要去混血營。」

牠哼了一聲。

「你是說泰森嗎？」我說：「泰森很好！很抱歉他現在不在這裡。他現在是獨眼巨人軍隊的將軍了。」

「呢呢呢嘰嘰嘰……」

「是啊，我相信他會帶蘋果給你吃。關於載我們的事……」

一眨眼的功夫，安娜貝斯、尼克和我已快速往東河上游奔去，速度比水上摩托車還快。我們在窄頸大橋下加速，直接往長島海峽而去。

時間似乎過得很慢，直到我們看到了混血營的海灘。我們向馬頭魚尾怪道了謝，涉水走到岸上，只看到阿古士在等著我們。他站在沙灘上，手臂交叉抱在胸前，上百隻眼睛生氣地瞪著我們。

「她已經來了？」我說。

他嚴肅地點點頭。

「一切都還好嗎？」安娜貝斯說。

阿古士搖搖頭。

我們跟著他踏上小路。回到混血營的感覺很奇妙，因爲一切看起來是如此平靜詳和，沒有著火的大樓，沒有受傷的戰士。小屋在陽光下閃閃發光，田野裡的露珠閃耀著。不過，整個混血營卻空空蕩蕩的。

主屋裡一定有事發生。綠色的光從所有窗戶射出，就像我夢到梅．凱司特倫時的情景。魔法般的迷霧在廣場盤旋。奇戎躺在排球場旁馬匹專用的擔架上，旁邊站著一群羊男。黑傑克緊張地在草地上小跑步。

「主人，不要怪我！」牠看到我的時候向我哀求。「是那個怪女孩逼我做的！」

瑞秋．伊莉莎白．戴爾站在前廊階梯底端。她的手高高舉起，彷彿在等待著屋裡的人丟球給她。

「她在做什麼？」安娜貝斯大聲質問。「她是怎麼通過邊界的？」

「她用飛的。」其中一名羊男說，還帶著責怪的眼神看著黑傑克。「直接飛過看守的龍，通過魔法邊界。」

「瑞秋！」我大喊，但是我試圖接近的時候，其他羊男阻止我。

「波西，不可以。」奇戎警告我。他想要移動，卻露出痛苦的表情。他的左手還用支架吊著，兩隻後腿都用夾板固定，頭還綁著繃帶。「你不能打斷她。」

「我以爲你已經跟她解釋過了！」

「我是解釋過了，是我邀請她來的。」

我不可置信地看著他。「你說過你不會再讓其他人嘗試！你說過……」

「波西，我知道我說過什麼，但我錯了。瑞秋看過黑帝斯詛咒的景象，她相信詛咒現在已經解除了。她說服我應該給她一個機會。」

「要是詛咒還沒解除呢？如果黑帝斯還沒有把詛咒去掉，她會變成瘋子！」

迷霧圍繞在瑞秋四周。她像是快要休克一樣，全身不停顫抖。

「喂！」我大吼：「停止！」

我朝她那裡跑去，不理會其他羊男的攔阻。我跑近大約三公尺，撞到了一個隱形的、像是海灘球之類的東西。我整個人彈開，摔在草地上。

瑞秋睜開雙眼，轉過頭來。她看起來像在夢遊，彷彿看得見我，但卻是在夢裡。

「沒關係。」她的聲音聽起來好遙遠。「這是我來這裡的原因。」

「你會被毀掉！」

她搖搖頭。「波西，我屬於這裡。我終於了解了。」聽起來簡直跟梅．凱司特倫說的話一模一樣。我必須阻止她，但是我連站都站不起來。

整個屋子搖晃起來。門砰的一聲打開，裡面發出綠色的光芒。我認得那是蛇類那種暖暖的霉臭味。

迷霧蜷繞成一百隻煙霧狀的蛇，爬在前廊柱子上，繞在屋子四周。神諭出現在門口。已經萎縮的木乃伊穿著她的彩虹裝往前移動。她的頭髮一撮撮掉落，風乾的皮膚像是破舊的公車椅一樣皸裂，她的玻璃眼珠茫然瞪著天空。但我有種毛骨悚然的感覺，她是被瑞秋吸引直直朝她而來。

瑞秋伸出手。她看起來並不害怕。

「你等得太久了，」瑞秋說：「但現在我來了。」

陽光更加明亮了。一名男子飄浮出現在前廊上方的空中，那是一個金髮、穿著白袍的傢伙，戴著太陽眼睛，露出自傲的笑容。

「阿波羅！」我說。

他對我眨眨眼，但是把手指放在嘴唇上。

「瑞秋．伊莉莎白．戴爾，」他說：「你擁有預言的天賦，但這也是一種詛咒。你確定這是你想要走的路嗎？」

瑞秋點點頭。「這是我的命運。」

「你願意承擔風險嗎？」

「是的。」

「那麼請繼續。」天神說。

瑞秋閉上眼睛。「我接受這個角色。我將自己託付給神諭之神阿波羅。我睜開雙眼面對未來，擁抱過去。我接受集德爾菲、天神之聲、謎語講者和命運先知於一身的神諭之靈。」

不知道這段話她是從哪裡學來的，但這些話隨著愈來愈濃的迷霧，從她嘴裡娓娓道出。巨大的綠色煙霧像一條大蛇，從木乃伊的嘴裡緩緩爬出，並從樓梯上爬下來，充滿感情地蜷繞在瑞秋腳邊。神諭木乃伊的身體立刻崩解湮滅，只剩一件滿是灰塵的老舊紮染洋裝。柱狀的迷霧把瑞秋包圍起來。

有那麼一刻我根本看不到她，接著煙霧就消散了。

瑞秋癱倒在地上，全身縮起，像是死掉的樣子。安娜貝斯、尼克跟我趕緊向前察看，但阿波羅說：「別動！現在是最微妙的時候。」

「發生什麼事？」我質問他：「你是什麼意思？」

阿波羅關心地仔細觀察瑞秋。「神諭之靈要不是決定接受，就是拒絕。」

「如果沒接受的話呢？」安娜貝斯問。

「五個字，」阿波羅一邊用手指頭算，一邊說：「那就完蛋了。」

雖然阿波羅警告過我們，我還是跑向前去，跪在瑞秋旁邊。閣樓裡的味道消散了，迷霧沉入地底下，綠色的光芒也隨之消失。但是瑞秋臉色依舊蒼白，她幾乎沒有呼吸。

接著她的眼睛動一動，張開了。她費力地把眼睛聚焦看著我。「波西。」

「你還好嗎？」

她想要坐起來。「噢。」她把手壓在太陽穴上。

「瑞秋，」尼克說：「你的生命光環差點就全部消失了。我看見你快死了。」

「我沒事，」她喃喃說著：「拜託，扶我起來。我現在有一點看不清楚。」

「你確定你沒事嗎？」我問。

阿波羅從前廊上飄下來。「各位先生女士，請讓我向大家介紹新任的德爾菲神諭。」

「你在開玩笑吧？」安娜貝斯說。

瑞秋勉強擠出虛弱的笑容。「對我來說也有點意外，但這就是我的命運，我在紐約時就已經看到。我知道爲何我生來具有特殊天賦。我注定要成爲神諭。」

我眨眨眼。「你是說你能預言未來？」

「不是每次都行，」她說：「但是在我腦海裡會出現景象、圖案或是文字。有人問我問題的時候，我……噢不……」

「開始了。」阿波羅宣布。

瑞秋彎下腰來，像被人重重揍了一拳。然後她站直身子，眼睛射出蛇一般的綠色光芒。

她說話的時候，那聲音聽起來像三部合音，有如三個瑞秋同時在說話。

七名混血人將會回應召喚。
暴風雨或是火焰，世界必會毀壞。
發誓留住最後一口氣，
敵人擁有死亡之門的武器。

說完最後一個字，瑞秋整個人癱倒。尼克和我抱住她，扶她到前廊。她的皮膚發燙。

「我沒事。」她說，聲音已經恢復正常。

「剛才是怎麼回事？」

她搖搖頭，一臉茫然。「什麼怎麼回事？」

「我相信，」阿波羅說：「我們剛才聽到了下一個大預言。」

「那是什麼意思？」我質問。

瑞秋皺起眉頭。「我連我說了什麼都不記得。」

「不，」阿波羅若有所思地說：「神諭之靈只會偶爾透過你來說話。其他時候，瑞秋還是以前那個瑞秋，即使她剛說出關於世界未來的下一個大預言。逼問她沒有任何意義。」

我思考著瑞秋剛剛用詭異聲音所說的預言。有暴風雨、火焰和死亡之門。「或許吧，」我說：「但是聽起來一點都不好。」

「是不好，」阿波羅興奮地說：「當然不好。她會是一個很好的神諭！」

實在很難不繼續談論這個話題，但阿波羅堅持瑞秋需要休息，她看起來的確精神很差。

「抱歉，波西，」她說：「在奧林帕斯的時候，我沒有向你解釋每件事情，但是召喚嚇壞我了。我不認為你能夠了解。」

「我現在還是不了解。」我承認。「但我替你高興。」

瑞秋露出微笑。「高興大概不是一個恰當的詞。看見未來並不容易，但這是我的命運，我只希望我的家人……」

她沒有說完她的想法。

「你還是會去念克萊倫女子學校嗎？」我問。

「我向我爸保證過。我想我在上學的時候會努力當一個普通的小孩，不過……」

「不過你現在需要去睡覺了。」阿波羅責備她。「奇戎，我認為閣樓不適合我們的新任神諭居住，對吧？」

「的確不適合。」奇戎經過阿波羅的醫療魔法之後，看起來好多了。「在我們仔細思考這件事之前，瑞秋可以暫時使用主屋裡的客房。」

「我在想山丘上的洞穴或許不錯，」阿波羅若有所思地說：「門口擺上火炬，再掛一條巨大的紫色布簾……弄得非常神祕。但是裡面可是別有洞天，一個有遊戲間和家庭劇院設備的精緻小天地。」

奇戎大聲清了清喉嚨。

「怎麼了啦？」阿波羅問。

瑞秋在我臉上輕輕一吻。「再見了，波西，」她悄悄說：「我不需要預視未來，告訴你現在該怎麼做吧？」

她的眼神比以前更加犀利。

我臉紅了。「不用。」

「很好。」她說。然後她轉身跟著阿波羅走進了主屋。

這一天接下來過得跟開始的時候一樣奇怪。混血營的學員坐車、騎飛馬或駕著戰車從紐約回到了混血營。受傷的人都得到照顧，大家也替死去的人在營火旁進行莊嚴的喪禮。

瑟琳娜的壽衣是亮粉紅色的，上面還繡著一支電長槍。阿瑞斯和阿芙蘿黛蒂小屋都將她視爲英雄，並一起點燃壽衣。沒人提起「間諜」這件事。這個祕密隨著設計師香水的煙霧飄向空中，從此灰飛煙滅。

就連伊森也得到一件壽衣，黑色絲質的壽衣上繡著一個下方有兩把交叉劍的天秤圖案。當伊森的壽衣在火堆裡燃燒時，我希望他知道他最後還是做出了貢獻。他付出的代價遠遠超過一隻眼睛，所有位階低的天神最終都會得到他們應得的尊重。

在涼亭裡舉行的晚餐很低調，唯一的高潮是樹精靈朱妮珀尖叫著：「格羅佛！」然後飛去緊緊擁抱她的男朋友，每個人都爲他們歡呼。他們後來在灑著月光的海灘上散步。我很替他們高興，不過這個場景讓我想起了瑟琳娜和貝肯朵夫，又讓我難過起來。

歐萊麗女士在全場嬉戲追逐，吃著大家桌邊剩下的食物。尼克和奇戎及戴先生一起坐在主桌，大家似乎不覺得他這樣做沒有分寸，每個人都去拍拍尼克的背，讚美他的戰鬥表現，就連阿瑞斯的小孩也覺得他很酷。嘿，帶著一群地下大軍現身拯救世界，你突然就成了大家最好的朋友。

慢慢的，晚餐人潮散去。有些人到營火堆旁唱歌，有些上床睡覺。我自己坐在波塞頓那桌，看著灑落在長島海峽上的月光。我可以看見格羅佛和朱妮珀手牽手在海灘上交談，一切非常寧靜詳和。

「嗨！」安娜貝斯滑坐到我旁邊。「生日快樂。」

她拿著一個大得變形的杯子蛋糕，上面還有藍色的糖霜。

我瞪著她看。「什麼？」

「今天是八月十八日，」她說：「是你的生日，對吧？」

我愣住了，我一直都沒想到，但她說的對，我今天剛滿十六歲，也是在這一天早上，我決定把刀子交給路克。預言準時成眞，我甚至沒想到今天是我生日。

「許個願吧。」她說。

「這是你自己烤的嗎？」我問。

「泰森有幫忙。」

「難怪看起來像巧克力磚，」我說：「還鋪上藍色的水泥。」

安娜貝斯大笑。

我想了一下，然後吹熄蠟燭。

我們把蛋糕切成一人一半，用手抓來吃。安娜貝斯坐在我旁邊，我們一起看著海洋。蟋蟀和怪物一起在森林發出聲響，除此之外，一切都非常安靜。

「你拯救了世界。」她說。

「是我們拯救了世界。」

「瑞秋是新任神諭，這表示她不能跟任何人約會了。」

「聽起來你一點也不失望。」我注意到。

安娜貝斯聳聳肩。「喔，我不在乎。」

「嗯。」

她揚起眉毛。「海藻腦袋，你有什麼話要跟我說嗎？」

「你大概會踢我屁股。」

「你知道我一定會踢你屁股。」

我拍拍手上的蛋糕屑。「我浸在冥河裡要變成刀槍不入時……尼克說我一定要專心在一項讓我和這個世界連結的東西，而那必須讓我想要繼續當個凡人。」

安娜貝斯的眼睛看著地平線。「是嗎？」

「然後在奧林帕斯山時，」我說：「他們想要讓我變成天神的時候，我一直在想……」

「哦，你還眞的想當天神喔。」

「嗯，或許有一點吧。但我不要，因爲我想到……我不希望事情永遠一成不變，因爲事情總是有可能變好，而且我在想……」我覺得喉嚨眞的好乾。

「是有任何特別的人嗎？」安娜貝斯輕聲問我。

我看看她，發現她正忍住笑。

「你在笑我。」我抱怨。

「我沒有！」

「你眞的讓這件事變得很棘手。」

然後她眞的笑了，把手繞在我的脖子上。「我永遠、絕對不會讓你覺得事情很簡單，海藻腦袋。你要習慣喔。」

她吻我的時候，我感覺我的頭已經融化在我的身體裡。

我想要永遠保持這個樣子，直到身後傳來一聲大叫：「啊，也該是時候了！」

突然間，涼亭裡出現一堆火炬和學員。一群偷聽的人衝過來把我們兩個高高舉起放在肩上，克蕾莎在前面帶頭。

「噢，拜託！」我抱怨著，「難道不能有點隱私嗎？」

「小情侶要涼快一下！」克蕾莎很興奮地說。

「獨木舟湖！」柯納．史托爾大叫。

在超大的歡呼聲中，他們把我們帶到山坡下，但依舊讓我們保持可以牽手的距離。安娜貝斯大笑，我也忍不住笑了，雖然我滿臉通紅。

在他們把我們丟進水裡之前，我們一直握著彼此的手。

之後，我可是好好整了他們一下。我在湖底做了一個空氣泡泡。我們的朋友一直在等我們從水裡出來，但是……嘿，如果你是波塞頓之子，你不必急著浮出水面。

那是有史以來最讚的水底接吻。

23 說再見嗎？

那年夏天的混血營拖得很晚，多延長了兩星期的時間，直到新學年開始前才結束。我必須要說，這兩週是我有生以來最棒的時光。

當然，如果我不這樣說，安娜貝斯會殺了我，但是同一時間有許多很棒的事情都在進行中。格羅佛接手管理羊男守護者，並且派他們出發到全世界尋找未被認領的混血人。到目前爲止，天神都有遵守諾言。新的混血人從各地出現，不只在美國，還有在許多不同的國家。

「我們很難趕上進度。」一天下午，格羅佛和我在獨木舟湖畔休息時跟我說。「我們需要更多的的旅行預算，這樣我就可以再聘用一百名羊男。」

「對，沒錯，但你現有的羊男工作超級勤奮，」我說：「我覺得他們都很怕你。」

格羅佛臉紅了。「眞好笑，我又不可怕。」

「老兄，你可是野地之神，是天神潘選中的人，還是羊男長老會的成員……」

「別說了！」格羅佛抗議。「你跟朱妮珀一樣壞。我想她接下來會要我競選總統。」

他嘴裡嚼著一個錫罐，我們望著湖對面那一排正在興建的小屋。原來的U型排列很快就會變成完整的長方形，而且混血人對這個新工作興致勃勃。

尼克找來一些還沒死的工人忙著建造黑帝斯小屋。雖然他還是裡面唯一的小孩，但這棟小屋完工後的模樣會非常酷。黑帝斯小屋的牆壁會用堅硬的黑曜石做成，門上掛著骷髏頭，兩旁插著二十四小時都不熄滅的綠色火炬。旁邊接下來的小屋分別屬於伊麗絲、涅梅西絲、黑卡蒂和其他我不認得的天神。他們每天都在藍圖上增加新的小屋。施工進度順利，安娜貝斯和奇戎討論擴大小屋區的腹地，才有足夠的空間。

荷米斯小屋比起以前沒那麼擁擠了，因爲大多數沒被認領的孩子都獲得他們天神父母的承認。幾乎每天晚上都有很多混血人和他們的羊男嚮導跨越界線進入營區。通常也都有駭人的怪物在後面追趕他們，但幾乎所有人最後都安全抵達。

「明年夏天會很不一樣，」我說：「奇戎預計我們會有兩倍多的學員加入。」

「是啊，」格羅佛同意：「但這裡還是一個不變的老地方。」

他心滿意足地嘆口氣。

我看著泰森率領一批獨眼巨人工人爲黑卡蒂小屋扛起石塊，放在預定的位置。我知道這是一項精密的工作，每一塊石頭都刻有魔法文字，如果沒拿好掉下來，石塊不是爆炸，就是會把半公尺內的人都變成樹。我想，除了格羅佛之外，應該沒有人喜歡變成樹。

「在保護大自然和尋找混血人的空檔，」格羅佛警告我：「我會經常出外旅行。我們可能沒辦法常常見面。」

「這不會改變任何事情，」我說：「你還是我最要好的朋友。」

他露出笑容。「除了安娜貝斯以外。」

「那不一樣。」

「沒錯，」他同意，「當然不一樣。」

傍晚時分，我沿著海灘做最後一次散步時，聽見一個熟悉的聲音說：「今天是個釣魚的好日子。」

我爸爸波塞頓穿著他常穿的休閒短褲、舊棒球帽，還有顯眼的粉綠相間的休閒上衣，站在海浪及膝的地方。他手裡拿著一支釣深海魚用的釣竿。他把釣線遠遠拋出，竟拋到超過長島海峽一半的地方。

「嗨，爸，」我說：「是什麼風把你吹來的？」

他眨眨眼。「在奧林帕斯一直沒機會跟你私下說說話。我想要謝謝你。」

「謝我？是你救了大家。」

「沒錯，而且我的宮殿在那個過程中還被摧毀。但你知道的，宮殿可以重建。我收到許許多多來自其他天神的感謝卡，就連阿瑞斯也寫了一張給我，雖然我想一定是希拉逼他寫的。這相當令人滿意，所以要謝謝你。我想，即使是天神，也可以學學新把戲。」

海水開始冒泡。在我爸的釣魚線尾端，從水裡跳出一隻巨大的綠色海蛇。牠劇烈扭動掙扎，但波塞頓只是嘆口氣。他一手拿釣竿，一手揮動刀子把魚線割斷。怪物又沉入海底。

「還不到能夠吃的大小。」他抱怨。「我必須先把小隻的放走，要不然獵物管理委員會找我麻煩。」

「那樣算小隻？」

他露出微笑。「對了，關於那些新蓋的小屋，你做得很好。我想這表示我可以認領其他的兒子和女兒，明年把他們送來這裡跟你作伴。」

「哈哈。」

波塞頓收起他空空的釣線。

我移動一下我的腳。「嗯，你剛剛是在開玩笑吧？」

波塞頓向我眨眨眼，表示這是我們之間才聽得懂的笑話，但我還是不知道他到底是不是認眞的。「波西，我們很快就會再見面的。別忘了，你現在已經知道有哪些魚大到可以釣上岸了吧？」

話一說完，他就消失在海風中，留下一支釣竿在沙裡。

晚上是混血營的最後之夜，也是舉行授珠儀式的時候。赫菲斯托斯小屋已經設計好今年的珠子圖案，上面呈現的是帝國大廈，並刻上小小的希臘字母，以螺旋狀排列，環繞著帝國大廈。那些都是所有爲了捍衛奧林帕斯而戰死的英雄姓名。上面有太多的名字，但我對於能配戴這顆珠子感到非常光榮。我把它穿進我的混血營項鍊。現在有四顆珠子了，我覺得自己像個老學員。我想到第一次參加營火大會時是十二歲，當時覺得好像回到家一樣。至少這種感覺從未改變過。

「永遠不要忘記今年夏天！」奇戎告訴我們。他的復原情況出奇良好，但他走在營火前還是有一點跛。「我們在今年夏天發現了勇敢、膽識和友誼。我們維護了混血營的榮譽。」

他對著我微笑，大家都一起歡呼。當我注視著營火時，看見一個穿著褐色洋裝的小女孩在看顧火焰。她那雙紅色發光的眼睛對我眨一眨。其他人似乎沒有注意到她，但我發現或許她比較喜歡這個樣子。

「現在，」奇戎說：「早點上床睡覺！記住，明天中午以前一定要清空你們的小屋，除非你已經安排好要留在這裡一整年。清潔鳥妖會吃掉任何逗留的人，我不願意看到今年夏天在不愉快中結束。」

隔天早上，安娜貝斯和我站在混血之丘。我們看著巴士和廂型車一輛輛駛離，載著大部分學員回到真實世界。幾個老學員和一些新學員會留下來，但我要回古迪高中上二年級，這是我有生以來第一次在同一所學校念兩年。

「再見。」瑞秋背著包包跟我們道別。她看起來很緊張，但是她遵守對她爸爸的承諾，要去新罕布夏州的克萊倫女子學校就讀。我們的神諭要到明年夏天才會回來。

「你會做得很好的。」安娜貝斯擁抱她。真奇怪，她現在似乎跟瑞秋處得很好。

瑞秋咬著嘴唇。「我希望你是對的。我有點擔心。要是有人問我下次數學要考什麼題目，或是上幾何學上到一半時，我突然說出預言怎麼辦？『畢氏定理會是第二題……』天神啊，那就糗大了。」

安娜貝斯大笑。讓我鬆口氣的是，這也讓瑞秋笑了。

「好了，」她說：「你們兩個要好好對待彼此。」那是當然的啊，但她看著我的樣子，好像都是我在找安娜貝斯的麻煩一樣。在我抗議之前，瑞秋祝福我們，跑下山丘趕去坐車。

感謝天神，安娜貝斯會留在紐約。她得到父母的允許去就讀一所位在紐約的寄宿學校，以便就近監督奧林帕斯的重建工程。

「離我也近嗎？」我問。

「嗯，有人自以爲很了不起喔。」但她緊握著我的手。我還記得她在紐約告訴我的事，關於建造能永遠屹立不搖的建築。我在想，或許，我們會有一個好的開始。

守護龍皮琉斯心滿意足地蜷曲在掛金羊毛的松樹下。牠開始打呼，一吐氣就會冒煙。

「你一直在想瑞秋的預言？」我問安娜貝斯。

她皺著眉頭。「你怎麼知道？」

「因爲我了解你。」

她用肩膀撞我一下。「好啦，我的確有在想。『七名混血人將會回應召喚。』不知道會是哪些人。我們明年夏天會看到很多新面孔。」

「沒錯。」我同意。「還有關於世界會毀於暴風雨或是大火這句。」

她嘟起嘴。「還有在死亡之門的敵人。我不知道，波西，但我不喜歡這段預言。我還以爲……嗯，或許我們能獲得和平，能有所改變。」

「如果一切都很和平，就不會有混血營了。」我說。

「我想你說的對……或許預言很多年都不會應驗。」

「也許這是下一代混血人要面對的問題。」我同意她的看法。「這樣我們就能好好放鬆，盡情享受一下。」

她點點頭，雖然似乎還是很不安。我不怪她，但是在這麼美好的一天，有她在我身邊，並且知道我不用眞的跟她道別，要我感到難過還眞是不容易。我們還有很多時間。

「比賽看誰先跑到馬路？」我說。

「你一定會輸得慘兮兮。」她立刻從混血之丘往下跑，我拔腿追在她後面。

這一次，我沒有回頭看。

波西傑克森 5

終極天神

文 / 雷克・萊爾頓
譯 / 沈曉鈺

主編 / 林孜懃　特約編輯 / 賴惠鳳
封面繪圖 / Blaze Wu　封面設計 / Snow Vega
內頁美術設計 / 唐壽南　行銷企劃 / 鍾曼靈
出版一部總編輯暨總監 / 王明雪

發行人 / 王榮文
出版發行 / 遠流出版事業股份有限公司　104005台北市中山北路一段11號13樓
電話：(02)2571-0297　傳真：(02)2571-0197　郵撥：0189456-1
著作權顧問 / 蕭雄淋律師
輸出印刷 / 中原造像股份有限公司
□ 2010年2月1日 初版一刷　□ 2023年1月16日 二版一刷

定價 / 新台幣460元 (缺頁或破損的書，請寄回更換)

ISBN 978-957-32-9923-3
遠流博識網 http://www.ylib.com　E-mail:ylib@ylib.com
遠流雷克萊爾頓奇幻櫃 http://www.facebook.com/thekanefans

PERCY JACKSON & THE OLYMPIANS：THE LAST OLYMPIAN

國家圖書館出版品預行編目資料

波西傑克森. 5：終極天神 / 雷克.萊爾頓（Rick Riordan） 著；沈曉鈺譯. -- 二版. --臺北市：遠流出版事業股份有限公司，2023.01
面； 公分
譯自：Percy Jackson & the Olympians：the last olympian
ISBN 978-957-32-9923-3（平裝）

874.59 111020227